R. Rauchstein

Ausgewaehlte Reden des Isokrates, Panegyricus und Areopagiticus

Anatiposi

R. Rauchstein

Ausgewaehlte Reden des Isokrates, Panegyricus und Areopagiticus

Unveränderter Nachdruck der Originalausgabe von 1855.

1. Auflage 2023 | ISBN: 978-3-38200-855-0

Anatiposi Verlag ist ein Imprint der Outlook Verlagsgesellschaft mbH.

Verlag: Outlook Verlag GmbH, Zeilweg 44, 60439 Frankfurt, Deutschland
Vertretungsberechtigt: E. Roepke, Zeilweg 44, 60439 Frankfurt, Deutschland
Druck: Books on Demand GmbH, In de Tarpen 42, 22848 Norderstedt, Deutschland

AUSGEWÆHLTE

REDEN DES ISOKRATES,

PANEGYRICUS UND AREOPAGITICUS,

ERKLÆRT

VON

DR. R. RAUCHENSTEIN.

ZWEITE AUFLAGE.

BERLIN,
WEIDMANNSCHE BUCHHANDLUNG.
1855.

AUS DEM VORWORT ZUR ERSTEN AUFLAGE.

Für die Erklärung wurde ausser Korays Commentar zum Panegyricus benutzt die treffliche Bearbeitung der Spohnschen Ausgabe von Baiter, eine Arbeit, die stets eine wahre Vorschule für Jeden sein wird, der sich mit Isokrates gründlich beschäftigen will. Manches Gute lieferte auch Bremi in der Gothaischen Sammlung, wo wir abermals häufig Baiters an Ergebnissen reichem Fleisse begegnen. Beim Areopagiticus gewährte vielen Nutzen besonders für die Sacherklärung die Ausgabe des Holländers Bergman mit den zahlreichen Berichtigungen und Ergänzungen des ämsig sammelnden Benseler. Mehrere Berichtigungen seiner Arbeit verdankt der Herausgeber, ohne dass er ihren Urheber dabei genannt hätte, den freundlichen Erinnerungen des Herrn Director H. Sauppe. — Denjenigen, welche den Isokrates nicht nur wegen des Stils, sondern auch wegen des Inhaltes ihren Schülern in die Hände geben wollen, wird es nicht missfallen, dass gerade diese zwei Reden gewählt worden sind. Beide liefern bedeutungsvolle Bilder von innern und äussern Zuständen Athens, welches in seiner Herrlichkeit wie in seinen Gebrechen eine unerschöpfliche Quelle von Erfahrungen, Warnungen und Belehrungen über alles bürgerliche, gesellschaftliche und politische Leben ist. Die Forderung, dass auch das Gymnasium nach Massgabe seiner Stufe für das Leben bilden solle, ist gerecht, und zu dieser Bildung für das Leben gehört auch ohne Zweifel die Entwicklung von Begriffen, die das Bürgerliche und das Staatliche angehen, wohlverstanden ohne Beigeschmack von irgend welchen politischen Tendenzen, wovor sich der wahre Gymnasiallehrer aufs Gewissenhafteste hüten wird. — Unsre Gymnasien haben in der geistigen Beschäftigung mit dem Alterthum auch nach dieser Beziehung hin wahrhaft beneidenswerthe Mittel zur Bildung für das praktische Leben, welche durch keine noch so wohl ausgearbeitete Geschichtsvorträge aufgewogen werden. Auch die Beschäftigung mit neuern Sprachen und Literaturwerken reicht da nicht zu. Die Stamina und die Elemente für Bildung und Entwicklung tieferer politischer Einsicht ruhen im Alterthum. Wenn sie dort mühseliger geholt werden müssen als aus Werken neuerer Zeit, so hat das Mühen und Ringen der Jugend, um Resultate zu erlangen, nur noch höhern Werth in den Augen eines Jeden, der den Segen, welcher für Geist und Gemüth der Jugend aus der Arbeit erwächst, zu würdigen weiss. Man schöpft dabei aus den Quellen, also unmittelbar, und aus wie herrlichen Quellen. Und während die Gegenwart für den Reifsten schwer zu durchschauen ist, wie sehr ist jene abgeschlossene Zeit geeignet das Gemüth aus Enge, Befangenheit und Parteilichkeit zu erheben.

Aarau im März 1849.

VORWORT ZUR ZWEITEN AUFLAGE.

Dieses Bändchen erscheint hier vielfach umgearbeitet. Es fehlte dazu nicht an Anregungen und Unterstützungen von Seite trefflicher und erfahrner Fachgenossen, wofür ich denselben meinen warmen Dank ausspreche. Ich nenne an erster Stelle die eben so wohlwollenden als gründlich eintretenden Beurtheilungen der ersten Auflage: von Bäumlein in der Zeitschr. für Alt. Wiss. 1849, S. 356ff.; von Funkhänel in den Jahrbb. für Phil. u. Päd. und zwar über den Panegyricus im Band 60, S. 227ff., über den Areopagiticus Band 62, S. 28ff.; von K. L. Kayser in den Münchner gel. Anzeigen 1851, Febr. N. 23 und 24. Zweitens einige sehr förderliche Bemerkungen, die mir meine Freunde Herm. Sauppe und W. Vischer zusandten. Endlich die Arbeiten Benselers. Seine Ausgabe bei Teubner 1851 liefert, wie von seiner bekannten Genauigkeit zu erwarten war, eine sorgfältige Durchmusterung des Textes. Von der etwas zu grossen Strenge, mit der er nach seinen übrigens im Allgemeinen richtigen Kategorien die überlieferten Worte bisweilen änderte, hat er in seiner begonnenen zweiten Bearbeitung, wovon der erste Band enthaltend die Reden 4 und 5 bei Engelmann 1854 erschienen ist, selber wieder etwas nachgelassen. Wie überhaupt seinen Arbeiten über Isokrates, so verdanke ich besonders seinem Commentar zum Panegyricus, in welchem er die Leistungen seiner Vorgänger und auch diejenigen der ersten Auflage dieses Bändchens mit Unbefangenheit und Sachkenntniss würdigt, vielfache Berichtigung und Förderung. Ich spreche den Dank gegen diese um meine Arbeit sehr verdienten Männer hier aus, da es nicht überall, wo ich etwas von ihnen empfangen, thunlich war, ihre Namen zu nennen. Aber auch da, wo ich mich veranlasst sah, einen eignen Weg einzuschlagen, wird man meistens in irgend einer Andeutung finden, dass ich andere Ansichten nicht unberücksichtigt liess. — Zum Grunde liegt auch hier wieder der Text der Zürcher Ausgabe von Baiter und Sauppe 1839, jedoch etwas modificirt durch Benselers Textrecensionen.

Aarau 5. März 1855.

RUDOLF RAUCHENSTEIN.

EINLEITUNG.

Der Boden, auf dem der Ruhm der griechischen Redner erwuchs, war der Kampfplatz der Gerichte und des öffentlichen Lebens. Im Gedränge solcher Verhandlungen fand ihre meistens durch den Unterricht von Lehrern der Philosophie und Beredsamkeit geschulte und vorgeübte Geisteskraft den Anlass sich zu erproben, und in der Anstrengung des Kampfes die Nöthigung, Alles, was in ihrem geistigen Vermögen lag, aufzubieten. So erlangten ihre Reden eine Frische und Wahrheit, durch welche sich auch der heutige Leser in das Leben und in die Interessen jener Zeit als wie in eine unmittelbare Gegenwart hineinversetzt fühlt. Wenn nun aber die meisten dieser Denkmäler, trotz der grossen Verschiedenheit der Redner, ihrer Zeiten und ihrer Gegenstände, die Gemeinsamkeit ihres Ursprunges aus der lebendigen und bewegten Tagesdebatte sogleich kundgeben, so wird bei Isokrates der Leser theils durch den ruhigen Ton der Darstellung, theils durch das sorgfältig ausgearbeitete und bis ins Einzelne herab volle Ebenmass der Form daran erinnert, dass diese Reden in Tendenz und Ursprung von den meisten andern wesentlich abweichen und dass ihr Verfasser kein Zögling der attischen Rednerbühne und nur theilweise der Gerichte ist. Durch Beschaffenheit seines Körpers sowohl als durch die Eigenthümlichkeit seines Geistes wurde er von der gewohnten Bahn des öffentlichen Lebens abgehalten und, da er doch auf dasselbe wirken wollte, genöthigt eine eigene Richtung in der Kunst zu suchen, so dass er allerdings weniger ein Redner als ein Stilist heissen kann, aber in seinem Fache eine ausgezeichnete Stufe erreicht hat und durch seinen Einfluss auf die Ausbildung der Rede eine bedeutende Stelle in der Geschichte der griechischen Sprache und Litteratur einnimmt.

Isokrates*), der Sohn des Theodoros, aus dem Demos Erchia wurde geboren Ol. 86, 1 = 436, war also beim Beginn des pelop. Kriegs 5 Jahre alt. Sein Vater besass eine Flötenfabrik (θεράποντας αὐλοποιούς) und lebte in ziemlichem Wohlstande, so dass er Leiturgien übernehmen und seinen Kindern eine vorzügliche Erziehung verschaffen konnte, wie Isokrates 15 § 161 selbst rühmt. Denn ausser dem Unterrichte, der Knaben zu Theil wurde, hörte er und lernte durch Umgang näher kennen die berühmtesten Sophisten, welche mannigfaltiges Wissen, besonders aber die Kunst des Ausdruckes, lehrten, wie Prodikos von Keos, Tisias von Syrakus, Protagoras, Gorgias, zu dem ihn sein Vater als etwa zwanzigjährigen Jüngling nach Thessalien reisen liess, und den athenischen Redner und Staatsmann Theramenes; auch genoss er den Umgang des Sokrates und war sein Verehrer während dieser noch lebte und nach seinem Tode**). Sokrates erwartete, nach der Darstellung Platos am Ende des Phädros, von dem Jüngling Isokrates Ungewöhnliches, er übertreffe in seinen Reden (solche schrieb Isokrates also schon damals) den Lysias und werde reifer geworden über andere Redner wie über Knaben hervorragen, falls er sich zu den Reden wenden werde, oder in andern Fächern, wohin sein Trieb ihn einst führe, vermöge seiner vorzüglichen Geistesanlagen Bedeutendes leisten. So viel wir wissen können, ist dieses Urtheil, wenn es auf epideiktische Reden beschränkt wird, richtig, nicht aber in Beziehung auf andere Redegattungen***). Vom Betreten der öffent-

*) Ausser den bei Westermann, Gesch. der griech. Beredsamkeit § 48, angeführten Quellen und den Schriften des Isokrates selbst wurde benutzt Jo. God. Pfund de Isocratis vita et scriptis. Berol. 1833, Programm des Joachimsth. Gymnas. und die gedrängte und sachreiche Recension dieser Schrift von Hermann Sauppe, der mehrere Hauptumstände in Isokrates Leben zuerst in ein richtiges Licht gestellt hat, in der Zeitschrift für AW. 1835, S. 403—411.

**) S. ausser der Rede 11 § 5 die Stellen aus Spätern bei C. F. Hermann, Abhdlgen u. Beitr. zur class. Litt. S. 302.

***) Wenn der Phädros nicht viele Jahre nach der für die Abhaltung des Gespräches anzunehmenden Zeit (Ol. 93, 3 = 406) abgefasst wäre, so gäbe das Urtheil, das Plato dem Sokrates in den Mund legt, keinen Anstoss, da Lysias erst nach dem Jahre des Euklides, Ol. 94, 2 = 403, als Redner und Logograph bedeutend wurde und zur Zeit des Gesprächs, nach neuester Berechnung von Westermann in der praef. zu seiner Ausg. des Lysias p. VII, erst 26 Jahre alt war. Allein mit Grund setzen Socher und Stallbaum (in den Prolegg. zu Phädr. u. Krische gegenüber nochmals im Examen testimoniorum de Phaedri Platonici tempore. Lips. 1849) die Abfassung des Phädros erst auf Ol. 98, 1 = 388, was auch durch die

lichen Laufbahn hielt ihn, wie er wiederholt selbst sagt, der Mangel an zwei Eigenschaften ab, womit der Redner das Gewühl der Menge zu beherrschen und dem entgegenstrebenden Ungestüm zu widerstehen im Stande sein soll; er hatte von Natur weder Stärke der Stimme, noch der Menge gegenüber kecken Muth. Wer dieses beides nicht besitze, sagt er 12 § 10 nicht ohne Missmuth, der gehe in Athen mit weniger Ehre herum, als insolvente Staatsschuldner*).

Von dem allgemeinen Unglücke der Vaterstadt wurde auch er betroffen, da sein Vater im Kriege mit den Lakedämoniern sein Vermögen verlor. Als zur Zeit der Dreissig Kritias seinen Collegen Theramenes wegen seiner mildern Grundsätze mit Verhöhnung aller Rechtsformen greifen liess und dieser zum Altar im Rathhause flüchtete, versuchte Isokrates gegen die Gewaltthat seine Stimme zu erheben und seinen Lehrer zu schützen, unterliess es aber auf Bitten des Theramenes, der nicht Freunde ins Unglück ziehen wollte**). Vgl. Scheibe, olig. Umwälzung S. 96.

Aussage Ciceros im Orat. § 42 unterstützt wird. Zu dieser Zeit aber besass Lysias schon längst seinen verdienten Ruhm als Verfasser gerichtlicher Reden. Wenn nun auch Sokrates Ol. 93, 3 den Isokrates dem Lysias mit Recht weit voranstellen zu können glaubte, so ist doch auffallend, dass Plato auf das, was beide später geworden, keine Rücksicht nimmt. Schien ihm etwa das Fach des *λογογράφος*, worin Lysias sich rühmlich hervorthat, zu banausisch? Denn überhaupt schauten die Philosophen gerne etwas herab auf die Logographen, zumal wenn diese als Lehrer der Technik auftraten, die sie, wenn schon auf Beobachtungen und Erfahrungen von dem, was auf das menschliche Gemüth wirkt, doch nicht auf die principiellen Grundlagen einer festen *ἐπιστήμη* bauten, wie die Philosophen es wollten. Aber auch Isokrates schrieb nach den Dreissig zuerst gerichtliche Reden und Reden zum Unterricht und lehrte die Technik. Niebuhr, Vortr. über alte Gesch. Bd. II, S. 212, erklärt die Ungunst von Platos Urtheil über Lysias aus politischem Parteigroll, da Lysias zu den Männern im Peiräeus gehörte, Plato aber und Isokrates zu denen *ἐν ἄστει*. Persönliche Gründe und Vorliebe mögen mitgewirkt haben; so die Anhänglichkeit des Is. an Sokrates und das freundschaftliche, wenn schon einige Zeit durch Spannung unterbrochene (Orelli zur Antid. S. 308), doch wieder hergestellte Verhältniss zwischen Is. u. Plato. Hermann a. a. O. Endlich bekämpfte ja auch Is. die Sophisten wie Plato, wenn schon in ganz anderer Weise.

*) Ob des Sokrates und Platos und anderer Sokratiker Beispiel und Einfluss auch auf Is. wirkten, sich der Theilnahme an öffentlichen Geschäften zu enthalten, lassen wir unentschieden. Seine beiden angegebenen Beweggründe genügen zur Erklärung seiner Nichttheilnahme. Darum verzichtete er aber nicht auf einige politische Wirksamkeit im Grossen.

**) Niebuhr a. a. O. schliesst mit Recht daraus, Is. sei einer der *βουλευταί* zur Zeit der Dreissig gewesen und habe zu ihrer Partei gehört,

Nach der gewöhnlichen Auffassung lässt man den Isokrates unter den Dreissig von Athen nach Chios flüchten, wo er als σοφιστής im Reden unterrichtete, und bringt damit die Nachricht des Xenophon Mem. I. 2, 31 in Verbindung, dass Kritias λόγων τέχνην διδάσκειν verboten habe. Allein treffend bemerkt Sauppe, dass dagegen die Notiz des Aristoteles bei Cic. Brut. § 48 spreche, nach welcher Isokrates zuerst ebenfalls als Logograph gerichtliche Reden für Andere schrieb, als er aber davon Verdruss hatte, es aufgab urd sich ganz aufs Lehren und auf die epideiktische Gattung verlegte. „Ferner", sagt Sauppe, „fällt der Process des Nikias gegen Euthynus (Is. R. 21), wie der Sachverhalt zeigt, unmittelbar nach der Vertreibung der Dreissig, so dass für den Aufenthalt in Chios fast gar keine Zeit bleibt. Schon an und für sich aber ist es unwahrscheinlich, dass er erst gelehrt, dann gerichtliche Reden verfasst, dann zum Lehren zurückgekehrt sei. Alles ist einfach und mit den Zeugnissen im Einklang, wenn man annimmt: Isokrates schreibt nach den Dreissig gerichtliche Reden"*). In Athen blieb er mit dieser Beschäftigung bis Ol. 96, 4 oder 97, 1 = 393 oder 392, wo er nach Sauppes Berechnung nach Chios reiste und dort die zweite Periode seiner Thätigkeit begann, die der λόγοι ἐπιδεικτικοί und συμβουλευτικοί, so dass an der Spitze der epideiktischen der Busiris (R. 11) steht. Nachdem er sich als Lehrer auf Chios Ruf erworben, kehrte er etwa Ol. 98, 1 = 388 nach Athen zurück, und in diese Zeit der Rückkehr setzt Sauppe die Rede 13 gegen die Sophisten, gleichsam als Ankündigungsschrift.

„zwar nicht zur Partei des Kritias, nicht zum Berge, sondern zu der des Theramenes, die der Gironde zu vergleichen ist". Is. war damals 33 Jahre alt, dem Ther. persönlich verpflichtet und von seiner politischen Doctrin befangen. Die Zügellosigkeit der Ochlokratie vor den 30 mochte ihn als jungen, edelgesinnten Mann wie so viele andere Anfangs mit guter Hoffnung der Oligarchie geneigt gemacht haben. Später äussert er sich bei jedem Anlass mit grösstem Abscheu über die Herrschaft der 30 und zeigt sich, wie überhaupt die hervorragenden Männer seiner Zeit, als Freund der gemässigten Demokratie, aber als Feind der Ochlokratie, die als Zerrbild der Demokratie oft in Athen überwog.

*) Sauppe ordnet demgemäss die vorhandenen gerichtlichen Reden also: R. 21 gegen Euthynus bald nach Vertreibung der 30, einige Jahre nachher R. 18 gegen Kallimachos, R. 16 für den jüngern Alkibiades nach Krüger zu Clinton Ol. 96, 1 = 396, R. 20 gegen Lochites, R. 19 Aegineticus, zuletzt R. 17 Trapeziticus Ol. 96, 3 = 394 (womit hinsichtlich dieser letzten Rede Böckh, Corp. I. Vol. 2, p. 91 f., übereinstimme). — Die Verdächtigung der Aechtheit einiger dieser Reden, die jüngst versucht worden ist, scheint uns nicht hinlänglich begründet.

Wenn nun die genannten persönlichen Eigenschaften und vielleicht auch aus seinen frühern Schicksalen geschöpfte Abneigung ihn von den öffentlichen Geschäften abmahnten, so dass er niemals ein Amt bekleiden wollte (15 § 4 und 151 ff.) und keine gerichtliche Reden mehr verfassen mochte, worauf er später als auf eine untergeordnete Thätigkeit herabblickt, so suchte er sich Ruhm in einem Fache, das seinem Talent und Sinne mehr zusagte, als Lehrer*) und als Epideiktiker. Er gewann damit zwar nicht unmittelbar in den athenischen Angelegenheiten, aber in weitern Kreisen unter den Hellenen Einfluss. Ueber die Summe seines Wirkens äussert er sich als Greis in dem Briefe 8 an die Mitylenäer § 7: „Wenn ich mich schon von den Staatsgeschäften und der Rednerbühne fern hielt, so war ich doch nicht gänzlich unnütz, auch nicht unberühmt, sondern es dürfte sich ergeben, dass ich denen, welche sich zur Aufgabe gemacht haben, als Redner zu euerm und der übrigen Bundesgenossen Besten aufzutreten, ein Rathgeber und Helfer gewesen bin, und dass ich selbst für die Freiheit und Selbständigkeit der Hellenen mehr Vorträge gehalten habe, als alle die, welche die Rednerbühne abgenutzt haben". Er wirkte also theils durch Umgang, Unterricht und aufmunternden Rath auf Schüler und Freunde, von denen später Viele als Männer hervorragten, theils durch geschriebene Reden, die weit herum gelesen wurden.

Zwar beschränkt sich sein Unterricht direct auf die Kunst des Ausdruckes und der Darstellung, und dieses keineswegs nur, um Redner zu bilden, denn aus den besten Rednerschulen, sagt er, gehen kaum zwei oder drei Redner hervor; sondern weil die Fähigkeit der Darstellung einen wesentlichen Theil und gleichsam das Wahrzeichen der Bildung ausmache. Auch bezieht sich der bei ihm so häufige Ausdruck *φιλοσοφεῖν, οἱ ἐν φιλοσοφίᾳ ὄντες* u. s. w., womit er seine und seiner Schüler Thätigkeit bezeichnet, keineswegs auf eigentliche Philosophie, sondern ganz allgemein auf Studium und geistige Thätigkeit, sei dieses nun auf Wissenschaft, oder auf Künste, oder auf Wissen und Fertigkeit für das praktische und politische Leben gerichtet. Bisweilen ist damit schlechtweg das Studium der Redekunst, in so fern sich diese über alle Objecte erstrecken kann, bezeichnet. „Philo-

---

**) Er soll auf die Frage *διότι οὐχ ὢν αὐτὸς ἱκανὸς ἄλλους ποιεῖ* geantwortet haben: *ὅτι καὶ αἱ ἀκόναι αὐταὶ μὲν τεμεῖν οὐ δύνανται, τὸν δὲ σίδηρον τμητικὸν ποιοῦσιν.* Vit. X. oratt. bei Plutarch, was Horaz A. P. 304 auf sich anwendet.

sophen", sagt er 15 § 271, „seien ihm diejenigen, welche sich mit dem beschäftigen, woraus sie am schnellsten die Einsicht in das gewinnen können, was zu handeln oder zu sagen sei". Obschon manche Stelle bei ihm und der Gebrauch gewisser technischer Ausdrücke*) an den Umgang mit Sokrates und an die Bekanntschaft mit Platos Schriften erinnert, so hat er sich doch in die Philosophie nirgends vertieft; nirgends, wenn er auch in seinen Vorträgen Fragen aus der praktischen Philosophie berührt, lässt er sich auf Erforschung der Principien oder auf dialektische und methodische Feststellung von Begriffen ein, sondern setzt im Streben nach Gemeinfasslichkeit ohne nähere Begründung nur eben diejenigen ethischen Vorstellungen und Begriffe voraus, die etwa im Volke galten. Z. B. findet er 15 § 217 als Beweggrund alles Handelns bei den Menschen das Streben nach Genuss, oder nach Gewinn, oder nach Ehre.

Sein Unterricht drängt überall auf die Kunst der Darstellung als auf die Krone hin, und wenn seine Philosophie oberflächlich ist, so setzt doch die Gestaltung der Rede und die Wahl der je nach dem Inhalt wechselnden Formen (*ἰδέαι*, auf deren Beachtung er viel Gewicht legt) ein vielfältiges Nachdenken und Durcharbeiten des Stoffes bei seinen Schülern voraus, durch welches das Wissen erweitert, wohl auch vertieft wird. Von seiner Methode und seinem Zwecke dabei giebt er einen Begriff 15 § 180—194 vergl. mit 13 § 14—18. Der Einwirkung solcher Uebungen auf die sittliche Bildung war er sich wohl bewusst, da wer Reden verfertigen wolle, die des Lobes werth seien, sich mit grossen und würdigen Gedanken befassen und an ihre Betrachtung sich gewöhnen müsse. Wohlredenheit und Weisheit werde er dann für alle Gegenstände gewinnen und sich gegenwärtig erhalten, wie viel der Ruf und die Trefflichkeit des Charakters zur Hervorbringung der Ueberzeugung vermöge, 15 § 276 ff.

Durch die Festhaltung eines würdigen Zieles allgemeiner und vielseitiger Ausbildung sucht er sich von den *λογογράφοις* zu unterscheiden, die nur advocatische Geschäftsrednerei im Auge hatten. Mit ihnen, so wie auch mit den Rednern der Volksversammlung sei es oft in manchem Betracht übel bestellt, besonders ermangeln sie der Bildung, 12 § 29. Auf ihre Schulen schaut er von seinem Standpunkte sehr herab, 15 § 41 vgl. mit § 3. —

*) Wie der Gegensatz von *δόξα* und *ἐπιστήμη* 13 § 8, der Gebrauch von *ἰδέαι* 3 § 20, *φύσεις μετεχούσας τούτων τῶν ἰδεῶν*, nämlich *τῆς σωφροσύνης* und *τῆς δικαιοσύνης*.

Eben so, obwohl er den σοφισταῖς zugezählt wird, sucht er mit grossem Nachdruck zu zeigen, worin er sich von dem Haufen derer, die man mit diesem Namen belegte, unterscheide. Er nennt sie ἀγελαίους σοφιστάς und spricht sich in der R. 13, nach Sauppes Ansicht gleichsam in einer Eröffnungsrede nach der Rückkehr von Chios, energisch gegen sie aus. Viele bittere Stellen zeigen, dass er von ihnen Neid und Anfeindung erfahren habe. Wir lernen sie übrigens in der Mehrzahl aus ihm ungefähr so kennen, wie aus Plato. Sie prahlten, Alles zu wissen, 12 § 18, versprachen für 3 bis 4 Minen ihre Schüler Tugend und Gerechtigkeit zu lehren, deponirten aber Geld lieber bei fremden Leuten als bei ihren ausgelernten Schülern, 13 § 2—5 u. s. w. Nicht besser als mit den sittlichen Erfolgen war es bestellt mit ihrer rhetorischen Methode. Sie schrieben Uebungsreden über paradoxe Themen, um darzuthun, wie viel besser sie über gute schreiben würden, da sie über schlechte so viel wüssten, 10 § 8, auch Lobreden auf Insecten und andere geringfügige Dinge, 10 § 12. 12 § 135. Und nicht ohne Ursache will er die Verwechslung mit ihnen abwehren, da sie durch ihr verkehrtes Treiben auch das bessere Streben nach Bildung in Verruf gebracht hatten, 15 § 198.

Isokrates dagegen wählte zu seinen schriftlichen und mündlichen Vorträgen ernste und würdige Stoffe; die mythischen und auf blosse Unterhaltung berechneten, sagt er als Greis 12 § 1—3, habe er schon jünger verschmäht, und vorgezogen, der Stadt und den andern Hellenen zu rathen, und solche Reden geschrieben, welche die Hellenen zur Eintracht und zum Kriege gegen den Erbfeind, den Perser, aufforderten, 12 § 13. Ueberhaupt hielt er die praktischen und das öffentliche Wohl bezweckenden Reden für die besten, 3 § 10. Sich selbst traut er die Einsicht zu, ausgezeichneten Männern Rathschläge zu ertheilen, 5 § 82. Darum äussert er wiederholt, dass seine Reden vor andern sich auszeichneten.

Athen als Weltstadt mit seinem Reichthum an Schönem und Sehenswerthem zog eine Menge fremder Besucher an. Es hatte die ersten Bildungsschulen (15 § 295) und viele reiche Jünglinge aus Sicilien und dem Pontus und andern Gegenden strömten der Studien wegen hin und liessen sich viel Geld nicht gereuen (ebend. § 224 ff.), so dass die zahlreichen Sophisten, die sie in ihre παιδείας (12 § 19) aufnahmen, Erwerb fanden. Viele von ihnen machten Jagd auf Schüler, Isokrates aber rühmt von sich, seine vielverbreiteten Reden hätten ihm Ruf gewonnen und viele Schüler zugeführt, besonders Ausländer, die oft drei bis vier Jahre blieben und von ihm mit Thränen in die Heimath schieden, 15 § 84—88. Seine ältesten Schüler von Athen, die sich später um die Stadt Verdienste erwarben, nennt er 15 § 93. Später gegen Ol. 99=384 hatte er auch Konons Sohn, Timotheos, zum Schüler, den nachherigen berühmten und verdienten Feldherrn, und begleitete ihn von Ol. 100, 4=377 an mehrere Jahre auf seinen Kriegszügen, schrieb ihm seine Depeschen nach Athen und wurde von ihm mit einem Talent belohnt (Pfund S. 16). Timotheos, der mit seinem Vater und mit Chabrias die meisten Verdienste um die Herstellung der athenischen Seemacht hatte, verdankte seine Erfolge der Milde und Gerechtigkeit, durch die er Athen Bundesgenossen gewann, und bewies sich darin als gelehrigen Schüler seines Rathgebers Isokrates, der diese Mittel überall angelegentlich empfiehlt. Auch hat ihm nach seinem Tode der Lehrer ein würdiges Denkmal (15 § 101 ff.) gesetzt, gleichwie auch Timotheos das Bild seines Lehrers in Eleusis, im Heiligthum der Demeter und Kore, hatte aufstellen lassen mit folgender Inschrift:

Τιμόθεος φιλίας τε χάριν σύνεσίν τε προτιμῶν
Ἰσοκράτους εἰκὼ τήνδ' ἀνέθηκε θεαῖς.

Durch Timotheos, der von Konon her mit dem Hause des Euagoras in Verbindung stand, kam auch Isokrates in Verbindung mit diesem salaminischen Fürstenhause, wie die Reden 9, 2 und 3 bezeugen. Er erklärt selbst 12 § 87, dass er grössere Freude gehabt habe an Schülern, die sich im Leben und Handeln, als an solchen, die sich durch ihre Reden hervorgethan hätten. Auch that man sich etwas darauf zu Gute, sein Schüler gewesen zu sein. Dem. 35 § 15 *οὑτοσὶ δὲ Λάκριτος Φασηλίτης, μέγα πρᾶγμα, Ἰσοκράτους μαθητής*. Dass sich aber sein Einfluss in der Litteratur nicht nur auf die Bildung von Rednern, sondern auch von Historikern erstreckte, lehrt die berühmte Stelle Ciceros de orat. II § 94: *Ecce tibi exortus est Isocrates, cuius e ludo tanquam ex equo Troiano meri principes exierunt: sed eorum partim in pompa, partim in acie illustres esse voluerunt. Itaque et illi, Theopompi, Ephori, Philisti, Naucratae, multique alii naturis differunt, voluntate autem similes sunt et inter sese et magistri, et ii qui se ad causas contulerunt, ut Demosthenes, Hyperides, Lycurgus, Aeschines, Dinarchus, aliique complures*, wiewohl Demosthenes nicht eigentlich des Isokrates Schüler war, seine Schriften aber wohl gelesen hat (vergl.

zu 4 § 138, 139); dagegen ist dem Verzeichniss Isäos, des Demosthenes Lehrer, beizufügen.

Seit seiner Rückkehr nach Athen lebte er in Ansehen und Wohlstand (12 § 7), da ihm die Honorare seiner auswärtigen Schüler viel eintrugen, wie er denn von den salaminischen Fürsten, dem Euagoras für seine Zuschrift an Nikokles, R. 2, und von seinem Schüler Nikokles selber reichlich beschenkt wurde, 15 § 39 f. Auch gehörte er zu den 1200 vermöglichsten Bürgern, s. Böckh, Staatsh. I. 685. (II. 65 ältere Ausg.), war für sich und seinen Adoptivsohn Aphareus viermal*) Trierarch und leistete die übrigen Leiturgien kostbarer als die Gesetze forderten, 15 § 145**). Dieser Aphareus, Redner und tragischer Dichter, war ein Sohn der Plathane, einer Tochter des Sophisten Hippias, welche Isokrates im vorgerückten Alter heirathete.

Obwohl nun Isokrates nicht zu den Rednern gehört, sondern zu den Sophisten, jedoch ohne die schlimme Nebenbedeutung des Wortes, so gelangte er doch auf seinem Wege und im Gefühle seiner Unabhängigkeit und seines Talentes zu Einfluss. Er suchte sein Wissen und Können praktisch zu verwenden, aber weil er der Rednerbühne fern blieb, kam er nie dazu, alle Kraft gesammelt an Einen Gegenstand zu setzen, nie zu jenem Feuer, wovon der Mithandelnde ergriffen wird und womit er wieder Andere ergreift, nie zu jener erweckenden Frische des aus dem Momente des Kampfs entsprungenen Gedankens. Dagegen hat er den Vortheil der wohlberechneten Anordnung und der sichern Gewinnung eines Zieles mit seinem ruhigen Vorschreiten. Er zündet nicht Glut an, die rasch zur hohen Flamme wird, dagegen weiss er in die gelassenste Stimmung eine angenehme, mehr und mehr durchziehende Wärme zu bringen. Somit hat er allerdings Antheil an dem Praktischen des Redners, am Gewinnen. Seine Wirksamkeit ist eine mittelbare durch Her-

*) „Da Is. 15 § 145 behauptet, mit seinem Sohne bereits dreimal die Trierarchie geleistet zu haben, den Process aber, dem jene Rede gilt, nach den Vit. X. oratt. bei Plutarch XII. p. 266 ed. Hutten verlor, und sich demgemäss der Trierarchie unterzog, so erhellt, dass er diese im Ganzen viermal geleistet hat.“ Bäumlein.

**) Hiernach ist zu berichtigen die Aeusserung Niebuhrs a. a. O. S. 213: „Dass Isokrates auch nur eine Drachme für das Vaterland hingegeben habe, davon müsste ich noch die Spur finden, da er hingegen grosse Summen eingenommen hat.“

vorrufung einer anregenden Stimmung, welche die Gestaltung zum Handeln noch erwartet. Er erklärt darum 5 § 13, dass er sich an einflussreiche Männer wende, die reden und handeln könnten. Da er in richtiger Würdigung seines Vermögens im hellenischen Volke lebende patriotische Gedanken ergriff und durch seine kunstvoll populäre Darstellung weit verbreitete, so wirkte er in grössern Kreisen und später hinaus wohl mehr, als sich nachweisen lässt.

Den Gedanken einer Vereinigung der Hellenen zum Kampfe gegen die Perser, um die eigenen Feindschaften zu tilgen und die asiatischen Hellenen dem Joche zu entreissen, womit Hellas gross und reich werden würde, verfolgt er im Panegyrikos. Aber wie hätten sich Athen und Sparta hierzu verständigen sollen? Er wendet sich an den Heraklidensprössling, den jüngern Archidamos von Sparta, dass er an die Spitze eines solchen Unternehmens trete, dessen Möglichkeit die Züge der 10000 und des Agesilaos klar gemacht hatten. Auch mit Dionysios von Syrakus knüpft er darüber an. Der kühne Iason von Pherä hatte sich mit einem ähnlichen Gedanken getragen, 5 § 119*). Am Ende richtet er seine Hoffnung auf Philipp, der mächtig und thätig und als Alleinherrscher ein tüchtiges Haupt zu dem Unternehmen zu sein schien. Freilich war Isokrates ein Greis von höchstem Alter, als er so an ihn schrieb. Er sieht in Philipp einen ächten Hellenen (5 § 139) und einen Herakliden, und hält ihn in grosser Täuschung für so wohlgesinnt, dass er die Hellenen gerne zuerst versöhnen und dann gegen die Perser führen werde. Die Ausführung folgte später durch Alexander, aber wie ganz anders hatte Philipp angefangen, als Isokrates gedacht hatte. Die furchtbare Enttäuschung und das Unglück seines Vaterlandes brach dem achtundneunzigjährigen Greise das Herz. Auf die Nachricht von der Schlacht bei Chäronea enthielt er sich der Nahrung und starb nach einigen Tagen.

Er genoss bis ins 94ste Jahr einer seltenen Gesundheit, und die Krankheit, an der er von da an litt, 12 § 266, hinderte ihn nicht völlig an der Arbeit, so dass er die 12te Rede, den Panathenaikos, erst im 97sten Jahre vollendete, wie überhaupt meh-

---

*) „Er hätte vielleicht die Rolle Philipps von Makedonien schon vor diesem übernommen, wenn er nicht mitten in seinen kühnen Entwürfen Ol. 108, 3 vor Chr. 370 ermordet worden wäre.“ W. Vischer, Bildung von Staaten und Bünden im alt. Gr. S. 22.)

rere bedeutende Reden in sein hohes Greisenalter fallen, z. B. seine Rede 5 „Philippos". Es ist auffallend, wie der Greis über das Verhältniss Athens zu Philipp so ganz anders urtheilt, als der grosse Staatsmann Demosthenes, gegen dessen Politik die ganze fünfte „Philippos" überschriebene Rede, so wie ohne Zweifel die Vorwürfe 5 § 73 ff. und § 129 wesentlich gerichtet sind. Isokrates, der, was an sich schon die richtige Einsicht in die Geschäfte und das Verstehen des nächsten Bedürfnisses wie der nächsten Gefahr erschwert, aller unmittelbaren Theilnahme fern, schon längst nur Einem Gedanken, der das Vaterland beglücken sollte, nachhing und demselben Alles unterordnete, übersah gerade die Widersprüche, die sich aus diesem von ihm willkührlich Untergeordneten gegen seinen stäten Gedanken erhoben, misskannte Thatsachen und Personen und täuschte sich. Der wachsame Demosthenes, der mitten im Kampfe das Auge mit Recht immer auf das gleiche Ziel richtete, stritt dagegen unter sehr ungünstigen Verhältnissen und traute dem gesunkenen Volke die Kraft der alten Athener zu. Er hat ein Wunder verrichtet, dass er sie zum alten Geist emporhob, aber nur auf kurze Zeit, denn es war eben nicht mehr des Volkes, sondern des Demosthenes Geist*).

Noch deutlicher begreift sich die verschiedene Denkungsart beider Männer aus folgender Betrachtung. Isokrates, 5 Jahre vor dem pelop. Kriege geboren, hatte Athen als Knabe und Jüngling auf dem Gipfel des Glanzes gesehen und die Nachwirkungen der perikleischen Zeit in so vielem Bessern erfahren. Diese Jugendeindrücke strömen bei ihm oft in das Lob jener Zeit und der früheren Demokratie aus. Aber den dekeleischen Krieg, dessen Beginn 413 in sein 23stes Jahr fiel, betrachtet er als den Wendepunkt, von welchem an das Glück von Athen wich und die innere Verderbniss zunahm, 8 § 37 und 84. Von da an sah er wilde Demagogenherrschaft, die tiefe Demüthigung Athens, Abspannung, Arbeitsscheu, Verarmung, Verschlechterung und alle Uebel der Ochlokratie, nahezu gegen 70 Jahre lang. Da konnte der Greis nicht mehr den Glauben und die Hoffnung haben, wie der viel jüngere im Kampf erstarkte Demosthenes. Isokrates fühlte die Unhaltbarkeit des alten abgearbeiteten Staatensystems von Hellas, aber er war voll Glauben, dass seinem Volk ein besseres Loos bestimmt sei, wenn nur der rechte Odem käme, und

*) Trefflich urtheilt über Demosthenes Niebuhr in seinen Vorträgen über alte Gesch. Th. II, S. 333 ff.

er müsse kommen, der sie alle gegen den alten Feind vereinigte. Er denkt dabei mehr als andere Zeitgenossen an ganz Hellas und wird dadurch specifisch zum Träger und Verarbeiter eines allgemeinen Nationalgedankens, zum „Verkündiger des Hellenismus" nach Arn. Schäfers Ausdruck. Und wenn er dabei nicht nur Einigung im Innern, würdige Bethätigung der jetzt sich durch innern Hader verzehrenden Kräfte, Ruhm und Grösse, sondern häufig auch Erwerbung von Wohlstand in Aussicht stellt (12 § 167), was man auffallend gefunden hat, so erklärt sich dieses völlig aus der Noth des Zeitalters, die man aus ihm vorzugsweise kennen lernt.

Wir haben noch über seine rednerische Kunst zu sprechen. Dem gesuchten wesentlich auf Effect berechneten Putze der sicilischen Schule meist epideiktischer Redner und Sophisten hat sich, wie man an Lysias deutlich sieht, die Beredsamkeit zu Athen im Ernste der politischen Praxis schnell entwunden und, wenn schon die meisten attischen Redner durch Schulen vorgebildet wurden, auf praktischem Wege entwickelt, bis sie in Demosthenes an Kraft und Rundung ihren Gipfel erreichte. Wenn nun schon die Schule ununterbrochen durch die Sophisten auf die Bildung der Redner wirkte, so war doch die Rückwirkung der Praxis auf die Schule noch stärker. Den Beweis haben wir an Isokrates, der in seinem langen Leben diese Einwirkung besonders empfinden musste. Er zeigt dieses theils in den Stoffen, da er im Gegensatz gegen viele frühere und spätere Sophisten, und im Gegensatz gegen eigene frühere Arbeiten, wie die Reden 10 und 11, grossartige politische und praktische Gegenstände aus der Gegenwart wählte, theils auch in der Form. Er selbst äussert sich im Eingange zu der im höchsten Alter vollendeten Rede 12, „Panathenaikos", über diese Veränderungen, jünger zwar habe er nicht Darstellungen nach Art jener Sophisten, aber auch nicht schmucklose Gerichtsreden nach Art der Logographen zu verfassen geliebt, sondern ernste Reden praktischen Inhalts, *πολλῶν μὲν ἐνθυμημάτων* (Sentenzen) *γέμοντας, οὐκ ὀλίγων δ᾽ ἀντιθέσεων καὶ παρισώσεων καὶ τῶν ἄλλων ἰδεῶν τῶν ἐν ταῖς ῥητορείαις διαλαμπουσῶν καὶ τοὺς ἀκούοντας ἐπισημαίνεσθαι καὶ θορυβεῖν ἀναγκαζουσῶν* (vergl. Horat. ep. ad Pis. 438 ff.), *νῦν δ᾽ οὐδ᾽ ὁπωσοῦν τοὺς τοιούτους.* In seinen Jugendarbeiten mag er als Schüler des bewunderten Gorgias diese und andere dem Meister beliebte Figuren noch fleissiger angewendet haben, wir treffen sie auch noch häufig in deu Arbeiten seines reifern Alters, im Panegyrikos, im Euagoras (R. 9,

44—46) und in den Paränesen, wie R. 2 und 3, immer jedoch dort, wo die Figuren der Natur des Gedankens und dem gehobenen Ton zum Vortheil gereichen. In spätern Reden ermässigte er diesen Schmuck noch mehr.

Wenn er nun mit Vermeidung des blossen Spielwerks dem Ernste der höhern Geschäftsrede nahe kam, so blieb er doch auch da, wo er als Rathgeber spricht, also im symbuleutischen Gewand auftritt, streng im Charakter der epideiktischen, welcher darin besteht, dass sie eine angenehme Wirkung durch künstlerische Behandlung erstrebt. Sein Vortrag ist die Ausbreitung des Gedankens in würdevoller Zierlichkeit, fern von heftiger Aufregung und Leidenschaft. Es sind keine Stromschnellen, keine Wasserstürze, sondern eine helle, klarspiegelnde, ebenmässig gleitende Fluth. Seine Rede wirkt geistig und sinnlich angenehm, sinnlich durch Wohllaut und Silbenfall, geistig durch Klarheit und Ebenmass. Fassen wir zuerst diese geistige Wirkung ins Auge, so giebt sie sich kund in der Einfacheit der Anordnung, in der Fasslichkeit und Uebersichtlichkeit der Massen, in der Symmetrie, welches vorzüglich bewirkt, dass der Zuhörer die Summe des Vortrages leicht behält und in ungetrübter Aufmerksamkeit willig folgt. Diese Eigenschaften, welche die Rede im Grossen und in den Umrissen zieren, herrschen nun aber auch im Einzelnen von der Satzverbindung an und durch die Perioden herab bis zum einzelnen Satztheile. Hierin ist besonders seine Rede kunstvoll ausgearbeitet. Da ist plane Klarheit das erste Gesetz; daher keine unerwartete Sprünge und unvermittelte Uebergänge, sondern leicht und biegsam schmiegt sie sich dem Verständniss. In den Perioden, die gleichwohl oft sehr lang sind, offenbart sich die wahre Dispensirkunst; Vordersatz und Nachsatz halten sich die Wage. Eingeschobene Zwischensätze halten den Lauf des Gedankens nur auf, um ihn zu verdeutlichen oder festzuhalten, und ohne durch sie abgeführt zu werden, wird man wieder in das Geleise der Rede zurückgeleitet. Dasselbe Gesetz des Gleichgewichtes herrscht in den untergeordneten Satztheilen, und die Correspondenz paralleler Glieder liegt nicht allein im Inhalte, sondern wird auch durch die äussere Form, sehr oft durch gleichen Silbenausgang dem Ohr bemerklich gemacht. Der Gedanke erhält also, ungeachtet er sich in gemächlicher Breite ergeht, durch die scharfbegrenzten Formen ein festes Mass, und wenn der Hörer durch die Form schon auf die Ahnung dessen geführt wird, was nun folgen soll, so wird er durch die runde und vollkommene Ausführung des Erwarteten angenehm befriedigt. Musterhaft ist überall die Correctheit des Ausdrucks. Metaphern wendet er nicht häufig an und hat mit den attischen Rednern überhaupt gemein, dass er nicht die Rüstkammer der poetischen Sprache plündert, um die Rede zu zieren.

Da der Vortrag das Ohr nicht minder als den innern Sinn ergötzen soll, so verwendet er vielen Fleiss auf den rednerischen Rhythmus oder Silbenfall, den jedes nicht ganz ungeübte Ohr mit Vergnügen leicht vernimmt, und auf die Hervorbringung des Wohllauts, auf das *εὐρύθμως καὶ μουσικῶς εἰπεῖν*, 13 § 16. In dieser Absicht hat er auch in den im strengern epideiktischen Stil geschriebenen Reden mit äusserster Sorgfalt den Hiatus, oder das Zusammentreffen der Vocale am Ausgang und am Anfang des darauf folgenden Wortes vermieden, was schon die Alten hervorhoben, z. B. Dionysios von Halikarnass iudic. de Isocr. c. 2: *τῶν φωνηέντων τὰς παραλλήλους θέσεις, ὡς λυούσας τὰς ἁρμονίας τῶν ἤχων καὶ τὴν λειότητα τῶν φθόγγων λυμαινομένας, παραιτεῖται* *). Es ergiebt sich daraus, dass Isokrates zur Ausfeilung bis aufs Einzelnste und Kleinste viele Zeit bedurfte. Weil ein grosser Theil seiner Kunst in der musikalischen Wirkung auf das Ohr besteht und diese wieder von der Geschicklichkeit des Vorlesers abhängt, so beklagt er sich hin und wieder, dass seine geschriebenen Vorträge durch ungeübte syllabirende Vorleser verdorben würden, 5 § 26. 12 § 17, während bei gelungenen Stellen das Auditorium seinen Beifall lebhaft zu äussern pflegte, 12 § 2. Er strebte darnach, die Beredsamkeit unabhängig von praktischen Zwecken zu einer freien, schönen Kunst zu erheben, ebenbürtig mit der Poesie und mit der Musik, 9 § 9 ff.

Diese künstlerische Tendenz und die emsige Ausführung bestimmt nun den stilistischen Charakter der epideiktischen Rede des Isokrates im Gegensatze zu den praktischen Staats- und Geschäftsreden. Ueberzeugen oder gewinnen wollen Beide. Allein während der Redner der Volksversammlung und im Gericht auf ein nahes praktisches Ziel hinsteuert und ihm dazu Kunst und Schmuck nur Mittel sind, so legt der Epideiktiker alles Gewicht darauf, dass der Zuhörer durch die Schönheit und

---

*) In den Reden der strengern epideiktischen Gattung hat die neuere Kritik mit Hülfe der von Immanuel Bekker angestellten Vergleichung der Codd. den Hiatus fast überall beseitigt, und jüngst ist Benseler in seiner Ausgabe noch durchgreifender, bisweilen vielleicht zu strenge darin verfahren.

Zierlichkeit der Rede bewegt werde, selbst die Auswahl eines würdigen Stoffes dient dem ästhetischen Zwecke. Die Alten verglichen den Isokrates mit dem zum festlichen Agon gerüsteten Athleten, den Demosthenes aber mit dem zur Schlacht gewaffneten Hopliten.

Isokrates hat auch eine τέχνη oder Anweisung zur Beredsamkeit verfasst. Anfangs wollte er nach Aristoteles, bei Cic. Brut. § 48, vom Nutzen einer Theorie der Redekunst nicht viel wissen, sein rhetorischer Unterricht mag längere Zeit im Vorlesen und Erklären seiner eigenen Producte, im Kritisiren fremder und in Uebungen seiner Schüler bestanden haben. Später aber stellte er seine Beobachtungen und Lehren in einer besondern τέχνη nach dem Vorgange anderer Sophisten zusammen *). Sie ist auch darum merkwürdig, weil sie den Aristoteles, der sie als eine Sammlung empirisch gewonnener Regeln ohne wissenschaftliche Begründung ungenügend fand, veranlasste, über Rhetorik zu schreiben. Der Philosoph soll nämlich, mit Isokrates weder befreundet, noch durch seine τέχνη befriedigt (Quintil. inst. III. 1) einen Vers des Euripides aus dem Philoktet:

αἰσχρὸν σιωπᾶν, βαρβάρους δ' ἐᾶν λέγειν

in folgender Parodie häufig im Munde geführt haben:

αἰσχρὸν σιωπᾶν, Ἰσοκράτην δ' ἐᾶν λέγειν.

Und es ist glaublich, dass durch die rhetorischen Schriften dieses grossen Denkers von enormem Wissen, welcher nicht nur das Brauchbare aus der Erfindung und Lehre der Vorgänger aufnahm, sondern diese auch an Sammlung des Stoffes, an Ordnung, an psychologischer Herleitung und tiefer Begründung weit überbot, die τέχναι des Isokrates und der Frühern in den Hintergrund gedrängt und darum nicht bis auf uns erhalten worden sind**).

Folgende Stelle ist wenigstens dem Inhalte nach aus des

---

*) Was sich vom Inhalte derselben zerstreut bei den Alten findet, hat Sauppe in der zürcher Sammlung der Redner 2 S. 224 ff. gesammelt und auch Benseler in seiner Ausg. Vol. II, 276 mitgetheilt.

**) Cic. de invent. II, 2, 6: *Ac veteres quidem scriptores artis usque a principe illo atque inventore Tisia repetitos unum in locum conduxit Aristoteles et nominatim cuiusque praecepta magna conquisita cura perspicue conscripsit atque enodata diligenter exposuit: ac tantum inventoribus ipsis suavitate et brevitate dicendi praestitit, ut nemo illorum praecepta ex ipsorum libris cognoscat, sed omnes, qui quod illi praecipiant velint intelligere, ad hunc quasi ad quendam multo commodiorem explicatorem revertantur.*

Isokrates *τέχνη* genommen und enthält Vorschriften, die wir in seinen Reden befolgt finden:

ἐκ τῆς Ἰσοκράτους τέχνης διδασκόμεθα ποῖαι τῶν λέξεων λέγονται καθαραί· τοσοῦτον γὰρ πεφρόντικε τῆς καθαρότητος τῶν λέξεων ὁ ἀνήρ, ὡς καὶ ἐν τῇ οἰκείᾳ τέχνῃ τοιάδε παραγγέλλειν περὶ τῆς λέξεως·

δεῖ δὲ ἐν τῇ μὲν λέξει τὰ φωνήεντα μὴ συμπίπτειν· χωλὸν γὰρ τὸ τοιόνδε· μηδὲ τελευτᾶν καὶ ἄρχεσθαι ἀπὸ τῆς αὐτῆς συλλαβῆς οἷον εἰποῦσα σαφῆ, ἡλίκα καλά, ἔνθα Θαλῆς καὶ τοὺς συνδέσμους τοὺς αὐτοὺς μὴ σύνεγγυς τιθέναι καὶ τὸν ἑπόμενον τῷ ἡγουμένῳ εὐθὺς ἀνταποδιδόναι. ὀνόματι δὲ χρῆσθαι ἢ μεταφορᾷ μὴ σκληρᾷ ἢ τῷ καλλίστῳ ἢ τῷ ἥκιστα πεποιημένῳ ἢ τῷ γνωριμωτάτῳ· ὅλως δὲ ὁ λόγος μὴ λόγος ἔστω· ξηρὸν γάρ· μηδ' ἔμμετρος· καταφανὲς γάρ· ἀλλὰ μεμίχθω παντὶ ῥυθμῷ, μάλιστα ἰαμβικῷ ἢ τροχαϊκῷ. Διηγητέον δὲ τὸ πρῶτον καὶ τὸ δεύτερον καὶ τὰ λοιπὰ ἑπομένως, καὶ μὴ πρὶν ἀποτελέσαι τὸ πρῶτον ἐπ' ἄλλο ἰέναι, εἶτα ἐπὶ τὸ πρῶτον ἐπανιέναι ἀπὸ τοῦ τέλους· καὶ αἱ ἐπὶ μέρος δὲ διάνοιαι τελειούσθωσαν ἐφ' ἑαυτὰς περιγραφόμεναι.

ΠΑΝΗΓΥΡΙΚΟΣ.

(4.)

Ausser den grossen allgemeinen Festversammlungen der Hellenen (πανηγύρεις)*), wie die Olympische, Pythische, Nemeische und Isthmische, gab es auch in den einzelnen Staaten solche, wie zu Athen die Panathenäen (C. F. Hermann, griech. Staatsalterthümer § 10 u. gottesd. Alt. § 49 ff.). Obwohl man sich dabei ursprünglich zu Opfern und Feierlichkeiten versammelte, unter welchen die gestifteten gymnischen Wettkämpfe als eine Hauptsache hervortraten, so gaben doch solche zahlreich und aus ganz Hellas besuchte Zusammenkünfte, deren geistige Bedeutung Isokrates § 43 dieser Rede nicht übergeht, Anlass zu dem mannigfaltigsten Verkehr, und es fanden sich nebst vielerlei andern auch solche Kreise, in denen Fragen von allgemeiner Wichtigkeit besprochen wurden. Und gleichwie überhaupt um hervorragende Männer und um Meister in andern Künsten, so mochte sich auch frühe um die Künstler des Redevortrags, der bei solchen Anlässen sich natürlich einfindet, eine bewundernde und horchende Menge sammeln. So wird uns berichtet, dass der Leontiner Gorgias zu Olympia seine olympische Rede von der Umfassung des Tempels aus vortrug und an der Pythischen Panegyris eine Rede vom Altar aus sprach. Sein olympischer Vortrag hatte zum Gegenstand, die zwieträchtigen Hellenen zur Eintracht und zum Kampfe gegen die Barbaren zu mahnen, πείθων ἆθλα ποιεῖσθαι τῶν ὅπλων μὴ τὰς ἀλλήλων πόλεις, ἀλ-

*) Heut zu Tage heisst man in Griechenland die Kirchweih nach Ross Königsreisen II, 122 πανηγύρι, viell. wie der Accent vermuthen lässt, ein abgekürztes πανηγύριον.

λὰ τὴν τῶν βαρβάρων χώραν (Fragm. Gorg. I in oratt. Att. ed. Tur. p. 129) *).

Im Geiste einer solchen Festrede, obwohl nicht zu einem bestimmten Feste, auch nicht zum Vortrag, sondern zum Lesen bestimmt, schrieb Isokrates seinen Panegyrikos, worin er ein Thema behandelt, das demjenigen des Ὀλυμπικός des Gorgias ganz ähnlich ist, ja Isokrates nimmt sogar, wie es scheint, § 15, 16, 17 auf jene Rede Rücksicht, indem er seinen Standpunkt im Verhältniss zu den Vorgängern bezeichnet und bemerkt, es sei ihm nicht nur darum zu thun, ein Probestück seiner Kunst zur Unterhaltung zu zeigen, sondern auch etwas damit auszurichten und die Ausführung seiner patriotischen Gedanken anzubahnen. Durch die Hervorhebung dieser praktischen Tendenz und durch die gewandte Einfügung des zweiten Themas, dass den Athenern vor Sparta die Hegemonie gebühre, unterschied sich schon im Inhalte der Panegyrikos von der Rede des Gorgias, noch mehr wohl in der Anordnung des Stoffes und besonders in der ganzen Haltung des Ausdrucks. Ungeachtet eben dieser Originalität soll nicht geläugnet werden, dass wenn wir des Gorgias Reden besässen, wir in ihnen die Quelle manches glänzenden Ausspruches, den wir bei Isokrates antreffen, finden würden, gleichwie ein Dictum § 158 aus Gorgias entlehnt ist und ein anderes § 89, das auch der Verfasser des Epitaphios, der wohl schwerlich von Lysias, aber doch sehr alt ist, benutzt, einer gemeinsamen Quelle entnommen sein mag, wie Isokrates mit den Worten ὃ πάντες θρυλοῦσιν selber andeutet. Ohnehin verstanden die Griechen die Anforderung an Originalität nicht so, dass glückliche Gedanken und Erfindungen der Vorgänger ausgeschlossen sein müssten (siehe zu § 10), sondern sie gelten als Gemeingut, und es war, wie Photios bibl. Cod. CCLX bemerkt, ein solches Entlehnen für Reden, die sich im gleichen Sachkreise bewegen, eine Nothwendigkeit. So ist die Leichenrede des Perikles zu den spätern epitaphischen Reden benutzt worden, und aus diesen hat auch Isokrates, was ihm dienlich schien, entlehnt **).

---

*) Aehnliches wird gemeldet von dem Ὀλυμπικός des Lysias, welche Rede, in der er die Hellenen zum Sturze der Herrschaft des Dionysios in Syrakus auffordert, Lysias in Olympia vorgelesen haben soll.

**) Nach Photios benutzte er auch die, durch Krüger hist. philol. Studien I, 242 ausser Zweifel gestellte, epitaphische Rede des Archinos, des berühmten Staatsmannes, der durch seine weisen und versöhnenden Massregeln bei Vertreibung der Dreissig und nachher neben Thrasybulos um Wiederherstellung der Dinge in Athen sich die grössten Verdienste er-

Der Inhalt der Rede, Athens Grösse und Verdienste um Hellas darzustellen, und das Ziel, das sie sich stellt, die Vereinigung der Hellenen zu Einem Nationalgedanken und zur Demüthigung der übermüthig eingreifenden Barbaren unter der Hegemonie Athens, war in der That würdig seiner höchsten Kunst, und es ist uns überliefert, dass er 10 Jahre daran gearbeitet, d. h. während so langer Zeit die Rede oft zur Hand genommen und daran gefeilt hat, bis sie ihm zur Bekanntmachung hinlänglich vollendet schien. Denn sie sollte ein geistiges Denkmal ebensowohl seiner Vaterstadt als des Verfassers selbst werden, dem es mit der Vereinigung der Hellenen gegen die Perser sehr ernst war s. § 129. Auch wurde sie viel gelesen und von den spätern Griechen als Meisterstück vielfach commentirt. Isokrates selbst setzte voraus, dass sie den bedeutendsten Zeitgenossen bekannt sei, und sie besonders hat ihm eine Menge Schüler zugeführt.

In hohem Alter urtheilt er mit Zufriedenheit über sein Werk, das sogar die Anerkennung und Bewunderung der Neider gefunden (5 § 11), vielfach von Andern benutzt worden sei (ebend. § 84) und die Wirkung gehabt habe, dass die Reden Anderer, die früher über das gleiche Thema geschrieben, in Vergessenheit kamen (15 § 61). In der That zeigt der Panegyrikos nicht nur alle in der Einleitung genannten Vorzüge der Isokratischen Rede im Grossen und im Kleinen, sondern es wird auch der Geist des Lesers, je mehr man vorrückt, immer anziehender beschäftigt durch den sich stets weiter öffnenden Kreis von Gedanken, die dem Thema entwachsen, indem von einem Punkt (§ 3) ausgehend, die Rede in immer weitern Wellenlinien und Schwingungen sich fortbewegend grössere Massen in ihre Betrachtung zieht. Ein Kennzeichen der meisterhaften Behandlung ist, dass sich der höchst reiche und mannigfaltige Stoff ohne Zwang von selbst zu fügen scheint, so dass der Leser mühelos in das Interesse hereingezogen wird.

Zu diesen Vorzügen, um derenwillen sie nach dem Kunsturtheile des Alterthums eine hohe Stelle einnahm, hat die Rede für uns auch ein grosses Interesse des Stoffes, nicht nur wegen des Reichthums an Thatsachen, sondern auch weil es anziehend ist zu sehen, wie ein Athener die Entwickelung seiner Stadt vom Ursprung an durch die grössten Schicksale hindurch bis zu sei-

---

worben hat (s. die Einl. zur Rede 25 des Lysias), und auf dessen Rath auch unter Eukleides Ol. 94, 2 = 404 das neue oder ionische Alphabet mit 24 Buchstaben in athenischen Staatsschriften eingeführt worden ist.

ner zwar geschwächten, aber noch immer lebensvollen Gegenwart auffasst und in einem Gesammtbilde, gleichsam in Einem Zuge darstellt, so dass wir aus seinem Munde ein bedeutungsvolles Selbsturtheil der Zeit vernehmen. Insbesondere erfreut es und zeigt den gebildeten Lobredner eines hochgebildeten Volkes, dass er sich nicht nur auf Waffenthaten und äussere Politik beschränkt, sondern nach dem Beispiele des Perikles bei Thuk. II, 35 ff. die Grundlage dieser Grösse und aller Ehre in der geistigen Cultur findet. Sehr schön ist bei ihm die Darstellung der Entwicklung dieser Cultur und der Verdienste, die sich damit Athen um Hellas erworben, und durch welche es in noch viel weitere Zeiten wirkte, als selbst sein Lobredner dachte. Jene Cultur ging aus vom Landbau und von den daran sich knüpfenden Religionsideen, die das Leben veredelten und getroste Hoffnung auch über die Schranken dieses Lebens hinaus eröffneten. Es verband sich damit die Erweiterung des hellenischen Gebiets und die Vermehrung des Wohlstandes durch Gründung von Colonien, und weiter auf diesen Fundamenten die Fortschritte im Geistigen, Eigenthum, Recht, Verfassung, die Sitten mildernde Gesetzgebung, die Gastlichkeit gegen Fremde, die Feste, die Thätigkeit der Gewerbe, die Entfaltung aller Herrlichkeit der Künste, worin überall das rege, sinnige Wesen, der klare und tiefe Geist, der nie stille stand und doch nie das Herkommen und die Geschichte verläugnete, die *φιλοσοφία*, die er den Athenern zuschreibt, ihre Wirkung äusserte.

Die panegyrische Rede will in dem Zuhörer eine gehobene Stimmung hervorrufen, und historisches Wissen ist ihr dazu nur ein Mittel, die historische Treue daher nicht ihr Hauptziel, sondern sie wird sogar jenem Zwecke untergeordnet. Da der Grieche mit wenigen Ausnahmen, wie etwa Thukydides, Mythen geradezu für Urgeschichte nimmt, so ist dieses auch bei Isokrates nicht auffallend. Allein bei verschiedenen Anlässen erzählt er denselben Mythus verschieden (§ 64), wenn es ihm zweckdienlich scheint, und erklärt (12 § 172), es wäre thöricht, wenn man ihm darüber Vorwürfe machen wollte. Wir werden aber auch sehen, dass er mehr als einmal von der strengen Wahrheit der Geschichte abweicht, nicht gerade so sehr aus Unkenntniss, als weil die Abweichung dem Redeglanz des Epideiktikers zu Statten kommen und Athens Herrlichkeit und Verdienste um Hellas vor Spartas Ansprüchen glänzend ins Licht treten sollen. Dieses ist zu erwarten aus dem Satz, den er § 8 über die Redekunst ausspricht, und dass der Epideiktiker nicht den Historiker machen will, bemerkt er sehr unbefangen in dem Verweise, den er dem Sophisten Polykrates giebt, 11 § 4: *δεῖ τοὺς μὲν εὐλογεῖν τινας βουλομένους πλείω τῶν ὑπαρχόντων ἀγαθῶν αὐτοῖς προσόντ᾽ ἀποφαίνειν, τοὺς δὲ κατηγοροῦντας τἀναντία τούτων ποιεῖν.* Schon Tisias und Gorgias pflegten nach Plato im Phädr. S. 267 B *τὰ σμικρὰ μεγάλα καὶ τὰ μεγάλα σμικρὰ φαίνεσθαι ποιεῖν*, und Aristoteles Rhetor. I. 9 sagt *ἡ αὔξησις ἐπιτηδειοτάτη τοῖς ἐπιδεικτικοῖς· τὰς γὰρ πράξεις ὁμολογουμένας λαμβάνουσιν· ὥστε λοιπόν, μέγεθος περιθεῖναι καὶ κάλλος*, eine Aeusserung, die denn auch bei den spätern Schriftstellern über Rhetorik, Griechen und Römern, wiedertönt. Geflissentlich ist freilich diese Maxime von den Sophisten auch auf andere *genera dicendi*, namentlich auf das gerichtliche, bezogen worden und hat ihren Schulen den oft verdienten alten Vorwurf gebracht, die *δεινότης*, die sie lehrten, bestünde in dem *τὸν ἥττω λόγον κρείττω ποιεῖν*, also in einer bösartigen dialektischen Betrügerei.

Die Zeit, in welcher Isokrates diese Rede herausgab, ist von Spohn mit grosser Sicherheit bestimmt worden gleich nach Ol. 99, 4 = 380. Dieses beruht auf den § 126 erwähnten Thatsachen. Die Spartaner nahmen nämlich die Kadmea zu Theben ein Ol. 99, 3, und hatten im Jahr vorher mit Amyntas die Belagerung von Olynthos begonnen, die mit der dem Isokrates noch unbekannten Uebergabe Ol. 100, 2 endigte, Phlius ferner wurde Ol. 99, 4 belagert, so dass Alles auf Ol. 100, 1 = 380 hinweist, wo Isokrates 56 Jahre alt war. S. auch zu § 141.

In Betracht des doppelten in der Rede verflochtenen Themas, der Verherrlichung Athens und der Aufforderung zum vereinigten Kampfe gegen die Barbaren, bemerkt K. L. Kayser richtig, man könne den Panegyricus weder als reinen *ἐγκωμιαστικός*, noch als reinen *συμβουλευτικός* betrachten, da er vielmehr gleichzeitig beides ist. Das symbuleutische Thema, die Aufforderung, wird ausgesprochen § 3. Andere hätten, heisst es § 15, dieses Thema auch schon behandelt, aber nicht praktisch, welches nur dadurch möglich sei, dass man die Häupter der zwei hellenischen Staatensysteme bewege sich zur Bekämpfung der Barbaren in die Hegemonie gleichmässig zu theilen § 17. Die Lakedämonier aber, sieht er vor, werden nicht leicht einwilligen, sondern die Hegemonie als ein angestammtes Recht ansprechen. Diesen alle Vereinigung und also den Hauptzweck vereitelnden Irrthum müsse man ihnen benehmen, und dringe diese Belehrung bei ihnen nicht durch, so müsse doch allen Hellenen klar werden, dass Athen gerechte Ansprüche an die Hegemonie erhebe § 20. Wie nun diese gleiche Theilung bewerkstelligen, darauf lässt er sich nicht ein; von selbst verständlich war, dass sie den Athenern zur See zufallen sollte. Allein von hier an ist es ihm darum zu thun, für seinen Gedanken die öffentliche Meinung in Hellas zu gewinnen, welcher wohl Sparta sich nicht ewig würde widersetzen können. Von diesem Punkte an tritt das Symbuleutische zurück und die Rede wird eine Lobrede auf Athens Grösse und auf seine Verdienste um Hellas in den Künsten des Friedens und des Krieges von den ältesten Zeiten an bis nach den Perserkriegen, worauf sich Athens gerechte Ansprüche stützen §§ 21—99. Wenn er dabei § 85 die Spartaner als edle eifersüchtige Wettkämpfer der Athener zur Rettung Griechenlands im zweiten Perserkriege mit glänzender Anerkennung schildert, so geschieht auch das mit der Absicht, den Spartanern in diesem Spiegel den Contrast ihres jetzigen Thuns gegen das damalige grossherzige, das ihnen unsterblichen Ruhm brachte, vorzuhalten, und zugleich erwirbt er sich mit dieser freien Anerkennung später das Recht zu dem scharfen Tadel. Hieran schliesst sich ungezwungen an erstens die Abweisung der ungegründeten Vorwürfe, welche die Gegner Athens der Ausübung seiner Herrschaft von Beendigung der Perserkriege an machten, und zweitens die Ausführung, wie im Gegentheil hart und gewaltthätig die Spartaner, seit sie die Herrschaft bekommen, sich gezeigt, wie sie hellenische Staaten den Barbaren Preis gegeben und die Erniedrigung Griechenlands herbeigeführt hätten §§ 100—128. Diese herbe Anklage mildert er dann durch die Vorstellung, es sei damit nicht auf Feindseligkeit, sondern darauf abgesehen, Sparta zur Einsicht und zum Aufgeben seines fehlerhaften Verfahrens zu bewegen, und rechtfertigt sie durch die Nothwendigkeit, dem seine Gebrechen vorzuhalten, der zu hoch und stolz von sich denke §§ 129—132. — War nun das Meiste bisher direct und indirect eine Lobrede auf Athen, so nimmt er von hier an das Symbuleutische kräftig wieder auf, indem er auffordert, die Kleinlichkeit der innern Kämpfe und das Vortheil suchen auf Kosten der hellenischen Nachbarn und damit die selbstgeschaffene Noth zu verlassen und jetzt, wo der Erbfeind viel schwächer sei als man sich vorstelle, wie §§ 135—154 sorgfältig dargelegt wird, den Krieg zu unternehmen. Dann werden bis gegen das Ende alle sittlichen, politischen, materiellen Beweggründe, die für das Unternehmen sprechen, mit Beseitigung der zu erwartenden Einwürfe in wirksamer Zusammenfassung ins Feld geführt. Und nach dieser grossartigen Entfaltung des eben so reichen als zierlich ausgeführten Gemäldes thut §§ 187 — 189 der bescheidene Rückblick auf seine für diese Grösse unzulängliche Kraft, ja selbst die Mahnung an die Nebenbuhler, das Geringfügige fahren zu lassen und im Grossen zu wetteifern, womit das Ganze schliesst, eine treffliche Wirkung.

Auf diese Weise ordnen sich die Theile in einer natürlichen Folge zu einem organischen Ganzen und das enkomiastische Thema, das Lob Athens und seine Berechtigung zur Hegemonie, obschon es zum Hauptthema wird, ist dadurch wohl eingekleidet und motivirt, dass es dem symbuleutischen, welches eine lange Strecke zurückgetreten war, im rechten Moment als dem logisch Höhern sich gegen das Ende wieder unterordnet.

4.

ΠΑΝΗΓΥΡΙΚΟΣ.

Πολλάκις ἐθαύμασα τῶν τὰς πανηγύρεις συναγαγόν-
των καὶ τοὺς γυμνικοὺς ἀγῶνας καταστησάντων, ὅτι τὰς
μὲν τῶν σωμάτων εὐτυχίας οὕτω μεγάλων δωρεῶν ἠξίω-
σαν, τοῖς δ' ὑπὲρ τῶν κοινῶν ἰδίᾳ πονήσασι καὶ τὰς αὑ-
τῶν ψυχὰς οὕτω παρασκευάσασιν ὥστε καὶ τοὺς ἄλλους
ὠφελεῖν δύνασθαι, τούτοις δ' οὐδεμίαν τιμὴν ἀπένειμαν·
ὧν εἰκὸς ἦν αὐτοὺς μᾶλλον ποιήσασθαι πρόνοιαν· τῶν 2
μὲν γὰρ ἀθλητῶν δὶς τοσαύτην ῥώμην λαβόντων οὐδὲν
ἂν πλέον γένοιτο τοῖς ἄλλοις, ἑνὸς δ' ἀνδρὸς εὖ φρονή-
σαντος ἅπαντες ἂν ἀπολαύσειαν οἱ βουλόμενοι κοινωνεῖν
τῆς ἐκείνου διανοίας. οὐ μὴν ἐπὶ τούτοις ἀθυμήσας εἱλό- 3
μην ῥαθυμεῖν, ἀλλ' ἱκανὸν νομίσας ἆθλον ἔσεσθαί μοι

1. *ἐθαύμασα τῶν — ὅτι.* Gewöhnl. *θαυμάζω τινός τι*, allein die Stelle des Objects vertritt oft ein Satz mit *ὅτι*, oder mit *εἰ* § 170, oder mit *ὅπως*. 3 § 3 *θαυμάζω τῶν ταύτην τὴν γνώμην ἐχόντων, ὅπως οὐ καὶ τὸν πλοῦτον κακῶς λέγουσιν.* — *εὐτυχίας.* Einige Mss. *εὐεξίας*. Allein jenes sind Glücksgaben (im Gegensatz zu *πονήσασι* u. *παρασκευάσασι*) Vorzüge des Körpers wie § 44. — *ἰδίᾳ*, zurückgezogen, im Stillen, wie die sich geistig Rüstenden. — *τούτοις* wiederholt mit Nachdruck die von *τοῖς δ'* an Geschilderten, und zu diesem Nachdrucke trägt bei die Wiederholung des *δέ* hinter *τούτοις*, „denen aber welche — diesen dagegen". § 98 *ἃ δ' ἐστὶν ἴδια — ταῦτα δέ.* § 176 *ἃ δέ — ταῦτα δέ.* 7 § 63 *εἰ δέ τι — ταῦτα δέ.*

2. *αὐτοὺς*, die oben genannten *καταστήσαντας.* — *ἑνὸς — φρονήσαντος*, wohl nicht gen. abs. sondern abhäng. von *ἀπολαύσειαν*, bezieht sich auf das *ὠφελεῖν δύνασθαι* § 1, welches durch die geistigen Bestrebungen, das *ἰδίᾳ πονεῖν*, erworben wird.

3. *ῥαθυμεῖν.* Von der sorglosen Gleichgültigkeit. So *ῥάθυμος*

τὴν δόξαν τὴν ἀπ᾽ αὐτοῦ τοῦ λόγου γενησομένην ἥκω συμβουλεύσων περί τε τοῦ πολέμου τοῦ πρὸς τοὺς βαρβάρους καὶ τῆς ὁμονοίας τῆς πρὸς ἡμᾶς αὐτούς, οὐκ ἀγνοῶν ὅτι πολλοὶ τῶν προσποιησαμένων εἶναι σοφιστῶν ἐπὶ τοῦτον
4 τὸν λόγον ὥρμησαν, ἀλλ᾽ ἅμα μὲν ἐλπίζων τοσοῦτον διοίσειν ὥστε μηδὲν πώποτε τοῖς ἄλλοις δοκεῖν εἰρῆσθαι περὶ αὐτῶν, ἅμα δὲ προκρίνας τούτους καλλίστους εἶναι τῶν λόγων, οἵτινες περὶ μεγίστων τυγχάνουσιν ὄντες καὶ τούς τε λέγοντας μάλιστ᾽ ἐπιδεικνύουσι καὶ τοὺς ἀκούον-
5 τας πλεῖστ᾽ ὠφελοῦσιν, ὧν εἷς οὗτός ἐστιν. ἔπειτ᾽ οὐδ᾽ οἱ καιροί πω παρεληλύθασιν, ὥστ᾽ ἤδη μάτην εἶναι τὸ μεμνῆσθαι περὶ τούτων. τότε γὰρ χρὴ παύεσθαι λέγοντας, ὅταν ἢ τὰ πράγματα λάβῃ τέλος καὶ μηκέτι δέῃ βουλεύεσθαι περὶ αὐτῶν, ἢ τὸν λόγον ἴδῃ τις ἔχοντα πέρας,
6 ὥστε μηδεμίαν λελεῖφθαι τοῖς ἄλλοις ὑπερβολήν. ἕως δ᾽ ἂν τὰ μὲν ὁμοίως ὥσπερ πρότερον φέρηται, τὰ δ᾽ εἰρημένα φαύλως ἔχοντα τυγχάνῃ, πῶς οὐ χρὴ σκοπεῖν καὶ φιλοσοφεῖν τοῦτον τὸν λόγον, ὃς, ἢν κατορθωθῇ, καὶ τοῦ

§ 185. — *εἶναι σοφιστῶν.* Ueber die Constr. des Prädicats vgl. § 71 *τῶν πολεμίων ἀνυποστάτων οἰομένων εἶναι.* § 124 *τοῖς ἐλευθέροις ἀξιοῦσιν εἶναι.* Krüg. Gr. 55, 2, 5.

4. Ist *τοῖς ἄλλοις* mit *δοκεῖν* oder mit *εἰρῆσθαι* zu verbinden? — *προκρίνας.* Der Begriff des Vorzugs liegt zwar schon in *καλλίστους,* aber eben so 5 § 113 *οἱ πρόγονοί σου φαίνονται καλλίστας προκρίναντες.* 11 § 11 *ἐξ ἁπασῶν προκρίνας τὴν ἐκεῖ πολὺ διαφέρειν οἴκησιν.* — *ἐπιδεικνύουσιν,* auszeichnen, Gelegenheit geben sich hervorzuthun. *ἐπιδείξασθαι* und *ἐπίδειξιν ποιεῖσθαι* sich sehen lassen mit etwas, daher *ὁ ἐπιδεικτικὸς λόγος.* 11 § 44 *οὐκ ἐπίδειξιν τοῖς ἄλλοις ποιούμενος, ἀλλ᾽ ὑποδεῖξαί σοι* (dir zu verstehen geben) *βουλόμενος.*

5. *ἔπειτα.* Wo ist das *πρῶτον μέν* zu denken, das durch *ἔπειτα* vorausgesetzt wird? — *ὥστ᾽ ἤδη μάτην εἶναι.* Dass diese Worte nicht als positive Thatsache verstanden werden, es also „noch nicht nutzlos ist dessen Erwähnung zu thun", bewirkt die Constr. des *ὥστε* mit dem Inf. Lys. 20 § 4 *τούτῳ τοιοῦτον οὐδὲν ἡμάρτηται, ὥστε αὐτοῦ ἕνεκα μισεῖν τὸ πλῆθος τὸ ὑμέτερον.* Soph. Aj. 1105 *ἐπλευσας οὐχ ὅλων στρατηγός, ὥστ᾽ Αἴαντος ἡγεῖσθαί ποτε.* — *μάτην εἶναι,* wofür man erwartet *μάταιον εἶναι,* eigentl. „vergeblich Statt findet". Aehnlich Lys. 12 § 91 *κρύβδην εἶναι τὴν ψῆφον.* Krüg. 62, 2, 3 u. 4.

6. *φέρηται,* mit dem Nebenbegriffe des Unbesorgten. — *φιλοσοφεῖν,* ausdenken, gew. mit einem Synon. verbunden. 9 § 78 *φιλοσοφεῖν καὶ πονεῖν.* 8 § 116 *φιλοσοφήσετε καὶ σκέψεσθε.* Lys.

πολέμου τοῦ πρὸς ἀλλήλους καὶ τῆς ταραχῆς τῆς παρού-
σης καὶ τῶν μεγίστων κακῶν ἡμᾶς ἀπαλλάξει; Πρὸς δὲ 7
τούτοις, εἰ μὲν μηδαμῶς ἄλλως οἷόν τ' ἦν δηλοῦν τὰς αὐ-
τὰς πράξεις ἀλλ' ἢ διὰ μιᾶς ἰδέας, εἶχεν ἄν τις ὑπολα-
βεῖν ὡς περίεργόν ἐστι τὸν αὐτὸν τρόπον ἐκείνοις λέγοντα
πάλιν ἐνοχλεῖν τοῖς ἀκούουσιν· ἐπειδὴ δ' οἱ λόγοι τοιαύ-
την ἔχουσι τὴν φύσιν, ὥσθ' οἷόν τ' εἶναι περὶ τῶν αὐτῶν 8
πολλαχῶς ἐξηγήσασθαι, καὶ τά τε μεγάλα ταπεινὰ ποιῆ-
σαι καὶ τοῖς μικροῖς μέγεθος περιθεῖναι, καὶ τά τε παλαιὰ
καινῶς διελθεῖν καὶ περὶ τῶν νεωστὶ γεγενημένων ἀρχαίως
εἰπεῖν, οὐκέτι φευκτέον ταῦτ' ἐστὶ περὶ ὧν ἕτεροι πρότε-
ρον εἰρήκασιν, ἀλλ' ἄμεινον ἐκείνων εἰπεῖν πειρατέον. αἱ 9
μὲν γὰρ πράξεις αἱ προγεγενημέναι κοιναὶ πᾶσιν ἡμῖν
κατελείφθησαν, τὸ δ' ἐν καιρῷ ταύταις καταχρήσασθαι
καὶ τὰ προσήκοντα περὶ ἑκάστης ἐνθυμηθῆναι καὶ τοῖς
ὀνόμασιν εὖ διαθέσθαι τῶν εὖ φρονούντων ἴδιόν ἐστιν.
ἡγοῦμαι δ' οὕτως ἂν μεγίστην ἐπίδοσιν λαμβάνειν καὶ 10
τὰς ἄλλας τέχνας καὶ τὴν περὶ τοὺς λόγους φιλοσοφίαν,

24 § 10 *τοιοῦτόν τι ζητεῖν καὶ τοῦτο φιλοσοφεῖν.*

7. *ἰδέα* häufig von der Darstellungsweise, der Form und Gattung der Rede 5 § 143. 10 § 11. 13 § 16.

8. *ἀρχαίως εἰπεῖν*, Altes in einer für neuere Gegenstände geeigneten Weise darstellen, Neues in der schlichten Einfachheit der alterthümlichen Darstellungsweise. Is. hat diese Antithese Vorgängern entnommen. Tisias und Gorgias *τὰ σμικρὰ μεγάλα καὶ τὰ μεγάλα σμικρὰ φαίνεσθαι ποιοῦσι διὰ ῥώμην λόγου, καινά τ' ἀρχαίως τά τ' ἐναντία καινῶς* (Plat. Phædr. 267 B). Hippias rühmt sich bei Plato Hipp. maj. 286 B einen *πάγκαλος λόγος* verfasst zu haben, in welchem Nestor nach Troias Einnahme den Neoptolem *πάμπολλα νόμιμα καὶ πάγκαλα* lehre. Das wäre also *καινὰ ἀρχαίως*. Is. bezeichnet nach Bernhardy gr. Litt. G. I, 403 „die Fertigkeit, jedes schriftstellerische Object nach den Wünschen des Darstellers oder der Hörer zu fassen und durch alle Farbentöne, vom erhabenen Pathos bis zur Mittelstrasse und Alltäglichkeit zweckmässig herabzuführen." — *φευκτέον ταῦτ'*. Constr. § 160. 7 § 79.

9. *κοιναί*, so dass Jeder daraus schöpfen kann, Hor. A. P. 131 *publica materies*. — *τοῖς ὀνόμασιν εὖ διαθέσθαι* mit Worten und Ausdrücken gut darstellen. 13 § 16 *ὀνόμασιν εὐρύθμως καὶ μουσικῶς εἰπεῖν*. Wenn *ἐνθυμηθῆναι* die *inventio*, so enthält dieses die *elocutio*.

10. *τὰς ἄλλας τέχνας*, Kunstfertigkeiten aller Art. Diesem entspricht *τῶν ἔργων* (Producte der Kunst und Gewerbsthätigkeit), der *περὶ τοὺς λόγους φιλοσ.* das *μηδὲ τοὺς περὶ τούτων*. Im Uebrigen ist es eben bei eigentlichen Kunst-

εἴ τις θαυμάζοι καὶ τιμῴη μὴ τοὺς πρώτους τῶν ἔργων ἀρχομένους, ἀλλὰ τοὺς ἄρισθ᾽ ἕκαστον αὐτῶν ἐξεργαζομένους, μηδὲ τοὺς περὶ τούτων ζητοῦντας λέγειν περὶ ὧν μηδεὶς πρότερον εἴρηκεν, ἀλλὰ τοὺς οὕτως ἐπισταμένους εἰπεῖν ὡς οὐδεὶς ἂν ἄλλος δύναιτο.

11 Καίτοι τινὲς ἐπιτιμῶσι τῶν λόγων τοῖς ὑπὲρ τοὺς ἰδιώτας ἔχουσι καὶ λίαν ἀπηκριβωμένοις, καὶ τοσοῦτον διημαρτήκασιν ὥστε τοὺς πρὸς ὑπερβολὴν πεποιημένους πρὸς τοὺς ἀγῶνας τοὺς περὶ τῶν ἰδίων συμβολαίων σκοποῦσιν, ὥσπερ ὁμοίως δέον ἀμφοτέρους ἔχειν, ἀλλ᾽ οὐ τοὺς μὲν ἀσφαλῶς τοὺς δ᾽ ἐπιδεικτικῶς, ἢ σφᾶς μὲν διορῶντας τὰς μετριότητας, τὸν δ᾽ ἀκριβῶς ἐπιστάμενον λέ-

werken eine Probe des edeln Kunstsinnes der Griechen, dass man nicht so sehr auf die Neuheit des Stoffes als auf die Vollendung in der Bildung des bekannten sah, wo doch Jeder wieder *ἴδιος*, originell, sein konnte, wie z. B. gewisse Stoffe von sämmtlichen drei grossen Tragikern bearbeitet wurden. — *φιλοσοφίαν* s. zu § 47.

11. *ὑπέρ* mit dem acc. über das Mass, Vermögen hinaus 15 § 138 *τοῖς ὑπὲρ αὐτοὺς πεφυκόσιν ἄχθονται*. Also: besser als ein nicht kunstmässig Gebildeter glaubt reden zu können. — *ἀπηκριβωμένοις*, *exactis*. Hor. Epp. II. 1, 72 (*carmina*) *emendata videri pulchraque et exactis minimum distantia miror*. — *τοὺς πρὸς ὑπερβ. πεπ.* Reden, die mit dem Bestreben Andere zu übertreffen gearbeitet sind, mit dem Massstabe gewöhnlicher Processreden über Privathändel und Schuldsachen (*περὶ ἰδίων συμβ.* 7 § 33) messen, wie etwa ein *δικανικός* und ein *περίτριμμα ἀγορᾶς* sie halten könnte. Wie *σκοπεῖν* so auch *κρίνειν πρός τι* § 82. — *ὥσπερ* mit dem Particip vgl. *quasi vero*, ironisch. § 53. Lys. 24 § 18 *ὥσπερ τι καλὸν ποιῶν*. 25 § 31 „Sie meinen ihnen sei Alles erlaubt, *ὥσπερ τῶν μὲν ἄλλων ἀδικούντων, ἄριστοι δὲ ἄνδρες αὐτοὶ γεγενημένοι*. Ueber den acc. *διορῶντας* s. § 53. — *ἀσφαλῶς*. Die *ἀσφάλεια* in Geschäftsreden im Privatprocess besteht in der Vermeidung aller Blössen, die man dem Gegner gäbe, in der Unangreifbarkeit der Beweisführung, wobei die schlichte Gewöhnlichkeit des Ausdruckes am dienlichsten ist. Gerade über diese Gewöhnlichkeit erhebt sich der Epideiktiker und bindet sich auch nicht an die historische Strenge der unterlegten Thatsachen. Etwas anders wird der Gegensatz im *ἐρωτικός* § 2 bei Demosth. gefasst: *τοῖς μὲν λεκτικοῖς τῶν λόγων ἁπλῶς καὶ ὁμοίως οἷς ἂν ἐκ τοῦ παραχρῆμά τις εἴποι πρέπει γεγράφθαι, τοῖς δ᾽ εἰς τὸν πλείω χρόνον τεθησομένοις ποιητικῶς καὶ περιττῶς ἁρμόττει συγκεῖσθαι· τοὺς μὲν γὰρ πιθανούς, τοὺς δὲ ἐπιδεικτικοὺς εἶναι προσήκει*. Hier sind den Reden, die ein Redner als bleibende Denkmale seiner Kunst verfasst, die *λεκτικοί* gegenübergestellt, die den Ton wirklich gehaltener Reden aus der Praxis nachahmen und in denen freilich die *πιθανότης* Hauptsache ist. — *τὰς*

γειν ἁπλῶς οὐκ ἂν δυνάμενον εἰπεῖν. οὗτοι μὲν οὖν οὐ 12
λελήθασιν ὅτι τούτους ἐπαινοῦσιν ὧν ἐγγὺς αὐτοὶ τυγχά-
νουσιν ὄντες· ἐμοὶ δ᾽ οὐδὲν πρὸς τοὺς τοιούτους ἀλλὰ
πρὸς ἐκείνους ἐστί, τοὺς οὐδὲν ἀποδεξομένους τῶν εἰκῇ
λεγομένων, ἀλλὰ δυσχερανοῦντας καὶ ζητήσοντας ἰδεῖν τι
τοιοῦτον ἐν τοῖς ἐμοῖς, οἷον παρὰ τοῖς ἄλλοις οὐχ εὑρή-
σουσιν. πρὸς οὓς ἔτι μικρὸν ὑπὲρ ἐμαυτοῦ θρασυνάμε-
νος, ἤδη περὶ τοῦ πράγματος ποιήσομαι τοὺς λόγους.
τοὺς μὲν γὰρ ἄλλους ἐν τοῖς προοιμίοις ὁρῶ καταπραΰ- 13
νοντας τοὺς ἀκροατὰς, καὶ προφασιζομένους ὑπὲρ τῶν
μελλόντων ῥηθήσεσθαι, καὶ λέγοντας τοὺς μὲν ὡς ἐξ ὑπο-
γυίου γέγονεν αὐτοῖς ἡ παρασκευή, τοὺς δ᾽ ὡς χαλεπόν
ἐστιν ἴσους τοὺς λόγους τῷ μεγέθει τῶν ἔργων ἐξευρεῖν.
ἐγὼ δ᾽ ἢν μὴ καὶ τοῦ πράγματος ἀξίως εἴπω καὶ τῆς δόξης 14
τῆς ἐμαυτοῦ καὶ τοῦ χρόνου, μὴ μόνον τοῦ περὶ τὸν λό-
γον ἡμῖν διατριφθέντος ἀλλὰ καὶ σύμπαντος οὗ βεβίωκα,
παρακελεύομαι μηδεμίαν συγγνώμην ἔχειν, ἀλλὰ καταγε-
λᾶν καὶ καταφρονεῖν· οὐδὲν γὰρ ὅ τι τῶν τοιούτων οὐκ
ἄξιός εἰμι πάσχειν, εἴπερ μηδὲν τῶν ἄλλων διαφέρων

μετριότητας, die Masse des Gehörigen, was recht reden heisse. Die Plurale der Abstracta sind dem Is. sehr beliebt. — *ἀκριβῶς* mit feiner Ausbildung, was 9 § 73 *οἱ τεχνικῶς ἔχοντες λόγοι* sind. Ggstz ist *ἁπλῶς* schlicht. Sonst heisst *ἁπλῶς* und *ἀκριβῶς* auch: allgemein und speciell. § 154. Der Sinn: Sie irren, wenn sie die epideiktische Rede nach dem Masse der gewöhnlichen Processrede messen, oder wenn sie sich zwar die Kenntniss des Gehörigen zutrauen, dem Epideiktiker aber, welcher die feinere Rede versteht, nicht auch die Gabe der schlichten Rede.

12. *οὐ λελήθασιν* mit Auslassung des Obj. „Man weiss wohl dass sie.“ — *ὧν ἐγγὺς αὐτοί*. Aehnlich Perikles bei Thuk. II. 35 *μέχρι γὰρ τοῦδε ἀνεκτοὶ οἱ ἔπαινοί εἰσι περὶ ἑτέρων λεγόμενοι, εἰς ὅσον ἂν καὶ αὐτὸς ἕκαστος οἴηται ἱκανὸς εἶναι δρᾶσαί τι ὧν ἤκουσε.* — *εἰκῇ* aufs Gerathewohl und nachlässig, wie es bei dem *ἐκ τοῦ παραχρῆμα λέγειν* od. *αὐτοσχεδιάζειν* vorkommt. *δυσχερ.* näml. *τὰ τοιαῦτα.* — *θρασυνάμενος*. Mit dem Geständniss mildert er den Vorwurf.

13. *ἐξ ὑπογυίου*=*ἐκ τοῦ παραχρῆμα.* — *ὡς χαλεπόν ἐστι* eine von Is. 12 § 36 auch selbst gebrauchte Entschuldigung: *τὰ μὲν μικρὰ τῶν πραγμάτων ῥᾴδιον τοῖς λόγοις αὐξῆσαι, τοῖς δ᾽ ὑπερβάλλουσι τῶν ἔργων καὶ τῷ μεγέθει καὶ τῷ κάλλει χαλεπὸν ἐξισῶσαι τοὺς ἐπαίνους.*

14. *σύμπαντος*, weil Is. schon

οὕτω μεγάλας ποιοῦμαι τὰς ὑποσχέσεις. Περὶ μὲν οὖν
τῶν ἰδίων ταῦτά μοι προειρήσθω.
15 Περὶ δὲ τῶν κοινῶν, ὅσοι μὲν εὐθὺς ἐπελθόντες δι-
δάσκουσιν ὡς χρὴ διαλυσαμένους τὰς πρὸς ἡμᾶς αὐτοὺς
ἔχθρας ἐπὶ τὸν βάρβαρον τραπέσθαι, καὶ διεξέρχονται
τάς τε συμφορὰς τὰς ἐκ τοῦ πολέμου τοῦ πρὸς ἀλλήλους
ἡμῖν γεγενημένας καὶ τὰς ὠφελείας τὰς ἐκ τῆς στρατείας
τῆς ἐπ' ἐκεῖνον ἐσομένας, ἀληθῆ μὲν λέγουσιν, οὐ μὴν ἐν-
τεῦθεν ποιοῦνται τὴν ἀρχὴν ὅθεν ἂν μάλιστα συστῆσαι
16 ταῦτα δυνηθεῖεν. τῶν γὰρ Ἑλλήνων οἱ μὲν ὑφ' ἡμῖν οἱ δ'
ὑπὸ Λακεδαιμονίοις εἰσίν· αἱ γὰρ πολιτεῖαι, δι' ὧν οἰ-
κοῦσι τὰς πόλεις, οὕτω τοὺς πλείστους αὐτῶν διειλήφα-
σιν. ὅστις οὖν οἴεται τοὺς ἄλλους κοινῇ τι πράξειν ἀγα-
θόν, πρὶν ἂν τοὺς προεστῶτας αὐτῶν διαλλάξῃ, λίαν
17 ἁπλῶς ἔχει καὶ πόρρω τῶν πραγμάτων ἐστίν. ἀλλὰ δεῖ
τὸν μὴ μόνον ἐπίδειξιν ποιούμενον ἀλλὰ καὶ διαπράξα-
σθαί τι βουλόμενον ἐκείνους τοὺς λόγους ζητεῖν, οἵτινες
τὼ πόλεε τούτω πείσουσιν ἰσομοιρῆσαι πρὸς ἀλλήλας καὶ

bei Jahren war. — *οὕτω μεγάλας*, wie im § 4 geschehen.

15. *τῶν κοινῶν* (im Ggstz zu dem eben abgehandelten persönlichen *τὰ ἴδια*) „in Betreff der öffentlichen Fragen", des § 3 aufgestellten Thema's. — *εὐθύς*, ohne vorherige Auseinandersetzung der politischen Differenzen vgl. § 19. Das Wort gehört dem Begriffe nach zu *διδάσκουσιν*, obwohl es die Griechen bekanntlich mit dem Partic. u. zwar diesem immer vorangestellt, construiren. Krüg. 56, 10, 3. — *οὐ μὴν ἐντεῦθεν — ταῦτα δυνηθεῖεν*. K. L. Kayser erklärt (mit Anführung von Anaximenes Ars rhet. 19, 6: *τὰς μὲν οὖν προθέσεις*, (Objecte), *περὶ ὧν δημηγορήσομεν καὶ τὰ μέρη τούτων ἐξ ὧν τοὺς λόγους συστήσομεν καὶ προτρέποντες καὶ ἀποτρέποντες, ἐκ τῶν εἰρημένων ἴσμεν*): „Sie gehen nicht von den Grundlagen aus, auf welchen sie ihr Gebäude am Besten aufführen könnten". Sie haben zwar Recht *ὡς χρὴ — ἐσομένας*, vermögen aber *ταῦτα*, diese Sätze, weil sie nicht von der rechten Grundlage ausgehen, nicht praktisch und in wirksamem Zusammenhange darzulegen. Man muss zuerst die Nothwendigkeit und den Weg zur Verständigung einleuchtend zeigen; dann wird diese auch eher erfolgen.

16. *πολιτεῖαι*. Die demokr. und oligarch. Verfassungsformen, welche diese Scheidung machten, die aber schon seit den Perserkriegen begann. Thuk. I. 18. — *πόρρω τῶν πρ.* § 113.

17. *τὼ πόλεε τούτω*. Ueber diese Masculinform im' Dual bei Subst. fem. §§ 73, 75, 139. Krüg. 58, 1, 3. — *ἰσομοιρῆσαι* sich in gleiche Rechte theilen, 5 § 39; die Athener sollen die Hegemonie

τὰς θ' ἡγεμονίας διελέσθαι καὶ τὰς πλεονεξίας ἃς νῦν
παρὰ τῶν Ἑλλήνων ἐπιθυμοῦσιν αὑταῖς γίγνεσθαι, ταύ-
τας παρὰ τῶν βαρβάρων ποιήσασθαι. τὴν μὲν οὖν ἡμε- 18
τέραν πόλιν ῥᾴδιον ἐπὶ ταῦτα προαγαγεῖν, Λακεδαιμό-
νιοι δὲ νῦν μὲν ἔτι δυσπείστως ἔχουσι· παρειλήφασι γὰρ
ψευδῆ λόγον, ὡς ἔστιν αὑτοῖς ἡγεῖσθαι πάτριον· ἢν δ'
ἐπιδείξῃ τις αὐτοῖς ταύτην τὴν τιμὴν ἡμετέραν οὖσαν
μᾶλλον ἢ 'κείνων, τάχ' ἂν ἐάσαντες τὸ διακριβοῦσθαι περὶ
τούτων ἐπὶ τὸ συμφέρον ἔλθοιεν. Ἐχρῆν μὲν οὖν καὶ 19
τοὺς ἄλλους ἐντεῦθεν ἄρχεσθαι καὶ μὴ πρότερον περὶ
τῶν ὁμολογουμένων συμβουλεύειν, πρὶν περὶ τῶν ἀμφι-
σβητουμένων ἡμᾶς ἐδίδαξαν· ἐμοὶ δ' οὖν ἀμφοτέρων ἕνεκα
προσήκει περὶ ταῦτα ποιήσασθαι τὴν πλείστην διατρι-
βήν, μάλιστα μὲν ἵνα προὔργου τι γένηται καὶ παυσά-
μενοι τῆς πρὸς ἡμᾶς αὐτοὺς φιλονικίας κοινῇ τοῖς βαρ-
βάροις πολεμήσωμεν, εἰ δὲ τοῦτ' ἐστὶν ἀδύνατον, ἵνα δη- 20
λώσω τοὺς ἐμποδὼν ὄντας τῇ τῶν Ἑλλήνων εὐδαιμονίᾳ,
καὶ πᾶσι γένηται φανερὸν ὅτι καὶ πρότερον ἡ πόλις ἡμῶν
δικαίως τῆς θαλάττης ἦρξε καὶ νῦν οὐκ ἀδίκως ἀμφι-
σβητεῖ τῆς ἡγεμονίας. τοῦτο μὲν γὰρ εἰ δεῖ τούτους ἐφ' 21

zur See, die zu Lande die Spartaner ausschliesslich erhalten.

18. *ῥᾴδιον*, freilich lehrt die Rede 8 *περὶ εἰρήνης* fast das Gegentheil. — *ἢ 'κείνων*, so zur Vermeidung des Hiatus die Zürch. u. Benseler immer mit Krasis. Der Cod. Urb. hat gemeiniglich *ἢ κείνων*, was aber eben wieder auf jene Schreibart führt, da sich Is. der Form *κεῖνος* nach Konsonanten nirgends bedient. — *ἔλθοιεν*, sich herbeilassen, sich verstehen.

19. *περὶ τῶν ὁμολ.* Darüber dass die Vereinigung gegen die Barbaren nützlicher wäre, ist man einverstanden.—*πρὶν ἐδίδαξαν*. Da die Handlung des *ἐδίδαξαν* nicht in Wirklichkeit eingetreten ist, sondern bloss in der Vorstellung existirt, so erwartet man den Inf. *διδάξαι*. S. Bäumlein Unters. üb. d. Modi S. 346. Krüg. 55,17,6. Aber um den Hiatus zu vermeiden, zog Is. *ἐδίδαξαν* vor. „Es war ihre Pflicht, nicht früher — Rath zu ertheilen, bevor sie — belehrt hatten,“ was sie aber nicht gethan haben.—*ἀμφοτέρων* bezieht sich auf die folgenden zwei Glieder *μάλιστα μὲν ἵνα — πολεμήσωμεν* und *εἰ δὲ τοῦτ' ἐστὶν ἀδύνατον, ἵνα δηλώσω κτἑ.* — *φιλονικίας*, so die bessern Mss. für *φιλονεικίας*. „*φιλονεικία certationem significat cum vituperatione quadam quae a φιλονικίᾳ, vincendi studio, est aliena.*“ Baiter.

20. *ἀμφισβητεῖ* mit dem blossen Genitiv nicht minder häufig als mit *περί* § 188. — *τῆς ἡγεμονίας*, und zwar wie Benseler bemerkt, auch zu Lande. Denn nach Is.

ἑκάστῳ τιμᾶσθαι τῶν ἔργων, τοὺς ἐμπειροτάτους ὄντας
καὶ μεγίστην δύναμιν ἔχοντας, ἀναμφισβητήτως ἡμῖν προσ-
ήκει τὴν ἡγεμονίαν ἀπολαβεῖν, ἥν περ πρότερον ἐτυγχά-
νομεν ἔχοντες· οὐδεὶς γὰρ ἂν ἑτέραν πόλιν ἐπιδείξειε το-
σοῦτον ἐν τῷ πολέμῳ τῷ κατὰ γῆν ὑπερέχουσαν, ὅσον
τὴν ἡμετέραν ἐν τοῖς κινδύνοις τοῖς κατὰ θάλατταν δια-
22 φέρουσαν. τοῦτο δ' εἴ τινες ταύτην μὲν μὴ νομίζουσι δι-
καίαν εἶναι τὴν κρίσιν, ἀλλὰ πολλὰς τὰς μεταβολὰς γίγ-
νεσθαι (τὰς γὰρ δυναστείας οὐδέποτε τοῖς αὐτοῖς παρα-
μένειν), ἀξιοῦσι δὲ τὴν ἡγεμονίαν ἔχειν ὥσπερ ἄλλο τι
γέρας ἢ τοὺς πρώτους τυχόντας ταύτης τῆς τιμῆς ἢ τοὺς
πλείστων ἀγαθῶν αἰτίους τοῖς Ἕλλησιν ὄντας, ἡγοῦμαι
23 καὶ τούτους εἶναι μεθ' ἡμῶν· ὅσῳ γὰρ ἄν τις πορρωτέρω-
θεν σκοπῇ περὶ τούτων ἀμφοτέρων, τοσούτῳ πλέον ἀπο-
λείψομεν τοὺς ἀμφισβητοῦντας. ὁμολογεῖται μὲν γὰρ τὴν
πόλιν ἡμῶν ἀρχαιοτάτην εἶναι καὶ μεγίστην καὶ παρὰ
πᾶσιν ἀνθρώποις ὀνομαστοτάτην· οὕτω δὲ καλῆς τῆς
ὑποθέσεως οὔσης, ἐπὶ τοῖς ἐχομένοις τούτων ἔτι μᾶλλον
24 ἡμᾶς προσήκει τιμᾶσθαι. ταύτην γὰρ οἰκοῦμεν οὐχ ἑτέ-

§ 18 u. 22 hat Athen Anspruch auf die ganze.

21. *τούτους—τοὺς ἐμπ. ὄντας*. Statt durch einen Relativsatz wird das Pronomen dem. in seinem Inhalte gerne durch eine Apposition vermittelst des Art. und Partic. erklärt. § 37. Häufiger ist der umgekehrte Fall bei Is., dass der Inhalt des Partic. durch das folgende Pron. reassumirt wird. 7 § 64. — *ὅσον — διαφέρουσαν*. Man erwartet *ὅσον ἡ ἡμετέρα — διέφερεν*. Allein im Bestreben nach Harmonie u. Symmetrie wird dieses Glied als Participialsatz wie *ὑπερέχουσαν* der Rection des *ἐπιδείξειε* unterworfen. Vgl. zu § 64.

22. Im Vorigen hat er die Ansprüche gerechtfertigt durch die Grösse der Thaten, jetzt begründet er den Anspruch auf die Auszeichnung (*γέρας*) zuerst durch den Zufall der Priorität, zweitens durch das Verdienst. — *μεθ' ἡμῶν* auf unsrer Seite, § 53.

23. *πορρωτέρωθεν*, von früher, von rückwärts aus der fernern Vergangenheit her. 12 § 120 *διὰ τοῦτο δὲ προειλόμην πορρωτέρωθεν ποιήσασθαι τὴν ἀρχήν*. Der term. ex quo, weil man sagt *ἐκ τούτων σκόπει*. — *περὶ ἀμφοτέρων* über Priorität und Verdienst. — *ἀπολείψομεν*, Tropus vom Wettlaufe. §§ 45. 50 und 9 § 79 *ἐν τοῖς γυμνικοῖς ἀγῶσιν οἱ θεαταὶ — παρακελεύονται τῶν δρομέων οὐ τοῖς ἀπολελειμμένοις ἀλλὰ τοῖς περὶ τῆς νίκης ἁμιλλωμένοις*. — *τούτων*, was er so eben Grundlage genannt hat, näml. Alter, Grösse u. Ruhm.

ρους ἐκβαλόντες οὐδ᾽ ἐρήμην καταλαβόντες οὐδ᾽ ἐκ πολ-
λῶν ἐθνῶν μιγάδες συλλεγέντες, ἀλλ᾽ οὕτω καλῶς καὶ γνη-
σίως γεγόναμεν, ὥστ᾽ ἐξ ἧσπερ ἔφυμεν, ταύτην ἔχοντες
ἅπαντα τὸν χρόνον διατελοῦμεν, αὐτόχθονες ὄντες καὶ
τῶν ὀνομάτων τοῖς αὐτοῖς, οἷσπερ τοὺς οἰκειοτάτους, τὴν
πόλιν ἔχοντες προσειπεῖν· μόνοις γὰρ ἡμῖν τῶν Ἑλλήνων 25
τὴν αὐτὴν τροφὸν καὶ πατρίδα καὶ μητέρα καλέσαι προσ-
ήκει. καίτοι χρὴ τοὺς εὐλόγως μέγα φρονοῦντας καὶ περὶ
τῆς ἡγεμονίας δικαίως ἀμφισβητοῦντας καὶ τῶν πατρίων
πολλάκις μεμνημένους τοιαύτην τὴν ἀρχὴν τοῦ γένους
ἔχοντας φαίνεσθαι.

Τὰ μὲν οὖν ἐξ ἀρχῆς ὑπάρξαντα καὶ παρὰ τῆς τύχης 26
δωρηθέντα τηλικαῦθ᾽ ἡμῖν τὸ μέγεθός ἐστιν· ὅσων δὲ τοῖς
ἄλλοις ἀγαθῶν αἴτιοι γεγόναμεν, οὕτως ἂν κάλλιστ᾽ ἐξε-
τάσαιμεν, εἰ τόν τε χρόνον ἀπ᾽ ἀρχῆς καὶ τὰς πράξεις
τὰς τῆς πόλεως ἐφεξῆς διέλθοιμεν· εὑρήσομεν γὰρ αὐτὴν
οὐ μόνον τῶν πρὸς τὸν πόλεμον κινδύνων ἀλλὰ καὶ τῆς
ἄλλης κατασκευῆς, ἐν ᾗ κατοικοῦμεν καὶ μεθ᾽ ἧς πολι- 27

24. In *ἐκβαλόντες* sieht Bens. mit Recht einen Seitenblick auf Sparta und die Dorische Einwanderung. — *γνησίως*. Freilich that dieser von den epideiktischen Rednern vielgerühmten Ursprünglichkeit und Echtheit der Abstammung sehr Eintrag was Is. selbst bemerkt 8 § 50 *ῥᾴδιον* (oder *ῥᾷον*) *δὲ μεταδίδομεν τοῖς βουλομένοις ταύτης τῆς εὐγενείας ἢ Τριβαλλοὶ καὶ Λευκανοὶ τῆς δυσγενείας*. Vgl. Herm. Staatsalt. § 117.

25. *μητέρα*. Die Stellung dient der Steigerung. Denn für Colonisten z. B. ist ein Land nur Nährerin, so fern aber auch die Väter darin wohnten, zugleich Vaterland. Für die Athener aber ist Attika zugleich *τροφός* und *πατρίς* und dann noch Mutter vorzugsweise wegen der *αὐτοχθονία*. Aehnlich 12 § 125. — *πολλάκις μεμνημένους* deutet indirect auf die Lakedämonier, die als Dorier nicht minder adelsstolz das von den Vätern Angestammte gern im Munde führten. Wenn also den Athenern gegenüber die Spartaner wegen der Abstammung nicht *εὐλόγως μέγα φρονοῦσι*, so ist dieser Ausdruck, bemerkt Kayser, bei andern Anlässen, wo den Spartanern ein grundloses *μέγα φρονεῖν* zum Vorwurfe gemacht wird (§ 132 und ihren Obern § 170), absichtlich wiederholt, damit der Widerspruch zwischen Leistungen und Ansprüchen der Spartaner greller hervortrete.

26. *τῶν πρὸς τὸν πόλεμον κινδύνων*. Eben so § 142. Hätte er nur die Erfindung von Kriegseinrichtungen, Rüstungen u. s. w. verstanden, so hätte er *κινδύνων* weggelassen. Er setzt es aber hinzu, weil er seiner Stadt auch die ersten Kriegsunternehmungen vindicirt. — *αἰτία* „Vorgängerin".

τευόμεθα καὶ δι' ἣν ζῆν δυνάμεθα, σχεδὸν ἁπάσης αἰτίαν οὖσαν, ἀνάγκη δὲ προαιρεῖσθαι τῶν εὐεργεσιῶν μὴ τὰς διὰ μικρότητα διαλαθούσας καὶ κατασιωπηθείσας, ἀλλὰ τὰς διὰ τὸ μέγεθος ὑπὸ πάντων ἀνθρώπων καὶ πάλαι καὶ νῦν καὶ πανταχοῦ καὶ λεγομένας καὶ μνημονευομένας.

28 Πρῶτον μὲν τοίνυν, οὗ πρῶτον ἡ φύσις ἡμῶν ἐδεήθη, διὰ τῆς πόλεως τῆς ἡμετέρας ἐπορίσθη· καὶ γὰρ εἰ μυθώδης ὁ λόγος γέγονεν, ὅμως αὐτῷ καὶ νῦν ῥηθῆναι προσήκει. *Δήμητρος* γὰρ ἀφικομένης εἰς τὴν χώραν ὅτ' ἐπλανήθη τῆς *Κόρης* ἁρπασθείσης, καὶ πρὸς τοὺς προγόνους ἡμῶν εὐμενῶς διατεθείσης ἐκ τῶν εὐεργεσιῶν ἃς οὐχ οἷόν τ' ἄλλοις ἢ τοῖς μεμυημένοις ἀκούειν, καὶ δούσης δωρεὰς

27. Die Gliederung durch das wiederholte *καὶ* bringt die Figur des *ἀθροισμός* hervor. 7 § 75. — Benseler bemerkt, dass Is. die hier aufgestellten drei Punkte im Folg. in umgekehrter Ordnung ausführt. *ζῆν* ist ausgeführt in §§ 28—37, Getreidebau u. Erwerbung des nöthigen Landes, um leben zu können; *πολιτευόμεθα* in §§ 38—42, Gesetze und Verfassung; *κατοικοῦμεν* in §§ 43—50, das cultivirte, durch feste Künste u. Wissenschaften verschönerte Leben.

28. *πρῶτον.* Is. vermeidet sonst die nahe Wiederholung des gleichen Wortes; hier ist sie absichtlich, wie: für das erste Bedürfniss wurde zuerst gesorgt. — *ἐπλανήθη.* S. die lebendige Schilderung bei Ovid. Met. V. 385 u. 438. Bemerkenswerth ist die Form *Κόρη* (nicht *κόρα*) bei den att. Pros. sowohl als Proprium wie als Appellat. 9 § 22. — *μεμυημένοις.* Ueber die Mysterien C. F. Hermann gottesd. Alterth. § 32; über die eleusinischen, wovon hier die Rede, § 55. Vor den Eingeweihten wurden die Schicksale (*πάθη*) der Demeter und ihrer Tochter mimisch-orchestisch dargestellt. Symbolische Handlungen, Reinigungen und Erscheinungen, auch Lieder und Sprüche gaben eindringlichere Vorstellungen von künftiger Seligkeit und Unsterblichkeit, als man früher hatte. „So konnte das Schicksal der vom Hades (der Todesnacht) geraubten und (als Saat) auf die Oberwelt zurückkehrenden, die Himmelsmutter Demeter wieder schauenden Persephone, oder der zum Himmelskinde, zur *Κόρη* verklärten Todesgöttin das Symbol seliger Hoffnungen der Unsterblichkeit werden". Bäumlein. „Viel Schönes hat Athen der Welt gebracht," sagt Cic. de legg. II. 14, 36, „aber *nihil melius illis mysteriis, quibus ex agresti immanique vita exculti ad humanitatem et mitigati sumus: initiaque ut appellantur, ita re vera principia vitae cognovimus: neque solum cum laetitia vivendi rationem accepimus, sed etiam cum spe meliore moriendi*". S. Preller gr. Mythol. I, 490 ff. Die Sage von der doppelten Gabe der Erdfrüchte und der Weihe deutet auf den innigen Zusammenhang vieler religiöser Vorstellungen und Culte mit dem Ackerbau. „Auch der sittliche Begriff des Mein und Dein knüpfte sich wohl am frühesten und sichersten an die Scheidung des Grundeigenthums durch Marken und

αἵπερ μέγισται τυγχάνουσιν οὖσαι, τούς τε καρπούς, οἳ
τοῦ μὴ θηριωδῶς ζῆν ἡμᾶς αἴτιοι γεγόνασι, καὶ τὴν τε-
λετήν, ἧς οἱ μετασχόντες περί τε τῆς τοῦ βίου τελευτῆς
καὶ τοῦ σύμπαντος αἰῶνος ἡδίους τὰς ἐλπίδας ἔχουσιν,
οὕτως ἡ πόλις ἡμῶν οὐ μόνον θεοφιλῶς ἀλλὰ καὶ φι- 29
λανθρώπως ἔσχεν, ὥστε κυρία γενομένη τοσούτων ἀγαθῶν
οὐκ ἐφθόνησε τοῖς ἄλλοις, ἀλλ' ὧν ἔλαβεν ἅπασι μετέδω-
κεν. καὶ τὰ μὲν ἔτι καὶ νῦν καθ' ἕκαστον τὸν ἐνιαυτὸν
δείκνυμεν, τῶν δὲ συλλήβδην τάς τε χρείας καὶ τὰς ἐρ-
γασίας καὶ τὰς ὠφελείας τὰς ἀπ' αὐτῶν γιγνομένας ἐδί-
δαξεν. Καὶ τούτοις ἀπιστεῖν μικρῶν ἔτι προστεθέντων 30
οὐδεὶς ἂν ἀξιώσειεν. πρῶτον μὲν γάρ, ἐξ ὧν ἄν τις κα-
ταφρονήσειε τῶν λεγωμένων ὡς ἀρχαίων ὄντων, ἐκ τῶν
αὐτῶν τούτων εἰκότως ἂν καὶ τὰς πράξεις γεγενῆσθαι νο-
μίσειεν· διὰ γὰρ τὸ πολλοὺς εἰρηκέναι καὶ πάντας ἀκη-
κοέναι προσήκει μὴ καινὰ μὲν πιστὰ δὲ δοκεῖν εἶναι τὰ
λεγόμενα περὶ αὐτῶν. ἔπειτ' οὐ μόνον ἐνταῦθα καταφυ-
γεῖν ἔχομεν, ὅτι τὸν λόγον καὶ τὴν φήμην ἐκ πολλοῦ παρ-
ειλήφαμεν, ἀλλὰ καὶ σημείοις μείζοσιν ἢ τούτοις ἔστιν
ἡμῖν χρήσασθαι περὶ αὐτῶν. αἱ μὲν γὰρ πλεῖσται τῶν 31
πόλεων ὑπόμνημα τῆς παλαιᾶς εὐεργεσίας ἀπαρχὰς τοῦ
σίτου καθ' ἕκαστον τὸν ἐνιαυτὸν ὡς ἡμᾶς ἀποπέμπουσι,

Steine, die dann selbst wieder durch gottesdienstliche Formen geheiligt und gewährleistet waren". Herm. Pr. Alt. § 15. Stoll Hdb. der Rel. und Myth. S. 150 ff.

29. *θεοφιλῶς*, = *εὐσεβῶς* mit Beziehung auf die *εὐεργεσίαι* gegen die Demeter § 28, also activ wie 9 § 43 *θεοφιλῶς καὶ φιλανθρώπως*. — *καὶ τὰ μὲν ἔτι*. Die Mysterien waren alljährlich im Monat Boedromion und dauerten 12 Tage. Alle Helenen durften die Einweihung empfangen. Ausgeschlossen waren die *ἀνδροφόνοι* und die *βάρβαροι*, § 157. — *χρείας* = *χρήσεις*.

30. *ἐξ ὧν*. Die Ausführung des ersten Grundes ist etwas sophistisch, bildet aber als Parade machendes Vorspiel die Einleitung zu den § 31—33 folgenden gewichtigen, deren Anordnung sehr vortheilhaft ist. — *μὴ καινὰ μὲν πιστὰ δέ*, „Wenn schon nicht neu, doch glaubwürdig". *μέν* behält seine concessive Bedeutung und, wie Bäumlein bemerkt, „der Hauptsache, die mit *δέ* folgt, wird ein concessiver Nebensatz in Form einer grammatischen Beiordnung mit *μέν* vorausgeschickt". Zu § 52. — *ἐνταῦθα* bei Verb. der Bewegung häufig als term. in quem. Krüg. 66, 3, 6.

31. *ὡς ἡμᾶς ἀποπέμπουσι*. Die Sage ist, dass wegen einer in

ταῖς δʼ ἐκλειπούσαις πολλάκις ἡ Πυθία προςέταξεν ἀπο-
φέρειν τὰ μέρη τῶν καρπῶν καὶ ποιεῖν πρὸς τὴν πόλιν
τὴν ἡμετέραν τὰ πάτρια. καίτοι περὶ τίνων χρὴ μᾶλλον
πιστεύειν ἢ περὶ ὧν ὅ τε θεὸς ἀναιρεῖ καὶ πολλοῖς τῶν
Ἑλλήνων συνδοκεῖ, καὶ τά τε πάλαι ῥηθέντα τοῖς παροῦ-
σιν ἔργοις συμμαρτυρεῖ, καὶ τὰ νῦν γιγνόμενα τοῖς ὑπʼ
32 ἐκείνων εἰρημένοις ὁμολογεῖ; Χωρὶς δὲ τούτων, ἢν ἅπαντα
ταῦτʼ ἐάσαντες ἀπὸ τῆς ἀρχῆς σκοπῶμεν, εὑρήσομεν ὅτι
τὸν βίον οἱ πρῶτοι φανέντες ἐπὶ γῆς οὐκ εὐθὺς οὕτως
ὥσπερ νῦν ἔχοντα κατέλαβον, ἀλλὰ κατὰ μικρὸν αὐτοὶ
συνεπορίσαντο. τίνας οὖν χρὴ μᾶλλον νομίζειν ἢ δωρεὰν
33 παρὰ τῶν θεῶν λαβεῖν ἢ ζητοῦντας αὐτοὺς ἐντυχεῖν; οὐ
τοὺς ὑπὸ πάντων ὁμολογουμένως καὶ πρώτους γενομένους
καὶ πρός τε τὰς τέχνας εὐφυεστάτους ὄντας καὶ πρὸς τὰ
τῶν θεῶν εὐσεβέστατα διακειμένους; καὶ μὴν ὅσης προσ-
ήκει τιμῆς τυγχάνειν τοὺς τηλικούτων ἀγαθῶν αἰτίους,
περίεργον διδάσκειν. οὐδεὶς γὰρ ἂν δύναιτο δωρεὰν το-

Hellas allgemeinen Hungersnoth der Gott zu Delphi die Athener der Demeter ein Opfer bringen hiess (*ἀνεῖλεν ὁ θεός*), welches man, weil es vor dem Pflügen dargebracht wurde, *προηρόσια* nannte. Preller Mytholog. I, 478. — *τὰ μέρη*, was oben *ἀπαρχαί* hiess. So wie nämlich *ἀπαρχαί* von den Colonien der *μητρόπολις* gebracht wurden (C. F. Herm. Staatsalt. § 74), so wurde auch mit *ἀπαρχαῖς*, die sie der athenischen Demeter weihten, von den Städten der Dank und die Erinnerung an die von Attika empfangenen Wohlthaten herkömmlich (*τὰ πάτρια μέρη*) bezeugt. Die Leitung des Orakels zu Delphi legte grosses Gewicht auf die Erhaltung solcher Pietätsverhältnisse. Herm. a. a. O. § 75.

32. *συνεπορίσαντο. σύν* harmonirt mit *κατὰ μικρόν*, nur allmählig zusammenbringen. *τὸν βίον* was zum Leben nöthig.

33. *ὁμολογουμένους* alle Handschriften. Hieronymus Wolf schrieb *ὁμολογουμένως*, weil die Constr. *ὁμολογεῖταί τις πρῶτος γενόμενος* bei Isokrates ohne Beispiel ist und er in solchen Formeln sich getreu bleibt. Er setzt, wie Baiter mit Recht behauptet, überall den Inf. 5 § 90 *ὁμολογεῖται νικῆσαι*. 15 § 20 *ἐλεημονεστάτους ὁμολογεῖσθαι εἶναι*. Dagegen 12 § 140 *τοὺς ὁμολογουμένως ὄντας πονηρούς*. Dass an sich auch die andre Constr. griechisch ist, beweisst Sauppe mit folg. Stellen. Isä. 6 § 49 *οὕτως ὁμολογουμένη οὖσα μήτηρ*. § 56 *ὁμολογουμένας εἶναι γνησίας*. Bei Dem. 26 § 22 u. 59 § 107 schwanken die Handschriften zwischen Partic. u. Adv. — *εὐσεβέστατα*. Dieses Lob eigneten sich die Athener vorzüglich gern an 12 § 124 *ἠσκηκότας εὐσέβειαν περὶ τοὺς θεούς, δικαιοσύνην δὲ περὶ τοὺς ἀνθρώπους*. Vgl. auch zu Lys. 30 § 18. Soph. O. C. 256 *εἰ τάς γʼ Ἀθήνας φασὶ*

σαύτην τὸ μέγεθος εὑρεῖν, ἥ τις ἴση τοῖς πεπραγμένοις
ἐστίν.

Περὶ μὲν οὖν τοῦ μεγίστου τῶν εὐεργετημάτων καὶ 34
πρώτου γενομένου καὶ πᾶσι κοινοτάτου ταῦτ' εἰπεῖν ἔχο-
μεν· περὶ δὲ τοὺς αὐτοὺς χρόνους ὁρῶσα τοὺς μὲν βαρ-
βάρους τὴν πλείστην τῆς χώρας κατέχοντας, τοὺς δ' Ἕλ-
ληνας εἰς μικρὸν τόπον κατακεκλειμένους καὶ διὰ σπα-
νιότητα τῆς γῆς ἐπιβουλεύοντάς τε σφίσιν αὐτοῖς καὶ
στρατείας ἐπ' ἀλλήλους ποιουμένους, καὶ τοὺς μὲν δι' ἔν-
δειαν τῶν καθ' ἡμέραν τοὺς δὲ διὰ τὸν πόλεμον ἀπολλυ-
μένους, οὐδὲ ταῦθ' οὕτως ἔχοντα περιεῖδεν, ἀλλ' ἡγεμόνας 35
εἰς τὰς πόλεις ἐξέπεμψεν, οἳ παραλαβόντες τοὺς μάλιστα
βίου δεομένους, στρατηγοὶ καταστάντες αὐτῶν καὶ πολέμῳ
κρατήσαντες τοὺς βαρβάρους, πολλὰς μὲν ἐφ' ἑκατέρας τῆς
ἠπείρου πόλεις ἔκτισαν, ἁπάσας δὲ τὰς νήσους κατῴκι-
σαν, ἀμφοτέρους δὲ καὶ τοὺς ἀκολουθήσαντας καὶ τοὺς
ὑπομείναντας ἔσωσαν· τοῖς μὲν γὰρ ἱκανὴν τὴν οἴκοι χώ- 36

θεοβεστάτας εἶναι.

34. τὴν πλείστην. Zur Constr. vgl. § 132 u. 148 τὴν ἀοίκητον τῆς χώρας. Thuk. I. 2 τῆς γῆς ἡ ἀρίστη. Krüg. 47, 28, 9. — τῆς χώρας. Bens. bemerkt: Das älteste Griechenland bestand nach Xen. Mem. III, 5, 10 nur aus dem Peloponnes Attika und Böotien. Barbarische Stämme sollen grosse Strecken in Hellas während der mythischen Zeit inne gehabt haben, Kaukonen, Dryopen, Thraker. ἡ χώρα ist das von den Hellenen in Is. Zeit besessene Land, der τόπος, ὃν νῦν τυγχάνομεν κατέχοντες § 36.

35. οὐδὲ ταῦτ'. οὐδέ weil ein neues Verdienst erwähnt wird. — ἡγεμόνας. Dieser Ausdruck absichtlich, um daran den Begriff der ἡγεμονία zu knüpfen, wie § 37 und als Wegweiserin für die Colonisation auch 12 § 190 ἡ δὲ πόλις ἡμῶν ἡγεμὼν καταστᾶσα τῶν οὐκ εὐπορούντων. Uebrigens trägt Is. offenbar das Verfahren viel späterer Zeiten, wie bei der Colonisation von Thurioi, von Amphipolis durch Hagnon u. s. w. (Herm. Staatsalt. § 86) auf frühere Zeiten über. Die von den Ionern aus Attika nach den Kykladen und Kleinasien ausgeführten Colonien und wieder die Tochterstädte dieser s. bei Herm. a. a. O. §§ 77. 78. — ἐφ' ἑκατέρας Asien und Europa, wie 5 § 112, 12 § 44 und 166. Die Zweitheiligkeit der Erde, wonach Africa bald zu Europa bald zu Asien gezählt wird, wie § 179. Aesch. Pers. 179 τὰ δύ' ἠπείρω u. Soph. Trach. 100, findet sich nicht nur in den ältesten geographischen Begriffen, sondern auch noch bei Sallust Jug. 20. Speciell heisst dann ἤπειρος bei Is. und Andern (Lys. 19 § 25) kurzweg des Königs Gebiet in Asien. Vgl. auch § 179.

ραν κατέλιπον, τοῖς δὲ πλείω τῆς ὑπαρχούσης ἐπόρισαν· ἅπαντα γὰρ περιεβάλοντο τὸν τόπον, ὃν νῦν τυγχάνομεν κατέχοντες. ὥστε καὶ τοῖς ὕστερον βουληθεῖσιν ἀποικίσαι τινὰς καὶ μιμήσασθαι τὴν πόλιν τὴν ἡμετέραν πολλὴν ῥᾳστώνην ἐποίησαν· οὐ γὰρ αὐτοὺς ἔδει κτωμένους χώραν διακινδυνεύειν, ἀλλ' εἰς τὴν ὑφ' ἡμῶν ἀφορισθεῖσαν,
37 εἰς ταύτην οἰκεῖν ἰόντας. καίτοι τίς ἂν ταύτης ἡγεμονίαν
ἐπιδείξειεν ἢ πατριωτέραν, τῆς πρότερον γενομένης πρὶν τὰς πλείστας οἰκισθῆναι τῶν Ἑλληνίδων πόλεων, ἢ μᾶλλον συμφέρουσαν, τῆς τοὺς μὲν βαρβάρους ἀναστάτους ποιησάσης, τοὺς δ' Ἕλληνας εἰς τοσαύτην εὐπορίαν προαγαγούσης;

38 Οὐ τοίνυν, ἐπειδὴ τὰ μέγιστα συνδιέπραξε, τῶν ἄλ-
λων ὠλιγώρησεν, ἀλλ' ἀρχὴν μὲν ταύτην ἐποιήσατο τῶν εὐεργεσιῶν, τροφὴν τοῖς δεομένοις εὑρεῖν, ἥνπερ χρὴ τοὺς μέλλοντας καὶ περὶ τῶν ἄλλων καλῶν καλῶς διοικήσειν, ἡγουμένη δὲ τὸν βίον τὸν ἐπὶ τούτοις μόνον οὔπω τοῦ ζῆν ἐπιθυμεῖν ἀξίως ἔχειν οὕτως ἐπεμελήθη καὶ τῶν λοιπῶν, ὥστε τῶν παρόντων τοῖς ἀνθρώποις ἀγαθῶν, ὅσα μὴ παρὰ θεῶν ἔχομεν ἀλλὰ δι' ἀλλήλους ἡμῖν γέγονε, μηδὲν μὲν ἄνευ τῆς πόλεως τῆς ἡμετέρας εἶναι, τὰ δὲ πλεῖ-
39 στα διὰ ταύτην γεγενῆσθαι. παραλαβοῦσα γὰρ τοὺς Ἑλ-

36. *περιεβάλοντο*, sie erwarben ringsum. — *ὑφ' ἡμῶν ἀφ.* Aeolische Colonien sind wohl schon früher ausgeführt worden (Herm. a. a. O. § 76), für die dorischen aber sind die ionisch-attischen in so fern ein den Weg und die Gegend bestimmender Vorgang (Herm. § 79), als die Auswanderung der Ionier und Attiker zwei Generationen nach der Heraklidenwanderung begann.

37. *πατριωτέραν* mit mehr Recht eine angestammte. — *τῆς — προαγαγούσης*, zu § 21. — *εὐπορίαν*, indem sowohl Colonien als Mutterland damit gewannen.

38. *τροφὴν — εὑρεῖν*, Appos. zu *ταύτην*. 9 § 28 *λαβὼν ταύτην ἀφορμὴν*, — *ἀμύνεσθαι.* — *τὸν ἐπὶ τούτοις μόνον* nur auf Sicherung des Unterhalts beschränkt. — *διὰ ταύτην* (wo auch *ταύτης* anginge) durch Veranlassung und Verdienst unsers Staates". So auch *δι' ἀλλήλους*. Vgl. zu § 122.

39. *παραλαβοῦσα* wie etwa ein Amtsnachfolger den Zustand der Verwaltung findet und übernimmt. (Von Euagoras heisst es 9 § 47 *παραλαβὼν τὴν πόλιν ἐκβεβαρβαρωμένην.*) Es ist darauf abgesehen, den Anspruch Athens aus frühesten Zeiten zu begründen, als ob es schon damals die Gestaltung von

ληνας ἀνόμως ζῶντας καὶ σποράδην οἰκοῦντας, καὶ τοὺς
μὲν ὑπὸ δυναστειῶν ὑβριζομένους τοὺς δὲ δι᾽ ἀναρχίαν
ἀπολλυμένους, καὶ τούτων τῶν κακῶν αὐτοὺς ἀπήλλαξε,
τῶν μὲν κυρία γενομένη, τοῖς δ᾽ αὑτὴν παράδειγμα ποι-
ήσασα· πρώτη γὰρ καὶ νόμους ἔθετο καὶ πολιτείαν κα-
τεστήσατο. δῆλον δ᾽ ἐκεῖθεν· οἱ γὰρ ἐν ἀρχῇ περὶ τῶν 40
φονικῶν ἐγκαλέσαντες, καὶ βουληθέντες μετὰ λόγου καὶ
μὴ μετὰ βίας διαλύσασθαι τὰ πρὸς ἀλλήλους, ἐν τοῖς νό-
μοις τοῖς ἡμετέροις τὰς κρίσεις ἐποιήσαντο περὶ αὐτῶν.
Καὶ μὲν δὴ καὶ τῶν τεχνῶν τάς τε πρὸς τἀναγκαῖα τοῦ
βίου χρησίμας καὶ τὰς πρὸς ἡδονὴν μεμηχανημένας, τὰς
μὲν εὑροῦσα τὰς δὲ δοκιμάσασα χρῆσθαι τοῖς ἄλλοις πα-
ρέδωκεν. Τὴν τοίνυν ἄλλην διοίκησιν οὕτω φιλοξένως 41
κατεσκευάσατο καὶ πρὸς ἅπαντας οἰκείως, ὥστε καὶ τοῖς
χρημάτων δεομένοις καὶ τοῖς ἀπολαῦσαι τῶν ὑπαρχόντων
ἐπιθυμοῦσιν ἀμφοτέροις ἁρμόττειν, καὶ μήτε τοῖς εὐδαι-

Hellas übernommen hätte. Des Sturzes der *δυναστειῶν* konnten, so fern damit die *τυραννίδες* gemeint wären, für spätere Zeiten sich, wie Is. § 125 anerkennt, eher die Lakedämonier rühmen (Herm. Staatsalt. § 32) und an die Beseitigung der *ὀλιγαρχίαι*, die ebenfalls *δυναστεῖαι* heissen (§ 105) ist hier nicht zu denken. Es ist vielmehr die Beseitigung der rohen Gewalt und des Faustrechts durch Gesetz Verfassung und Gerichte, welche Athen bewirkte bei den Einen durch sein Beispiel, bei den Andern durch seine Macht und Einfluss (*κυρία γενομ.*) — *παράδειγμα*, wie Perikles bei Thuk. II, 37 sagt: *χρώμεθα πολιτείᾳ οὐ ζηλούσῃ τοὺς τῶν πέλας νόμους, παράδειγμα δὲ μᾶλλον αὐτοὶ ὄντες τινὶ ἢ μιμούμενοι ἑτέρους.* Theseus hatte auch das Beispiel des *συνοικισμός* der vereinzelten kleinen Gemeinwesen (*σποράδην οἰκοῦντας*) zu einer Staatseinheit gegeben, Thuk. II, 14, da er die Bewohner Attikas *ἓν βουλευτήριον ἀποδείξας καὶ πρυτανεῖον ξυνῴκισε πάντας.*

40. *ἐν ἀρχῇ* in ältester Zeit. Is. scheint nicht nur an Fälle zu denken, wie als Poseidon den Ares wegen des an seinem Sohne Halirrhothios verübten Todtschlags und die Eumeniden den Orestes verklagten, sondern anzunehmen, dass in Klagen wegen Mord auch Auswärtige in den athen. Gesetzen (*ἐν τοῖς ν. τ. ἡ.*) die Entscheidung suchten und fanden. — *μετὰ λόγου* in förmlicher Verhandlung und Rechtserörterung.

41. *χρημάτων δεομένους.* Viele Fremde liessen sich des Handels wegen in Athen als Metöken nieder und wurden reich. Böckh Staatsh. I, 47 ff. berechnet, dass von den 135,000 Seelen freier Bevölkerung in Athen gerade ein Drittheil Metöken waren. Andere hielten sich dort der mannichfaltigen Genüsse wegen vorübergehend auf. — *οἰκείως*, so dass man sich hei-

μονοῦσι μήτε τοῖς δυστυχοῦσιν ἐν ταῖς αὑτῶν ἀχρήστως ἔχειν, ἀλλ' ἑκατέροις αὐτῶν εἶναι παρ' ἡμῖν, τοῖς μὲν ἡδί-
42 στας διατριβάς, τοῖς δ' ἀσφαλεστάτην καταφυγήν. Ἔτι δὲ τὴν χώραν οὐκ αὐτάρκη κεκτημένων ἑκάστων, ἀλλὰ τὰ μὲν ἐλλείπουσαν τὰ δὲ πλείω τῶν ἱκανῶν φέρουσαν, καὶ πολλῆς ἀπορίας οὔσης τὰ μὲν ὅπου χρὴ διαθέσθαι τὰ δ' ὁπόθεν εἰσαγαγέσθαι, καὶ ταύταις ταῖς συμφοραῖς ἐπήμυνεν· ἐμπόριον γὰρ ἐν μέσῳ τῆς Ἑλλάδος τὸν Πειραιᾶ κατεσκευάσατο, τοσαύτην ἔχονθ' ὑπερβολήν, ὥσθ' ἃ παρὰ τῶν ἄλλων ἓν παρ' ἑκάστων χαλεπόν ἐστι λαβεῖν, ταῦθ' ἅπαντα παρ' αὐτῆς ῥάδιον εἶναι πορίσασθαι.

43 Τῶν τοίνυν τὰς πανηγύρεις καταστησάντων δικαίως ἐπαινουμένων ὅτι τοιοῦτον ἔθος ἡμῖν παρέδοσαν, ὥστε σπεισαμένους καὶ τὰς ἔχθρας τὰς ἐνεστηκυίας διαλυσαμένους

misch fühlen konnte. — *δυστυχοῦσιν*, vorzüglich solche, die als Anhänger der Demokratie aus ihrer Heimath vor der Gegenpartei flüchten mussten.

42. *οὐκ αὐτάρκη*. Herod. I. 32 *χώρη οὐδεμία καταρκέει πάντα ἑαυτῇ παρέχουσα, ἀλλὰ ἄλλο μὲν ἔχει, ἑτέρου δὲ ἐπιδέεται*. Is. fasst aber den Begriff des *οὐκ αὐτάρκης* so, dass es nicht bloss den Mangel an gewissen Producten, sondern auch den Ueberfluss an andern bezeichnet, woraus für jedes Land das Bedürfniss von Absatzwegen, also des Verkehrs mit andern entsteht, so dass in *οὐκ αὐτ.* gewissermassen auch das folg. Glied *καὶ πολλῆς* u. s. w. enthalten ist. — *διαθέσθαι*, Waaren auf den Markt bringen, dort auslegen und verkaufen (so *διάθεσις* 11 § 14). Ueber Athen als Weltmarkt Thuk II. 38 *ἐπεισέρχεται δὲ διὰ μέγεθος τῆς πόλεως ἐκ πάσης γῆς τὰ πάντα*.

43. Eine Hauptstelle über diese Festversammlungen in Hellas, als deren Zweck hier wie im Olympiakos des Lysias angegeben wird die Erhaltung alter und die Anknüpfung neuer Freundschaftsbande und Verhütung der Entfremdung, indem Gelegenheit zum vielseitigen freundlichen Verkehr (*ἐπιμιξία*) selbst zwischen sonst feindlichen Staaten unter dem Schutze einer Gottheit geboten war. — *σπεισαμένους*. So verkündigten Herolde der Eleer als Ueberbringer des Gottesfriedens (*σπονδοφόροι Κρονίδα Ζηνός* Pind. Isth. II, 23) die heilige Zeit, *ἱερομηνία* der olympischen *πανήγυρις*, und *σπονδάς*, dass während der Festzeit im ganzen Peloponnes die Waffen ruhen sollten, so dass Jeder die Festreise mit sicherm Geleite machte. Dieses galt ursprünglich für die pelop. Staaten, später für alle, welche das Fest zu besuchen pflegten. Auch wurden wirkliche Kriege dadurch unterbrochen (*ἐκεχειρία*). So kündeten auch die Eleusinier *τὰς μυστηριωτίδας σπονδάς* an durch *σπονδοφόροι*. Aesch. 2 § 133. Aehnlich war es bei den andern grossen *πανηγύ-*

συνελθεῖν εἰς ταὐτόν, καὶ μετὰ ταῦτ' εὐχὰς καὶ θυσίας
κοινὰς ποιησαμένους ἀναμνησθῆναι μὲν τῆς συγγενείας τῆς
πρὸς ἀλλήλους ὑπαρχούσης, εὐμενεστέρως δ' εἰς τὸν λοιπὸν
χρόνον διατεθῆναι πρὸς ἡμᾶς αὐτοὺς καὶ τάς τε παλαιὰς
ξενίας ἀνανεώσασθαι καὶ καινὰς ἑτέρας ποιήσασθαι, καὶ 44
μήτε τοῖς ἰδιώταις μήτε τοῖς διενεγκοῦσι τὴν φύσιν ἀργὸν
εἶναι τὴν διατριβήν, ἀλλ' ἀθροισθέντων τῶν Ἑλλήνων ἐγγε-
νέσθαι τοῖς μὲν ἐπιδείξασθαι τὰς αὑτῶν εὐτυχίας, τοῖς
δέ θεάσασθαι τούτους πρὸς ἀλλήλους ἀγωνιζομένους, καὶ
μηδετέρους ἀθύμως διάγειν, ἀλλ' ἑκατέρους ἔχειν ἐφ' οἷς
φιλοτιμηθῶσιν, οἱ μὲν ὅταν ἴδωσι τοὺς ἀθλητὰς αὑτῶν
ἕνεκα πονοῦντας, οἱ δ' ὅταν ἐνθυμηθῶσιν ὅτι πάντες ἐπὶ
τὴν σφετέραν θεωρίαν ἥκουσι, — τοσούτων τοίνυν ἀγαθῶν
διὰ τὰς συνόδους ἡμῖν γιγνομένων οὐδ' ἐν τούτοις ἡ πόλις
ἡμῶν ἀπελείφθη. καὶ γὰρ θεάματα πλεῖστα καὶ κάλλιστα 45
κέκτηται, τὰ μὲν ταῖς δαπάναις ὑπερβάλλοντα, τὰ δὲ

ρεις. Herm. Staatsalt. § 10. — *εὐχὰς κ. θυσίας κοινάς.* „Der Mittelpunkt, um welchen sich bei solchen Festen Alles bewegte, war stets der religiöse Cultus". Bens. Die gemeinschaftlichen Opfer wurden am ersten Festtage durch die von den Staaten abgeordneten Gesandten (*θεωροί*, s. zu § 182) dargebracht.

44. *τοῖς ἰδιώταις*, wie § 11 die Nichtredner, so hier die Nichtkämpfer im Ggstz. zu den *διενεγκοῦσι τὴν φύσιν*, welches zunächst von den gymnischen, aber auch von den musischen Agonen zu verstehen. — *ἀθύμως διάγειν*, sich dabei unbehaglich fühlen, vgl. § 116 u. 7 § 55, wegen Mangel an lebendiger Betheiligung (*διατριβὴ ἀργός*). — *ἐφ οἷς φιλοτιμηθῶσιν. ἐφ' οἷς* geht über in die Bedeutung einer Absichtsconj. wie *ἵνα ἐπ' αὐτοῖς*, wohl das einzige ganz sichere Beispiel dieser Constr. aus der att. Prosa; denn Thuk. VII, 25 *μία μὲν (ναῦς) ἐς Πελοπόννησον ᾤχετο πρέσβεις ἄγουσα, οἵπερ τά τε σφέτερα φράσωσιν, ὅτι ἐν ἐλπίσιν εἰσί, καὶ τὸν ἐκεῖ πόλεμον ἔτι μᾶλλον ἐποτρύνωσι γίγνεσθαι* steht kritisch weniger fest. Ueblich ist dagegen das Fut. Eur. Phoen. 445 *σὸν ἔργον λέγειν μύθους, οἷς διαλλάξεις τέκνα.* Krüg. 53, 7, 7. — *σφετέραν*, Umschreibung des Objectsgen. Thuk. I, 33 *φόβῳ τῷ ὑμετέρῳ.* ebend. *ἐς τὴν ὑμετέραν ἐπιχείρησιν*, „zum Angriff gegen euch". Krüg. 47, 7, 18. — *ἐν τούτοις*, in dem, was die *πανηγύρεις* Herrliches haben.

45. Hier bezeichnet er mit einem Ueberblick die Herrlichkeit attischer Feste, nicht nur der Panathenäen, von denen die grossen alle 4 Jahre, je im dritten Olympiadenjahr, die kleinen alljährlich, beide im Monat Hekatombäon wiederkehrten, Böckh Staatsh. II, 46, die grossen Dionysien oder *τὰ ἐν ἄστει* im Elaphebolion mit ihren dramatischen Wettkämpfen, so wie die kleinen im Maimakterion, sondern die ganze Reihe von Festen, die Herm. gottesd. Alt.

κατὰ τὰς τέχνας εὐδοκιμοῦντα, τὰ δ' ἀμφοτέροις τούτοις διαφέροντα, καὶ τὸ πλῆθος τῶν εἰσαφικνουμένων ὡς ἡμᾶς τοσοῦτόν ἐστιν, ὥστ' εἴ τι ἐν τῷ πλησιάζειν ἀλλήλοις ἀγαθόν ἐστι, καὶ τοῦθ' ὑπ' αὐτῆς περιειλῆφθαι. πρὸς δὲ τούτοις καὶ φιλίας εὑρεῖν πιστοτάτας καὶ συνουσίαις ἐντυχεῖν παντοδαπωτάταις μάλιστα παρ' ἡμῖν ἔστιν, ἔτι δ' ἀγῶνας ἰδεῖν, μὴ μόνον τάχους καὶ ῥώμης, ἀλλὰ καὶ λόγων καὶ γνώμης καὶ τῶν ἄλλων ἔργων ἁπάντων, καὶ
46 τούτων ἆθλα μέγιστα. πρὸς γὰρ οἷς αὐτὴ τίθησι, καὶ τοὺς ἄλλους διδόναι συναναπείθει. τὰ γὰρ ὑφ' ἡμῶν κρι-

§§ 54—62 Monat für Monat aufzählt, so dass fast eines das andere berührte, mit ihren gymnischen Spielen und den musischen, Dramen, Chören und Tänzen, Rhapsoden (§ 159), mit ihren Opfern und grossartigen Processionen, in denen kostbare Gefässe und Kunstwerke, der von attischen Jungfrauen gestickte *πέπλος* getragen wurden, alles mit grösstem Aufwande, *δαπάναις* und *τέχναις*. Da gab es genug zu sehen (*θεάματα*) und auch zu hören (*ἀκροάματα*) für die Menge der dadurch nach Athen gelockten Fremden (*τῶν εἰσαφικνουμένων*, anderwärts 9 § 43. 11 § 5 heissen sie nur *οἱ ἀφικνούμενοι*). Rechnet man dazu das politische Leben in Athen und die Rednerbühne, den gesellschaftlichen Verkehr, Gelegenheiten, die in Politik, Wissenschaft und Künsten bedeutendsten Männer in ihrem geistigen Wettstreit zu beobachten, denn der Begriff *λόγων καὶ γνώμης* (Paronomasie zu *τάχους καὶ ῥώμης*) ist zu weit, um mit Benseler nur auf Chöre und Dramen bezogen zu werden, so rechtfertigt sich der schöne Ausdruck § 46 von der andauernden *πανήγυρις* in Athen, wo man die ausgezeichnetsten Hellenen antraf. — *ἔργων*, Kunstleistungen. — *μέγιστα ἆθλα*, nicht von materiellem Werth, denn es waren Kränze und Vasen mit Oel der heiligen *μορίαι*, s. zu Lys. S. 170, sondern von idealem, weil zu Athen vor diesen Kampfrichtern und vor den Augen dieses Publicums gewonnen.

46. *πρὸς γὰρ οἷς*. Der Beweis der hohen Werthe athenischer Kampfpreise liegt in der Anerkennung der athen. Kunsturtheile auch in den übrigen Staaten. Es mögen Kränze und Belohnungen gemeint sein, die athen. Künstlern auch von andern Städten zukamen für Kunstwerke, die, nachdem sie in Athen gefallen, auch auswärts gezeigt wurden, wie Tragödien attischer Dichter auch auswärts zur Aufführung kamen. (Bensel. erinnert an die *ξενικοὺς στεφάνους* bei Aesch. 3 § 44 ff. die goldenen Kränze, welche fremde Staaten Athenern während der Dionysien aus dieser oder jener Ursache verehrten. Doch freilich mehr dem Staat Athen oder den Staatsmännern). Ein Zeugniss der attischen Herrschaft in Sachen des Geschmacks. Vgl. Herm. Priv. Alt. § 7, der unter anderm aus einem alten Geographen (Müller fragm. hist. graec. Vol. II, p. 232) anführt *οἱ δὴ εἰλικρινεῖς Ἀθηναῖοι δριμεῖς τῶν τεχνῶν ἀκροαταί*. Plat. Lach. p. 183 B. „Der Tragödiendichter ist bei uns geehrt. *τοιγάρτοι ὃς ἂν οἴηται τραγῳδίαν καλῶς ποιεῖν, οὐκ ἔξωθεν κύκλῳ περὶ τὴν Ἀττικὴν κατὰ τὰς ἄλλας πόλεις ἐνδεικνύμενος περιέρχεται, ἀλλ'*

θέντα τοσαύτην λαμβάνει δόξαν ὥστε παρὰ πᾶσιν ἀν-
θρώποις ἀγαπᾶσθαι. χωρὶς δὲ τούτων αἱ μὲν ἄλλαι πα-
νηγύρεις διὰ πολλοῦ χρόνου συλλεγεῖσαι ταχέως διελύθησαν,
ἡ δ' ἡμετέρα πόλις ἅπαντα τὸν αἰῶνα τοῖς ἀφικνουμένοις
πανήγυρίς ἐστιν.

Φιλοσοφίαν τοίνυν, ἣ πάντα ταῦτα συνεξεῦρε καὶ 47
συγκατεσκεύασε, καὶ πρός τε τὰς πράξεις ἡμᾶς ἐπαίδευσε
καὶ πρὸς ἀλλήλους ἐπράϋνε, καὶ τῶν συμφορῶν τάς τε δι'
ἀμαθίαν καὶ τὰς ἐξ ἀνάγκης γιγνομένας διεῖλε, καὶ τὰς
μὲν φυλάξασθαι τὰς δὲ καλῶς ἐνεγκεῖν ἐδίδαξεν, ἡ πόλις
ἡμῶν κατέδειξε, καὶ λόγους ἐτίμησεν, ὧν πάντες μὲν 48
ἐπιθυμοῦσι, τοῖς δ' ἐπισταμένοις φθονοῦσι, συνειδυῖα μὲν
ὅτι τοῦτο μόνον ἐξ ἁπάντων τῶν ζώων ἴδιον ἔφυμεν ἔχον-
τες, καὶ διότι τούτῳ πλεονεκτήσαντες καὶ τοῖς ἄλλοις
ἅπασιν αὐτῶν διηνέγκαμεν, ὁρῶσα δὲ περὶ μὲν τὰς ἄλλας
πράξεις οὕτω ταραχώδεις οὔσας τὰς τύχας ὥστε πολλάκις
ἐν αὐταῖς καὶ τοὺς φρονίμους ἀτυχεῖν καὶ τοὺς ἀνοήτους
κατορθοῦν, τῶν δὲ λόγων τῶν καλῶς καὶ τεχνικῶς ἐχόντων
οὐ μετὸν τοῖς φαύλοις, ἀλλὰ ψυχῆς εὖ φρονούσης ἔργον
ὄντας, καὶ τούς τε σοφοὺς καὶ τοὺς ἀμαθεῖς δοκοῦντας 49
εἶναι ταύτῃ πλεῖστον ἀλλήλων διαφέροντας, ἔτι δὲ τοὺς
εὐθὺς ἐξ ἀρχῆς ἐλευθέρως τεθραμμένους ἐκ μὲν ἀνδρίας

εὐθὺς δεῦρο φέρεται καὶ τοῖς δ' ἐπιδείκνυσιν.. — *διὰ πολλοῦ χρόνου* periodisch, wie die Olymp. und Pythische alle 4 Jahre. — *διελύθησαν* Aor. des Pflegens.

47. *φιλοσοφίαν.* § 10 war es im Allgem. wissenschaftliche Beschäftigung. Hier aber im weitesten Sinne nach dem Sprachgebrauche der Sophisten, die besonders im Praktischen, in Kunst und Leben sich bewährende Bildung, Beredsamkeit (*λόγοι*) mit eingeschlossen. — *ἐπράϋνε* Bildung der Sitten zur Veredlung der menschlichen und bürgerlichen Gesellchaft. — *διεῖλε*, die Weisheit unterschied d. i. lehrte unterscheiden zwischen unvermeidlichen und durch Einsicht vermeidlichen Uebeln. — *καλῶς ἐνεγκεῖν.* Pind. Pyth. III. 81 ἓν παρ' ἐσλὸν πήματα σύνδυο δαίονται βροτοῖς ἀθάνατοι· τὰ μὲν ὦν οὐ δύνανται νήπιοι κόσμῳ φέρειν, ἀλλ' ἀγαθοί, τὰ καλὰ τρέψαντες ἔξω.

48. *τοῖς δ' ἐπισταμένοις* nämlich *αὐτάς*. Denn nach dem Pron. rel. geht im zweiten Gliede, wo das Rel. in einem andern Casus erfordert würde, die Constr. ins Demonstrative über. Krüg. 60, 6, 2. — *καὶ διότι* die bessern Hdschrr. Vulg. *καὶ ὅτι*. Is. braucht, wie Baiter zeigt, öfter *διότι* für *ὅτι*, um den Hiatus zu vermeiden.

49. *ἐλευθέρως τεθραμμ.* in

καὶ πλούτου καὶ τῶν τοιούτων ἀγαθῶν οὐ γιγνωσκομένους, ἐκ δὲ τῶν λεγομένων μάλιστα καταφανεῖς γιγνομένους, καὶ τοῦτο σύμβολον τῆς παιδεύσεως ἡμῶν ἑκάστου πιστότατον ἀποδεδειγμένον, καὶ τοὺς λόγῳ καλῶς χρωμένους οὐ μόνον ἐν ταῖς αὑτῶν δυναμένους, ἀλλὰ καὶ παρὰ τοῖς
50 ἄλλοις ἐντίμους ὄντας. τοσοῦτον δ' ἀπολέλοιπεν ἡ πόλις ἡμῶν περὶ τὸ φρονεῖν καὶ λέγειν τοὺς ἄλλους ἀνθρώπους, ὥσθ' οἱ ταύτης μαθηταὶ τῶν ἄλλων διδάσκαλοι γεγόνασι, καὶ τὸ τῶν Ἑλλήνων ὄνομα πεποίηκε μηκέτι τοῦ γένους ἀλλὰ τῆς διανοίας δοκεῖν εἶναι, καὶ μᾶλλον Ἕλληνας καλεῖσθαι τοὺς τῆς παιδεύσεως τῆς ἡμετέρας ἢ τοὺς τῆς κοινῆς φύσεως μετέχοντας.

51 Ἵνα δὲ μὴ δοκῶ περὶ τὰ μέρη διατρίβειν ὑπὲρ ὅλων τῶν πραγμάτων ὑποθέμενος ἐρεῖν μηδ' ἐκ τούτων ἐγκωμιάζειν τὴν πόλιν ἀπορῶν τὰ πρὸς τὸν πόλεμον αὐτὴν ἐπαινεῖν, ταῦτα μὲν εἰρήσθω μοι πρὸς τοὺς ἐπὶ τοῖς

derjenigen edeln Bildung, die sich für Freie schickt. — *οὐ γιγνωσκ.* weil Tapferkeit und besonders äussere Güter sich auch bei solchen finden können, die nicht von Anfang eine freie Erziehung genossen haben. — *τοῦτο* nämlich *τῷ λόγῳ καλῶς χρῆσθαι*. Ueber das *σύμβολον* „Erkennungs- u. Beglaubigungszeichen", zunächst tessera hospitalis, s. zu Lys. 19 § 25. — *ἀποδεδειγμένον*, anerkannt, § 165.

50. *πεποίηκε* nämlich *ἡ πόλις*. Die Identität des hellenischen Namens mit dem eines Gebildeten ist im Euagoras ausgeführt. Das Bewusstsein dieser Bildung und ihrer Macht hatten die Athener seit und wesentlich durch Perikles. Bei Thuk. II. 41 sagt dieser *ξυνελών τε λέγω τήν τε πᾶσαν πόλιν τῆς Ἑλλάδος παίδευσιν εἶναι*, weswegen auch hier *τῆς πόλεως μαθηταί* in einem auffallenden, aber stolzen Ausdrucke genannt werden. Man denke auch an die vielen fremden Jünglinge, die zu Athen Bildung suchten. Daher die stolzen Bezeichnungen: *πρυτανεῖον τῆς σοφίας, ἄστυ τῆς Ἑλλάδος, Ἑλλάδος Ἑλλάς, κοινὸν παιδευτήριον πᾶσιν ἀνθρώποις, Ἑλλάδος μουσεῖον*. Herm. Priv. Alt. § 7.

51. *περὶ τὰ μέρη*. Einzelnheiten von Vorzügen, die Athen aufzuweisen hat, wie die von § 43 an geschilderten. *τὰ ὅλα*, Verdienste um das Hellenenthum im Ganzen. — *ἐρεῖν*, das im Urb. fehlt, hat Bensel. aus dem Ambros. der Parisose wegen aufgenommen. — *τὰ πρὸς τὸν πόλεμον*. vgl. 7 § 36. Ueber *ἐπαινεῖν τινά τι* Soph. Aj. 1381 *πάντ' ἔχω σ' ἐπαινέσαι λόγοισι*. Krüg. 47, 11, 2. Im Uebrigen betritt er hier den vielgenutzten Boden, rhetorum campum de Marathone cett. nach Cic. off. 1, 18, der den Rednern nach dem Ausdrucke des Aristoph. Ritt. 782 Stoff zum *ἐγγλωττοτυπεῖν*, zum „Phrasendrechseln„ lieferte. Arist. Rhet. II. 22 *Πῶς ἂν δυναίμεθα ἐπαινεῖν τοὺς Ἀθηναίους, εἰ μὴ ἔχοιμεν τὴν ἐν Σαλαμῖνι ναυμαχίαν, ἢ τὴν ἐν Μαραθῶνι*

τοιούτοις φιλοτιμουμένους, ἡγοῦμαι δὲ τοῖς προγόνοις
ἡμῶν οὐχ ἧττον ἐκ τῶν κινδύνων τιμᾶσθαι προσήκειν ἢ
τῶν ἄλλων εὐεργεσιῶν. οὐ γὰρ μικροὺς οὐδ᾽ ὀλίγους οὐδ᾽ 52
ἀφανεῖς ἀγῶνας ὑπέμειναν, ἀλλὰ πολλοὺς καὶ δεινοὺς καὶ
μεγάλους, τοὺς μὲν ὑπὲρ τῆς αὑτῶν χώρας, τοὺς δ᾽ ὑπὲρ
τῆς τῶν ἄλλων ἐλευθερίας· ἅπαντα γὰρ τὸν χρόνον διετέλε-
σαν κοινὴν τὴν πόλιν παρέχοντες καὶ τοῖς ἀδικουμένοις
ἀεὶ τῶν Ἑλλήνων ἐπαμύνουσαν. Διὸ δὴ καὶ κατηγοροῦσί 53
τινες ἡμῶν ὡς οὐκ ὀρθῶς βουλευομένων, ὅτι τοὺς ἀσθε-
νεστέρους εἰθίσμεθα θεραπεύειν, ὥσπερ οὐ μετὰ τῶν
ἐπαινεῖν βουλομένων ἡμᾶς τοὺς λόγους ὄντας τοὺς τοι-
ούτους. οὐ γὰρ ἀγνοοῦντες ὅσον διαφέρουσιν αἱ μείζους
τῶν συμμαχιῶν πρὸς τὴν ἀσφάλειαν οὕτως ἐβουλευόμεθα
περὶ αὐτῶν, ἀλλὰ πολὺ τῶν ἄλλων ἀκριβέστερον εἰδότες
τὰ συμβαίνοντ᾽ ἐκ τῶν τοιούτων ὅμως ᾑρούμεθα τοῖς ἀσ-
θενεστέροις καὶ παρὰ τὸ συμφέρον βοηθεῖν μᾶλλον ἢ τοῖς
κρείττοσι τοῦ λυσιτελοῦντος ἕνεκα συναδικεῖν.

μάχην, ἢ τὰ ὑπὲρ Ἡρακλειδῶν πραχθέντα, ἢ τῶν ἄλλων τι τῶν τοιούτων; — *προσήκει* mit dem Dat. und wenn es gleich *ἔοικε* „es ist natürlich", mit dem Acc. u. Inf. S. zu Lys. 25, § 7. Krüg. 55, 1, 3. — *ἢ τῶν ἄλλων*. In copulativen und disjunctiven Gliedern wird vor dem zweiten die Präpos. gerne weggelassen, da sie aus dem ersten hinzugedacht wird.

52. *μικροὺς — μεγάλους*, die Glieder entsprechen sich in umgekehrter Reihe. — *δεινός* auffallend, bedeutend im Ggstz. zu *ἀφανής*. — Auf dem Gliede *τοὺς δὲ — ἐλευθερίας* beruht nach *τοὺς μέν* das Gewicht. Vgl. zu § 30. Also *μέν — δέ* = quum — tum, wie *ἅπαντα γάρ* beweist. — *κοινήν*, allen als Zufluchtsort bereit. — *ἀεί*, jeweilen.

53. *ὥσπερ οὐ — ὄντας*. Ueber den einem Gen. abs. gleich gebrauchten Acc. abs. nach *ὡς* und *ὥσπερ* ist zu bemerken, dass der Acc. eigentl. abhängt von einem bei *ὡς* gedachten Begriffe des Glaubens, Meinens. Vgl. Krüg. 56, 9, 10. Ferner ist in dieser Formel die Negation nie *μή*, obwohl wir hypothetisch mit wie wenn aufzulösen pflegen, sondern *οὐ*. Der Grieche setzt den angenommenen Fall als einen wirklichen, damit jene Negation der handgreiflichen Wirklichkeit in ihrer Willkührlichkeit desto greller ins Licht trete: als ob man denken müsste, dass das und das nicht so ist. Vgl. § 178. Krüg. 67, 8, 2. u. über das Ironische zu § 11. — *μετὰ τῶν*, § 22. — *ᾑρούμεθα*, Imperf., weil es stehende Maxime war. — *ἀκριβέστερον εἰδ.* „wegen trauriger Erfahrungen, die Athen in Folge solcher Hülfleistungen gemacht". Bensel. — *παρὰ τὸ συμφέρον*. Die attische *ξυμμαχία* der histor. Zeit ist freilich nicht aus diesem Gesichtspunkt entstanden, denn es umgiebt sich ein nach Macht strebender Staat lieber mit Bündnissen Schwächerer seines Vortheils wegen, da starke Bundesgenossen leicht seine Machtvergrös-

54 Γνοίη δ' αν τις καὶ τὸν τρόπον καὶ τὴν ῥώμην τὴν
τῆς πόλεως ἐκ τῶν ἱκετειῶν, ἃς ἤδη τινὲς ἡμῖν ἐποιήσαντο.
τὰς μὲν οὖν ἢ νεωστὶ γεγενημένας ἢ περὶ μικρῶν ἐλθούσας
παραλείψω· πολὺ δὲ πρὸ τῶν Τρωϊκῶν (ἐκεῖθεν γὰρ δί-
καιον τὰς πίστεις λαμβάνειν τοὺς ὑπὲρ τῶν πατρίων ἀμ-
φισβητοῦντας) ἦλθον οἵ θ' Ἡρακλέους παῖδες καὶ μικρὸν
πρὸ τούτων Ἄδραστος ὁ Ταλαοῦ, βασιλεὺς ὢν Ἄργους,
οὗτος μὲν ἐκ τῆς στρατείας τῆς ἐπὶ Θήβας δεδυστυχηκώς,
55 καὶ τοὺς ὑπὸ τῇ Καδμείᾳ τελευτήσαντας αὐτὸς μὲν οὐ

serung hindern. Is. will aber, dass sich diese Ritterlichkeit der Athener in der Urzeit bewährt habe, und hat zu Vorgängern in dieser Auffassung den Andok. vom Fried. § 28 und den Epitaph. bei Lysias § 12. Auch Demosth. sagt 20 § 3 *συμμάχους ἤδη τινὰς ἥττους ἀντὶ κρειττόνων ἐπείσθητε ἑλέσθαι.*

54. *τὴν τῆς πόλεως.* 9 § 51. *μέγιστον δὲ τεκμήριον καὶ τοῦ τρόπου καὶ τῆς ὁσιότητος τῆς ἐκείνου.* *ἡμῖν.* Man sagt *ἱκετεύειν τινά*, ferner *ἱκέτης τινός* und *ἱκετεία τινός*, bei Jemandem. Also erwartet man *ἡμῶν*. Aber *ἱκετείας ποιεῖσθαι* wird hier mit dem Dat. constr. nach Analogie der Verba des Bittens. Das Schutzsuchen der schwächern Staaten bei mächtigern geschah eben in der Form der *ἱκετεία*. 8 § 138 *ἐφ' ἡμᾶς ἅπαντες — καταφεύξονται, πολλὰς ἱκετείας καὶ δεήσεις ποιούμενοι, καὶ διδόντες οὐ μόνον τὴν ἡγεμονίαν ἀλλὰ καὶ σφᾶς αὐτούς.* Den Ruhm, dass Athen den Bedrängten Schutz gewährte, und die Sagen wegen Adrastos und wegen Eurystheus anerkennt auch in einer Gesandtschaftsrede Prokles von Phlius bei Xen. Hell. VI, 5, 45 ff. — *Ἄδραστος.* Als die Thebaner nach ihrem Siege über die Sieben die Herausgabe der gefallenen Angreifer zur Bestattung verweigerten, wendete sich der Argiverfürst Adrastos an Theseus, durch den nach unsrer Stelle mit den Waffen, nach der abweichenden Darstellung aber des Is. selber 12 § 169 ff. mit diplomatischer Vermittlung die Herausgabe erreicht wurde. Der Grund der Abweichung ist nach Is. selber 12 § 172 ff. weil zur Zeit der Abfassung der Rede 4 Athen mit Theben verfeindet, zur Zeit der R. 12 aber, d. h. vor der Schlacht bei Chäronea mit Theben verbündet war. Er gebraucht also wie auch die Tragiker die Variationen der Sage nach politischen Rücksichten. Den Gegenstand behandelten dramatisch Aeschylos in der Tragödie Adrastos in Befolgung der friedlichen Sage (Welker Trilog. 374), welches auch die thebanische war, Paus. I, 39, 2. Preller Mythol, II, 254, Euripides aber in den Schutzflehenden nach der kriegerischen, worüber ihn Plutarch Thes. c. 28 tadelt. — Die Aufnahme und Beschützung der von Eurystheus nach des Herakles Tode verfolgten Herakliden, welche ihnen in Athen zu Theil wurde, hat Euripides in den Herakliden behandelt, und Is. nimmt, wie er 12 § 168 selber zeigt, Rücksicht auf die Darstellungen der *τραγῳδοδιδάσκαλοι.* — *μικρὸν πρὸ τούτων*, da die Sage von Adrastos unter Theseus, die von den Herakliden unter des Theseus Sohn Demophon, beide aber vor den troischen Krieg gesetzt werden. — *ἐκ τῆς στρατείας* liesse sich auch mit *δεδυστυχηκώς* verbinden „in Folge“, leichter aber knüpft man es an das vorausgegangene *ἦλθε*.

δυνάμενος ἀνελέσθαι, τὴν δὲ πόλιν ἀξιῶν βοηθεῖν ταῖς
κοιναῖς τύχαις καὶ μὴ περιορᾶν τοὺς ἐν τοῖς πολέμοις
ἀποθνήσκοντας ἀτάφους γιγνομένους μηδὲ παλαιὸν ἔθος
καὶ πάτριον νόμον καταλυόμενον, οἱ δ' Ἡρακλέους παῖδες 56
φεύγοντες τὴν Εὐρυσθέως ἔχθραν, καὶ τὰς μὲν ἄλλας
πόλεις ὑπερορῶντες ὡς οὐκ ἂν δυναμένας βοηθῆσαι ταῖς
αὐτῶν συμφοραῖς, τὴν δ' ἡμετέραν ἱκανὴν νομίζοντες
εἶναι μόνην ἀποδοῦναι χάριν ὑπὲρ ὧν ὁ πατὴρ αὐτῶν
ἅπαντας ἀνθρώπους εὐεργέτησεν. ἐκ δὴ τούτων ῥᾴδιον 57
κατιδεῖν ὅτι καὶ κατ' ἐκεῖνον τὸν χρόνον ἡ πόλις ἡμῶν
ἡγεμονικῶς εἶχε· τίς γὰρ ἂν ἱκετεύειν τολμήσειεν ἢ τοὺς
ἥττους [αὑτοῦ] ἢ τοὺς ὑφ' ἑτέροις ὄντας, παραλιπὼν τοὺς
μείζω δύναμιν ἔχοντας, ἄλλως τε καὶ περὶ πραγμάτων
οὐκ ἰδίων ἀλλὰ κοινῶν καὶ περὶ ὧν οὐδένας ἄλλους εἰκὸς
ἦν ἐπιμεληθῆναι πλὴν τοὺς προεστάναι τῶν Ἑλλήνων
ἀξιοῦντας; ἔπειτ' οὐδὲ ψευσθέντες φαίνονται τῶν ἐλπίδων, 58
δι' ἃς κατέφυγον ἐπὶ τοὺς προγόνους ἡμῶν. ἀνελόμενοι γὰρ
πόλεμον ὑπὲρ μὲν τῶν τελευτησάντων πρὸς Θηβαίους, ὑπὲρ

55. *κοιναῖς*, weil alle Menschen in dieses Geschick gerathen können, alle also bei der Handhabung des *ἔθος* und *νόμος* interessirt sind. „Die Bestattung der Todten zu verweigern schien für die Sieger ein gleicher Frevel, wie für die Besiegten sie zu versäumen, obschon die Bitte um Herausgabe der Todten ein Bekenntniss der Niederlage war." C. F. Herm. Staatsalt. § 10.

56. *μόνην* stolzer Gegens. zu *πάντας ἀνθρώπους*. — *εὐεργέτησεν*, durch Bändigung der Riesen und Ungeheuer zu Land und zu Wasser und durch seine Verdienste um die Sicherung der Schifffahrt. Pind. Nem. III. 23 *δάμασε δὲ θῆρας ἐν πελάγεσιν Ὑπερόχος* (d. i. *ὑπερόχους*), *διά τ' ἐξερεύνασε τεναγέων Ῥοάς, ὅπα πόμπιμον κατέβαινε νόστου τέλος, Καὶ γᾶν φράδασσε.*

57. *τολμήσειεν*. Man wollte *ἐθελήσειεν* „Lust haben", allein jenes bezeichnet, wie Bensel. sagt, die Unbesonnenheit des Unternehmens. — [*αὑτοῦ*] hat der Urb. Allein es ist wegen des Hiatus und wegen des Sinnes verdächtig. Denn nicht das soll gezeigt werden, dass Athen stärker war als die vertriebenen Herakliden oder als der geschlagene Adrastos, sondern als andere griech. Staaten. Bens. schreibt daher mit vulg. u. dem Ambros. *αὐτῶν*, nach seiner frühern Erklärung *Θηβαίων*. Allein damit fiele die nothwendige Berücksichtigung des Eurystheus, auf den *αὐτῶν* doch nicht bezogen werden könnte, weg. Jüngst aber erklärt er es: „unter ihnen, den Hellenen". Jedoch *τὰς ἄλλας πόλεις*, worauf sich *αὐτῶν* beziehen müsste, ist sehr entfernt und nach *τοὺς ἥττους* müsste man eher an einen comparativen als an einen partitiven Genit. denken. Vielmehr scheint das Pronom. entbehrlich.

δὲ τῶν παίδων τῶν Ἡρακλέους πρὸς τὴν Εὐρυσθέως δύναμιν, τοὺς μὲν ἐπιστρατεύσαντες ἠνάγκασαν ἀποδοῦναι θάψαι τοὺς νεκροὺς τοῖς προςήκουσι, Πελοποννησίων δὲ τοὺς μετ' Εὐρυσθέως εἰς τὴν χώραν ἡμῶν εἰσβαλόντας ἐπεξελθόντες ἐνίκησαν μαχόμενοι κἀκεῖνον τῆς ὕβρεως ἔπαυσαν.
59 θαυμαζόμενοι δὲ καὶ διὰ τὰς ἄλλας πράξεις, ἐκ τούτων τῶν ἔργων ἔτι μᾶλλον εὐδοκίμησαν. οὐ γὰρ παρὰ μικρὸν ἐποίησαν, ἀλλὰ τοσοῦτον τὰς τύχας ἑκατέρων μετήλλαξαν, ὥσθ' ὁ μὲν ἱκετεύειν ἡμᾶς ἀξιώσας βίᾳ τῶν ἐχθρῶν ἅπανθ' ὅσων ἐδεήθη διαπραξάμενος ἀπῆλθεν, Εὐρυσθεὺς δὲ βιάσασθαι προσδοκήσας αὐτὸς αἰχμάλωτος γενόμενος ἱκέτης
60 ἠναγκάσθη καταστῆναι, καὶ τῷ μὲν ὑπερενεγκόντι τὴν ἀνθρωπίνην φύσιν, ὃς ἐκ Διὸς μὲν γεγονὼς ἔτι δὲ θνητὸς ὢν θεοῦ ῥώμην ἔσχεν, τούτῳ μὲν ἐπιτάττων καὶ λυμαινόμενος ἅπαντα τὸν χρόνον διετέλεσεν, ἐπειδὴ δ' εἰς ἡμᾶς ἐξήμαρτεν, εἰς τοσαύτην κατέστη μεταβολήν, ὥστ' ἐπὶ τοῖς παισὶ τοῖς ἐκείνου γενόμενος ἐπονειδίστως τὸν βίον ἐτελεύτησεν.

61 Πολλῶν δ' ὑπαρχουσῶν ἡμῖν εὐεργεσιῶν εἰς τὴν πόλιν τὴν Λακεδαιμονίων, περὶ ταύτης μόνης μοι συμβέβη-

58. *ἐπιστρατεύσαντες*, das feindliche Land mit Krieg überziehn, ebendasselbe *εἰςβαλόντας*. — *μαχόμενοι* = *μάχῃ*, § 65.

59. *παρὰ μικρόν*, kümmerlich und zur Noth. Anders in der Formel *παρὰ μικρὸν ἦλθε* mit dem Inf. S. zu 7 § 6. Dagegen *κατὰ μικρόν* allmälig, auch: in geringem Maasse § 32. — *βίᾳ τῶν ἐχθρῶν* „den Feinden zum Trotz" beziehe zu *διαπραξάμενος*. Die Gegensätze entsprechen sich symmetrisch, *ὁ μὲν* — *ἀξιώσας* und *Εὐρ*. — *προσδοκήσας*, wieder *βίᾳ* — *ἀπῆλθεν* dem *αὐτὸς αἰχμάλωτος* — *καταστῆναι*, im letztern noch speciell *βίᾳ τῶν ἐχθρῶν* und *αὐτὸς αἰχμάλωτος γενόμενος*. — *βιάσασθαι* nimmt wieder Bezug auf *βίᾳ τῶν ἐχθρῶν*. Den Aor. drückt Bens. aus: „der uns schon so gut wie überwältigt zu haben gedachte."

60. *ὑπερενεγκόντι τὴν ἀ. φύσιν*, *ὑπερφέρω* in neutraler Bedeutung häufig mit dem Genitiv, warum aber auch mit den Accus. s. zu § 11. — *θεοῦ ῥώμην ἔσχε* dient im Gegensatz zur Hervorhebung des Ruhmes der Athener. An wirksamen Gegensätzen ist diese Schlussperiode reich. — *ἐτελεύτησεν*. S. über die *ἱκετεία* der Herakliden am *βωμὸς Ἐλέου* auf dem Markt von Athen und vom Ausgange des Eurystheus, der auf der Flucht nach der Schlacht bei den Skironischen Felsen vom Hyllos erschlagen wurde, Preller Mythol. II, 178 f.

61. *πολλῶν*. Bens. erinnert an Tyrtäos und an die attiſche Hülfe unter Kimon. Thuk. I, 102. — *μοὶ*

κεν εἰπεῖν· ἀφορμὴν γὰρ λαβόντες τὴν δι' ἡμῶν αὐτοῖς
γενομένην σωτηρίαν οἱ πρόγονοι μὲν τῶν νῦν ἐν Λακεδαί-
μονι βασιλευόντων, ἔκγονοι δ' Ἡρακλέους, κατῆλθον μὲν
εἰς Πελοπόννησον, κατέσχον δ' Ἄργος καὶ Λακεδαίμονα
καὶ Μεσσήνην, οἰκισταὶ δὲ Σπάρτης ἐγένοντο, καὶ τῶν
παρόντων ἀγαθῶν αὐτοῖς ἁπάντων ἀρχηγοὶ κατέστησαν.
ὧν ἐχρῆν ἐκείνους μεμνημένους μηδέποτ' εἰς τὴν χώραν 62
ταύτην εἰσβαλεῖν, ἐξ ἧς ὁρμηθέντες τοσαύτην εὐδαιμονίαν
κατεκτήσαντο, μηδ' εἰς κινδύνους καθιστάναι τὴν πόλιν
τὴν ὑπὲρ τῶν παίδων τῶν Ἡρακλέους προκινδυνεύσασαν,
μηδὲ τοῖς μὲν ἀπ' ἐκείνου γεγονόσι διδόναι τὴν βασιλείαν,
τὴν δὲ τῷ γένει τῆς σωτηρίας αἰτίαν οὖσαν δουλεύειν αὐ-
τοῖς ἀξιοῦν. Εἰ δὲ δεῖ τὰς χάριτας καὶ τὰς ἐπιεικείας 63
ἀνελόντας ἐπὶ τὴν ὑπόθεσιν πάλιν ἐπανελθεῖν καὶ τὸν
ἀκριβέστατον τῶν λόγων εἰπεῖν, οὐ δή που πάτριόν ἐστιν
ἡγεῖσθαι τοὺς ἐπήλυδας τῶν αὐτοχθόνων, οὐδὲ τοὺς εὖ
παθόντας τῶν εὖ ποιησάντων, οὐδὲ τοὺς ἱκέτας γενομέ-
νους τῶν ὑποδεξαμένων.

Ἔτι δὲ συντομώτερον ἔχω δηλῶσαι περὶ αὐτῶν. τῶν 64
μὲν γὰρ Ἑλληνίδων πόλεων, χωρὶς τῆς ἡμετέρας, Ἄργος
καὶ Θῆβαι καὶ Λακεδαίμων καὶ τότ' ἦσαν μέγισται καὶ
νῦν ἔτι διατελοῦσιν. φαίνονται δ' ἡμῶν οἱ πρόγονοι τοσοῦ-
τον ἁπάντων διενεγκόντες, ὥσθ' ὑπὲρ μὲν Ἀργείων δυσ-

συμβέβηκεν hat sich mir gefügt, von dem was nicht gerade gegen unsern Willen so kommt. — *ἀφορμήν* in so fern als durch diese Rettung die spätere Einwanderung in den Peloponnes 1104 bedingt war. — *βασιλευόντων*, der beiden spart. Königshäuser, der Eurypontiden und Agiaden (Plutarch. Agis c. 3. Herm. Staatsalt. § 18), eigentlich der Prokliden und Eurystheniden, deren Abstammung bis auf Hyllos zurück bei Herod. VI. 52. Des Aristodemos Söhne Eurysthenes und Prokles galten als *οἰκισταί*, Colonisatoren Spartas. — *κατέσχον*, gewannen, nahmen ein, § 119. 7 § 7. Dagegen *κατεῖχον*, sie besassen.

62. *εἰσβαλεῖν*. So die besten Hdschr. Einige aber *εἰσβάλλειν*, wie die folg. Inf. Präs. erwarten liessen. Der Aor. Inf. bezeichnet nicht die Wiederholung, sondern: „sie hätten niemals einen Einfall gemacht haben sollen,“ wie sie deren im pelop. Kriege allerdings mehrere machten.

63. *τὰς χάριτας — ἀνελόντας*, abgesehen von Dank und Billigkeit, *τὸν ἀκριβέστατον τῶν λόγων λέγειν*, die Sache streng nehmen. — *ἐπὶ τὴν ὑπόθεσιν*, zur Grundfrage, über die Hegemonie.

64. *ὥστε — ἐπιτάττοντες*. Der regelrechte Verlauf der Constr.

τυχησάντων Θηβαίοις, ὅτε μέγιστον ἐφρόνησαν, ἐπιτάτ-
65 τοντες, ὑπὲρ δὲ τῶν παίδων τῶν Ἡρακλέους Ἀργείους καὶ
τοὺς ἄλλους Πελοποννησίους μάχῃ κρατήσαντες, ἐκ δὲ
τῶν πρὸς Εὐρυσθέα κινδύνων τοὺς οἰκιστὰς καὶ τοὺς ἡγε-
μόνας τοὺς Λακεδαιμονίων διασώσαντες. ὥστε περὶ μὲν
τῆς ἐν τοῖς Ἕλλησι δυναστείας οὐκ οἶδ᾽ ὅπως ἄν τις σα-
φέστερον ἐπιδεῖξαι δυνηθείη.

66 Δοκεῖ δέ μοι καὶ περὶ τῶν πρὸς τοὺς βαρβάρους τῇ
πόλει πεπραγμένων προσήκειν εἰπεῖν, ἄλλως τ᾽ ἐπειδὴ
καὶ τὸν λόγον κατεστησάμην περὶ τῆς ἡγεμονίας τῆς ἐπ᾽
ἐκείνους. ἅπαντας μὲν οὖν ἐξαριθμῶν τοὺς κινδύνους
λίαν ἂν μακρολογοίην· ἐπὶ δὲ τῶν μεγίστων τὸν αὐτὸν

verlangte *ἐπέταττον*, *ἐκράτησαν*, *διέσωσαν*. Allein es ist zu diesen Participien zu wiederholen *φαίνονται*, indem nach *ὥστε* die erwarteten Verba finita in Participialform an das vorausgegangene Partic. *διενεγκόντες* angeschlossen werden vermöge einer Attraction, durch welche formelle Abrundung und Harmonie der Glieder bezweckt wird. S. zu § 21. Andok. 4 § 20 *καὶ τῶν θεατῶν συμφιλονεικούντων ἐκείνῳ καὶ μισούντων τοῦτον, ὥστε τῶν χορῶν τὸν μὲν ἐπαινούντων, τοῦ δ᾽ ἀκροάσασθαι οὐκ ἐθελόντων*. Dem. 3 § 1 *τοὺς μὲν γὰρ λόγους περὶ τοῦ τιμωρήσασθαι Φίλιππον ὁρῶ γιγνομένους, τὰ δὲ πράγματα εἰς τοῦτο προήκοντα, ὥστε ὅπως μὴ πεισόμεθα αὐτοὶ πρότερον κακῶς σκέψασθαι δέον*, wo *δέον* nicht = *δέον ἐστίν*, sondern dem *γιγνομένους* u. *προήκοντα* parallel abhängt von *ὁρῶ*. Isæ. 9 § 16 *ἀποδείξω ὑμῖν — Ἀστύφιλον οὕτω σφόδρα καὶ δικαίως μισοῦντα τοῦτον, ὥστε πολὺ ἂν θᾶττον διαθέμενον μηδένα ποτὲ τῶν ἑαυτοῦ διαλεχθῆναι Κλέωνι μᾶλλον ἢ τὸν τούτου υἱὸν ποιησάμενον*, wo zu denken *ἀποδείξαιμ᾽ ἄν*, „so dass ich eher zeigen wollte, er habe testirt, es solle keiner mit Kl. reden, als er habe den Sohn adoptirt“. Bäumlein bemerkt, eine solche Attraction konnte um so eher stattfinden, als der Grieche *οὕτω* (*εἰς τοῦτο*, *τοσοῦτον* s. zu § 21), *ὥστε* als Correlate: so — wie betrachtete und in diesem Gebrauch des *ὥστε* noch dessen relative Kraft fühlte.

66. *ἄλλως τ᾽ ἐπειδὴ καί.* Statt der Formel *ἄλλως τε καὶ ἐπειδή*, oder *εἰ*, *ἤν* findet sich bei den att. Prosaikern *καί* der Conjunct. oft nachgesetzt und zwar mit kaum merklichem Unterschied der Bedeutung (welchen Herm. z. Vig. 781 nachzuweisen sucht). Die Umstellung scheint darin den Grund zu haben, dass man in der vielgebrauchten Formel die ursprüngl. Bedeutung „sowohl in anderer Hinsicht als“ vergass und nur den Sinn „zumal da“ berücksichtigte. Is. besonders bedient sich der Umstellung sehr oft zur Vermeidung des Hiatus. 5 § 79 *ἄλλως θ᾽ ὅταν καί*. 9 § 7 *ἄλλως τ᾽ ἐπειδὴ καί*. — *ἐπί* mit d. Gen. „bei Anlass“, „in Betreff“. 6 § 41 *ἐπὶ μὲν οὖν τῆς ἡμετέρας πόλεως οὐδὲν ἔχω τοιοῦτον εἰπεῖν*. Nach *μεγίστων* fügt Bens. *στάς* ein aus 15 § 59, wo es

τρόπον ὅν περ ὀλίγῳ πρότερον πειράσομαι καὶ περὶ τούτων διελθεῖν. Ἔστι γὰρ ἀρχικώτατα μὲν τῶν γενῶν καὶ 67
μεγίστας δυναστείας ἔχοντα Σκύθαι καὶ Θρᾷκες καὶ Πέρσαι, τυγχάνουσι δ' οὗτοι μὲν ἅπαντες ἡμῖν ἐπιβουλεύσαντες, ἡ δὲ πόλις πρὸς ἅπαντας τούτους διακινδυνεύσασα. καίτοι τί λοιπὸν ἔσται τοῖς ἀντιλέγουσιν, ἢν ἐπιδειχθῶσι τῶν μὲν Ἑλλήνων οἱ μὴ δυνάμενοι τυγχάνειν τῶν δικαίων ἡμᾶς ἱκετεύειν ἀξιοῦντες, τῶν δὲ βαρβάρων οἱ βουλόμενοι καταδουλώσασθαι τοὺς Ἕλληνας ἐφ' ἡμᾶς πρώτους ἰόντες;

Ἐπιφανέστατος μὲν οὖν τῶν πολέμων ὁ Περσικὸς γέ- 68
γονεν, οὐ μὴν ἐλάττω τεκμήρια τὰ παλαιὰ τῶν ἔργων ἐστὶ τοῖς περὶ τῶν πατρίων ἀμφισβητοῦσιν. ἔτι γὰρ ταπεινῆς οὔσης τῆς Ἑλλάδος ἦλθον εἰς τὴν χώραν ἡμῶν Θρᾷκες μὲν μετ' Εὐμόλπου τοῦ Ποσειδῶνος, Σκύθαι δὲ μετ' Ἀμαζόνων τῶν Ἄρεως θυγατέρων, οὐ κατὰ τὸν αὐτὸν χρόνον, ἀλλὰ καθ' ὃν ἑκάτεροι τῆς Εὐρώπης ἐπῆρχον, μισοῦντες μὲν ἅπαν τὸ τῶν Ἑλλήνων γένος, ἰδίᾳ δὲ πρὸς ἡμᾶς ἐγκλήματα ποιησάμενοι, νομίζοντες ἐκ τούτου τοῦ τρόπου πρὸς μίαν μὲν πόλιν κινδυνεύσειν, ἁπασῶν δ' ἅμα κρατήσειν. οὐ μὴν κατώρθωσαν, ἀλλὰ πρὸς μόνους τοὺς 69
προγόνους τοὺς ἡμετέρους συμβαλόντες ὁμοίως διεφθάρησαν ὥσπερ ἂν εἰ πρὸς ἅπαντας ἀνθρώπους ἐπολέμη-

alle Hdsch. haben, während hier keine: „bei dem Bedeutendsten verweilend". Allerdings spricht einigermassen dafür die Symmetrie wegen *ἐξαριθμῶν*. — *περὶ τούτων*, von den Kämpfen mit Barbaren.

67. *τυγχάνουσι δ' οὗτοι — ἐπιβουλεύσαντες*, nicht das erzählende *ἔτυχον*, sondern: „es findet sich, dass diese — uns feindlich gesinnt waren". — *ἐπιδειχθῶσι* mit dem Partic. persönlich constr. wie *φαίνεσθαι*, § 96.

68. *ἔτι γὰρ ταπεινῆς*, § 34. — *Θρᾷκες*, jene mythischen, verschieden von den historischen, wohl keine Barbaren, sondern selbst ein hellen. Urvolk. Herm. gottesd. Alt. § 3. Sie kämpften unter ihrem König Eumolpos gegen die Athener unter Erechtheus um den Besitz von Eleusis. Thuk. II. 15. Mit den Skythen kämpften die Amazonen gegen Athen unter Theseus, weil dieser ihre Königin Hippolyte — das war das *ἔγκλημα* — entführt hatte. 12 § 193. — *ἐπῆρχον*, die Herrschaft über fremdes Gebiet auszudehnen trachteten. § 123.

69. *ὥσπερ ἄν*, näml. *διεφθάρησαν*. § 86. Lys. 12 § 20 *οὕτως εἰς ἡμᾶς διὰ τὰ χρήματα ἐξημάρτανον, ὥσπερ οὐκ ἂν ἕτεροι με-*

σαν. δῆλον δὲ τὸ μέγεθος τῶν κακῶν τῶν γενομένων ἐκείνοις· οὐ γὰρ ἄν ποθ᾽ οἱ λόγοι περὶ αὐτῶν τοσοῦτον χρόνον διέμειναν, εἰ μὴ καὶ τὰ πραχθέντα πολὺ τῶν ἄλλων
70 διήνεγκεν. λέγεται δ᾽ οὖν περὶ μὲν Ἀμαζόνων ὡς τῶν μὲν ἐλθουσῶν οὐδεμία πάλιν ἀπῆλθεν, αἱ δ᾽ ὑπολειφθεῖσαι διὰ τὴν ἐνθάδε συμφορὰν ἐκ τῆς ἀρχῆς ἐξεβλήθησαν, περὶ δὲ Θρᾳκῶν ὅτι τὸν ἄλλον χρόνον ὅμοροι προσοικοῦντες ἡμῖν τοσοῦτον διέλιπον, ὥστ᾽ ἐν τῷ μεταξὺ τῆς χώρας ἔθνη πολλὰ καὶ γένη παντοδαπὰ καὶ πόλεις μεγάλας κατοικισθῆναι.

71 Καλὰ μὲν οὖν καὶ ταῦτα, καὶ πρέποντα τοῖς περὶ τῆς ἡγεμονίας ἀμφισβητοῦσιν· ἀδελφὰ δὲ τῶν εἰρημένων καὶ τοιαῦθ᾽ οἷά περ εἰκὸς τοὺς ἐκ τοιούτων γεγονότας, οἱ πρὸς Δαρεῖον καὶ Ξέρξην πολεμήσαντες ἔπραξαν. μεγίστου γὰρ πολέμου συστάντος ἐκείνου, καὶ πλείστων κινδύνων εἰς τὸν αὐτὸν χρόνον συμπεσόντων, καὶ τῶν μὲν πολεμίων ἀνυποστάτων οἰομένων εἶναι διὰ τὸ πλῆθος, τῶν δὲ συμμάχων ἀνυπέρβλητον ἡγουμένων ἔχειν τὴν ἀρε-
72 τήν, ἀμφοτέρων κρατήσαντες ὡς ἑκατέρων προσῆκεν, καὶ πρὸς ἅπαντας τοὺς κινδύνους διενεγκόντες, εὐθὺς μὲν

γάλων ἀδικημάτων ὀργὴν ἔχοντες (ἐξαμάρτοιεν). — διέμειναν. Die Sagen blieben um so lebendiger, als sie durch den Anblick der plastischen Denkmäler stets erfrischt wurden, wie von Phidias Scenen aus dem Amazonenkampf an der äussern Seite des Schildes des kolossalen Standbildes der Athena auf der Burg angebracht waren und ebenso in den Metopen an der Nordseite des Parthenon. Die Amazonenschlacht hatte Mikon in der Poikile gemalt.

70. αἱ δ᾽ ὑπολειφθεῖσαι in ihrer Heimath, denn es soll ihr spurloses Verschwinden erklärt werden, so wie auch die räumliche Entfernung (τοσοῦτον διέλιπον) der Thraker der histor. Zeit aus der Niederlage jener mythischen. — ὅμοροι, in Eleusis.

71. ἀδελφά, gemina, = παραπλήσια, mit dem Genit. u. d. Dat. — οἷά περ εἰκός, näml. πρᾶξαι. — συμμάχων, vorz. die Lakedämonier und in Rücksicht auf Salamis die Aegineten.

72. ὡς ἑκατέρων (näml. κρατεῖν) προσῆκε, den Feinden zeigten sie die überlegene Kriegsgewalt, den Freunden, die unübertrefflich zu sein glaubten, die überlegene Tapferkeit. Das hübsche Dictum hat auch des Is. Schüler Lykurg gefallen Leokr. § 70 von der Salamin. Schlacht: μόνοι δὲ ἀμφοτέρων περιγεγόνασι, καὶ τῶν πολεμίων καὶ τῶν συμμάχων, ὡς ἑκατέρων προσῆκε, τοὺς μὲν εὐεργετοῦντες, τοὺς δὲ μαχόμενοι νικῶντες. —

τῶν ἀριστείων ἠξιώθησαν, οὐ πολλῷ δ' ὕστερον τὴν ἀρ-
χὴν τῆς θαλάττης ἔλαβον, δόντων μὲν τῶν ἄλλων Ἑλλή-
νων, οὐκ ἀμφισβητούντων δὲ τῶν νῦν ἡμᾶς ἀφαιρεῖσθαι
ζητούντων.

Καὶ μηδεὶς οἰέσθω μ' ἀγνοεῖν ὅτι καὶ Λακεδαιμόνιοι 73
περὶ τοὺς καιροὺς τούτους πολλῶν ἀγαθῶν αἴτιοι τοῖς
Ἕλλησι κατέστησαν· ἀλλὰ διὰ τοῦτο καὶ μᾶλλον ἐπαινεῖν
ἔχω τὴν πόλιν, ὅτι τοιούτων ἀνταγωνιστῶν τυχοῦσα το-
σοῦτον αὐτῶν διήνεγκεν. Βούλομαι δ' ὀλίγῳ μακρότερα
περὶ τοῖν πολέοιν εἰπεῖν καὶ μὴ ταχὺ λίαν παραδραμεῖν,
ἵν' ἀμφοτέρων ἡμῖν ὑπομνήματα γένηται, τῆς τε τῶν προ-
γόνων ἀρετῆς καὶ τῆς πρὸς τοὺς βαρβάρους ἔχθρας. καί- 74
τοι μ' οὐ λέληθεν ὅτι χαλεπόν ἐστιν ὕστατον ἐπελθόντα
λέγειν περὶ πραγμάτων πάλαι προκατειλημμένων, καὶ περὶ
ὧν οἱ μάλιστα δυνηθέντες τῶν πολιτῶν εἰπεῖν ἐπὶ τοῖς δη-
μοσίᾳ θαπτομένοις πολλάκις εἰρήκασιν· ἀνάγκη γὰρ τὰ
μὲν μέγιστ' αὐτῶν ἤδη κατακεχρῆσθαι, μικρὰ δέ τινα πα-
ραλελεῖφθαι. ὅμως δ' ἐκ τῶν ὑπολοίπων, ἐπειδὴ συμφέρει
τοῖς πράγμασιν, οὐκ ὀκνητέον μνησθῆναι περὶ αὐτῶν.

Πλείστων μὲν οὖν ἀγαθῶν αἰτίους καὶ μεγίστων ἐπαί- 75
νων ἀξίους ἡγοῦμαι γεγενῆσθαι τοὺς τοῖς σώμασιν ὑπὲρ

ἀριστείων, nach der Schlacht bei Artemision (Herod. VIII. 17) und nach der bei Salamis, wobei die Aegineten den ersten Preis erhielten (Herod. VIII. 93 u. 122 ff.). — *δόντων* wegen des Pausanias Hochmuth (Thuk. I. 95 u. 130).

73. *τυχοῦσα*, *quum nacta esset.* — *τοῖν πολέοιν*, § 17. — *ταχὺ λίαν*, gewöhnlicher *λίαν ταχύ*. In jener Stellung wird der Tadel mehr hervorgehoben „doch auch gar zu schnell". So *πολλὰ λίαν* § 160 u. 15 § 215.

74. *ὕστατον ἐπελθόντα* nicht: als der Letzte auftretend, denn auf die Rednerbühne treten ist *παριέναι*. *ἐπελθεῖν* hier wie § 15 dran kommen, sich daran begeben = *ἐπιχειρῆσαι*. 15 § 12 Regel beim Vorlesen *μὴ ζητεῖν εὐθὺς ἐπελθόντας ὅλον αὐτὸν (τὸν λόγον) διελθεῖν, ἀλλὰ τοσοῦτον μέρος ὅσον μὴ λυπήσει τοὺς παρόντας*. — *εἰρήκασιν*. Ueber den Gebrauch solcher Leichenreden, wozu der Redner vom Staate den Ehrenauftrag erhielt, Thuk. II. 35. — *κατακεχρῆσθαι*, die perff. depon. mitunter in pass. Bdtg. — *ἐκ τῶν ὑπολοίπων*, ausgehend von dem, was Andere nicht berührt haben.

75. *τοῖς σώμασιν*, „persönlich", im Ggstz. zur geistigen und sittlichen Befähigung zum Kampfe, deren Verdienst, wie nun gezeigt wird, denen gebührt, die schon in frühern Generationen die Einrichtungen des Lebens ordneten und

τῆς Ἑλλάδος προκινδυνεύσαντας· οὐ μὴν οὐδὲ τῶν πρὸ τοῦ πολέμου τούτου γενομένων καὶ δυναστευσάντων ἐν ἑκατέρᾳ τοῖν πολέοιν δίκαιον ἀμνημονεῖν· ἐκεῖνοι γὰρ ἦσαν οἱ προασκήσαντες τοὺς ἐπιγιγνομένους καὶ τὰ πλήθη προτρέψαντες ἐπ᾿ ἀρετὴν καὶ χαλεποὺς ἀνταγωνιστὰς τοῖς βαρ-
76 βάροις ποιήσαντες. οὐ γὰρ ὠλιγώρουν τῶν κοινῶν, οὐδ᾿ ἀπέλαυον μὲν ὡς ἰδίων, ἠμέλουν δ᾿ ὡς ἀλλοτρίων, ἀλλ᾿ ἐκήδοντο μὲν ὡς οἰκείων, ἀπείχοντο δ᾿ ὥσπερ χρὴ τῶν μηδὲν προσηκόντων· οὐδὲ πρὸς ἀργύριον τὴν εὐδαιμονίαν ἔκρινον, ἀλλ᾿ οὗτος ἐδόκει πλοῦτον ἀσφαλέστατον κεκτῆσθαι καὶ κάλλιστον, ὅστις τοιαῦτα τυγχάνοι πράττων ἐξ ὧν αὐτός τε μέλλοι μάλιστ᾿ εὐδοκιμήσειν καὶ τοῖς παισὶ μεγίστην
77 δόξαν καταλείψειν. οὐδὲ τὰς θρασύτητας τὰς ἀλλήλων ἐζήλουν, οὐδὲ τὰς τόλμας τὰς αὐτῶν ἤσκουν, ἀλλὰ δεινότερον μὲν ἐνόμιζον εἶναι κακῶς ὑπὸ τῶν πολιτῶν ἀκούειν ἢ καλῶς ὑπὲρ τῆς πόλεως ἀποθνήσκειν, μᾶλλον δ᾿ ᾐσχύνοντ᾿ ἐπὶ τοῖς κοινοῖς ἁμαρτήμασιν ἢ νῦν ἐπὶ τοῖς σφε-
78 τέροις αὐτῶν. Τούτων δ᾿ ἦν αἴτιον ὅτι τοὺς μὲν νόμους ἐσκόπουν ὅπως ἀκριβῶς καὶ καλῶς ἕξουσιν, οὐχ οὕτω

befestigten. — *δυναστευσάντων*, der gewesenen Regenten und Machthaber auch in freien Gemeinwesen. — *τὰ πλήθη*, ihre Völker, auch die Spartaner.

76. *οὐδ᾿ ἀπέλαυον μὲν ὡς ἰδίων, ἠμέλουν δ᾿ ὡς ἀλλοτρίων.* „Auch nicht etwa genossen sie es als wie Privateigenthum, vernachlässigten es aber wie Fremdes“. Die an der Spitze stark hervortretende Negation umfasst beide durch *μέν* u. *δέ* parataktisch verbundene Satztheile. Diese Structur, der wir die Unterordnung vorziehen („auch nicht, während sie — genossen, vernachlässigten sie u. s. w.“) ist den gr. Rednern sehr beliebt, vgl. 7 § 20. Dem 9 § 27 *καὶ οὐ γράφει μὲν ταῦτα, τοῖς δ᾿ ἔργοις οὐ ποιεῖ.* Sie thut besonders treffliche Wirkung in der Fortsetzung durch mehrere Glieder. 7 § 29. Demosth. 18 § 179 *οὐκ εἶπον μὲν ταῦτα, οὐκ ἔγραψα δέ, οὐδ᾿ ἔγραψα μέν, οὐκ ἐπρέσβευσα δέ, οὐδ᾿ ἐπρέσβευσα μέν, οὐκ ἔπεισα δὲ Θηβαίους· ἀλλ᾿ ἀπὸ τῆς ἀρχῆς διὰ πάντων ἄχρι τῆς τελευτῆς διεξῆλθον.* — In dieser Schilderung der Vergangenheit lassen sich strafende Nebenblicke auf seine Zeit und zwar nicht nur auf Athen, sondern auch auf Sparta zielende (z. B. § 80), nicht verkennen. — *πρὸς ἀργύριον*, § 11.

77. *τὰς ἀλλήλων.* Ambr. I. *τὰς ἄλλων.* Wenn für dieses der Ggstz. *τὰς αὐτῶν* zu sprechen scheint, so ist doch *ἀλλήλων* ausdrucksvoller zur Bezeichnung des unglückseligen Wetteifers in Frechheit, mit dem es Machthaber und Demagogen einander zuvorzuthun strebten.

τοὺς περὶ τῶν ἰδίων συμβολαίων ὡς τοὺς περὶ τῶν καθ᾽
ἑκάστην τὴν ἡμέραν ἐπιτηδευμάτων· ἠπίσταντο γὰρ ὅτι
τοῖς καλοῖς κἀγαθοῖς τῶν ἀνθρώπων οὐδὲν δεήσει πολ-
λῶν γραμμάτων, ἀλλ᾽ ἀπ᾽ ὀλίγων συνθημάτων ῥᾳδίως καὶ
περὶ τῶν ἰδίων καὶ περὶ τῶν κοινῶν ὁμονοήσουσιν. οὕτω 79
δὲ πολιτικῶς εἶχον, ὥστε καὶ τὰς στάσεις ἐποιοῦντο πρὸς
ἀλλήλους οὐχ ὁπότεροι τοὺς ἑτέρους ἀπολέσαντες τῶν λοι-
πῶν ἄρξουσιν, ἀλλ᾽ ὁπότεροι φθήσονται τὴν πόλιν ἀγα-
θόν τι ποιήσαντες· καὶ τὰς ἑταιρείας συνῆγον οὐχ ὑπὲρ
τῶν ἰδίᾳ συμφερόντων, ἀλλ᾽ ἐπὶ τῇ τοῦ πλήθους ὠφελείᾳ.
Τὸν αὐτὸν δὲ τρόπον καὶ τὰ τῶν ἄλλων διῴκουν, θερα- 80
πεύοντες ἀλλ᾽ οὐχ ὑβρίζοντες τοὺς Ἕλληνας, καὶ στρατη-
γεῖν οἰόμενοι δεῖν ἀλλὰ μὴ τυραννεῖν αὐτῶν, καὶ μᾶλλον
ἐπιθυμοῦντες ἡγεμόνες ἢ δεσπόται προσαγορεύεσθαι καὶ
σωτῆρες ἀλλὰ μὴ λυμεῶνες ἀποκαλεῖσθαι, τῷ ποιεῖν εὖ
προσαγόμενοι τὰς πόλεις, ἀλλ᾽ οὐ βίᾳ καταστρεφόμενοι,
πιστοτέροις μὲν τοῖς λόγοις ἢ νῦν τοῖς ὅρκοις χρώμενοι, 81
ταῖς δὲ συνθήκαις ὥσπερ ἀνάγκαις ἐμμένειν ἀξιοῦντες,
οὐχ οὕτως ἐπὶ ταῖς δυναστείαις μέγα φρονοῦντες, ὡς ἐπὶ
τῷ σωφρόνως ζῆν φιλοτιμούμενοι, τὴν αὐτὴν ἀξιοῦντες

78. *ἐπιτηδευμάτων.* Vgl. 7 § 40, wo dieses Thema umständlich behandelt wird. — *ἀπ᾽ ὀλίγων συνθημάτων*, vermittelst weniger gegenseitig anerkannter Grundsätze. Vgl. 7 § 39.

79. *φθήσονται.* Dass dieser Wetteifer nicht zum Verderben ausschlug, wie sonst leicht geschieht (Herod. III. 82 *αὐτὸς γὰρ ἕκαστος βουλόμενος κορυφαῖος εἶναι γνώμῃσί τε νικᾶν, ἐς ἔχθεα μεγάλα ἀλλήλοισι ἀπικνέονται· ἐξ ὧν στάσιες ἐγγίνονται*), geschah nach Is. Darstellung dadurch, dass Herrschsucht den Parteien in ihrem Bestreben, dem Staate zu nützen, fern blieb. Im Ggstz. zu der verderblichen Wirksamkeit der Factionen und Klubbs in Verfolgung egoistischer Zwecke, wie sie die spätere Zeit kennt (s. zu Lys. S. 12), legt er den *στάσεις* und *ἑταιρεῖαι* der Zeit vor den Perserkriegen, wo sie der Natur der Sache nach ohne Zweifel auch schon existirten, edle Bestrebungen bei.

80. *θεραπεύοντες* hier vom Höhern gegen Untere und Schwächere. — *σωτῆρες ἀλλὰ μὴ λυμεῶνες ἀποκαλεῖσθαι*, ein von Is. oft gebrauchter Ggstz 8 § 141 *σωτῆρας ἀλλὰ μὴ λυμεῶνας κληθῆναι.* Da *ἀποκαλεῖν* benennen in übelm Sinn ist, also nur zu *λυμεῶνες* passt, so ist per *ζεῦγμα* bei *σωτῆρες* zu denken *προσαγορεύεσθαι.*

81. *ἀνάγκαις*, Naturnothwendigkeiten, Verhältnisse aus denen man sich nicht willkürlich losmachen kann. Der Plur. des Abstr. (s. zu

γνώμην ἔχειν πρὸς τοὺς ἥττους ἥνπερ τοὺς κρείττους πρὸς σφᾶς αὐτούς, ἴδια μὲν ἄστη τὰς αὑτῶν πόλεις ἡγούμενοι, κοινὴν δὲ πατρίδα τὴν Ἑλλάδα νομίζοντες εἶναι.

82 Τοιαύταις διανοίαις χρώμενοι, καὶ τοὺς νεωτέρους ἐν τοῖς τοιούτοις ἤθεσι παιδεύοντες, οὕτως ἄνδρας ἀγαθοὺς ἀπέδειξαν τοὺς πολεμήσαντας πρὸς τοὺς ἐκ τῆς Ἀσίας, ὥστε μηδένα πώποτε δυνηθῆναι περὶ αὐτῶν μήτε τῶν ποιητῶν μήτε τῶν σοφιστῶν ἀξίως τῶν ἐκείνοις πεπραγμένων εἰπεῖν. καὶ πολλὴν αὐτοῖς ἔχω συγγνώμην· ὁμοίως γάρ ἐστι χαλεπὸν ἐπαινεῖν τοὺς ὑπερβεβληκότας τὰς τῶν ἄλλων ἀρετὰς ὥσπερ τοὺς μηδὲν ἀγαθὸν πεποιηκότας· τοῖς μὲν γὰρ οὐχ ὕπεισι πράξεις, πρὸς δὲ τοὺς
83 οὐκ εἰσὶν ἁρμόττοντες λόγοι. πῶς γὰρ ἂν γένοιντο σύμ-

§ 11) durch das entsprechende *συνθήκαις* veranlasst. — *ἥνπερ τοὺς κρείττους*, näml. *ἔχειν ἠξίουν*. — *ἄστη — νομίζοντες εἶναι*. Das *ἄστυ* eines jeden Staates ist seine Hauptstadt, aber darum weder die *πόλις* noch die *πατρίς* selbst. Statt *πατρίδα* schlug man vor *αὐτῶν πόλιν*, weil der Begriff *πόλις*, welcher im ersten Glied Subject ist, im zweiten Prädicat sein müsse. Allein in der Reihe *ἄστυ, πόλις, πατρίς* ist doch *πατρίς* der oberste Begriff, u. Is. kann mit Recht sagen: Ihre Staaten sahen die Erzieher jener Helden (§ 75) nicht für das Vaterland, sondern nur für eigene *ἄστη* an, dagegen als Vaterland sahen sie Hellas an, und zwar als gemeinsames Vaterland, dessen Erhaltung Staaten die eigenen Hauptstädte (*ἴδια ἄστη*) im Nothfalle zum Opfer bringen, wie die Athener im zweiten Perserkriege. Auch Dionysios las *πατρίδα*. Kayser bemerkt, nirgends sehe Is. Griechenland als eine *πόλις* an, wohl aber als *πατρίς* in der Stelle 5 § 127 *ἅπασαν την Ἑλλάδα πατρίδα νομίζειν*. Aehnlich W. Vischer: „Wie etwa jetzt der Athener Attika für seine *πατρίς*, aber Athen für sein *ἄστυ* ansieht, so betrachteten jene damals Attika als *ἄστυ* und ganz Hellas als *πατρίς*".

82. *ἀπέδειξαν* für *ἐποίησαν*. 15 § 205 *οἵτινες ἂν τοὺς μαθητὰς ὁμοιοτάτους ἐργάτας ἀλλήλοις ἀποδείξωσιν*. Xen. Mem. I. 6, 3 *οἱ διδάσκαλοι τοὺς μαθητὰς μιμητὰς ἑαυτῶν ἀποδεικνύουσιν*, überhaupt in diesem Zeitalter sehr gebräuchlich. S. Scheibe Vind. Lys. p. 10. Falsch wird erklärt: sie stellten in ihrer eignen Person jene Kämpfer. Denn Subj. sind jene *προασκήσαντες* und *προτρέψαντες* (§ 75) die die Jugend so kampftüchtig erzogen. — *σοφιστῶν*, der Künstler und Meister in der geschriebenen Rede, verschieden von den praktischen Rednern, die in diesem Zeitalter noch *ῥήτορες* heissen. — *πρὸς δὲ τούς*. Diese Stellung des Artikels als Pron. hat von den Rednern allein Is. oft dem Numerus zu Liebe §§ 137. 151. 7 § 52, während sie bei den andern att. Prosaikern nicht selten. Bernhardy Synt. S. 310.

μετροι τοιούτοις ἀνδράσιν, οἳ τοσοῦτον μὲν τῶν ἐπὶ Τροί-
αν στρατευσαμένων διήνεγκαν, ὅσον οἱ μὲν περὶ μίαν πό-
λιν ἔτη δέκα διέτριψαν, οἱ δὲ τὴν ἐξ ἁπάσης τῆς Ἀσίας
δύναμιν ἐν ὀλίγῳ χρόνῳ κατεπολέμησαν, οὐ μόνον δὲ τὰς
αὑτῶν πατρίδας διέσωσαν, ἀλλὰ καὶ τὴν Ἑλλάδα σύμπα-
σαν ἠλευθέρωσαν; ποίων δ' ἂν ἔργων ἢ πόνων ἢ κινδύ-
νων ἀπέστησαν ὥστε ζῶντες εὐδοκιμεῖν, οἵτινες ὑπὲρ τῆς
δόξης ἧς ἤμελλον τελευτήσαντες ἕξειν οὕτως ἑτοίμως ἤθε-
λον ἀποθνήσκειν; Οἶμαι δὲ καὶ τὸν πόλεμον θεῶν τινα 84
συναγαγεῖν ἀγασθέντα τὴν ἀρετὴν αὐτῶν, ἵνα μὴ τοιοῦτοι
γενόμενοι τὴν φύσιν διαλάθοιεν μηδ' ἀκλεῶς τὸν βίον
τελευτήσειαν, ἀλλὰ τῶν αὐτῶν τοῖς ἐκ τῶν θεῶν γεγονόσι
καὶ καλουμένοις ἡμιθέοις ἀξιωθεῖεν· καὶ γὰρ ἐκείνων τὰ
μὲν σώματα ταῖς τῆς φύσεως ἀνάγκαις ἀπέδοσαν, τῆς δ'
ἀρετῆς ἀθάνατον τὴν μνήμην ἐποίησαν.

Ἀεὶ μὲν οὖν οἵ θ' ἡμέτεροι πρόγονοι καὶ Λακεδαι- 85
μόνιοι φιλοτίμως πρὸς ἀλλήλους εἶχον, οὐ μὴν ἀλλὰ περὶ

83. *τοσοῦτον — ὅσον*: so sehr — in wie fern, oder als, eine dem Is. sehr beliebte Formel. 8 § 43 οἳ τοσοῦτον λελείμμεθα καὶ τοῖς ἔργοις καὶ ταῖς διανοίαις τῶν κατ' ἐκεῖνον τὸν χρόνον γενομένων, ὅσον οἱ μὲν — τὴν πατρίδα τὴν ἑαυτῶν ἐκλιπεῖν ἐτόλμησαν. ebend. § 47. 54. — *ὥστε ζῶντες εὐδοκιμεῖν*, wo die Folge eine beabsichtigte ist, der Folgesatz also dem Absichtssatz nahe kommt.

84. Hier der Gipfel der Verherrlichung, die von einem Gotte beabsichtigte Vergleichung mit den Helden vor Troia, und selbst mit den Halbgöttern. So wird auch, bemerkt Kayser, 5 § 112 dem Herakles der früher nicht 10 Jahre gebraucht, sondern ἐν ἡμέραις ἐλάττοσιν ἢ τοσαύταις καὶ μετ' ὀλίγων στρατεύσας Troia und Umgegend besiegt hatte, der Preis vor den Helden des troischen Kriegs zuerkannt; und Bäumlein erinnert passend an Paus. I, 32, 4 σέβονται δὲ οἱ Μαραθώνιοι τούτους τε οἳ παρὰ τὴν μάχην ἀπέθανον, ἥρωας ὀνομάζοντες, καὶ τ. λ. — *καὶ γὰρ ἐκείνων*, so der Cod. Urb. u. Ambr. 2, während Ambr. 1. ἐκεῖνοι hat, womit denn die Vulg. κατέλιπον harmonirte: „denn auch jene, die Heroen hinterliessen". Allein κατέλιπον rührt davon her, dass man ἐποίησαν nicht verstand, und so scheint auch ἐκείνων in ἐκεῖνοι geändert worden zu sein. Zu ἀπέδοσαν und ἐποίησαν ist näml. aus θεῶν τινα das Subj. zu ergänzen οἱ θεοί. ἐκείνων ist auf die ἡμιθέους zu beziehen, als die in Gedanken entferntern. — *τὰ μὲν σώματα*. „Es muss gehn. Gehts nicht, so hab Gott unsre Seelen, den Leichnam der Feind" sprach vor der Schlacht von St. Jakob an der Birs 1444 einer der Schweizer Helden. J. v. Müller Schweizergesch. Thl. 4. S. 77.

85. *οὐ μὴν ἀλλά*. Nach μὲν ist οὐ μὴν ἀλλά bejahender, oft

καλλίστων ἐν ἐκείνοις τοῖς χρόνοις ἐφιλονίκησαν, οὐκ ἐχθροὺς ἀλλ' ἀνταγωνιστὰς σφᾶς αὐτοὺς εἶναι νομίζοντες, οὐδ' ἐπὶ δουλείᾳ τῇ τῶν Ἑλλήνων τὸν βάρβαρον θεραπεύοντες, ἀλλὰ περὶ μὲν τῆς κοινῆς σωτηρίας ὁμονοοῦντες, ὁπότεροι δὲ ταύτης αἴτιοι γενήσονται, περὶ τούτου ποιούμενοι τὴν ἅμιλλαν. Ἐπεδείξαντο δὲ τὰς αὑτῶν ἀρε-
86 τὰς πρῶτον μὲν ἐν τοῖς ὑπὸ Δαρείου πεμφθεῖσιν. ἀποβάντων γὰρ αὐτῶν εἰς τὴν Ἀττικὴν οἱ μὲν οὐ περιέμειναν τοὺς συμμάχους, ἀλλὰ τὸν κοινὸν πόλεμον ἴδιον ποιησάμενοι πρὸς τοὺς ἁπάσης τῆς Ἑλλάδος καταφρονήσαντας ἀπήντων τὴν οἰκείαν δύναμιν ἔχοντες, ὀλίγοι πρὸς πολλὰς μυριάδας, ὥσπερ ἐν ἀλλοτρίαις ψυχαῖς μέλλοντες κινδυνεύειν, οἱ δ' οὐκ ἔφθασαν πυθόμενοι τὸν περὶ τὴν Ἀττικὴν πόλεμον, καὶ πάντων τῶν ἄλλων ἀμελήσαντες ἧκον ἡμῖν ἀμυνοῦντες, τοσαύτην ποιησάμενοι σπουδὴν ὅσην-
87 περ ἂν τῆς αὑτῶν χώρας πορθουμένης. σημεῖον δὲ τοῦ τά-

steigernder Ggstz. Nämlich während *οὐ μήν* für sich negativ ist und das Vorausgegangene verneint, wird die Formel durch das hinzutretende *ἀλλά* das den gültigen Ggstz gegen das Vorige einführt, affirmativ. „Nicht jedoch nur (wetteiferten sie ehrgeizig gegen einander), sondern etc. 9 § 33 *ἡγοῦμαι μὲν οὖν — ῥᾴδιον εἶναι γνῶναι —, οὐ μὴν ἀλλ' ἔτι γε σαφέστερον οἶομαι δηλώσειν.* — *θεραπεύοντες*, näml. *ὡς οἱ νῦν πολιτευόμενοι*. Ueber das Gunstbuhlen beider Staaten beim Perserkönig lässt er sich besonders in der Rede 8 *περὶ εἰρήνης* aus. — *ἐπεδείξαντο — ἐν τοῖς*. Lys. 12 § 27 *ἐν τοῖς μετοίκοις πίστιν ἐλάμβανον*.

86. *οἰκείαν*. Er übergeht hier die Platäer. Herod. VI. 102. — *ἐν ἀλλοτρίαις ψυχαῖς*. Bei *κινδυνεύειν* bezeichnet *ἔν τινι* dasjenige, was man aufs Spiel setzt. 8 § 12 *ὥσπερ ἐν ἀλλοτρίᾳ τῇ πόλει κινδυνεύοντες*. 18 § 3 *τὸν μὲν συκοφάντην ἐν τριάκοντα δραχμαῖς κινδυνεύοντα*. Von der heldenmüthigen Nichtachtung des eigenen Lebens heisst es bei Thuk. I. 70 *τοῖς μὲν σώμασιν ἀλλοτριωτάτοις ὑπὲρ τῆς πόλεως χρῶνται*. — *οἱ δέ*, die Lakedämonier. — *οὐκ ἔφθασαν — καί*. Das Zweite war dem Ersten beinahe gleichzeitig, daher vor dem Zweiten ein *καί* (wie *ἅμα — καί* § 119 und 157). Eine dem Is. beliebte Formel. 8 § 98 *οὐκ ἔφθασαν τὴν ἀρχὴν κατασχόντες, καὶ Θηβαίοις ἐπεβούλευσαν* „sie hatten kaum eingenommen, so" u. s. w. 9 § 53 *οὐκ ἔφθασαν πλησιάσαντες, καὶ περὶ πλείονος ἐποιήσαντο*. Historisch genau ist aber des Is. Darstellung nicht. Nach Herod. VI, 106, 120 warteten die Lakedämonier nach ihrem Gesetz den Vollmond ab (wahrsch. des *Καρνεῖος*, O. Müller Dor. II, 248) und kamen darum zu spät. — *ὅσην περ ἄν*, näml. *ἐποιήσαντο*. Vgl. *ὥσπερ ἂν* vor *εἰ* § 69.

χους καὶ τῆς ἁμίλλης· τοὺς μὲν γὰρ ἡμετέρους προγόνους
φασὶ τῆς αὐτῆς ἡμέρας πυθέσθαι τε τὴν ἀπόβασιν τὴν
τῶν βαρβάρων καὶ βοηθήσαντας ἐπὶ τοὺς ὅρους τῆς χώ-
ρας μάχῃ νικήσαντας τρόπαιον στῆσαι τῶν πολεμίων, τοὺς
δ' ἐν τρισὶν ἡμέραις καὶ τοσαύταις νυξὶ διακόσια καὶ
χίλια στάδια διελθεῖν στρατοπέδῳ πορευομένους. οὕτω
σφόδρ' ἠπείχθησαν οἱ μὲν μετασχεῖν τῶν κινδύνων, οἱ δὲ
φθῆναι συμβαλόντες πρὶν ἐλθεῖν τοὺς βοηθήσοντας. Μετὰ 88
δὲ ταῦτα γενομένης τῆς ὕστερον στρατείας, ἣν αὐτὸς Ξέρ-
ξης ἤγαγεν, ἐκλιπὼν μὲν τὰ βασίλεια, στρατηγὸς δὲ κα-
ταστῆναι τολμήσας, ἅπαντας δὲ τοὺς ἐκ τῆς Ἀσίας συ-
ναγείρας· περὶ οὗ τίς οὐχ ὑπερβολὰς προθυμηθεὶς εἰπεῖν
ἐλάττω τῶν ὑπαρχόντων εἴρηκεν; ὃς εἰς τοσοῦτον ἦλθεν 89
ὑπερηφανίας, ὥστε μικρὸν μὲν ἡγησάμενος ἔργον εἶναι τὴν
Ἑλλάδα χειρώσασθαι, βουληθεὶς δὲ τοιοῦτον μνημεῖον
καταλιπεῖν ὃ μὴ τῆς ἀνθρωπίνης φύσεώς ἐστιν, οὐ πρό-

87. *τῆς αὐτῆς ἡμέρας*, vielmehr erst nach mehrern Tagen. Herod. VI, 110. — *βοηθήσαντας — μάχῃ νικήσαντας*. So Urb. u. Ambr. I. And. Lesart *καὶ μάχῃ* u. s. w. Allein die Worte *μάχῃ νικήσαντας* ordnen sich gleichsam als adverbiale Bestimmung dem *βοηθήσαντας* unter, in welchem Falle das Asyndeton vorherrscht. § 58. Andok. Myst. § 106 *νικήσαντες μαχόμενοι τοὺς τυράννους* — *ἐν τρισὶν ἡμ.* Herod. VI. 120 *τριταῖοι ἐκ Σπάρτης ἐγένοντο ἐν τῇ Ἀττικῇ*, in solcher Zeit legten sie also 1200 Stadien oder 30 deutsche Meilen zurück. Plin. H. N. VII. 20 rechnet 1140 Stad. — *στρατοπέδῳ* erhöht ihre That, da ein Heer langsamer sich bewegt als der Einzelne. — *οἱ δὲ φθῆναι*, dieses Motiv der Eile ist mehr panegyristisch als historisch. Nach Herod. VI. 109 fürchtete Miltiades aus der Zögerung Spaltung unter den Athenern.

88. *αὐτὸς Ξέρξης*. Ggstz § 85 *οἱ ὑπὸ Δαρείου πεμφθέντες*. — *ἅπαντας*, hyperbolisch, wie unten § 146 und Lys. 12 § 60 die Dreissig *μισθωσάμενοι πάντας ἀνθρώπους ἐπ' ὀλέθρῳ τῆς πόλεως*. Dem. 18 § 72 *ὁρῶν (Φίλιππον) καταδουλούμενον πάντας ἀνθρώπους*. „alle Welt". Zur Sache vgl. Herod. VII. 21. — *περὶ οὗ τίς*. Mit diesem Ausdrucke der Bewunderung und dem, was sich § 89 daran knüpft, wird die regelmässige Ausführung des Satzes unterbrochen. Die Fortführung des Gedankens wird dann § 90 mit *πρὸς δὴ τὸν οὕτω* sammelnd wieder aufgenommen. Die Zwischenrede vermehrt absichtlich die Spannung auf den Inhalt der Apodosis.

89. *ὃ μὴ τῆς ἀνθρ. φ. ἐστιν* = *ὃ μὴ κατὰ τὴν ἀνθρ. φ.* oder *ὃ ὑπὲρ* (vgl. § 11) *τὴν ἀνθρ. φύσιν ἐστίν*. *μή* in relat. Bestimmungssätzen von bloss subj. Voraussetzungen, von bloss denkbarem, § 189. 15 § 12 *δεῖ διελθεῖν τοσοῦτον μέρος, ὅσον μὴ λυπήσει τοὺς πα-*

τερον ἐπαύσατο πρὶν ἐξεῦρε καὶ συνηνάγκασεν ὃ πάντες θρυλοῦσιν, ὥστε τῷ στρατοπέδῳ πλεῦσαι μὲν διὰ τῆς ἠπείρου, πεζεῦσαι δὲ διὰ τῆς θαλάττης, τὸν μὲν Ἑλλή-
90 σποντον ζεύξας, τὸν δ' Ἄθω διορύξας. πρὸς δὴ τὸν οὕτω μέγα φρονήσαντα καὶ τηλικαῦτα διαπραξάμενον καὶ τοσούτων δεσπότην γενόμενον ἀπήντων διελόμενοι τὸν κίνδυνον, Λακεδαιμόνιοι μὲν εἰς Θερμοπύλας πρὸς τὸ πεζόν, χιλίους αὑτῶν ἐπιλέξαντες καὶ τῶν συμμάχων ὀλίγους παραλαβόντες, ὡς ἐν τοῖς στενοῖς κωλύσοντες αὐτοὺς περαιτέρω προελθεῖν, οἱ δ' ἡμέτεροι πατέρες ἐπ' Ἀρτεμίσιον, ἑξήκοντα τριήρεις πληρώσαντες πρὸς ἅπαν τὸ τῶν
91 πολεμίων ναυτικόν. ταῦτα δὲ ποιεῖν ἐτόλμων οὐχ οὕτω τῶν πολεμίων καταφρονοῦντες ὡς πρὸς ἀλλήλους ἀγωνι-

ρόντας. § 128 ὃ μηδενὶ (was schwerlich einem) τῶν ἄλλων διαπράξασθαι συμβέβηκεν. Soph. Ant. 691 λόγοις τοιούτοις, οἷς σὺ μὴ (schwerlich denke ich) τέρψει κλύων. Vgl. auch Krüg. 67, 4, 3; während es mit οὐ hiesse: ein Werk, das wirklich und anerkannt über menschliche Kräfte geht. — *συνηνάγκασεν*, weil er eben so Entgegengesetztes als Widernatürliches zu Stande brachte. — *ὥστε*, nämlich dass, der Consecutivsatz übernimmt die Rolle der Inhaltserklärung, wie häufig bei Is. 6 § 4 εἰ ἦν ἀποδεδειγμένον, ὥστε τοὺς πρεσβυτέρους εἰδέναι τὸ βέλτιστον. 40. πολλάκις γέγονεν, ὥστε — κρατηθῆναι. — *ὃ πάντες θρυλοῦσι*. Man sieht dass die Fassung der abentheuerlichen Sache in die Form eines antithetischen Oxymoron traditionell war, auch heisst es im angeblichen Epitaphios des Lysias § 29 ὁδὸν μὲν διὰ τῆς θαλάσσης ἐποιήσατο, πλοῦν δὲ διὰ τῆς γῆς ἠνάγκασε γενέσθαι. Woher auch Cic. de fin. 2, 34, 112. *Xerxes quum tantis classibus tantisque equestribus et pedestribus copiis, Hellesponto iuncto Athone perfosso, maria ambulavisset, terram navigasset.* Der Witz der Antithese wird gefördert durch die Paronomasie πλεῦσαι und πεζεῦσαι, ζεύξας und διορύξας. Is. liebt diese Figur. § 91 ζηλοῦντες, ζητοῦντες. § 45 τάχους καὶ ῥώμης — λόγων καὶ γνώμης. § 186 φήμην καὶ μνήμην. 7 § 35 χρήσεις, κτήσεις. S. Bremi zu Is. Excurs. VI.

90. *πρὸς δὴ τόν*. δή: wie wir ihn also aus dem Vorigen kennen. — *χιλίους*, Spartiaten 300 nach Herod. VII. 202. 205. Vermuthl. sind die Heloten mitgezählt, deren etliche beim Auszug jedem Spartaner beigegeben wurden. Thuk. IV. 8. Plut. Arist. c. 10. — *ὀλίγους*, 400 Thebaner und 700 Thespier. Her. VII. 222. — *ἑξήκοντα*, nach Herod. VIII. 1 waren es 127, von denen einen Theil die Platäer bemannten, so dass die Zahl der Schiffe, welche die Athener ἐπλήρωσαν, allerdings nicht 127 war. Is. bedient sich aber auch so der Verringerung, um die Schlacht bei Artemisium der bei Thermopylä zu parallelisiren.

91. *ἀγωνιῶντας*, das Deside-

ῶντες, *Λακεδαιμόνιοι* μὲν ζηλοῦντες τὴν πόλιν τῆς Μα-
ραθῶνι μάχης, καὶ ζητοῦντες αὑτοὺς ἐξισῶσαι, καὶ δεδιό-
τες μὴ δὶς ἐφεξῆς ἡ πόλις ἡμῶν αἰτία γένηται τοῖς Ἕλ-
λησι τῆς σωτηρίας, οἱ δ' ἡμέτεροι μάλιστα μὲν βουλόμενοι
διαφυλάξαι τὴν παροῦσαν δόξαν, καὶ πᾶσι ποιῆσαι φανε-
ρὸν ὅτι καὶ τὸ πρότερον δι' ἀρετὴν ἀλλ' οὐ διὰ τύχην
ἐνίκησαν, ἔπειτα καὶ προαγαγέσθαι τοὺς Ἕλληνας ἐπὶ τὸ
διαναυμαχεῖν, ἐπιδείξαντες αὐτοῖς ὁμοίως ἐν τοῖς ναυτικοῖς
κινδύνοις ὥσπερ ἐν τοῖς πεζοῖς τὴν ἀρετὴν τοῦ πλήθους
περιγιγνομένην. ἴσας δὲ τὰς τόλμας παρασχόντες οὐχ ὁμοί- 92
αις ἐχρήσαντο ταῖς τύχαις, ἀλλ' οἱ μὲν διεφθάρησαν καὶ
ταῖς ψυχαῖς νικῶντες τοῖς σώμασιν ἀπεῖπον (οὐ γὰρ δὴ
τοῦτό γε θέμις εἰπεῖν, ὡς ἡττήθησαν· οὐδεὶς γὰρ αὐτῶν
φυγεῖν ἠξίωσεν), οἱ δ' ἡμέτεροι τὰς μὲν πρόπλους ἐνίκη-
σαν, ἐπειδὴ δ' ἤκουσαν τῆς παρόδου τοὺς πολεμίους κρα-
τοῦντας, οἴκαδε καταπλεύσαντες οὕτως ἐβουλεύσαντο περὶ
τῶν λοιπῶν, ὥστε πολλῶν καὶ καλῶν αὐτοῖς προειργασμέ-
νων ἐν τοῖς τελευταίοις τῶν κινδύνων ἔτι πλέον διήνεγκαν.
ἀθύμως γὰρ ἁπάντων τῶν συμμάχων διακειμένων, καὶ Πε- 93
λοποννησίων μὲν διατειχιζόντων τὸν Ἰσθμὸν καὶ ζητούν-
των ἰδίαν αὐτοῖς σωτηρίαν, τῶν δ' ἄλλων πόλεων ὑπὸ τοῖς
βαρβάροις γεγενημένων καὶ συστρατευομένων ἐκείνοις, πλὴν

rativ „voll Wetteifer". — *τῆς Μαραθῶνι μάχης*, in dieser Formel wird *ἐν* häufiger weggelassen. Krüg. 46, 1, 3. — *ἐξισῶσαι*, näml. *αὐτῇ*. — *γένηται*, der Conj. nach histor. Tempus § 96, 156, 159, wo der Opt. üblicher. Krüg. 54, 8, 2. — *ἔπειτα* gemeinigl. ohne *δέ* dem *πρῶτον μέν*, od. wie hier, dem *μάλιστα μέν* entgegengesetzt.

92. *σώμασιν ἀπεῖπον — ἡττήθησαν*, körperlich erlagen sie, aber sie unterlagen nicht. Lykurg. Leokr. §48 *οὐχ ἡττηθέντες, ἀλλ' ἀποθανόντες οὗπερ ἐτάχθησαν*. — *τὰς πρόπλους*. Es ist der Vorkampf, wie Bens. bemerkt, näml. gegen die 200 vorausgesandten Schnellsegler der Perser. Herod. VIII. 7. Dagegen nach c. 11 u. 16 blieb der Sieg im Hauptkampfe beim Artemision unentschieden, weswegen Is. vom Vorkampf richtig *ἐνίκησαν* sagt. — *τῆς παρόδου*, des Passes bei den Thermopylen. — *περὶ τῶν λοιπῶν*, über das Weitere, wovon nach Auseinandersetzung der Situation § 96 ff.

93. Die Periode ist zwar wegen der Fülle des Inhalts in der Protasis sehr lang, aber auch bei der musterhaften Klarheit, mit der sich die Glieder folgen uud sich Stück für Stück einprägen, sehr fasslich. — *διατειχιζόντων*, vom Lechäon

εἴ τις διὰ μικρότητα παρημελήθη, προσπλεουσῶν δὲ τριήρων διακοσίων καὶ χιλίων καὶ πεζῆς στρατιᾶς ἀναριθμήτου μελλούσης εἰς τὴν Ἀττικὴν εἰσβάλλειν, οὐδεμιᾶς σωτηρίας αὐτοῖς ὑποφαινομένης, ἀλλ' ἔρημοι συμμάχων
94 γεγενημένοι καὶ τῶν ἐλπίδων ἁπασῶν διημαρτηκότες, ἐξὸν αὐτοῖς μὴ μόνον τοὺς παρόντας κινδύνους διαφυγεῖν ἀλλὰ καὶ τιμὰς ἐξαιρέτους λαβεῖν, ἃς αὐτοῖς ἐδίδου βασιλεὺς ἡγούμενος, εἰ τὸ τῆς πόλεως προσλάβοι ναυτικόν, παραχρῆμα καὶ Πελοποννήσου κρατήσειν, οὐχ ὑπέμειναν τὰς παρ' ἐκείνου δωρεάς, οὐδ' ὀργισθέντες τοῖς Ἕλλησιν ὅτι προὐδόθησαν ἀσμένως ἐπὶ τὰς διαλλαγὰς τὰς πρὸς τοὺς
95 βαρβάρους ὥρμησαν, ἀλλ' αὐτοὶ μὲν ὑπὲρ τῆς ἐλευθερίας πολεμεῖν παρεσκευάζοντο, τοῖς δ' ἄλλοις τὴν δουλείαν αἱρουμένοις συγγνώμην εἶχον. ἡγοῦντο γὰρ ταῖς μὲν ταπειναῖς τῶν πόλεων προσήκειν ἐκ παντὸς τρόπου ζητεῖν τὴν σωτηρίαν, ταῖς δὲ προεστάναι τῆς Ἑλλάδος ἀξιούσαις οὐχ οἷόν τ' εἶναι διαφεύγειν τοὺς κινδύνους, ἀλλ' ὥσπερ τῶν ἀνδρῶν τοῖς καλοῖς κἀγαθοῖς αἱρετώτερόν ἐστι καλῶς ἀποθανεῖν ἢ ζῆν αἰσχρῶς, οὕτω καὶ τῶν πόλεων ταῖς ὑπερεχούσαις λυσιτελεῖν ἐξ ἀνθρώπων ἀφανισθῆναι μᾶλ-
96 λον ἢ δούλαις ὀφθῆναι γενομέναις. Δῆλον δ' ὅτι ταῦτα διενοήθησαν· ἐπειδὴ γὰρ οὐχ οἷοί τ' ἦσαν πρὸς ἀμφοτέρας ἅμα παρατάξασθαι τὰς δυνάμεις, παραλαβόντες

bis Kenchreä. Herod. VIII. 20. — *ὑποφαινομένης* vom Aufgehen des Tageslichts am Horizont, um so passendere Metapher, weil *φῶς* oft *σωτηρία* bedeutet. Xenoph. Anab. IV. 2, 7 *ἐπεὶ δ' ἡμέρα ὑπέφαινεν, ἐπορεύοντο σιγῇ.* Das Asyndeton hier schön in der Zusammenfassung der geschilderten trostlosen Umstände.

94. *ἐδίδου.* Das Imperf. „anbot". Mardonios machte jedoch den Athenern Anerbietungen nicht vor der salaminischen, sondern vor der platäischen Schlacht. Herod. VIII. 140. — *οὐχ ὑπέμειναν*, nicht nur: sie wiesen sie ab, sondern mit einer *κατάχρησις*: sie konnten sie nicht ertragen, weil seine Anerbietungen für sie eine Schmach waren. — *οὐδ' ὀργισθέντες*, wie es verzeihlich gewesen wäre, da man nach Entdeckung des Verraths im Zorn gern den verrätherischen Genossen preisgiebt.

95. *συγγνώμην εἶχον.* Trefflich schliesst er die lange Periode mit dem stolzesten Lobe der athen. Grossherzigkeit, die ihnen auch unter den Bundesgenossen Früchte trug. — *δούλαις — γενομέναις.* Constr. § 3.

ἅπαντα τὸν ὄχλον τὸν ἐκ τῆς πόλεως εἰς τὴν ἐχομένην νῆσον ἐξέπλευσαν, ἵν᾽ ἐν μέρει πρὸς ἑκατέραν κινδυνεύσωσιν. καίτοι πῶς ἂν ἐκείνων ἄνδρες ἀμείνους ἢ μᾶλλον φιλέλληνες ὄντες ἐπιδειχθεῖεν, οἵτινες ἔτλησαν ἐπιδεῖν, ὥστε μὴ τοῖς λοιποῖς αἴτιοι γενέσθαι τῆς δουλείας, ἐρήμην μὲν τὴν πόλιν γενομένην, τὴν δὲ χώραν πορθουμένην, ἱερὰ δὲ συλώμενα καὶ νεὼς ἐμπιπραμένους, ἅπαντα δὲ τὸν
πόλεμον περὶ τὴν πατρίδα τὴν αὐτῶν γιγνόμενον; Καὶ 97
οὐδὲ ταῦτ᾽ ἀπέχρησεν αὐτοῖς, ἀλλὰ πρὸς χιλίας καὶ διακοσίας τριήρεις μόνοι διαναυμαχεῖν ἐμέλλησαν. οὐ μὴν εἰάθησαν· καταισχυνθέντες γὰρ Πελοποννήσιοι τὴν ἀρετὴν αὐτῶν, καὶ νομίσαντες προδιαφθαρέντων μὲν τῶν ἡμετέρων οὐδ᾽ αὐτοὶ σωθήσεσθαι, κατορθωσάντων δ᾽ εἰς ἀτιμίαν τὰς αὐτῶν πόλεις καταστήσειν, ἠναγκάσθησαν μετασχεῖν τῶν κινδύνων. καὶ τοὺς μὲν θορύβους τοὺς ἐν τῷ πράγματι γεονμένους καὶ τὰς κραυγὰς καὶ τὰς παρακελεύσεις, ἃ κοινὰ πάντων ἐστὶ τῶν ναυμαχούντων, οὐκ
οἶδ᾽ ὅ τι δεῖ λέγοντα διατρίβειν· ἃ δ᾽ ἐστὶν ἴδια καὶ τῆς 98
ἡγεμονίας ἄξια καὶ τοῖς προειρημένοις ὁμολογούμενα,

96. *ἐχομένην*, nahe. — *ἐν μέρει πρὸς ἑκατέραν κινδυνεύσωσιν* „mit einer nach der andern". Ueber den Conj. zu § 91. — *ὥστε μὴ — γενέσθαι*. Der Consecutivs. nähert sich sehr dem Finalsatze. § 83. 111. Die Folge lässt sich auch als eine Bedingung denken, also dass auch *ἐφ᾽ ᾧ τε* für *ὥστε* stehen könnte. Krüg. § 65, 3, 1.

97. *καὶ οὐδέ*. Dass *καί* namentlich vor *οὐ* keinen Hiatus macht, hat Baiter mit vielen Stellen z. B. 5 § 14. 8 § 84 bewiesen, darum nicht nöthig mit Benseler aus Dionys. *μηδέ* zu schreiben, welches auch nicht mit „*et ne hoc quidem iis satis fuisse censuerim*" gerechtfertigt wäre, sondern höchstens durch Beziehung auf *οἵτινες* § 96, wie wenn es hiesse *καὶ οἷς μηδὲ ταῦτ᾽ ἀπέχρησεν*. Vgl. über *μή* nach Rel. zu § 89. Allein so würde die Constr. zu künstlich. — *ἐμέλλησαν*, sie hatten vor oder mussten, wovon *ἐμελέτησαν* u. *ἐτόλμησαν* Glosseme sind. — *καταισχυνθέντες*, nach Herod. VIII. 75 vielmehr durch die List des Themistokles zurückgehalten. Freilich ist des Is. Motiv, dass sie sich schämten zurückzustehen, auch für die Peloponnesier rühmlicher und dient der Begründung des § 85 ausgesprochenen Thema. — *τῶν ἡμετέρων*, näml. *πολιτῶν*. — *οὐκ οἶδ᾽ ὅτι δεῖ*. Mit einer ähnlichen Praeteritio meidet er 9 § 31 die Darstellung des Kampfgewimmels, während der Epitaph. bei Lys. 2 § 37 ff. es in aller Breite ausführt, worauf viell. Is. hindeutet.

98. *ἴδια*, was diesen Kampf besonders angeht, auszeichnet. —

ταῦτα δ' ἐμὸν ἔργον ἐστὶν εἰπεῖν. τοσοῦτον γὰρ ἡ πόλις
ἡμῶν δέφερεν, ὅτ' ἦν ἀκέραιος, ὥστ' ἀνάστατος γενομένη
πλείους μὲν συνεβάλετο τριήρεις εἰς τὸν κίνδυνον τὸν ὑπὲρ
τῆς Ἑλλάδος ἢ σύμπαντες οἱ συνναυμαχήσαντες, οὐδεὶς
δὲ πρὸς ἡμᾶς οὕτως ἔχει δυσμενῶς, ὅς τις οὐκ ἂν ὁμολο-
γήσειε διὰ μὲν τὴν ναυμαχίαν ἡμᾶς τῷ πολέμῳ κρατῆσαι,
99 ταύτης δὲ τὴν πόλιν αἰτίαν γενέσθαι. Καίτοι μελλούσης
στρατείας ἐπὶ τοὺς βαρβάρους ἔσεσθαι τίνας χρὴ τὴν ἡγε-
μονίαν ἔχειν; οὐ τοὺς ἐν τῷ προτέρῳ πολέμῳ μάλιστ'
εὐδοκιμήσαντας, καὶ πολλάκις μὲν ἰδίᾳ προκινδυνεύσαντας,
ἐν δὲ τοῖς κοινοῖς τῶν ἀγώνων ἀριστείων ἀξιωθέντας; οὐ
τοὺς τὴν αὐτῶν ἐκλιπόντας ὑπὲρ τῆς τῶν ἄλλων σωτηρίας,
καὶ τό τε παλαιὸν οἰκιστὰς τῶν πλείστων πόλεων γενομέ-
νους, καὶ πάλιν αὐτὰς ἐκ τῶν μεγίστων συμφορῶν διασώ-
σαντας; πῶς δ' οὐκ ἂν δεινὰ πάθοιμεν, εἰ τῶν κακῶν
πλεῖστον μέρος μετασχόντες ἐν ταῖς τιμαῖς ἔλαττον ἔχειν
ἀξιωθεῖμεν, καὶ τότε προταχθέντες ὑπὲρ ἁπάντων νῦν
ἑτέροις ἀκολουθεῖν ἀναγκασθεῖμεν;

100 Μέχρι μὲν οὖν τούτων οἶδ' ὅτι πάντες ἂν ὁμολογή-
σειαν πλείστων ἀγαθῶν τήν πόλιν τὴν ἡμετέραν αἰτίαν γε-
γενῆσθαι, καὶ δικαίως ἂν αὐτῆς τὴν ἡγεμονίαν εἶναι· μετὰ
δὲ ταῦτ' ἤδη τινὲς ἡμῶν κατηγοροῦσιν, ὡς ἐπειδὴ τὴν
ἀρχὴν τῆς θαλάττης παρελάβομεν, πολλῶν κακῶν αἴτιοι

ταῦτα δέ s. zu § 1. — *πλείους ἢ σύμπαντες οἱ συνναυμ.* 12 § 50. *πλείους ναῦς παρέσχοντο καὶ μείζω δύναμιν ἐχούσας ἢ σύμπαντες οἱ συγκινδυνεύσαντες.* Gegenüber der Darstellung Herodots VIII. 44 vgl. mit 48, nach welcher von den 378 hellen. Schiffen 180 attische waren, hat sich bei den Attikern die Ueberlieferung festgesetzt, dass Athen zu der rund angegebenen Gesammtzahl 300 (Aesch. Pers. v. 332) zwei Drittheile gestellt habe. Thuk. I. 74. Lys. Epit. § 42. Demosth. 18 § 70. — *οὐδεὶς δέ. δέ* entspr. dem *μέν* hinter *πλείους*. Anstatt nämlich fortzufahren: „anderseits die Ursache des Sieges, wie Jedermann weiss, gewesen ist", stellt Is. das „wie Jeder weiss" es mit Nachdruck ausführend an die Spitze.

99. *οἰκιστάς* hier: Gründer. Vgl. § 35. Die Pointe besteht darin, dass die Colonien dem Siege der näml. Stadt die Rettung aus der Dienstbarkeit verdankten, von welcher sie auch den Ursprung hatten. — *ἀκολουθεῖν*, Ggstz zu der *ἡγεμονία*.

100. *μέχρι μὲν οὖν τούτων — μετὰ δὲ ταῦτ' ἤδη*, bis so

τοῖς Ἕλλησι κατέστημεν, καὶ τόν τε Μηλίων ἀνδραποδι-
σμὸν καὶ τὸν Σκιωναίων ὄλεθρον ἐν τούτοις τοῖς λόγοις ἡμῖν
προφέρουσιν. Ἐγὼ δ' ἡγοῦμαι πρῶτον μὲν οὐδὲν εἶναι τοῦτο 101
σημεῖον ὡς κακῶς ἤρχομεν, εἴ τινες τῶν πολεμησάντων
ἡμῖν σφόδρα φαίνονται κολασθέντες, ἀλλὰ πολὺ τόδε μεῖ-
ζον τεκμήριον ὡς καλῶς διῳκοῦμεν τὰ τῶν συμμάχων, ὅτι
τῶν πόλεων τῶν ὑφ' ἡμῖν οὐσῶν οὐδεμία ταύταις ταῖς
συμφοραῖς περιέπεσεν. ἔπειτ' εἰ μὲν ἄλλοι τινὲς τῶν αὐτῶν 102
πραγμάτων πρᾳότερον ἐπεμελήθησαν, εἰκότως ἂν ἡμῖν ἐπι-
τιμῷεν· εἰ δὲ μήτε τοῦτο γέγονε μήθ' οἷόν τ' ἐστὶ τοσού-
των πόλεων τὸ πλῆθος κρατεῖν, ἢν μή τις κολάζῃ τοὺς
ἐξαμαρτάνοντας, πῶς οὐκ ἤδη δίκαιόν ἐστιν ἡμᾶς ἐπαινεῖν,
οἵ τινες ἐλαχίστοις χαλεπήναντες πλεῖστον χρόνον τὴν ἀρχὴν
κατασχεῖν ἠδυνήθημεν; Οἶμαι δὲ πᾶσι δοκεῖν τούτους προσ- 103

weit nun — im Weitern aber jetzt. — *προφέρουσιν* (näml. *ἡμῖν*) als Vorwurf. Den Vorwurf über die Härte der athen. Herrschaft erkennt er aber anderwärts, wie in der R. 8 als gegründet an. Ueber die grausame Behandlung der unschuldigen Melier Thuk. V. 116, und der abgefallenen Skionäer, deren Land die Athener, nachdem sie die Männer getödtet, und Weiber und Kinder zu Sclaven gemacht, den Platäern schenkten, ebend. c. 32.

101. *εἴ τινες — κολασθέντες.* Mit panegyrischer Gewandtheit wird über den Thatbestand weggeglitten. Denn wie passt *κολάζειν* auf die Melier, die weder unterwürfig noch also abgefallen waren? Und was *πολεμησάντων* anbetrifft, so fällt nach Thuk. III. 91 der Vorwurf allein auf die Athener. Uebrigens in der Nacht nach der Nachricht von ihrem Unglück bei Aegospotamoi kam den Athenern die Reue über das den Meliern u. Andern zugefügte Leid bitter. Xen. Hell. II, 1, 3. Eine Parallele bei Müller Schweiz. Gesch. 4 S. 81. nach Tschudi: „o Gryfensee rauh ist die Rach.“ — *τῶν ὑφ' ἡμῖν οὐσῶν*, von denen die sich unter unsrer Botmässigkeit hielten, also nicht abfielen wie die Skionäer. Er sagt also: Wer gegen uns die Waffen ergriff, den behandelten wir strenge, aber keinen, der uns treu blieb, und das ist der Beweis, dass wir eine gute Herrschaft führten.

102. *ἐπιτιμῷεν*, sie könnten etwa, nicht *ἐπετίμων*, sie würden tadeln. — *τὸ πλῆθος* verb. mit *τοσούτων*. Vgl. § 33 u. 136. — *ἐλαχίστοις*, weil in Beziehung auf *πλεῖστον* u. in Vergleichung mit den Spartanern gesagt: „den Wenigsten“. — *πλεῖστον χρόνον*. Nach 12 § 56 65 Jahre, etwa von Beendigung der Perserkriege bis nach der Niederlage in Sicilien und bis zum Abfall von Chios und anderen Bundesgenossen, so dass die unbestrittene Seeherrschaft von 477—412 berechnet würde. Demosth. 3 § 23 rechnet bis zur Schlacht von Aegospot. — *κατασχεῖν*. Man erwartet nicht den Aor. (worüber zu § 61), sondern wegen des Behauptens auf die Dauer *κατέχειν*. Allein die Congruenz mit dem Tempus des Hauptverbi (Madv. Synt. § 172, 6) scheint

τάτας γενήσεσθαι τῶν Ἑλλήνων, ἐφ' ὧν οἱ πειθαρχήσαντες
ἄριστα τυγχάνουσι πράξαντες. ἐπὶ τοίνυν τῆς ἡμετέρας ἡγε-
μονίας εὑρήσομεν καὶ τοὺς οἴκους τοὺς ἰδίους πρὸς εὐδαι-
μονίαν πλεῖστον ἐπιδόντας καὶ τὰς πόλεις μεγίστας γενο-
104 μένας. οὐ γὰρ ἐφθονοῦμεν ταῖς αὐξανομέναις αὐτῶν, οὐδὲ
ταραχὰς ἐνεποιοῦμεν πολιτείας ἐναντίας παρακαθιστάντες,
ἵν' ἀλλήλοις μὲν στασιάζοιεν, ἡμᾶς δ' ἀμφότεροι θεραπεύ-
οιεν, ἀλλὰ τὴν τῶν συμμάχων ὁμόνοιαν κοινὴν ὠφέλειαν
νομίζοντες τοῖς αὐτοῖς νόμοις ἁπάσας τὰς πόλεις διῳκοῦ-
μεν, συμμαχικῶς ἀλλ' οὐ δεσποτικῶς βουλευόμενοι περὶ αὐ-
105 τῶν, ὅλων μὲν τῶν πραγμάτων ἐπιστατοῦντες, ἰδίᾳ δ' ἑκά-
στους ἐλευθέρους ἐῶντες εἶναι, καὶ τῷ μὲν πλήθει βοηθοῦν-
τες, ταῖς δὲ δυναστείαις πολεμοῦντες, δεινὸν οἰόμενοι τοὺς
πολλοὺς ὑπὸ τοῖς ὀλίγοις εἶναι, καὶ τοὺς ταῖς οὐσίαις ἐν-
δεεστέρους τὰ δ' ἄλλα μηδὲν χείρους ὄντας ἀπελαύνεσθαι

den Aor. hier zu rechtfertigen. Vgl. 7 § 12.

103. *ἐπιδόντας*, § 189. 7 § 5. — *καὶ τὰς πόλεις*. So hatte Chios bis zu seinem Abfall von Athen sehr an Wohlstand zugenommen. Thuk. VIII, 24.

104. *ἐφθονοῦμεν*, Seitenblick auf die Spartaner, die auf die mächtigern Mitglieder ihrer Symmachie eifersüchtig waren; eben so was üb. die Verfassungen folgt, da sie überall als Mittel zur Herrschaft die Oligarchie begünstigten. Bens. versteht das *πολ. ἐναντ. παραχ.* von der Politik, womit z. B. Lysander Orchomenos vom böot. Bunde abwendig machte, und es feindlich neben Theben hinstellte Xen. Hell. III, 5, 6, oder mehrere kleinere Staaten von Elis abgetrennt wurden Xen. ebendas. 2, 30 u. s. w. Jedoch die von ihm angeführten Thatsachen sind später als der pelop. Krieg, während die Vergleichung mit Athens Benehmen auf ältere Zeiten hinweisst. Ferner sind *πολιτεῖαι* hier nicht Staaten, sondern Verfassungen. In der spartanischen Symmachie befanden sich auch Staaten mit gemässigter Demokratie. Diese beunruhigte Sparta, indem es nach seiner Maxime, Oligarchien zu begünstigen, ihnen feindliche Verfassungen an die Seite stellte. Vgl. Kortüm hell. Staatsverf. S. 68. Beiderlei mussten sich Mühe geben Sparta bei guter Laune zu erhalten. Umgekehrt begünstigte Athen die Demokratie, z. B. auf Samos Thuk. VIII. 21. Propagandismus trieben beide, Athen minder mit listigem *divide et impera*, sondern es regierte seine Bundesgenossen offen *τοῖς αὐτοῖς νόμοις*, nach durchgehenden gleichen Grundsätzen. 12 § 54 *οἱ μὲν γὰρ ἡμέτεροι πατέρες ἔπειθον τοὺς συμμάχους ποιεῖσθαι πολιτείαν ταύτην, ἥνπερ αὐτοὶ διετέλουν ἀγαπῶντες· ὃ σημεῖόν ἐστι εὐνοίας καὶ φιλίας, ὅταν τινὲς παραινῶσι τοῖς ἄλλοις χρῆσθαι τούτοις, ἅπερ ἂν σφισιν αὐτοῖς συμφέρειν ὑπολάβωσιν.*

105. *δυναστείαις*, hier = *ὀλιγαρχίαις*, dasselbe bald darauf auch *τυραννεῖν*. — *ἀπελαύνεσθαι*, odioser als der sachgemäs-

τῶν ἀρχῶν, ἔτι δὲ κοινῆς τῆς πατρίδος οὔσης τοὺς μὲν τυ-
ραννεῖν τοὺς δὲ μετοικεῖν, καὶ φύσει πολίτας ὄντας νόμῳ
τῆς πολιτείας ἀποστερεῖσθαι. τοιαῦτ' ἔχοντες ταῖς ὀλιγαρ- 106
χίαις ἐπιτιμᾶν καὶ πλείω τούτων, τὴν αὐτὴν πολιτείαν
ἥνπερ παρ' ἡμῖν αὐτοῖς καὶ παρὰ τοῖς ἄλλοις κατεστήσα-
μεν, ἣν οὐκ οἶδ' ὅ τι δεῖ διὰ μακροτέρων ἐπαινεῖν, ἄλλως
τε καὶ συντόμως ἔχοντα δηλῶσαι περὶ αὐτῆς. μετὰ γὰρ ταύ-
της οἰκοῦντες ἑβδομήκοντ' ἔτη διετελέσαμεν ἄπειροι μὲν
τυραννίδων, ἐλεύθεροι δὲ πρὸς τοὺς βαρβάρους, ἀστασία-
στοι δὲ πρὸς σφᾶς αὐτούς, εἰρήνην δ' ἄγοντες πρὸς πάντας
ἀνθρώπους. Ὑπὲρ ὧν προσήκει τοὺς εὖ φρονοῦντας μεγά- 107
λην χάριν ἔχειν πολὺ μᾶλλον ἢ τὰς κληρουχίας ἡμῖν ὀνει-

sere Ausdruck εἴργεσθαι. — *μετοικεῖν*, treffend, da sie wie die μέτοικοι ἰσοτελεῖς zwar persönlich frei waren, Gewerbe trieben, aber von den ὀλίγοις fern gehalten wurden von aller Theilnahme an Staatsverhandlungen. Herm. Staatsalt. § 116. Abermals Seitenblick auf Sparta wegen seiner Periöken, s. zu 7 § 61.

106. *ἐπιτιμᾶν* ganz im Geiste des einstigen demokratischen Propagandismus der Athener, die sich für geborne Protéctoren der Freiheit (Dem. 8 § 41) und für berechtigt hielten anders Regierende zu stürzen. Vgl. Kortüm hell. Staatsverfassungen S. 61. — *ἔχοντα* bezieht sich auf das bei δεῖ zu verstehende Subject. Gegen des Is. Gewohnheit ist das gleiche Wort in der gleichen Periode nahe wiederholt ἔχοντες, ἔχοντα. So auch § 24. — *διετελέσαμεν*. Diese Lesart aller Hdsch., für welche man seit I. Bekker allgemein dessen Conjectur διετέλεσαν aufgenommen hatte, weil man glaubte, Subject könnten nicht die Athener, sondern müssten ihre demokratisirten Bundesgenossen sein, wie die Hinweisung auf Dankespflicht § 107 beweise, hat jüngst Benseler wieder scharfsinnig in ihr Recht eingesetzt. Die 70 Jahre sind nämlich nicht die der athen. Seeherrschaft (s. zu § 102), womit das ἀστασίαστοι und εἰρήνην ἄγοντες schon wegen des pelop. Kriegs unvereinbar wäre, sondern, wenn es auch seltsam klingt, nach Morus Annahme die Zeit von Abschaffung der Monarchie und Einführung jähriger Archonten von 683 bis auf Kylon 612. Das war nun freilich keine Demokratie, aber auch keine reine Oligarchie, sondern eine aus aristokratischen und demokratischen Elementen gemischte (vgl. Schömann Verfassgsgesch. Athens S. 30 ff.) πολιτεία, unter der Athen so lange Unabhängigkeit Glück und Frieden genossen habe. Diese oder die auf ihr beruhende nachsolonische gemässigte glückliche Demokratie habe Athen bei Andern eingeführt, wofür (ὑπὲρ ὧν § 107) diese dankbar sein dürfen. Aber genaue Kenntniss und Darstellung der ältern Verfassungsgeschichte muss man bei Is. nicht suchen. Was die Athener bei den Andern einsetzten, war Demokratie, und solche bestand während jener 70 Jahre in Athen nicht. — *σφᾶς αὐτούς* für ἡμᾶς αὐτούς. Krüg. 51, 2, 15.

107. *τὰς κληρουχίας*. Von Colonisten alter und neuer Zeit un-

δίζειν, ἃς ἡμεῖς εἰς τὰς ἐρημουμένας τῶν πόλεων φυλα-
κῆς ἕνεκα τῶν χωρίων, ἀλλ' οὐ διὰ πλεονεξίαν ἐξεπέμπο-
μεν. σημεῖον δὲ τούτων· ἔχοντες γὰρ χώραν μὲν ὡς πρὸς
τὸ πλῆθος τῶν πολιτῶν ἐλαχίστην, ἀρχὴν δὲ μεγίστην, [καὶ]
κεκτημένοι τριήρεις διπλασίας μὲν ἢ σύμπαντες, δυναμέ-
108 νας δὲ πρὸς δὶς τοσαύτας κινδυνεύειν, ὑποκειμένης τῆς Εὐ-
βοίας ὑπὸ τὴν Ἀττικήν, ἣ καὶ πρὸς τὴν ἀρχὴν. τὴν τῆς θα-
λάττης εὐφυῶς εἶχε καὶ τὴν ἄλλην ἀρετὴν ἁπασῶν τῶν
νήσων διέφερε, κρατοῦντες αὐτῆς μᾶλλον ἢ τῆς ἡμετέρας
αὐτῶν, καὶ πρὸς τούτοις εἰδότες καὶ τῶν Ἑλλήνων καὶ τῶν
βαρβάρων τούτους μάλιστ' εὐδοκιμοῦντας, ὅσοι τοὺς ὁμό-
ρους ἀναστάτους ποιήσαντες ἄφθονον καὶ ῥᾴθυμον αὑτοῖς
κατεστήσαντο τὸν βίον, ὅμως οὐδὲν τούτων ἡμᾶς ἐπῆρε

terschieden sie sich dadurch, dass die in eroberte Länder geschickten athenischen Kleruchen, obschon jede Kleruchie eine besondere Genossenschaft bildete, im Bürgerrechte Athens blieben, um sie in der Anhänglichkeit zu erhalten. Böckh Staatsh. I. 556 (456 d. 1. Ausg.) bemerkt, dass die Kleruchien keine Erfindung der Athener waren, sondern von jeher als Eroberungsrecht geübt wurden, so von den Doriern im Peloponnes, von den Thessaliern gegen die Penesten. Gegen Landschaften der Barbaren schien es nicht hart, wohl aber gegen Hellenen, gegen welche es die Athener zur Zeit ihrer Macht vielseitig übten, was ihnen grossen Hass zuzog. — *οὐ διὰ πλεονεξίαν* wird durch die Geschichte widerlegt. Kortüm a. a. O. S. 63 f. Böckh a. a. O. 557 „Ist es kein Eigennutz, wenn ein Staat auf Kosten Anderer seine ärmern Bürger mit Grundstücken begabt?“ — *ὡς πρὸς τὸ πλῆθος.* Wie klein das Land im Verhältniss zur Bevölkerung war, ergiebt sich aus Böckh Staatsh. I. 47 u. 54 (34 u. 40) der den Flächenraum Attikas mit Salamis zu etwas über 40 Quadratmeilen und die Bevölkerung zu 500,000 Seelen berechnet. Davon nur 135,000 Freie (nämlich gegen 95,000 Athener und gegen 40,000 Metöken), die übrigen Sclaven, also über 10,000 Menschen auf eine Quadratm. — [*καί*]. Die Partikel, ohnehin durch die Hdss. nicht sehr gesichert, streicht Benseler und erklärt das Asyndeton: „*Potestas ea ipsa re est significata, quod triremes duplo plures quam reliqui possidebant.*“

108. *ὑπὸ τὴν Ἀττ.*, in solcher Nähe und Lage zu A. dass es von da aus in strategischer Hinsicht beherrscht wird. — *εἶχε* u. *διέφερε*, das Imperf. in Rücksicht auf jene Vergangenheit, wo man an die Besitznahme Euböas hätte denken können. — *ἀρετήν*, an Fruchtbarkeit. Thuk. I. 2. — *Ἑλλήνων*, etwa die Spartaner wegen Messene. — *ὅσοι* (mit Urb.) die ganze Klasse umfassend. 3 § 4 *ἀλλ' αὐτοὺς ἐκείνους ψέγειν, ὅσοι τοῖς ἀγαθοῖς κακῶς χρῶνται.* § 37 *κἀκεῖνοι εὐδοκιμοῦσιν, ὅσοι — τυγχάνουσιν ὄντες.* — *ἐπῆρε* anakoluth, da etwa fortzufahren war *ὅμως οὐδενὶ τούτων ἡμεῖς ἐπήρθημεν.* — *ἐξαμαρτεῖν.* Die unparteiische Ge-

περὶ τοὺς ἔχοντας τὴν νῆσον ἐξαμαρτεῖν ἀλλὰ μόνοι δὴ τῶν 109
μεγάλην δύναμιν λαβόντων περιείδομεν ἡμᾶς αὐτοὺς ἀπο-
ρωτέρως ζῶντας τῶν δουλεύειν αἰτίαν ἐχόντων. καίτοι βου-
λόμενοι πλεονεκτεῖν οὐκ ἂν δή που τῆς μὲν Σκιωναίων γῆς
ἐπεθυμήσαμεν, ἣν Πλαταιέων τοῖς ὡς ἡμᾶς καταφυγοῦσι
φαινόμεθα παραδόντες, τοσαύτην δὲ χώραν παρελίπομεν,
ἣ πάντας ἂν ἡμᾶς εὐπορωτέρους ἐποίησεν.

Τοιούτων τοίνυν ἡμῶν γεγενημένων, καὶ τοσαύτην πι- 110
στιν δεδωκότων ὑπὲρ τοῦ μὴ τῶν ἀλλοτρίων ἐπιθυμεῖν, τολ-
μῶσι κατηγορεῖν οἱ τῶν δεκαρχιῶν κοινωνήσαντες καὶ τὰς
αὑτῶν πατρίδας διαλυμηνάμενοι καὶ μικρὰς μὲν ποιήσαντες
δοκεῖν εἶναι τὰς τῶν προγεγενημένων ἀδικίας, οὐδεμίαν δὲ
λιπόντες ὑπερβολὴν τοῖς αὖθις βουλομένοις γενέσθαι πο-
νηροῖς, ἀλλὰ φάσκοντες μὲν λακωνίζειν, τἀναντία δ' ἐκεί-

schichte spricht anders, da abgesehen von der Zeit des Kleisthenes, wo die Athener 4000 Kleruchen nach Euböa schickten (Herod. V. 77), auch unter Perikles die Nordküste (Hestiäa, Thuk. I. 114) genommen, die Einwohner vertrieben und 2000 Kleruchen hingeschickt wurden. Kortüm a. a. O. S. 117.

109. *μόνοι δή.* „wir Athener freilich, oder allerdings allein", denn die Andern in ähnlicher Lage handelten anders. *δή* bezeichnet die Behauptung, dass die Athener eine Ausnahme machten, als einleuchtend. — *τῶν — αἰτίαν ἐχόντων*, als die Euböer, die wegen der Lage und Nähe Grnnd und Ursache haben uns zu dienen, wenn wir nämlich das Verfahren Anderer (§ 108) befolgen wollten. — *βουλόμενοι* aufzulösen *εἰ ἐβουλόμεθα*. — *Πλαταιέων*. § 100.

110. *οἱ κοινωνήσαντες.* Die *δεκαδαρχίαι* od. *δεκαρχίαι*, nach Athens Fall eingesetzte oligarchische Regierungen, um die ehemaligen attischen *σύμμαχοι* den Spartanern unterthänig zu erhalten. Diese eifrigsten Oligarchen, die Geistesverwandten der 30 von Athen, sind es, gegen welche Is. jetzt spricht. Als Commissäre mit militärischem Commando wurden von Sparta die Harmosten mit Soldaten in die Städte gesandt zur Behauptung der Oligarchie, wie Kallibios mit 700 in die Akropolis von Athen. Die *δεκαρχίαι* waren aufs Aeusserste verhasst 5 § 95, denn die oligarchische Reaction hauste (*διαλυμηνάμενοι*) wie in Athen wohl in manchen Städten, wie Is. auch 12 § 63 erwähnt. — *μικρὰς μὲν — εἶναι*, witzige Umschreibung für *ὑπερβαλόντες*. Aehnlich 16 § 34. *τὰς μὲν τῶν προτέρων εὐτυχίας μικρὰς πρὸς τὰς αὑτοῦ δόξαι ποιήσας, τοὺς δ' ἐφ' αὑτοῦ νικήσαντας παύσας ζηλουμένους, τοῖς δὲ μέλλουσιν ἱπποτροφεῖν οὐδεμίαν ὑπερβολὴν καταλιπών.* — *λακωνίζειν.* Affen der Spartaner in Tracht und Haar und Bart, mit Stock und grobem Kittel, gab es nach dem Unglück Athens Viele (sie hiessen sich *λακωνισταί* Westerm. zu Demosth. 54 § 34), gleich wie viele politische Grundsätze der Spartaner affectirten und indem sie

νοις ἐπιτηδεύοντες, καὶ τὰς μὲν Μηλίων ὀδυρόμενοι συμφοράς, περὶ δὲ τοὺς αὑτῶν πολίτας ἀνήκεστα τολμήσαντες
111 τες ἐξαμαρτεῖν. ποῖον γὰρ αὐτοὺς ἀδίκημα διέφυγεν; ἢ τί τῶν αἰσχρῶν ἢ δεινῶν οὐ διεξῆλθον; οἳ τοὺς μὲν ἀνομωτάτους πιστοτάτους ἐνόμιζον, τοὺς δὲ προδότας ὥσπερ εὐεργέτας ἐθεράπευον, ᾑροῦντο δὲ τῶν Εἱλώτων ἑνὶ δουλεύειν ὥστ' εἰς τὰς αὑτῶν πατρίδας ὑβρίζειν, μᾶλλον δ' ἐτίμων τοὺς αὐτόχειρας καὶ φονέας τῶν πολιτῶν ἢ τοὺς γονέας τοὺς
112 αὑτῶν, εἰς τοῦτο δ' ὠμότητος ἅπαντας ἡμᾶς κατέστησαν, ὥστε πρὸ τοῦ μὲν διὰ τὴν παροῦσαν εὐδαιμονίαν καὶ ταῖς μικραῖς ἀτυχίαις πολλοὺς ἕκαστον ἡμῶν ἔχειν τοὺς συμπενθήσοντας, ἐπὶ δὲ τῆς τούτων ἀρχῆς διὰ τὸ πλῆθος τῶν

τἀκεῖ καθεστῶτα τοῖς ἐνθάδε, καὶ μάλιστα τὴν σωφροσύνην καὶ πειθαρχίαν πρὸς τὰς παρ' ἡμῖν ὀλιγωρίας verglichen, das Lob Spartas anstimmten 12 § 111. ἀνοητως λακωνίζοντες 12 § 155. Aber hier sind es die Oligarchen, die ohne eine Ader altspartanischer Tugend zu besitzen, ihr Regierungssystem mit den Lakonismus beschönigten. 8 § 108 οὐχ ἡ μὲν τῶν ἀττικιζόντων πολυπραγμοσύνη λακωνίζειν τὰς πόλεις ἐποίησεν, ἡ δὲ τῶν λακωνιζόντων ὕβρις ἀττικίζειν τὰς αὐτὰς ταύτας ἠνάγκασεν; — *ἐκείνοις*, näml. *Λακεδαιμονίοις*. Constr. *κατὰ σύνεσιν*. § 134, 184. 7 § 39.

111. *διέφυγεν* in neuer Anwendung des Ausdrucks, denn sonst sagt man ὁ λόγος, ἡ ἀλήθεια ἐμὲ διέφυγεν, also von etwas Wünschenswerthem, welches uns entgeht. § 187. Dem Sinne nach vgl. Horat. Od. I. 35, 34 f. *quid nos dura refugimus Aetas? quid intactum nefasti Liquimus? unde manum iuventus Metu deorum continuit?* — *Εἱλώτων*. Spöttisch nennt er die unterste Classe Lakoniens, doch wohl auch wahr, da unter den Harmosten auch Emporkömmlinge aus niederm Stande waren (Xen. Hell. 3, 5, 12 werfen die Thebaner den Spartanern vor τοὺς μὲν Εἵλωτας ἁρμοστὰς καθιστάναι ἀξιοῦσι, τῶν δὲ ξυμμάχων ἐλευθέρων ὄντων δεσπόται ἀναπεφήνασιν). — *ἑνί* für *vulg.* ἐνίων nach dem Urb. mit Sauppe, welcher bemerkt, dass damit Lysander gemeint sei, der kein Spartiate sondern ein μόθαξ d. h. spartanisch erzogen, aber nicht von freier Abkunft beider Eltern war. Is. nennt ihn nun hyperbolisch einen Heloten. Der Ausdruck wird durch ἑνί bitterer, da dem Einzigen, dem grossen Patron der Oligarchien, diese Regierungen alle dienten. — *ὥστε* vgl. § 96. — *καὶ φονέας* — *γονέας*. S. zu § 89. Indessen wird καὶ φονέας, obschon es alle Hdss. haben, als verdächtig angesehen theils wegen Tautologie, theils wegen Störung des Gleichgewichts im Ggstz. Doch könnte eben so gut αὐτόχειρας καὶ aus diesen Gründen verdächtig scheinen. Allein der Begriff Mörder muss hier kräftig hervortreten.

112. *τοὺς συμπενθήσοντας*. Ueber den Art. zu 7 § 2. — *τούτων*, der 30 in Athen und der Dekaduchen in den Städten. —

οἰκείων κακῶν ἐπαυσάμεθ' ἀλλήλους ἐλεοῦντες. οὐδενὶ γὰρ τοσαύτην σχολὴν παρέλιπον ὥστ' ἑτέρῳ συναχθεσθῆναι.
τίνος γὰρ οὐκ ἐφίκοντο; ἢ τίς οὕτω πόρρω τῶν πολιτικῶν 113
ἦν πραγμάτων, ὅστις οὐκ ἐγγὺς ἠναγκάσθη γενέσθαι τῶν συμφορῶν, εἰς ἃς αἱ τοιαῦται φύσεις ἡμᾶς κατέστησαν; εἶτ' οὐκ αἰσχύνονται, τὰς αὑτῶν πόλεις οὕτως ἀνόμως διαθέντες, καὶ τῆς ἡμετέρας ἀδίκως κατηγοροῦντες, ἀλλὰ πρὸς τοῖς ἄλλοις καὶ περὶ τῶν δικῶν καὶ τῶν γραφῶν τῶν ποτε παρ' ἡμῖν γενομένων λέγειν τολμῶσιν, αὐτοὶ πλείους ἐν

ἐπαυσάμεθ', etwas anders Lysias 12 § 87. Aber mit Recht weist Is. auf die dadurch auch bei milden Charakteren erzeugte ὠμότης hin, da sie stumpfer und gefühllos wurden selbst beim Unglück der Ihrigen, wie Aehnliches die franz. Revolutionsgeschichte genug aufweist.

113. ἐφίκοντο. (Der Hiatus wird durch Interp. u. Pause entschuldigt.) Wer blieb ausser dem Bereich ihrer Gewaltthat? Constr. § 187. 12 § 227 ὅσων ἂν ἐφικέσθαι δυνηθῶσιν. Demosth. g. Aristog. II § 101 ἐφῖκται γάρ, ἐφῖκται πάντων ἡ τούτου κακοπραγμοσύνη. — οὕτω πόρρω, da auch der Privatstand keinen schützte (Lys. 12 § 4 ff.), sondern man ganz nahe gleichsam an die Flamme musste. Brief 6 § 11 τῶν μὲν κινδύνων πόρρω, τῶν δ' ὠφελειῶν ἐγγύς. — φύσεις Unnaturen. Vgl. 10 § 28 vom Minotaurus, φύσις ἐξ ἀνδρὸς καὶ ταύρου μεμιγμένη. Auch 20 § 11 heissen die 30 αὗται αἱ φύσεις, wo ebenfalls, dass sie 1500 Bürger ἀκρίτους getödtet haben. — Die Worte τὰς — διαθέντες sind, wie durch die Interp. ausgedrückt ist, appositive Bestimmung zum Subject in αἰσχύνονται, wogegen καὶ κατηγοροῦντες ist „sogar anzuklagen". Im Ggstz dann zu οὐκ αἰσχύνονται κατηγοροῦντες tritt mit steigender Entrüstung ein ἀλλά u. s. w. Funkhänel aber erklärt die Constr. so: „*haec duo*, τὰς ἑαυτῶν πόλεις οὕτως ἀνόμως διαθέντες *et* τῆς ἡμετέρας ἀδίκως κατηγοροῦντες *aequabiliter iuxtaque collocata et vocabulo* καί *coniuncta sunt, ut rerum repugnantia vel clarior existeret*". — τῶν ποτε παρ' ἡμῖν, die seiner Zeit vor unsern Gerichtshöfen in Athen entschieden wurden. Athen hatte nämlich in seinem Bestreben zu centralisiren die unabhängigen Bundesgenossen mehr und mehr um ihre Autonomie gebracht, insbesondere ihnen unter dem Vorgeben allen die Wohlthat einer gleichmässigen Jurisdiction im Bunde zu gewähren, einen Theil ihrer Gerichtsbarkeit entzogen, sondern sie auch genöthigt Criminalprocesse (γραφάς) und sogar Privatprocesse, wenn sie einen gewissen Betrag erreichten, vor athenische Gerichte zu bringen und dort entscheiden zu lassen (δίκαι ἀπὸ συμβόλων). Böckh Staatsh. I. 528 (434). Hermann Staatsalt. § 157. Für Athens Einfluss war dieses wichtig und für die zahlreichen athenischen Richter wegen der Taggelder (s. zu 7 § 24) einträglich, aber drückend und empörend für die Bundesgenossen. — πλείους ἐν τρισὶ μησὶν. Von § 110 an sind οἱ τῶν δεκαρχιῶν κοινωνήσαντες, die von Lysander in den ehmals zur ath. Symmachie gehörigen Staaten eingesetzten Oligarchien, Subject. Also sind nicht nur die von den 30 in Athen be-

τρισὶ μησὶν ἀκρίτους ἀποκτείναντες ὧν ἡ πόλις ἐπὶ τῆς
114 ἀρχῆς ἁπάσης ἔκρινεν. φυγὰς δὲ καὶ στάσεις καὶ νόμων συγχύσεις καὶ πολιτειῶν μεταβολάς, ἔτι δὲ παίδων ὕβρεις καὶ γυναικῶν αἰσχύνας καὶ χρημάτων ἁρπαγάς, τίς ἂν δύναιτο διεξελθεῖν; πλὴν τοσοῦτον εἰπεῖν ἔχω καθ' ἁπάντων, ὅτι τὰ μὲν ἐφ' ἡμῶν δεινὰ ῥᾳδίως ἄν τις ἑνὶ ψηφίσματι

gangenen Hinrichtungen (s. zu 7 § 67) gemeint, sondern, wie W. Vischer bemerkt, auch die von jenen sämmtlichen Oligarchien der spartanischen Partei ausgegangenen.

114. *νόμων συγχύσεις. νόμοι* hier im weitesten Sinne, auch Bräuche und besonders heilige, die schnöde verletzt wurden, Lys. 12 § 96. — *καθ' ἁπάντων*, hier nicht „gegen alle unsre Widersacher zusammen", wie z. B. 8 § 56, sondern überhaupt, Alles zusammengenommen wie 2 § 47. 8 § 35. 10 § 1. 12 § 55. — *τὰ ἐφ' ἡμῶν δεινά*, das Arge, was zur Zeit unsrer Herrschaft begangen worden ist, also ihr mit Recht zur Last gelegt wird. Was darunter zu verstehen, zeigt der vorige Paragraph, nämlich dass die Bundesgenossen ihr Recht in Athen suchen mussten. So drückend nun für diese es auch war, so war es doch nicht zu vergleichen mit der unbedingten Willkühr und Rechtlosigkeit, die von den durch Lysander eingesetzten Oligarchien geübt wurden. „Man beachte, sagt W. Vischer, wie nachdrücklich das *ἀκρίτους κτείνειν*, überhaupt Ungesetzlichkeiten und Gewaltthaten dem *ἔκρινεν*, dem Entscheide durch eine richterliche Behörde, wenn auch derselbe in einzelnen Fällen ungerecht ausfallen kann, entgegengesetzt ist". Daraus beantwortet sich denn auch die bisher noch ungelöste Frage, was mit *ἑνὶ ψηφίσματι* gemeint sei. Es kann nicht sein ein in jedem einzelnen Falle zu fassender Beschluss, noch auch ein richterlicher Entscheid, sondern ein gesetzgeberischer Act der athenischen Volksgemeinde, durch welchen alle jene Klagen und *δεινά* beseitigt worden wären, also ein Decret, welches den Bundesgenossen die theilweise entzogene Autonomie und ihre Jurisdiction wieder zugestellt hätte; wozu allfällig noch an eine Reduction der *φόροι* oder Steuern der Bundesgenossen gedacht werden kann, welche sich allmälig bis über 1000 Talente beliefen und oft mit harter Strenge eingetrieben wurden. Herm. Staatsalt. § 157. Sauppe bemerkt mir: „Solch ein Decret mit seiner Bestimmung: *ἐάν τις βούληται τῶν Ἑλλήνων — Ἀθηναίων σύμμαχος εἶναι καὶ τῶν συμμάχων, ἐξεῖναι αὐτῷ ἐλευθέρῳ ὄντι καὶ αὐτονόμῳ*, ist über die unter dem Archon Nausinikos (Ol. 100, 3 = 378 s. zu 7 § 2) erneuerte Bundesgenossenschaft erhalten. M. H. E. Meieri comment. epigraph. secunda p. 53." Athen konnte vermöge der centralisirten Organisation seiner Herrschaft, wenn es wollte, mit einem Beschluss der Noth ein Ende machen; Sparta aber, das durch sein Harmosten" und Dekarchen" Regiment die Willkühr in jedem einzelnen Staat organisirt hatte, konnte die Frevel und Gräuel der Machthaber in den Staaten, wenn es auch wollte, nicht so mit Einem Schlag abstellen. Und wie es die eben ans Ruder gesetzten Oligarchen trieben, zeigen die Vorgänge in Athen. Es waren ja grossentheils aus der Verbannung heimgekehrte

διέλυσε, τὰς δὲ σφαγὰς καὶ τὰς ἀνομίας τὰς ἐπὶ τούτων
γενομένας οὐδεὶς ἂν ἰάσασθαι δύναιτο.
Καὶ μὴν οὐδὲ τὴν παροῦσαν εἰρήνην, οὐδὲ τὴν αὐτο- 115
νομίαν τὴν ἐν ταῖς πολιτείαις μὲν οὐκ ἐνοῦσαν ἐν δὲ ταῖς
συνθήκαις ἀναγέγραμμένην, ἄξιον ἑλέσθαι μᾶλλον ἢ τὴν ἀρ-
χὴν τὴν ἡμετέραν. τίς γὰρ ἂν τοιαύτης καταστάσεως ἐπι-
θυμήσειεν, ἐν ᾗ καταποντισταὶ μὲν τὴν θάλατταν κατέχουσι,
πελτασταὶ δὲ τὰς πόλεις καταλαμβάνουσιν, ἀντὶ δὲ τοῦ 116
πρὸς ἑτέρους περὶ τῆς χώρας πολεμεῖν ἐντὸς τείχους οἱ
πολῖται πρὸς ἀλλήλους μάχονται, πλείους δὲ πόλεις αἰχμά-
λωτοι γεγόνασιν ἢ πρὶν τὴν εἰρήνην ἡμᾶς ποιήσασθαι, διὰ
δὲ τὴν πυκνότητα τῶν μεταβολῶν ἀθυμοτέρως διάγουσιν
οἱ τὰς πόλεις οἰκοῦντες τῶν ταῖς φυγαῖς ἐζημιωμένων·
οἱ μὲν γὰρ τὸ μέλλον δεδίασιν, οἱ δ' ἀεὶ κατιέναι προσ-
δοκῶσιν. τοσοῦτον δ' ἀπέχουσι τῆς ἐλευθερίας καὶ τῆς 117
αὐτονομίας, ὥσθ' αἱ μὲν ὑπὸ τυράννοις εἰσί, τὰς δ' ἁρμο-
σταὶ κατέχουσιν, ἔνιαι δ' ἀνάστατοι γεγόνασι, τῶν δ' οἱ

Rachsüchtige.

115. *εἰρήνην*, den Antalkidischen, in welchem Artaxerxes Mnemon die Bedingungen vorschrieb, dass das asiatische Festland und Kypros dem Perser gehöre, alle Inseln und hellen. Staaten frei seien und die Athener mit Ausnahme von Lemnos, Imbros, Skyros ihre ganze Symmachie verlieren. Xen. Hell. V. 1, 31. Da aber die Spartaner Vollstrecker dieses Friedens in Hellas waren, so bestand die *αὐτονομία* der freigegebenen Staaten in Hellas nur im Buchstaben, in Wahrheit war sie Abhängigkeit von Sparta, andere standen unter Tyrannen, andere unter dem Perser § 117; und da wegen des Verlustes der Symmachie Athens Seemacht gebrochen, das Meer aber nicht der Spartaner Element war, so hielt Niemand Seepolizei, sondern die Seeräuber (*καταποντισταί*) hatten Spielraum. Ausserdem nun, dass der Spartaner Phöbidas durch Verrath die Burg zu Theben einnahm (Xen. a. a. O. 2, 25—36), mochten auch da und dort *πελτασταί* von den abgedankten Miethstruppen (Xen. V. 1, 35) sich eines Städtchens bemächtigen, ohne dass es die Geschichte namentlich überliefert hat. Dem. 23 § 139 *ἴστε γὰρ δήπου τοῦθ', ὅτι πάντες οἱ ξεναγοῦντες οὗτοι πόλεις καταλαμβάνοντες Ἑλληνίδας ἄρχειν ζητοῦσι* bezeugt dieses im Allgemeinen. Also waren die kleinern Staaten schlimmer dran als unter Athens Herrschaft.

116. *ἐντὸς τείχους.* In den Staaten waren die Parteien durch den Frieden nicht versöhnt, z. B. in Mantinea, Theben (Xen. Hell. V. 2), und eine Partei warf die andre zur Stadt hinaus, wohl nicht nur in Phlius (Xen. V. 2, 8 ff.), sondern auch anderswo, woraus sich die nach Is. Zeugnisse verbreitete Stimmung erklärt.

117. *τυράννοις.* Vgl. § 126. — *ἀνάστατοι*, wie die Manti-

βάρβαροι δεσπόται καθεστήκασιν· οὓς ἡμεῖς διαβῆναι
τολμήσαντας εἰς τὴν Εὐρώπην καὶ μεῖζον ἢ προσῆκεν αὐ-
118 τοῖς φρονήσαντας οὕτω διέθεμεν, ὥστε μὴ μόνον παύσα-
σθαι στρατείας ἐφ' ἡμᾶς ποιουμένους ἀλλὰ καὶ τὴν αὑ-
τῶν χώραν ἀνέχεσθαι πορθουμένην, καὶ διακοσίαις καὶ
χιλίαις ναυσὶ περιπλέοντας εἰς τοσαύτην ταπεινότητα κατ-
εστήσαμεν ὥστε μακρὸν πλοῖον ἐπὶ τάδε Φασήλιδος μὴ
καθέλκειν, ἀλλ' ἡσυχίαν ἄγειν καὶ τοὺς καιροὺς περιμένειν,
119 ἀλλὰ μὴ τῇ παρούσῃ δυνάμει πιστεύειν. Καὶ ταῦθ' ὅτι
διὰ τὴν τῶν προγόνων τῶν ἡμετέρων ἀρετὴν οὕτως εἶχεν,
αἱ τῆς πόλεως συμφοραὶ σαφῶς ἐπέδειξαν· ἅμα γὰρ ἡμεῖς
τε τῆς ἀρχῆς ἀπεστερούμεθα καὶ τοῖς Ἕλλησιν ἀρχὴ τῶν
κακῶν ἐγίγνετο. μετὰ γὰρ τὴν ἐν Ἑλλησπόντῳ γενομένην
ἀτυχίαν ἑτέρων ἡγεμόνων καταστάντων ἐνίκησαν μὲν οἱ
βάρβαροι ναυμαχοῦντες, ἦρξαν δὲ τῆς θαλάττης, κατέσχον
δὲ τὰς πλείστας τῶν νήσων, ἀπέβησαν δ' εἰς τὴν Λακω-
νικήν, Κύθηρα δὲ κατὰ κράτος εἷλον, ἅπασαν δὲ τὴν Πε-
120 λοπόννησον κακῶς ποιοῦντες περιέπλευσαν. Μάλιστα δ'

neer durch die Spartaner. Xen. Hell. V. 2, 7. — οὕτω διέθεμεν, so zurichteten. § 162.

118. Diese Stelle hat man als ältesten und Hauptbeweis für den wirklichen Abschluss des sog. Kimonischen Friedens geltend gemacht. Dass aber ein solcher mit Bedingungen wie die hier genannten förmlich gar nicht existirte, sondern Erzeugniss att. Nationaleitelkeit sei, hat K. W. Krüger in den histor. philol. Studien erwiesen u. S. 106 ff. zu zeigen versucht, dass auch Is. an unsrer Stelle nicht von Friedensbedingungen, sondern von factisch Erreichtem rede. Indessen scheint doch Is. an einen förmlichen Friedensvertrag geglaubt zu haben oder er fand für gut dem Glauben an das Bestehen eines solchen zu huldigen, nicht nur in der viel später geschriebenen R. 12 § 60, wo er den Ausdr. συνθήκας braucht, sondern auch in unsrer § 120, während 7 § 80 nur vom factischen Ergebniss die Rede ist. — ἐπὶ τάδε diesseits 7 § 80. 12 § 59, wie 9 § 6 ἐπέκεινα jenseits. Auch von der Zeit 9 § 37. — τῇ (näml. τότε) παρούσῃ, denn nach dem Aor. κατεστήσαμεν sind καθέλκειν, ἄγειν, περιμένειν, πιστεύειν Infinitive des Imperfects, s. § 145.

119. ἀρχῆς — ἀρχή, homonymia, Wortspiel mit verschiedener Bdtg desselben Wortes. Beispiele führt Baiter an, wie Brief 4 § 6 τῶν ἅπαντα μὲν πρὸς χάριν μηδὲν δὲ χάριτος ἄξιον λεγόντων. — ἅμα τε — καί, oft auch ohne τε wie § 157. Vgl. zu § 86. — ἑτέρων; die Spartaner. — ἐνίκησαν unter Konon bei Knidos, worauf die Landungen der pers. Flotte im Peloponnes und die Wegnahme von Kythera erfolgten. S. zu Lys. 19 § 12. — κατέσχον, § 61.

ἄν τις συνίδοι τὸ μέγεθος τῆς μεταβολῆς, εἰ παραναγνοίη τὰς συνθήκας τάς τ' ἐφ' ἡμῶν γενομένας καὶ τὰς νῦν ἀναγεγραμμένας. τότε μὲν γὰρ ἡμεῖς φανησόμεθα τὴν ἀρχὴν τὴν βασιλέως ὁρίζοντες καὶ τῶν φόρων ἐνίους τάττοντες καὶ κωλύοντες αὐτὸν τῇ θαλάττῃ χρῆσθαι. νῦν δ' ἐκεῖνός ἐστιν ὁ διοικῶν τὰ τῶν Ἑλλήνων, καὶ προστάττων ἃ χρὴ ποιεῖν ἑκάστους, καὶ μόνον οὐκ ἐπιστάθμους ἐν ταῖς πόλεσι καθιστάς. πλὴν γὰρ τούτου τί τῶν ἄλλων ὑπόλοι- 121
πόν ἐστιν; οὐ καὶ τοῦ πολέμου κύριος ἐγένετο, καὶ τὴν εἰρήνην ἐπρυτάνευσε, καὶ τῶν παρόντων πραγμάτων ἐπιστάτης καθέστηκεν; οὐχ ὡς ἐκεῖνον πλέομεν ὥσπερ πρὸς δεσπότην, ἀλλήλων κατηγορήσοντες; οὐ βασιλέα τὸν μέγαν αὐτὸν προσαγορεύομεν, ὥσπερ αἰχμάλωτοι γεγονότες; οὐκ ἐν τοῖς πολέμοις τοῖς πρὸς ἀλλήλους ἐν ἐκείνῳ τὰς ἐλπίδας ἔχομεν τῆς σωτηρίας, ὃς ἀμφοτέρους ἡμᾶς ἡδέως ἂν ἀπολέσειεν;

Ὧν ἄξιον ἐνθυμηθέντας ἀγανακτῆσαι μὲν ἐπὶ τοῖς 122
παροῦσι, ποθέσαι δὲ τὴν ἡγεμονίαν τὴν ἡμετέραν, μέμψασθαι δὲ Λακεδαιμονίοις ὅτι τὴν μὲν ἀρχὴν εἰς τὸν

120. *παραναγνοίη*. Also doch ein schriftlicher Vertrag über den Kimon. Frieden? So stellt es allerdings Is. dar, und es scheint richtiger bei ihm den Glauben an einen solchen bei den Rednern schon zur Ueberlieferung gewordenen Vertrag anzunehmen, als mit Krüger S. 101 zu erklären: Is. bezeichne nur das Lesen des einen in Vergleichung mit den angeblichen Bedingungen des andern, so dass wohl nur die Gegenüberstellung des Antalkidischen Vertrags dem athenischen (ἐφ' ἡμῶν) hier das Prädicat der Lesbarkeit zugezogen habe. — *τῶν φόρων ἐνίους*, Abgaben und Contributionen, die persischen Unterthanen auferlegt wurden. — *ὁ διοικῶν*. „Der antalkidische Friedensvertrag (Xen. Hell. V. 1, 31) begann: Ἀρταξέρξης βασιλεὺς νομίζει δίκαιον und endete: ὁπότεροι δὲ ταύτην τὴν εἰρήνην μὴ δέχονται, τούτοις ἐγὼ πολεμήσω." Bens. — *ἐπιστάθμους*. Bekk. Anecd. p. 253 ἐπίσταθμοι: οἱ ἄρχοντες καὶ σατράπαι, οἱ κατέχοντες βασιλεῖ τὰς ὑπηκόους πόλεις, παρὰ τὸ ἐπὶ τοῖς σταθμοῖς εἶναι. σταθμοὶ δὲ αἱ καταγωγαί.

121. *ἐπρυτάνευσε*. Er leitete die Friedensverhandlungen, indem er bei denselben an der Spitze stand, wie in Athen an der Spitze der Geschäftsbehandlung der jeweilige Rathsausschuss der Prytanen mit ihrem Vorsteher (ἐπιστάτης). Hermann Staatsalt. § 127. — *ἐν τοῖς πολέμοις*, besonders nach dem sicilischen Kriege.

122. *τὴν μὲν ἀρχήν*, adverbial. — *τὸν πόλεμον*, in den peloponnesischen Krieg sich ein-

πόλεμον κατέστησαν ὡς ἐλευθερώσοντες τοὺς Ἕλληνας, ἐπὶ δὲ τελευτῆς οὕτω πολλοὺς αὐτῶν ἐκδότους ἐποίησαν, καὶ τῆς μὲν ἡμετέρας πόλεως τοὺς Ἴωνας ἀπέστησαν, ἐξ ἧς ἀπῴκησαν καὶ δι᾽ ἣν πολλάκις ἐσώθησαν, τοῖς δὲ βαρβάροις αὐτοὺς ἐξέδοσαν, ὧν ἀκόντων τὴν χώραν ἔχουσι
123 καὶ πρὸς οὓς οὐδὲ πώποτ᾽ ἐπαύσαντο πολεμοῦντες. καὶ τότε μὲν ἠγανάκτουν, ὅθ᾽ ἡμεῖς νομίμως ἐπάρχειν τινῶν ἠξιοῦμεν· νῦν δ᾽ εἰς τοιαύτην δουλείαν καθεστώτων οὐδὲν φροντίζουσιν αὐτῶν, οἷς οὐκ ἐξαρκεῖ δασμολογεῖσθαι καὶ τὰς ἀκροπόλεις ὁρᾶν ὑπὸ τῶν ἐχθρῶν κατεχομένας, ἀλλὰ πρὸς ταῖς κοιναῖς συμφοραῖς καὶ τοῖς σώμασι δεινότερα πάσχουσι τῶν παρ᾽ ἡμῖν ἀργυρωνήτων· οὐδεὶς γὰρ ἡμῶν οὕτως αἰκίζεται τοὺς οἰκέτας, ὡς ἐκεῖνοι τοὺς ἐλευθέρους
124 κολάζουσιν. μέγιστον δὲ τῶν κακῶν, ὅταν ὑπὲρ αὐτῆς τῆς δουλείας ἀναγκάζωνται συστρατεύεσθαι, καὶ πολεμεῖν τοῖς ἐλευθέροις ἀξιοῦσιν εἶναι, καὶ τοιούτους κινδύνους ὑπομένειν, ἐν οἷς ἡττηθέντες μὲν παραχρῆμα διαφθαρήσονται, κατορθώσαντες δὲ μᾶλλον εἰς τὸν λοιπὸν χρόνον
125 δουλεύσουσιν. Ὧν τίνας ἄλλους αἰτίους χρὴ νομίζειν ἢ Λακεδαιμονίους, οἳ τοσαύτην ἰσχὺν ἔχοντες περιορῶσι τοὺς μὲν αὑτῶν συμμάχους γενομένους οὕτω δεινὰ πά-

liessen. — *δι᾽ ἣν* nicht *ἧς* „durch welche" unmittelbar, sondern: wegen deren Existenz, Wirksamkeit und Einfluss. § 38. — *ἔχουσι* und *ἐπαύσαντο*, näml. *οἱ Ἴωνες*.

123. *νομίμως* in gesetzlichen Formen, im Gegensatz zu der jetzt herrschenden Gewalt. — *ἐπάρχειν*. Zu § 68. — *οἷς οὐκ ἐξαρκεῖ δασμ.* Diese Formel, sonst von der Ungenügsamkeit im Erstrebten üblich (Lys. 3 § 25 *εἰς τοῦτο δ᾽ ἥκει τόλμης ὥστε οὐκ ἐξαρκεῖ περὶ τούτου μόνον αὐτῷ ψεύσασθαι, ἀλλὰ καί*), gilt hier eigenthümlich, aber kräftig, von der unzureichenden Schilderung des Uebels, wofür etwas minder kräftig gesagt werden könnte *οἳ οὐ μόνον δασμολογοῦνται καὶ τὰς ἀκρ. ὁρῶσιν*. Vgl. 19 § 47 *τὴν μητέρ᾽ αὐτῶν, ἣ πασῶν ἂν εἴη δυστυχεστάτη γυναικῶν, εἰ μὴ μόνον ἐξαρκέσειεν αὐτῇ* (genug Unheils für sie wäre) *στέρεσθαι τῶν παίδων, ἀλλὰ κτἑ.* — *ἀγρυρωνήτων*, Sklaven, venales (vgl. zu Lys. 30 § 27); zugleich ein Zeugniss, dass Sklaven zu Athen nicht strenge gehalten wurden. — *ἐκεῖνοι*, näml. *οἱ βάρβαροι*, die auch die Ioner *δασμολογοῦσιν* und ihre Burgen inne haben.

124. *μέγιστον δὲ τῶν κακῶν*, gewöhnl. elliptisch und ohne folgendes *γάρ*, wie § 128. — *ἐλευθέροις*. § 3. Ein Beispiel der Thatsache giebt § 134.

σχοντας, τὸν δὲ βάρβαρον τῇ τῶν Ἑλλήνων ῥώμῃ τὴν ἀρ-
χὴν τὴν αὑτοῦ κατασκευαζόμενον; καὶ πρότερον μὲν τοὺς
μὲν τυράννους ἐξέβαλλον, τῷ δὲ πλήθει τὰς βοηθείας ἐποι-
οῦντο, νῦν δὲ τοσοῦτον μεταβεβλήκασιν, ὥστε ταῖς μὲν
πολιτείαις πολεμοῦσι, τὰς δὲ μοναρχίας συγκαθιστᾶσιν.
τὴν μέν γε Μαντινέων πόλιν εἰρήνης ἤδη γεγενημένης ἀνά- 126
στατον ἐποίησαν, καὶ τὴν Θηβαίων Καδμείαν κατέλαβον,
καὶ νῦν Ὀλυνθίους καὶ Φλιασίους πολιορκοῦσιν, Ἀμύντᾳ
δὲ τῷ Μακεδόνων βασιλεῖ καὶ Διονυσίῳ τῷ Σικελίας τυ-
ράννῳ καὶ τῷ βαρβάρῳ τῷ τῆς Ἀσίας κρατοῦντι συμπράτ-
τουσιν ὅπως ὡς μεγίστην ἀρχὴν ἕξουσιν. καίτοι πῶς οὐκ 127
ἄτοπον τοὺς προεστῶτας τῶν Ἑλλήνων ἕνα μὲν ἄνδρα
τοσούτων ἀνθρώπων καθιστάναι δεσπότην, ὧν οὐδὲ τὸν
ἀριθμὸν ἐξευρεῖν ῥᾴδιόν ἐστι, τὰς δὲ μεγίστας τῶν πό-
λεων μηδ' αὐτὰς αὑτῶν ἐᾶν εἶναι κυρίας, ἀλλ' ἀναγκάζειν
δουλεύειν ἢ ταῖς μεγίσταις συμφοραῖς περιβάλλειν; ὃ δὲ 128
πάντων δεινότατον, ὅταν τις ἴδῃ τοὺς τὴν ἡγεμονίαν ἔχειν
ἀξιοῦντας ἐπὶ μὲν τοὺς Ἕλληνας καθ' ἑκάστην τὴν ἡμέραν
στρατευομένους, πρὸς δὲ τοὺς βαρβάρους εἰς ἅπαντα τὸν
χρόνον συμμαχίαν πεποιημένους.

Καὶ μηδεὶς ὑπολάβῃ με δυσκόλως ἔχειν, ὅτι τραχύ- 129

125. *τοὺς μὲν τυράννους*, wie ausser andern die Pisistratiden. Herod. V. 62—65. Denn die Spartaner galten für *μισοτύραννοι*. — *πολιτείαις* bei den Rednern meist gleichbedeutend mit Demokratie. Lys. 12 § 6. Demosth. 4 § 48.

126. *Μαντινέων πόλιν*. Xen. Hell. V. 2, 7 *διῳκίσθη ἡ Μαντίνεια τετραχῇ, καθάπερ τὸ ἀρχαῖον ᾤκουν* also in 4 offene Dörfer mit Zerstörung der Stadtmauer. Ueber Kadmeia s. § 115, Phlius Xen. Hell. V. 3, 16, über Olynth ebend. c. 2 u. 3, indem die Spartaner dem Amyntas, König von Makedonien, gegen Olynth Hülfe leisteten. — Die Verbindung der Spartaner mit dem ältern Dionysios von Syrakus schreibt sich vom sicil. Kriege her (S. zu Lys. 19 § 19), und Dionysios wurde mehr als einmal durch Spartas Hülfe in seiner Herrschaft erhalten, vor allen Dingen gegen sein eigen Volk durch die Umtriebe des Spartaners Aristos. Diod. Sic. XIV. 10. — *τῷ τῆς Ἀσ. κρ.* d. h. dem ohnehin schon so mächtigen. Er bezeichnet Spartas Benehmen gegen Euagoras § 134. — *ἕξουσιν*, nämlich jene Fürsten.

127. *περιβάλλειν* parallel dem *ἀναγκάζειν*. Also Subject sind die Lakedämonier, *οἱ προεστῶτες*. Denn dem *δουλεύειν* parallel müsste es heissen *περιπίπτειν*.

129. *τραχύτερον*, Comparativ, weil dieses mit dem vorgesetz-

τερον τούτων ἐμνήσθην, προειπὼν ὡς περὶ διαλλαγῶν ποιήσομαι τοὺς λόγους· οὐ γὰρ ἵνα πρὸς τοὺς ἄλλους διαβάλω τὴν πόλιν τὴν Λακεδαιμονίων οὕτως εἴρηκα περὶ αὐτῶν, ἀλλ' ἵν' αὐτοὺς ἐκείνους παύσω, καθ' ὅσον ὁ
130 λόγος δύναται, τοιαύτην ἔχοντας τὴν γνώμην. ἔστι δ' οὐχ οἷόν τ' ἀποτρέπειν τῶν ἁμαρτημάτων, οὐδ' ἑτέρων πράξεων πείθειν ἐπιθυμεῖν, ἣν μή τις ἐρρωμένως ἐπιτιμήσῃ τοῖς παροῦσιν· χρὴ δὲ κατηγορεῖν μὲν ἡγεῖσθαι τοὺς ἐπὶ βλάβῃ τοιαῦτα λέγοντας, νουθετεῖν δὲ τοὺς ἐπ' ὠφελείᾳ λοιδοροῦντας. τὸν γὰρ αὐτὸν λόγον οὐχ ὁμοίως ὑπολαμ-
131 βάνειν δεῖ, μὴ μετὰ τῆς αὐτῆς διανοίας λεγόμενον. ἐπεὶ καὶ τοῦτ' ἔχομεν αὐτοῖς ἐπιτιμᾶν, ὅτι τῇ μὲν αὑτῶν πόλει τοὺς ὁμόρους εἱλωτεύειν ἀναγκάζουσι, τῷ δὲ κοινῷ τῷ τῶν συμμάχων οὐδὲν τοιοῦτον κατασκευάζουσιν, ἐξὸν

ten Zwecke προειπὼν ὡς κτἑ. nicht zu harmoniren scheint.

130. Benseler schreibt mit der Vulg. entgegen den Hdss. τοὺς ἐπὶ βλάβῃ λοιδοροῦντας, νουθετεῖν δὲ τοὺς ἐπ' ὠφελείᾳ τοιαῦτα πράττοντας, weil Js. λοιδορεῖν „ubique malo sensu" gebrauche. Allein s. 7 § 72. Auch an sich kann λοιδορεῖν zu gutem Zwecke nichts auffallendes haben. Xen. Ag. 7, 3 πρὸς τοὺς διαφόρους ἐν τῇ πόλει ὥσπερ πατὴρ πρὸς παῖδας προσεφέρετο. ἐλοιδορεῖτο μὲν γὰρ ἐπὶ τοῖς ἁμαρτήμασιν, ἐτίμα δ' εἴ τι καλὸν πράσσοιεν. Dann wäre auch nicht τοιαῦτα πράττοντας, sondern, wenn nicht τοιαῦτα λέγοντας, doch wenigstens τοιαῦτα ποιοῦντας zu erwarten gewesen. — τὸν γὰρ αὐτὸν λόγον κτἑ. Vgl. 8 § 72 περὶ τῶν ταὐτὰ λεγόντων οὐκ ἀεὶ προσήκει τὴν αὐτὴν ὑμᾶς γνώμην ἔχειν, ἀλλὰ τοὺς μὲν ἐπὶ βλάβῃ λοιδοροῦντας μισεῖν ὡς κακόνους ὄντας τῇ πόλει, τοὺς δ' ἐπ' ὠφελίᾳ νουθετοῦντας ἐπαινεῖν και βελτίστους τῶν πολιτῶν νομίζειν. In ähnlicher Begriffsunterscheidung ging voran Thuk. I. 69 καὶ μηδεὶς ὑμῶν ἐπ' ἔχθρᾳ τὸ πλέον ἢ αἰτίᾳ νομίσῃ τάδε λέγεσθαι. αἰτία μὲν γὰρ φίλων ἀνδρῶν ἐστιν ἁμαρτανόντων, κατηγορία δὲ ἐχθρῶν ἀδικησάντων.

131. ἐπεί begründet das ἐπιτιμᾶν § 130, weil er noch mehr Stoff zu Vorwürfen habe. — τοὺς ὁμόρους, die Messenier. Der Ggstz. ist: sie selbst, die im antalk. Frieden die Unabhängigkeit der griech. Staaten proclamirten, wollen ihre Nachbarn, die doch Hellenen sind, zu Heloten haben, also in noch schlimmerer Lage als die spart. Periöken, während sie ihrer eignen Symmachie eine Herrschaft nicht gönnen. „Sparta fand es in seinem Interesse den Grundsatz der Autonomie seiner Bundesgenossen so auszulegen, dass keiner derselben mehr Unterthanen haben dürfe." W. Vischer, Bildung v. Staaten u. Bünden in Grchld. S. 36. Die Barbaren aber, was nicht gehässig wäre (s. zu § 107), als Periöken von Hellas abhängig machen wollen sie nicht, und doch hinge das nur von einer Versöhnung mit uns ab.

αὐτοῖς τὰ πρὸς ἡμᾶς διαλυσαμένοις ἅπαντας τοὺς βαρ-
βάρους περιοίκους ὅλης τῆς Ἑλλάδος καταστῆσαι. καίτοι 132
χρὴ τοὺς φύσει καὶ μὴ διὰ τύχην μέγα φρονοῦντας τοιού-
τοις ἔργοις ἐπιχειρεῖν πολὺ μᾶλλον ἢ τοὺς νησιώτας δα-
σμολογεῖν, οὓς ἄξιόν ἐστιν ἐλεεῖν, ὁρῶντας τούτους μὲν
διὰ σπανιότητα τῆς γῆς ὄρη γεωργεῖν ἀναγκαζομένους,
τοὺς δ' ἠπειρώτας δι' ἀφθονίαν τῆς χώρας τὴν μὲν πλεί-
στην αὐτῆς ἀργὸν περιορῶντας, ἐξ ἧς δὲ καρποῦνται το-
σοῦτον πλοῦτον κεκτημένους.

Ἡγοῦμαι δ', εἴ τινες ἄλλοθεν ἐπελθόντες θεαταὶ γέ- 133
νοιντο τῶν παρόντων πραγμάτων, πολλὴν ἂν αὐτοὺς κα-
ταγνῶναι μανίαν ἀμφοτέρων ἡμῶν, οἵ τινες οὕτω περὶ
μικρῶν κινδυνεύομεν, ἐξὸν ἀδεῶς πολλὰ κεκτῆσθαι, καὶ
τὴν ἡμετέραν αὐτῶν χώραν διαφθείρομεν, ἀμελήσαντες τὴν
Ἀσίαν καρποῦσθαι. καὶ τῷ μὲν οὐδὲν προὐργιαίτερόν 134
ἐστιν ἢ σκοπεῖν ἐξ ὧν μηδέποτε πανσόμεθα πρὸς ἀλ-
λήλους πολεμοῦντες· ἡμεῖς δὲ τοσούτου δέομεν συγκρούειν
τι τῶν ἐκείνου πραγμάτων ἢ ποιεῖν στασιάζειν, ὥστε καὶ
τὰς διὰ τύχην αὐτῷ γεγενημένας ταραχὰς συνδιαλύειν ἐπι-
χειροῦμεν, οἵ τινες καὶ τοῖν στρατοπέδοιν τοῖν περὶ Κύπρον

132. *δασμολογεῖν*. Die Spartaner thaten als Hegemonen dasselbe, was sonst die Athener unter dem mildern Titel *ἀργυρολογεῖν*. — *ὁρῶντας* — bezieht sich auf die, welche mit *τοὺς — μέγα φρονοῦντας* als Subj. bezeichnet sind, während von *ὁρῶντας* die folgg. Participien als Prädicat des Objectivsatzes abhängen. — *ὄρη*. Sparta gehörten die Inseln Leukas, Zakynthos und Kythera, felsige Inseln, deren Boden zur Ernährung der Bevölkerungen nicht hinreichte. So 8 § 117 von den Megarern *πέτρας γεωργοῦσιν*. — *ἠπειρώτας*, des Königs Unterthanen in Asien, vgl. § 35. — *τὴν μὲν πλείστην*. Vgl. zu § 34.

133. *ἄλλοθεν*, die Redner lieben es sich auf das Urtheil Fremder als Unbefangener zu berufen. 7 § 66. — *καταγνῶναι*. 2 § 12 *μηδὲ καταγνῷς τῶν ἀνθρώπων τοσαύτην δυστυχίαν*. 8 § 17 *οἶμαι πάντας ὑμᾶς καταγνώσεσθαι πολλὴν ἄνοιαν καὶ μανίαν τῶν τὴν ἀδικίαν πλεονεξίαν εἶναι νομιζόντων*.

134. *τῷ μέν*, näml. *βασιλεῖ*, welches *κατὰ σύνεσιν* aus *τὴν Ἀσίαν* zu entnehmen. — *συγκρούειν*. Dem. 18 § 19 (*Φίλιππος*) *πάντας συνέκρουε καὶ πρὸς αὐτοὺς ἐτάραττεν*. — *τοῖν στρατοπέδοιν*. Den Euagoras, Fürsten von Kypros, der vom Perserkönig abgefallen bei den Hellenen Schutz suchte und bei den Athenern fand, nicht aber, obwohl er ihn suchte (*Λακεδ. σφᾶς αὐτοὺς ἐνδ.* § 135) bei den Spartanern, und darum ihr Feind wurde (zu Lys. 19 § 20), bekriegte Tiribazos mit ionischen Schiffen und griechi-

ἐῶμεν αὐτὸν τῷ μὲν χρῆσθαι τὸ δὲ πολιορκεῖν, ἀμφοτέ-
135 ροιν αὐτοῖν τῆς Ἑλλάδος ὄντοιν. οἵ τε γὰρ ἀφεστῶτες
πρὸς ἡμᾶς τ' οἰκείως ἔχουσι καὶ Λακεδαιμονίοις σφᾶς
αὐτοὺς ἐνδιδόασιν, τῶν τε μετὰ Τειριβάζου στρατευο-
μένων καὶ τοῦ πεζοῦ τὸ χρησιμώτατον ἐκ τῶνδε τῶν τό-
πων ἤθροισται, καὶ τοῦ ναυτικοῦ τὸ πλεῖστον ἀπ' Ἰωνίας
συμπέπλευκεν, οἳ πολὺ ἂν ἥδιον κοινῇ τὴν Ἀσίαν ἐπόρ-
136 θουν ἢ πρὸς ἀλλήλους ἕνεκα μικρῶν ἐκινδύνευον· ὧν
ἡμεῖς οὐδεμίαν ποιούμεθα πρόνοιαν, ἀλλὰ περὶ μὲν τῶν
Κυκλάδων νήσων ἀμφισβητοῦμεν, τοσαύτας δὲ τὸ πλῆθος
πόλεις καὶ τηλικαύτας τὸ μέγεθος δυνάμεις οὕτως εἰκῇ
τῷ βαρβάρῳ παραδεδώκαμεν. τοιγαροῦν τὰ μὲν ἔχει, τὰ
δὲ μέλλει, τοῖς δ' ἐπιβουλεύει, δικαίως ἁπάντων ἡμῶν
137 καταπεφρονηκώς. διαπέπρακται γὰρ ὃ τῶν ἐκείνου προ-
γόνων οὐδεὶς πώποτε· τήν τε γὰρ Ἀσίαν διωμολόγηται
καὶ παρ' ἡμῶν καὶ παρὰ Λακεδαιμονίων βασιλέως εἶναι,
τάς τε πόλεις τὰς Ἑλληνίδας οὕτω κυρίως παρείληφεν,
ὥστε τὰς μὲν αὐτῶν κατασκάπτειν, ἐν δὲ ταῖς ἀκροπόλεις
ἐντειχίζειν. καὶ ταῦτα πάντα γέγονε διὰ τὴν ἡμετέραν
ἄνοιαν, ἀλλ' οὐ διὰ τὴν ἐκείνου δύναμιν.

138 Καίτοι τινὲς θαυμάζουσι τὸ μέγεθος τῶν βασιλέως

schen Söldnern. S. über diesen kyprischen Krieg zu §§ 141 u. 161.

135. *ἐκ τῶνδε τῶν τόπων*, Griechen aus Jonien und Karien. *τῶνδε* bezieht sich auf die Nähe nicht beim Schreibenden, sondern beim Kriegsschauplatz. So im Briefe 4 § 12 *περὶ τούτους τοὺς τόπους*, während doch der Brief nach Makedonien geschrieben ist, so dass man *ἐκεῖ* statt *τούτους* erwartet. S. auch zu § 163. Aehnlich *ἐνταῦθα* 5 § 6. — *πρὸς ἀλλήλους*, Hellenen gegen Hellenen.

136. *Κυκλάδων*, Athen konnte den Verlust der Kykladen in Folge des Friedens (§ 115) nicht verschmerzen. Bens. zieht hieher auch einen sonst unbekannten Krieg der Athener gegen Sparta wegen der Parier Plato Menex. c. 16. — *τὰ δὲ μέλλει* (näml. *ἔχειν*) nach dem ellipt. Gebrauche. 10 § 26 *τὰς μὲν ἐπόρθουν τὰς δ' ἤμελλον*. Krüg. 55, 4, 11. *μέλλει* „ist drauf und dran", so dass *ἐπιβουλεύει* um eine Stufe ferner ist. — *καταπεφρονηκώς*, das Perf. als festgewurzelte Gesinnung.

137. *διαπέπρακται* Depon. in act. Bdtg., § 140. — *διωμολόγηται* im Friedensschluss. — *κατασκάπτειν*, er liess die Befestigungen griech. Städte vermuthl. in Asien schleifen. — *ἐν δὲ ταῖς*, zu § 82.

138. *τὸ μέγεθος*. In diesem Abschnitt bis § 154 findet man dasjenige beobachtet, was später Anaxi-

πραγμάτων, καί φασιν αὐτὸν εἶναι δυσπολέμητον, διε-
ξιόντες ὡς πολλὰς τὰς μεταβολὰς τοῖς Ἕλλησι πεποίηκεν.
Ἐγὼ δ' ἡγοῦμαι μὲν τοὺς ταῦτα λέγοντας οὐκ ἀποτρέπειν
ἀλλ' ἐπισπεύδειν τὴν στρατείαν· εἰ γὰρ ἡμῶν ὁμονοησάν-
των αὐτὸς ἐν ταραχαῖς ὢν χαλεπὸς ἔσται προσπολεμεῖν,
ἦ που σφόδρα χρὴ δεδιέναι τὸν καιρὸν ἐκεῖνον, ὅταν τὰ
μὲν τῶν βαρβάρων καταστῇ καὶ διὰ μιᾶς γένηται γνώμης,
ἡμεῖς δὲ πρὸς ἀλλήλους ὥσπερ νῦν πολεμικῶς ἔχωμεν.
οὐ μὴν οὐδ' εἰ συνναγορεύουσι τοῖς ὑπ' ἐμοῦ λεγομένοις, 139
οὐδ' ὣς ὀρθῶς περὶ τῆς ἐκείνου δυνάμεως γιγνώσκουσιν.
εἰ μὲν γὰρ ἀπέφαινον αὐτὸν ἅμα τοῖν πολέοιν ἀμφοτέ-
ροιν πρότερόν ποτε περιγεγενημένον, εἰκότως ἂν ἡμᾶς
καὶ νῦν ἐκφοβεῖν ἐπεχείρουν· εἰ δὲ τοῦτο μὲν μὴ γέγονεν,
ἀντιπάλων δ' ὄντων ἡμῶν καὶ Λακεδαιμονίων προσθέμε-
νος τοῖς ἑτέροις ἐπικυδέστερα τὰ πράγματα θάτερ' ἐποί-
ησεν, οὐδέν ἐστι τοῦτο σημεῖον τῆς ἐκείνου ῥώμης. ἐν γὰρ
τοῖς τοιούτοις καιροῖς πολλάκις μικραὶ δυνάμεις μεγάλας
τὰς ῥοπὰς ἐποίησαν, ἐπεὶ καὶ περὶ Χίων ἔχοιμ' ἂν τοῦ-
τον τὸν λόγον εἰπεῖν, ὡς ὁποτέροις ἐκεῖνοι προσθέσθαι

menes Rhetorik p. 17, 7 Speng. als Regel für den Fall, *ὅταν ἐπὶ τὸ πολεμεῖν παρακαλῶμεν* aufstellte, näml. *τὰ μὲν τῶν ἐναντίων ταπεινοῦν, τὰ δ' ἡμέτερα αὐξήσεσι μεγάλα καθιστάναι.* — *ἐν ταραχαῖς ὤν*, in durch Empörung unsichern Zuständen. Ggstz. ist *καταστῇ* „Consistenz gewonnen hat". Aehnl. Dem. 4 § 8 *πεπηγέναι.* — *προσπολεμεῖν.* Dem. 2 § 22 *εἰ δέ τις τὸν Φίλιππον φοβερὸν προσπολεμῆσαι νομίζει*, welche Stelle so wie Dem. 4 § 4 ff. im Ausdruck und im Gedanken mit der unsrigen viele Aehnlichkeit hat. — *ἦ που* beginnt in einem Schlusse ad minus oder ad maius mit Affect den Nachsatz. S. zu Lys. 7 § 8. Is. 8 § 24 *ὅπου γὰρ Ἀθηνόδωρος καὶ Καλλίστρατος, ὁ μὲν ἰδιώτης ὤν, ὁ δὲ φυγάς, οἰκίσαι πόλεις οἷοί τε γεγόνασιν, ἦ που βουληθέντες ἡμεῖς πολλοὺς ἂν τόπους τοιούτους κατασχεῖν δυνηθεῖμεν.*

139. *συναγορεύουσι*, nämlich *οἱ θαυμάζοντες.* — *τοῖς ὑπ' ἐμοῦ λεγ.*, dass man näml. angreifen müsse. — *οὐδ' ὣς ὀρθῶς*, denn die wahre Einsicht ist, dass seine Furchtbarkeit eine scheinbare, und auf unsrer Zwietracht beruht. — *τοῖν πολ. ἀμφοτέροιν.* § 17. — *τοῖς ἑτέροις* und *θάτερα* alternativ, was unten *ἑκάτεροι.* — *προσθέμενος.* Dem. 2 § 14 *ἐν μὲν προσθήκης μέρει*, wo überhaupt eine ähnliche Auseinandersetzung ist, als ob Demosth. indem er gegen Philipp anwendet, was Is. gegen den Perser, an den Is. gedacht hätte. — *Χίων.* Thuk. VIII. 6—64 erzählt, wie sie durch ihren Abfall von Athen Sparta ins Uebergewicht brachten, Diod. XIV, 84, wie auf ihren Abfall nach Konons Seesieg

140 βουληθεῖεν, οὗτοι κατὰ θάλατταν κρείττους ἦσαν. ἀλλὰ
γὰρ οὐκ ἐκ τούτων δίκαιόν ἐστι σκοπεῖν τὴν βασιλέως
δύναμιν, ἐξ ὧν μεθ' ἑκατέρων γέγονεν, ἀλλ' ἐξ ὧν αὐτὸς
ὑπὲρ αὑτοῦ πεπολέμηκεν. καὶ πρῶτον μὲν ἀποστάσης
Αἰγύπτου τί διαπέπρακται πρὸς τοὺς ἔχοντας αὐτήν; οὐκ
ἐκεῖνος μὲν ἐπὶ τὸν πόλεμον τοῦτον κατέπεμψε τοὺς εὐ-
δοκιμωτάτους Περσῶν, Ἀβροκόμαν καὶ Τιθραύστην καὶ
Φαρνάβαζον, οὗτοι δὲ τρί' ἔτη μείναντες, καὶ πλείω κακὰ
παθόντες ἢ ποιήσαντες, τελευτῶντες οὕτως αἰσχρῶς ἀπηλ-
λάγησαν, ὥστε τοὺς ἀφεστῶτας μηκέτι τὴν ἐλευθερίαν
141 ἀγαπᾶν, ἀλλ' ἤδη καὶ τῶν ὁμόρων ζητεῖν ἐπάρχειν; Μετὰ
δὲ ταῦτ' ἐπ' Εὐαγόραν στρατεύσας, ὃς ἄρχει μὲν μιᾶς πό-
λεως, ἐν δὲ ταῖς συνθήκαις ἔκδοτός ἐστιν, οἰκῶν δὲ νῆσον
κατὰ μὲν θάλατταν προδεδυστύχηκεν, ὑπὲρ δὲ τῆς χώρας

Sparta die Seeherrschaft verlor.

140. *ἐκ τούτων — δύναμιν, ἐξ ὧν.* Für *ἐξ ὧν* erwartet man nur *ἅ*. Es wird aber *ἐκ τούτων* wiederholt in dem *ἐξ ὧν*, welches in *ἐκ τούτων ἅ* aufzulösen. Fr. Franke Acta soc. gr. Vol. II, 30 erklärt, indem er bemerkt, dass *ἐκ τούτων* sich auf das Vorausgegangene beziehe, die Worte *ἐξ ὧν μεθ' ἑκατέρων γέγονεν* seien zu *ἐκ τούτων* epexegetisch hinzugefügt, „aber nicht hieraus (aus diesem) muss man die Macht des Königs schätzen, aus dem was er gewesen ist, sondern aus dem u. s. w." Eine andere von Baiter beigebrachte Stelle Is. 12 § 68 *οὐκ ἐκ τούτων ἔφερον, ἐξ ὧν αὐτοὶ διέσωσαν, ἀλλ' ἀφ' ὧν δι' ἡμᾶς εἶχον* ist in sofern der unsrigen, wie Franke bemerkt, ungleich, als sich hier *τούτων* nicht auf das Vorige, sondern Folgende bezieht. „Nicht aus demjenigen brachten sie die Steuern bei, (näml.) aus dem was sie mit eigener Anstrengung gerettet hatten, sondern von dem, was sie in Folge unsers Verdienstes bessasen." (Um diese Stelle ins Geleise der gewöhnlichen Attraction zu bringen, braucht es allerdings nur der Streichung von *ἐκ τούτων* oder dann von *ἐξ* vor *ὧν*. Allein Is. will mit Nachdruck auf die Beschaffenheit des Besitzes dieser Steuer Zahlenden, gleichsam mit dem Finger zeigend, hinweisen, dass sie ihn nämlich nicht der eigenen Tüchtigkeit verdankten.) — *τρί' ἔτη.* Von diesem Feldzug unter Artaxerxes Mnemon, um das abgefallene Aegypten zu erobern, ist sonst nichts bekannt. Später als diese Rede fand ein neuer ebenfalls erfolgloser Statt unter Pharnabazus u. Iphikrates Diod. XIV. 41—43.

141. *μιᾶς πόλεως*, über Salamis, dem sich jedoch die ganze Insel anschloss. — *ἔκδοτος* im Antalk. Frieden. — *προδεδυστύχηκεν.* Als Insulaner aber hat er ohnehin eine geringe Landmacht, seine Seemacht ist besiegt, und doch widersteht er so lange mit Erfolg. Im Einzelnen und in der Chronologie weicht Diod. B. XV bedeutend ab; jedoch ist Is. als Zeitgenosse glaubwürdiger. Die magern Auszüge aus Theopompos Buch XII in Photios Biblioth. geben über den Verlauf des Krieges wenig Licht. Der Krieg

τρισχιλίους ἔχει μόνον πελταστάς, ἀλλ' ὅμως οὕτω ταπεινῆς
δυνάμεως οὐ δύναται περιγενέσθαι βασιλεὺς πολεμῶν, ἀλλ'
ἤδη μὲν ἓξ ἔτη διατέτριφεν, εἰ δὲ δεῖ τὰ μέλλοντα τοῖς
γεγενημένοις τεκμαίρεσθαι, πολὺ πλείων ἐλπίς ἐστιν ἕτε-
ρον ἀποστῆναι πρὶν ἐκεῖνον ἐκπολιορκηθῆναι· τοιαῦται
βραδυτῆτες ἐν ταῖς πράξεσι ταῖς βασιλέως ἔνεισιν. Ἐν 142
δὲ τῷ πολέμῳ τῷ περὶ Ῥόδον ἔχων μὲν τοὺς Λακεδαι-
μονίων συμμάχους εὔνους διὰ τὴν χαλεπότητα τῶν πο-
λιτειῶν, χρώμενος δὲ ταῖς ὑπηρεσίαις ταῖς παρ' ἡμῶν,
στρατηγοῦντος δ' αὐτῷ Κόνωνος, ὃς ἦν ἐπιμελέστατος μὲν
τῶν στρατηγῶν, πιστότατος δὲ τοῖς Ἕλλησιν, ἐμπειρότα-
τος δὲ τῶν πρὸς τὸν πόλεμον κινδύνων, τοιοῦτον λαβὼν
συναγωνιστὴν τρία μὲν ἔτη περιεῖδε τὸ ναυτικὸν τὸ προ-
κινδυνεῦον ὑπὲρ τῆς Ἀσίας ὑπὸ τριήρων ἑκατὸν μόνων
πολιορκούμενον, πεντεκαίδεκα δὲ μηνῶν τοὺς στρατιώτας
τὸν μισθὸν ἀπεστέρησεν, ὥστε τὸ μὲν ἐπ' ἐκείνῳ πολ-
λάκις ἂν διελύθησαν, διὰ δὲ τὸν ἐφεστῶτα κίνδυνον καὶ

dauerte 10 Jahre. Diod. XV. 9. Is. 9 § 64. Als die Rede geschrieben wurde (380) hatte er 6 Jahre gedauert, somit fällt sein Anfang ins Jahr 386, das von Is. nicht vorausgesehene für Euagoras nicht sehr günstige Ende 376. — ὑπὲρ τ. χ. zum Schutze.

142. περὶ Ῥόδον. Die Seeschlacht bei Knidos wird wegen der Nähe von Rhodos (Is. 5 § 63) bisweilen (Schol. zu Dem. Lept. p. 70 ed. F. A. Wolf) nach dieser Insel genannt. Der Druck der spart. Harmosten und der Dekarchien (ἡ χαλεπότης τῶν πολιτειῶν) machte die Bundesgenossen zum Abfall geneigt. Nachdem nun aufgemuntert durch persisches Geld Theben, Korinth und Argos, denen auch Athen beitrat, gegen Sparta sich in Korinth vereinigt, auf der andern Seite die Spartaner in diesem Kriege nach dem Tode Lysanders bei Haliartos sich genöthigt gesehen hatten, den Agesilaos aus Asien zurückzuberufen; so gewann bald die persische Flotte unter der Leitung Konons, mit Hülfe des Euagoras durch den Sieg bei Knidos (394) das Uebergewicht. Xen. Hell. IV. 3, 10. Is. 9 § 56. Vorher aber hatte sich die persische Flotte in grosser Bedrängniss befunden, wie auch Diod. XIV. 79 erzählt, und die Soldaten 15 Monate keinen Sold bekommen. — ταῖς ὑπηρεσίαις. Athenische Verbannte und Freiwillige dienten auf d. persischen Flotte. Plat. Menex. c. 16. — ἐπιμελέστατος. Nep. Con. 1: et prudens rei militaris et diligens erat imperii. — πιστότατός τινι, der bei einem das grösste Zutrauen geniesst. Vgl. 7 § 51 u. 80. — τῶν πρὸς τὸν πολ. κινδύνων, § 26. — πολιορκούμενον. Von dem Spartaner Pharax. Diod. XIV. 79. — τὸ μὲν ἐπ' ἐκείνῳ, was von ihm abhing = δι' ἐκεῖνον, Ggstz die Umstände, welche die Truppen beisam-

τὴν συμμαχίαν τὴν περὶ Κόρινθον συστᾶσαν μόλις ναυ-
143 μαχοῦντες ἐνίκησαν. Καὶ ταῦτ᾽ ἐστὶ τὰ βασιλικώτατα καὶ
σεμνότατα τῶν ἐκείνῳ πεπραγμένων, καὶ περὶ ὧν οὐδέ-
ποτε παύονται λέγοντες οἱ βουλόμενοι τὰ τῶν βαρβάρων
μεγάλα ποιεῖν. ὥστ᾽ οὐδεὶς ἂν ἔχοι τοῦτ᾽ εἰπεῖν, ὡς οὐ
δικαίως χρῶμαι τοῖς παραδείγμασιν, οὐδ᾽ ὡς ἐπὶ μικροῖς
144 διατρίβω τὰς μεγίστας τῶν πράξεων παραλείπων· φεύγων
γὰρ ταύτην τὴν αἰτίαν τὰ κάλλιστα τῶν ἔργων διῆλθον,
οὐκ ἀμνημονῶν οὐδ᾽ ἐκείνων, ὅτι Δερκυλίδας μὲν χιλίους
ἔχων ὁπλίτας τῆς Αἰολίδος ἐπῆρχε, Δράκων δ᾽ Ἀταρνέα
καταλαβὼν καὶ τρισχιλίους πελταστὰς συλλέξας τὸ Μύσιον
πεδίον ἀνάστατον ἐποίησε, Θίβρων δ᾽ ὀλίγῳ πλείους τού-
των διαβιβάσας τὴν Λυδίαν ἅπασαν ἐπόρθησεν, Ἀγησί-
λαος δὲ τῷ Κυρείῳ στρατεύματι χρώμενος μικροῦ δεῖν
145 τῆς ἐντὸς Ἅλυος χώρας ἐκράτησεν. Καὶ μὴν οὐδὲ τὴν
στρατιὰν τὴν μετὰ τοῦ βασιλέως περιπολοῦσαν, οὐδὲ τὴν
Περσῶν ἀνδρίαν ἄξιον φοβηθῆναι· καὶ γὰρ ἐκεῖνοι φανερῶς
ἐπεδείχθησαν ὑπὸ τῶν Κύρῳ συναναβάντων οὐδὲν βελτίους
ὄντες τῶν ἐπὶ θαλάττῃ. τὰς μὲν γὰρ ἄλλας μάχας ὅσας

men hielten, näml. *διὰ — συστᾶσαν.* — *μόλις* „obwohl mit Mühe". Bäumlein bemerkt, dass „öfter Nebenbestimmungen, welche logisch vom Hauptgedanken zu trennen sind, weil sie in adversativem Verhältniss zu demselben stehen, wie *μόλις, χαλεπῶς*, unmittelbar mit dem Prädicat verbunden werden".

143. *ταῦτ᾽* bezieht sich auf die von § 140 an aufgezählten Kriegsunternehmungen.

144. *οὐδ᾽ ἐκείνων*, nämlich *τῶν ἔργων*, welche nicht unter *τὰ κάλλιστα* gehören, sondern die die Schwäche der Perser beweisen. Derkylidas löste den Thibron ab und nahm Aeolis ein. Xen. Hell. III. 1, 8 ff. Auch eroberte er Atarneus Mitylene gegenüber (*χῶρος τῆς Μυσίης Λέσβου ἀντίος* Herod. I. 160), und setzte den Drakon als *ἐπιμελητής* von Atarneus ein, ebnd. 2, 11. Thibron, später nochmals nach Asien gesandt, verwüstete des Königs Gebiet, fiel aber bald in einem Gefecht gegen Struthas. Xen. Hell. III. 8, 17—20. — *ἐπῆρχε.* Es ist kein Grund wegen der folgg. Aoriste gegen den *Urb.* *ἐπῆρξε* zu schreiben. Das *ἐπάρχειν* konnte eine Zeit lang dauern. — *τῷ Κυρείῳ.* Agesilaos hatte die von der Expedition zurückgekehrten Hellenen grösstentheils an sich gezogen. Xen. Hell. III. 4, 20.

145. *περιπολοῦσαν*, die Leibwache, die den König in den Krieg begleitete, aus pers. Kerntruppen bestehend. *μετὰ τοῦ βασιλέως.* Ueber den Artikel, der dann hinzugefügt wird, wenn nicht abstract die Würde, sondern ein bestimmter Perserkönig als Persönlichkeit gemeint ist, vgl. § 147. 149. 179. — *καὶ*

ἡττήθησαν ἑῶ, καὶ τίθημι στασιάζειν αὐτοὺς καὶ μὴ βού-
λεσθαι προθύμως πρὸς τὸν ἀδελφὸν τὸν βασιλέως διακιν-
δυνεύειν. ἀλλ' ἐπειδὴ Κύρου τελευτήσαντος συνῆλθον ἅπαν- 146
τες οἱ τὴν Ἀσίαν κατοικοῦντες, ἐν τούτοις τοῖς καιροῖς
οὕτως αἰσχρῶς ἐπολέμησαν, ὥστε μηδένα λόγον ὑπολιπεῖν
τοῖς εἰθισμένοις τὴν Περσῶν ἀνδρίαν ἐπαινεῖν. λαβόντες
γὰρ ἑξακισχιλίους τῶν Ἑλλήνων οὐκ ἀριστίνδην ἐπειλεγμέ-
νους, ἀλλ' οἳ διὰ φαυλότητας ἐν ταῖς αὑτῶν οὐχ οἷοί τ'
ἦσαν ζῆν, ἀπείρους μὲν τῆς χώρας ὄντας, ἐρήμους δὲ συμ-
μάχων γεγενημένους, προδεδομένους δ' ὑπὸ τῶν συνανα-
βάντων, ἀπεστερημένους δὲ τοῦ στρατηγοῦ μεθ' οὗ συνη-
κολούθησαν, τοσοῦτον αὐτῶν ἥττους ἦσαν, ὥσθ' ὁ βασιλεὺς 147
ἀπορήσας τοῖς παροῦσι πράγμασι καὶ καταφρονήσας τῆς
περὶ αὑτὸν δυνάμεως τοὺς ἄρχοντας τοὺς τῶν ἐπικούρων
ὑποσπόνδους συλλαβεῖν ἐτόλμησεν, ὡς εἰ τοῦτο παρανο-
μήσειε συνταράξων τὸ στρατόπεδον, καὶ μᾶλλον εἵλετο
περὶ τοὺς θεοὺς ἐξαμαρτεῖν ἢ πρὸς ἐκείνους ἐκ τοῦ φα-
νεροῦ διαγωνίσασθαι. διαμαρτὼν δὲ τῆς ἐπιβουλῆς, καὶ 148
τῶν στρατιωτῶν συμμεινάντων καὶ καλῶς ἐνεγκόντων τὴν
συμφοράν, ἀπιοῦσιν αὐτοῖς Τισσαφέρνην καὶ τοὺς ἱππέας
συνέπεμψεν, ὑφ' ὧν ἐκεῖνοι παρὰ πᾶσαν ἐπιβουλευόμενοι
τὴν ὁδὸν ὁμοίως διεπορεύθησαν ὡσπερανεὶ προπεμπό-

γάρ — τὰς μὲν γάρ. Ueber so nahe wiederholtes *γάρ* § 172. 185. — *στασιάζειν — βούλεσθαι.* Ueber das Temp. zu § 118.

146. *τελευτήσαντος* in der Schlacht bei Kunaxa Xen. An. I, 8, 19. — *καιροῖς*, die offenbar den Persern günstig waren. — *λαβόντες*, wie *τυχοῦσα* § 73. — *ἑξακισχιλίους*, ihre Zahl verringert er gegen Xen. An. V. 3, 4, wonach es 8600 waren, und hebt hervor, dass sie nicht *ἀριστίνδην* anserlesen waren, und wegen dürftiger Umstände (*διὰ φαυλότητας*, üb. d. Plur. zu § 11) zu Hause nicht leben konnten (§ 184), um dadurch die Perser herabzusetzen. — *στρατηγοῦ*, des Kyros, denn von Klearch ist erst im Folg. die Rede.

147. *καταφρονήσας*, wie 5 § 90 von der näml. Sache, als zu gering achtend, was sonst *καταμέμφεσθαι.* 15 § 61 *καταμέμφεσθαι τὴν δύναμιν τὴν σφετέραν αὐτῶν.* Curt. de gest. Alex. III, 4 „*Dareus, quae per duces suos gesta erant, cuncta damnabat.*" — *συλλαβεῖν.* Die Erzählung bei Xen. An. II. 5.

148. *ἐνεγκόντων* die guten Mss., vulg. *ἐνεγκάντων*. Nach Dindorfs Bemerkung braucht Is. nur im Indic. den 1. Aor. — *διεπορεύθησαν* nicht passiv, denn *ὑφ' ὧν* ist zu verbinden mit *ἐπιβουλευόμε-*

μενοι, μάλιστα μὲν φοβούμενοι τὴν ἀοίκητον τῆς χώρας,
μέγιστον δὲ τῶν ἀγαθῶν νομίζοντες εἰ τῶν πολεμίων ὡς
149 πλείστοις ἐντύχοιεν. κεφάλαιον δὲ τῶν εἰρημένων· ἐκεῖ-
νοι γὰρ οὐκ ἐπὶ λείαν ἐλθόντες οὐδὲ κώμην καταλαβόντες,
ἀλλ᾽ ἐπ᾽ αὐτὸν τὸν βασιλέα στρατεύσαντες, ἀσφαλέστερον
κατέβησαν τῶν περὶ φιλίας ὡς αὐτὸν πρεσβευόντων. ὥστε
μοι δοκοῦσιν ἐν ἅπασι τοῖς τόποις σαφῶς ἐπιδεδεῖχθαι
τὴν αὑτῶν μαλακίαν· καὶ γὰρ ἐν τῇ παραλίᾳ τῆς Ἀσίας
πολλὰς μάχας ἥττηνται, καὶ διαβάντες εἰς τὴν Εὐρώπην
δίκην ἔδοσαν (οἱ μὲν γὰρ αὐτῶν κακῶς ἀπώλοντ᾽, οἱ δ᾽
αἰσχρῶς ἐσώθησαν), καὶ τελευτῶντες ὑπ᾽ αὐτοῖς τοῖς βα-
σιλείοις καταγέλαστοι γεγόνασιν.

150 Καὶ τούτων οὐδὲν ἀλόγως γέγονεν, ἀλλὰ πάντ᾽ εἰκό-
τως ἀποβέβηκεν· οὐ γὰρ οἷόν τε τοὺς οὕτω τρεφομένους
καὶ πολιτευομένους οὔτε τῆς ἄλλης ἀρετῆς μετέχειν οὔτ᾽
ἐν ταῖς μάχαις τρόπαιον ἱστάναι τῶν πολεμίων. πῶς γὰρ
ἐν τοῖς ἐκείνων ἐπιτηδεύμασιν ἐγγενέσθαι δύναιτ᾽ ἂν ἢ
στρατηγὸς δεινὸς ἢ στρατιώτης ἀγαθός, ὧν τὸ μὲν πλεῖ-
στόν ἐστιν ὄχλος ἄτακτος καὶ κινδύνων ἄπειρος, πρὸς
μὲν τὸν πόλεμον ἐκλελυμένος, πρὸς δὲ τὴν δουλείαν ἄμει-
151 νον τῶν παρ᾽ ἡμῖν οἰκετῶν πεπαιδευμένος, οἱ δ᾽ ἐν ταῖς
μεγίσταις δόξαις ὄντες αὐτῶν ὁμαλῶς μέν, οὐδὲ κοινῶς

νοι. — *τὴν ἀοίκητον*. § 34. 9 § 56 *τῆς δυνάμεως τὴν πλείστην*.

149. *οὐκ ἐπὶ λείαν*, wie sonst so oft geschah. s. Einl. zu R. 7, weswegen auch Plautus Trin. II. 4, 199 nach griech. Vorbild (Philemon) sagt: *effugiunt ex urbe — latrocinatum aut in Asiam aut in Ciliciam.* — *πρεσβευόντων*, das Präs. „die zu ihm zu reisen pflegen". — *ὑπ᾽ αὐτοῖς τοῖς βασ.*, da Kunaxa nur 500 Stadien von Babylon entfernt war. Xen. An. II. 4, 4: Der König wird nicht wollen, dass wir heimkommen und melden, dass wir so wenige an Zahl *ἐνικῶμεν τὴν βασιλέως δύναμιν ἐπὶ ταῖς θύραις αὐτοῦ καὶ καταγελάσαντες ἀπήλθομεν*.

150. *ἄτακτος*. Dem gebildeten und freien Helenen ist, und mit Recht, ein Kennzeichen des Barbarischen der Mangel an Disciplin und an Organisationsfähigkeit und freiwilliger verständiger Unterordnung der Massen.

151. *ὁμαλῶς* bezieht sich, wie § 152 zeigt, wo ihnen Kriecherei nach oben, Hochmuth nach unten beigelegt wird, auf Gleichmässigkeit des Benehmens (9 § 44 *οὐδὲ πρὸς ἓν ἀτάκτως οὐδ᾽ ἀνωμάλως διακείμενος*) und mit den beiden folgenden Adverbien bezeichnet es jene Gleichstellung, in welche in freien Bürgerschaften auch der durch Ge-

οὐδὲ πολιτικῶς, οὐδεπώποτ' ἐβίωσαν, ἅπαντα δὲ τὸν χρό-
νον διάγουσιν εἰς μὲν τοὺς ὑβρίζοντες τοῖς δὲ δουλεύον-
τες, ὡς ἂν ἄνθρωποι μάλιστα τὰς φύσεις διαφθαρεῖεν,
καὶ τὰ μὲν σώματα διὰ τοὺς πλούτους τρυφῶντες, τὰς
δὲ ψυχὰς διὰ τὰς μοναρχίας ταπεινὰς καὶ περιδεεῖς ἔχον-
τες, ἐξεταζόμενοι πρὸς αὐτοῖς τοῖς βασιλείοις καὶ προ-
καλινδούμενοι καὶ πάντα τρόπον μικρὸν φρονεῖν μελετῶν-
τες, θνητὸν μὲν ἄνδρα προσκυνοῦντες καὶ δαίμονα προσ-
αγορεύοντες, τῶν δὲ θεῶν μᾶλλον ἢ τῶν ἀνθρώπων ὀλι-
γωροῦντες. τοιγαροῦν οἱ καταβαίνοντες αὐτῶν ἐπὶ θάλατ- 152
ταν, οὓς καλοῦσι σατράπας, οὐ καταισχύνουσι τὴν ἐκεῖ
παίδευσιν, ἀλλ' ἐν τοῖς ἤθεσι τοῖς αὐτοῖς διαμένουσι,
πρὸς μὲν τοὺς φίλους ἀπίστως πρὸς δὲ τοὺς ἐχθροὺς
ἀνάνδρως ἔχοντες, καὶ τὰ μὲν ταπεινῶς τὰ δ' ὑπερηφά-
νως ζῶντες, τῶν μὲν συμμάχων καταφρονοῦντες τοὺς δὲ
πολεμίους θεραπεύοντες. τὴν μέν γε μετ' Ἀγησιλάου στρα- 153
τιὰν ὀκτὼ μῆνας ταῖς αὐτῶν δαπάναις διέθρεψαν, τοὺς

burt, Bildung, Vermögen Hervorragende freiwillig tritt, womit er nicht an edlerm Wesen einbüsst, wohl aber Niedrigere vor Gemeinheit bewahren hilft. Man wollte ὁμαλῶς erklären: Jene in Ehren stehenden Perser lebten zwar (im Ggstz zum ἄτακτος ὄχλος) ὁμαλῶς, in civilisirter Ordnungsmässigkeit, aber ohne Gemeinsinn. So müsste es aber heissen: ἀλλ' οὐ κοινῶς od. οὐ κοινῶς δέ. Es wird ὁμαλῶς vielmehr durch die Hauptnegation in οὐδεπώποτ' ἐβ. verneint, weswegen es durch οὐδὲ κοιν. οὐδὲ πολ. erweitert werden kann. So wirkt bei Dem. 22 § 4 in οὗτος ἁπλοῦν μὲν οὐδὲ δίκαιον οὐδὲν ἂν εἰπεῖν ἔχοι das οὐδέν zurück auf ἁπλοῦν. — κοινῶς mit leutseliger Theilnahme am gemeinen Wohl, als erstes Element des bürgerlichen Sinnes und Gemeingeistes, der dann mit πολιτικῶς ausgedrückt wird. — ὡς ἄν, „in einer Weise, wie“ — ἐξεταζόμενοι, sich zur Aufwartung einfinden. — δαίμονα. Bei Aesch. Pers. 155 sagt der Chor zur Königin Atossa θεοῦ μὲν εὐνάτειρα Περσῶν, θεοῦ δὲ καὶ μητὴρ ἔφυς. Gorgias bei Longinus sagte Ξέρξης ὁ τῶν Περσῶν Ζεύς.

152. οὐ καταισχύνουσι. Das Ironische des Ausdrucks spürt man, wenn man z. B. vergleicht Pind. Isthm. VI. 22 ἄγει τ' ἀρετὰν οὐκ αἴσχιον φυᾶς. Ol. VIII. 19 ἦν δ' ἐσορᾶν καλός, ἔργῳ τ' οὐ κατὰ εἶδος ἐλέγχων. Ebenfalls ironisch Dem. 18 § 261, Aeschines habe der Niedrigkeit seines Jugendlebens ganz Würdiges gethan, οὐ κατήσχυνας μὰ Δί' οὐδὲν τῶν προϋπηργμένων τῷ μετὰ ταῦτα βίῳ.

153. διέθρεψαν. Is. fährt spottend fort: Tithraustes schloss nach Xen. Hell. III. 4, 26 mit Agesilaos einen Vertrag, Ag. sollte aus seiner Satrapie weg und dafür nach Phrygien in die Satrapie des Phar-

δ' ὑπὲρ αὐτῶν κινδυνεύοντας ἑτέρου τοσούτου χρόνου τὸν
μισθὸν ἀπεστέρησαν· καὶ τοῖς μὲν Κισθήνην καταλαβοῦ-
σιν ἑκατὸν τάλαντα διένειμαν, τοὺς δὲ μεθ' αὑτῶν εἰς
Κύπρον στρατευσαμένους μᾶλλον ἢ τοὺς αἰχμαλώτους
ὕβριζον. ὡς δ' ἁπλῶς εἰπεῖν καὶ μὴ καθ' ἓν ἕκαστον ἀλλ'
154 ὡς ἐπὶ τὸ πολύ, τίς ἢ τῶν πολεμησάντων αὐτοῖς οὐκ εὐ-
δαιμονήσας ἀπῆλθεν, ἢ τῶν ὑπ' ἐκείνοις γενομένων οὐκ
αἰκισθεὶς τὸν βίον ἐτελεύτησεν; οὐ Κόνωνα μέν, ὃς ὑπὲρ
τῆς Ἀσίας στρατηγήσας τὴν ἀρχὴν τὴν Λακεδαιμονίων
κατέλυσεν, ἐπὶ θανάτῳ συλλαβεῖν ἐτόλμησαν, Θεμιστο-
κλέα δ', ὃς ὑπὲρ τῆς Ἑλλάδος αὐτοὺς κατεναυμάχησε, τῶν
155 μεγίστων δωρεῶν ἠξίωσαν; καίτοι πῶς χρὴ τὴν τούτων
φιλίαν ἀγαπᾶν, οἳ τοὺς μὲν εὐεργέτας τιμωροῦνται, τοὺς
δὲ κακῶς ποιοῦντας οὕτως ἐπιφανῶς κολακεύουσιν; περὶ
τίνας δ' ἡμῶν οὐκ ἐξημαρτήκασιν; ποῖον δὲ χρόνον δια-
λελοίπασιν ἐπιβουλεύοντες τοῖς Ἕλλησιν; τί δ' οὐκ ἐχθρὸν
αὐτοῖς ἐστι τῶν παρ' ἡμῖν, οἳ καὶ τὰ τῶν θεῶν ἕδη καὶ
τοὺς νεὼς συλᾶν ἐν τῷ προτέρῳ πολέμῳ καὶ κατακάειν
156 ἐτόλμησαν; διὸ καὶ τοὺς Ἴωνας ἄξιον ἐπαινεῖν, ὅτι τῶν

nabazos hinüberziehn, und bezahlte ihm dafür 30 Talente zur Besoldung des spart. Heeres. — *ἑτέρου τοσούτου χρ.* Nach § 142 war es nicht noch einmal so lange, sondern 15 Monate. — *Κισθήνη* heisst ein Ort in Aeolis am adramyttenischen Meerbusen. Bens. versteht mit Harpokr. einen Gebirgsstrich in Thrakien, näml. dem bithynischen, wohin Derkylidas, nachdem er sich mit Pharnabazos abgefunden (Xen. Hell III, 2, 1 ff.) ins Winterquartier gezogen sei. — *στρατ.* S. zu § 134 u. 135.

154. *ἁπλῶς* „überhaupt" im Ggstz hier von *καθ' ἕκαστον*, sonst auch von *ἀκριβῶς*. 5 § 46 *μήτε παντάπασιν ἁπλῶς μήτε λίαν ἀκριβῶς*. 7 § 19 dem *συλλήβδην* entggstzt *ἀκριβῶς*. — *ὡς ἐπὶ τὸ πολύ*, was in den meisten Fällen gilt. 8 § 35 *μὴ κατὰ πάντων ἀλλὰ τό γ' ὡς ἐπὶ τὸ πολύ*. — *ἐπὶ θανάτῳ*, der Ausdruck ist hyperbolisch, obwohl diese Meinung im Alterthum ebenfalls galt. Corn. Nepos Con. 5. In Wahrheit wollte man den Konon eher entrinnen lassen. S. zu Lys. 19 § 39 u. Nipperdey zur Stelle des Nepos.

155. *θεῶν ἕδη*. *ἕδος* obschon urspr. Wohnsitz, doch häufig das Götterbild. 15 § 2 *ὥσπερ ἂν εἴ τις Φειδίαν τὸν τῆς Ἀθηνᾶς ἕδος ἐργασάμενον τολμῴη καλεῖν κοροπλάθον*. Lykurg g. Leokr. § 1 *τοὺς νεὼς καὶ τὰ ἕδη καὶ τὰ τεμένη*. Schon bei Aesch. Pers. 795 leitet davon Darios selber die Niederlage der Perser her: *Οἳ γῆν μολόντες Ἑλλάδ' οὐ θεῶν βρέτη Ἠιδοῦντο συλᾶν, οὐδὲ πιμπράναι νεώς· Βωμοὶ δ' ἄϊστοι, δαιμόνων θ' ἱδρύματα*

ἐμπρησθέντων ἱερῶν ἐπηράσαντ' εἴ τινες κινήσειαν ἢ πάλιν εἰς τἀρχαῖα καταστῆσαι βουληθεῖεν, οὐκ ἀποροῦντες πόθεν ἐπισκευάσωσιν, ἀλλ' ἵν' ὑπόμνημα τοῖς ἐπιγιγνομένοις ᾖ τῆς τῶν βαρβάρων ἀσεβείας, καὶ μηδεὶς πιστεύῃ τοῖς τοιαῦτ' εἰς τὰ τῶν θεῶν ἐξαμαρτεῖν τολμῶσιν, ἀλλὰ καὶ φυλάττωνται καὶ δεδίωσιν, ὁρῶντες αὐτοὺς οὐ μόνον τοῖς σώμασιν ἡμῶν ἀλλὰ καὶ τοῖς ἀναθήμασι πολεμήσαντας.

Ἔχω δὲ καὶ περὶ τῶν πολιτῶν τῶν ἡμετέρων τοιαῦτα 157
διελθεῖν. καὶ γὰρ οὗτοι πρὸς μὲν τοὺς ἄλλους, ὅσοις πεπολεμήκασιν, ἅμα διαλλάττονται καὶ τῆς ἔχθρας τῆς γεγενημένης ἐπιλανθάνονται, τοῖς δ' ἠπειρώταις οὐδ' ὅταν εὖ πάσχωσι χάριν ἴσασιν· οὕτως ἀείμνηστον τὴν ὀργὴν

Πρόρριζα φύρδην ἐξανέστραπται βάθρων. Τοίγαρ κακῶς δράσαντες οὐκ ἐλάσσονα Πάσχουσιν.

156. τῶν ἐμπρ. ἱερῶν. Der Genit. ist partitiv von einem bei κινήσειαν ausgelassenen Object τι abhängig. So Plato vom Staate lib. IV a. Ende: Von den zur Regierung gehörig Erzogenen οὔτ' ἂν πλείους οὔτε εἷς ἐγγενόμενος (in die Regierung) κινήσειεν ἄν τῶν ἀξίων λόγου νόμων τῆς πόλεως. „Rühren an den Gesetzen". Bens. dagegen erklärt den Genit. wie bei ψαύειν, θιγγάνειν. Sonst wird erzählt, dass die Hellenen vor der Schlacht bei Platää schwuren die von den Barbaren zerstörten Tempel nicht wieder aufzubauen. Lykurg. Leokr. § 81, Diodor. XI. 29. Paus. X. 35, 2. Die beiden erstern führen sogar den Eid an, in welchem die Worte stehen: καὶ τῶν ἱερῶν τῶν ἐμπρησθέντων καὶ καταβληθέντων ὑπὸ τῶν βαρβάρων οὐδὲν ἀνοικοδομήσω παντάπασιν, ἀλλ' ὑπόμνημα τοῖς ἐπιγινομένοις ἐάσω καταλείπεσθαι τῆς τῶν βαρβάρων ἀσεβείας. Theopompus freilich bestreitet die Thatsache. Nach Lykurg § 80 hätten die Hellenen einen bei den Athenern altüblichen Eid nachgeahmt. Bei dem alten Zusammenhang mit Athen konnten ihn auch die Ioner angenommen haben, die in ihren Fehden mit den Persern Anlass finden konnten ihn zu erneuern. Die Perser verbrannten einen Tempel auf Naxos und in Eretria. Herod. VIII. 33. VI. 96. Vgl. auch V. 102. Die Götter in Tempel einzuschliessen schien den Persern nach ihren Religionsbegriffen lächerlich (Herod. I. 131), und so machten sie sich aus der Zerstörung nicht viel. — ἐπισκευάζειν und ἐπισκευή, Wiederherstellung, Verbesserung, wohl zu unterscheiden von κατασκευή 7 § 52. — ἵν' ὑπόμνημα — ᾖ. Dieser und die folgg. Conjunctivi Präs. nach dem Präter., um das Bleibende auszudrücken, wie § 159. Da aber der Conj. nach Prät. überhaupt sehr üblich ist statt des Opt., so steht er auch hier in der deliberativen Frage πόθεν ἐπισκευάσωσι, wo nach dem gefragt wird, was geschehen soll, wo zwar nach dem Prät. ebenfalls der Opt. nicht selten ist, aber doch der entstehenden Zweideutigkeit wegen (Krüg. 54, 7, 1 und 2) gerne gemieden und dafür der Conj. oder Fut. Ind. gesetzt wird.

157. ἅμα—καί. § 86. — ἠπει-

πρὸς αὐτοὺς ἔχουσιν. καὶ πολλῶν μὲν οἱ πατέρες ἡμῶν μηδισμοῦ θάνατον κατέγνωσαν, ἐν δὲ τοῖς συλλόγοις ἔτι καὶ νῦν ἀρὰς ποιοῦνται, πρὶν ἄλλο τι χρηματίζειν, εἴ τις ἐπικηρυκεύεται Πέρσαις τῶν πολιτῶν· Εὐμολπίδαι δὲ καὶ Κήρυκες ἐν τῇ τελετῇ τῶν μυστηρίων διὰ τὸ τούτων μῖσος καὶ τοῖς ἄλλοις βαρβάροις εἴργεσθαι τῶν ἱερῶν, ὥσπερ
158 τοῖς ἀνδροφόνοις, προαγορεύουσιν. οὕτω δὲ φύσει πολεμικῶς |πρὸς αὐτοὺς ἔχομεν, ὥστε καὶ τῶν μύθων ἥδιστα συνδιατρίβομεν τοῖς Τρωικοῖς καὶ Περσικοῖς, δι' ὧν ἔστι πυνθάνεσθαι τὰς ἐκείνων συμφοράς. εὕροι δ' ἄν τις ἐκ μὲν τοῦ πολέμου τοῦ πρὸς τοὺς βαρβάρους ὕμνους πεποιημένους, ἐκ δὲ τοῦ πρὸς τοὺς Ἕλληνας θρήνους ἡμῖν γεγενημένους, καὶ τοὺς μὲν ἐν ταῖς ἑορταῖς ᾀδομένους, τοὺς
159 δ' ἐπὶ ταῖς συμφοραῖς ἡμᾶς μεμνημένους. οἶμαι δὲ καὶ τὴν Ὁμήρου ποίησιν μείζω λαχεῖν δόξαν, ὅτι καλῶς τοὺς πολεμήσαντας τοῖς βαρβάροις ἐνεκωμίασε, καὶ διὰ τοῦτο βουληθῆναι τοὺς προγόνους ἡμῶν ἔντιμον αὐτοῦ ποιῆσαι τὴν τέχνην ἔν τε τοῖς τῆς μουσικῆς ἄθλοις καὶ τῇ παι-

ρώταις. § 132. — μηδισμοῦ verb. mit θάνατον, da im letztern der Begriff „Strafe" liegt: „Todesstrafe für". Beispiele sind Lykidas Herod. IX,5. Kyrsilos Dem. 18 § 104. — σύλλογοι, Volks-, Raths-, Gerichts-Versammlungen. Vor aller öffentlichen Verhandlung (wofür χρηματίζειν der förml. Ausdr.) wurden Opfer und Gebete verrichtet und ἀραί ausgesprochen gegen die Feinde des Staats (Dem. 18 § 130, 23 § 97), namentlich auch seit Aristides gegen die, welche mit den Persern durch Gesandte um Frieden unterhandeln wollten (ἐπεκηρυκεύοντο). Plutarch Arist. c. 10. Schöm. de comit. p. 92. — τελετῇ. Die beiden altpriesterlichen Geschlechter der Eumolpiden und Keryken standen unter Aufsicht des ἄρχων βασιλεύς dem Cultus der eleus. Myst. vor. Herm. gottesd. Alt. § 55.

158. ὕμνους—θρήνους. Die Grundlage zu diesem schön ausgesprochenen Gedanken fand Is. bei Gorgias im Epitaphios, wo dieser, indem er die Siege über die Perser pries, den Athenern zeigte, ὅτι τὰ μὲν κατὰ τῶν βαρβάρων τρόπαια ὕμνους ἀπαιτεῖ, τὰ δὲ κατὰ τῶν Ἑλλήνων θρήνους. — τοὺς δ' ἐπί. Ueber μεμνῆσθαι mit dem Accus. Krüg. 47, 11, 2.

159. τοῖς τῆς μ. ἄθλοις. An den Panathenäen fanden seit Perikles musische Wettkämpfe Statt u. schon seit Peisistratos rhapsodischer Vortrag homerischer Gedichte, indem die Rhapsoden im Purpur und mit Lorbeer geschmückt, wie Jon bei Plato, einander ablösend Abschnitte aus Homer in einer vorgeschriebenen Reihenfolge recitirten. Herm. gottesd. Alt. § 54, 22. Bäuml. Vorr. zu Hom. Il. p. XIII. Fäsi Einl. zur Odyss. p. X. Es geschah dieses in Folge eines Gesetzes vielleicht So-

δεύσει τῶν νεωτέρων, ἵνα πολλάκις ἀκούοντες τῶν ἐπῶν ἐκμανθάνωμεν τὴν ἔχθραν τὴν ὑπάρχουσαν πρὸς αὐτούς, καὶ ζηλοῦντες τὰς ἀρετὰς τῶν στρατευσαμένων τῶν αὐτῶν ἔργων ἐκείνοις ἐπιθυμῶμεν.

Ὥστε μοι δοκεῖ πολλὰ λίαν εἶναι τὰ παρακελευόμενα 160
πολεμεῖν αὐτοῖς, μάλιστα δ' ὁ παρὼν καιρός, ὃν οὐκ ἀφετέον· καὶ γὰρ αἰσχρὸν παρόντι μὲν μὴ χρῆσθαι, παρελθόντος δ' αὐτοῦ μεμνῆσθαι. τί γὰρ ἂν καὶ βουληθεῖμεν ἡμῖν προσγενέσθαι, μέλλοντες βασιλεῖ πολεμεῖν, ἔξω τῶν
νῦν ὑπαρχόντων; οὐκ Αἴγυπτος μὲν αὐτοῦ καὶ Κύπρος 161
ἀφέστηκε, Φοινίκη δὲ καὶ Συρία διὰ τὸν πόλεμον ἀνάστατοι γεγόνασι, Τύρος δ', ἐφ' ᾗ μέγ' ἐφρόνησεν, ὑπὸ τῶν ἐχθρῶν τῶν ἐκείνου κατείληπται; τῶν δ' ἐν Κιλικίᾳ πόλεων τὰς μὲν πλείστας οἱ μεθ' ἡμῶν ὄντες ἔχουσι, τὰς δ' οὐ χαλεπόν ἐστι κτήσασθαι. Λυκίας δ' οὐδεὶς πώποτε Περ-
σῶν ἐκράτησεν. Ἑκατόμνως δ' ὁ Καρίας ἐπίσταθμος τῇ 162
μὲν ἀληθείᾳ πολὺν ἤδη χρόνον ἀφέστηκεν, ὁμολογήσει δ' ὅταν ἡμεῖς βουληθῶμεν. ἀπὸ δὲ Κνίδου μέχρι Σινώπης

lons. Lykurg. Leokr. § 102 οὕτω γὰρ ὑπέλαβον ὑμῶν οἱ πατέρες σπουδαῖον εἶναι ποιητήν, ὥστε νόμον ἔθεντο καθ' ἑκάστην πενταετηρίδα τῶν Παναθηναίων μόνου τῶν ἄλλων ποιητῶν ῥαψῳδεῖσθαι τὰ ἔπη, ἐπίδειξιν ποιούμενοι πρὸς τοὺς Ἕλληνας, ὅτι τὰ κάλλιστα τῶν ἔργων προῃροῦντο. Auch wurde Homer vor allen Dichtern in den Schulen gelesen und auswendig gelernt. Becker Charikl. I. 52. Herm. Priv. Alt. § 35.

160. πολλὰ λίαν. § 73. — ὃν οὐκ ἀφ. Constr. § 8.

161. Ueber den Abfall Aegyptens und des Euagoras §§ 140, 141. Durch den letztern mögen auch in den im Texte genannten Ländern Unruhen erregt worden sein. Wenigstens sagt Diod. XV. 2 (Euagoras) ἐκυρίευε κατὰ τὴν Φοινίκην Τύρου καί τινων ἑτέρων, und Is. 9 § 62 (Euagoras) μικροῦ μὲν ἐδέησε Κύπρον ἅπασαν κατασχεῖν, Φοινίκην δ' ἐπόρθησε, Τύρον δὲ κατὰ κράτος εἷλε, Κιλικίαν δὲ βασιλέως ἀπέστησεν. — Lykien ein Land einst von hoher Cultur, wie seine vor wenigen Jahren wieder entdeckten mit den Griechischen wetteifernden Bau- und Bildwerke darthun, wurde auch durch hohe Berge, die es vom übrigen Kleinasien trennen, beschützt, so dass es stets, wenn es auch den Persern Tribut zahlte (Herod. III. 90) und mit ihrem Heere gegen die Hellenen ziehen musste (ebend. VII. 92), eine gewisse Selbständigkeit behauptete. Von der Tapferkeit seiner Bewohner zeugt die heldenmüthige Vertheidigung der Xanthier gegen Harpagos, des ältern Kyros Feldherrn. Herod. I. 176.

162. ὁμολογήσει, wird laut den Abfall erklären. Diod. a. a. O. meldet, dass Hekatomnos den Eua-

Ἕλληνες τὴν Ἀσίαν παροικοῦσιν, οὓς οὐ δεῖ πείθειν ἀλλὰ μὴ κωλύειν πολεμεῖν. Καίτοι τοιούτων ὁρμητηρίων ὑπαρξάντων, καὶ τοσούτου πολέμου τὴν Ἀσίαν περιστάντος, τί δεῖ τὰ συμβησόμενα λίαν ἀκριβῶς ἐξετάζειν; ὅπου γὰρ μικρῶν μερῶν ἥττους εἰσίν, οὐκ ἄδηλον ὡς ἂν διατεθεῖεν,
163 εἰ πᾶσιν ἡμῖν πολεμεῖν ἀναγκασθεῖεν. ἔχει δ' οὕτως. ἐὰν μὲν ὁ βάρβαρος ἐρρωμενεστέρως κατάσχῃ τὰς πόλεις τὰς ἐπὶ θαλάττῃ, φρουρὰς μείζους ἐν αὐταῖς ἢ νῦν ἐγκαταστήσας, τάχ' ἂν καὶ τῶν νήσων αἱ περὶ τὴν ἤπειρον, οἷον Ῥόδος καὶ Σάμος καὶ Χίος, ἐπὶ τὰς ἐκείνου τύχας ἀποκλίνειαν· ἢν δ' ἡμεῖς αὐτὰς πρότεροι καταλάβωμεν, εἰκὸς τοὺς τὴν Λυδίαν καὶ Φρυγίαν καὶ τὴν ἄλλην τὴν ὑπερκειμένην χώραν οἰκοῦντας ἐπὶ τοῖς ἐντεῦθεν ὁρμωμένοις εἶναι.
164 Διὸ δεῖ σπεύδειν καὶ μηδεμίαν ποιεῖσθαι διατριβήν, ἵνα μὴ πάθωμεν ὅπερ οἱ πατέρες ἡμῶν. ἐκεῖνοι γὰρ ὑστερίσαντες τῶν βαρβάρων καὶ προέμενοί τινας τῶν συμμάχων ἠναγκάσθησαν ὀλίγοι πρὸς πολλοὺς κινδυνεύειν, ἐξὸν αὐτοῖς προτέροις διαβᾶσιν εἰς τὴν ἤπειρον μετὰ πάσης τῆς τῶν Ἑλλήνων δυνάμεως ἐν μέρει τῶν ἐθνῶν ἕκαστον χειροῦ-
165 σθαι. δέδεικται γάρ, ὅταν τις πολεμῇ πρὸς ἀνθρώπους ἐκ πολλῶν τόπων συλλεγομένους, ὅτι δεῖ μὴ περιμένειν ἕως ἂν ἐπιστῶσιν, ἀλλ' ἔτι διεσπαρμένοις αὐτοῖς ἐπιχειρεῖν. ἐκεῖνοι μὲν οὖν προεξαμαρτόντες ἅπαντα ταῦτ' ἐπηνωρθώσαντο, καταστάντες εἰς τοὺς μεγίστους ἀγῶνας· ἡμεῖς δ' ἂν σωφρονῶμεν, ἐξ ἀρχῆς φυλαξόμεθα, καὶ πει-

goras unterstützt habe. — *παροικοῦσιν*, an der Küste. Brief 9 § 8 *τῆς Ἀσίας τὴν παραλίαν*.

163. *ἐγκαταστήσας*, vom Einlegen der Besatzung. Dem. Phil. III § 15 *οὓς ὁ ὑμέτερος στρατηγὸς ἐγκατέστησεν*. — *ἐντεῦθεν* von jenen von uns einzunehmenden ionischen Küstenstädten aus. Vgl. § 135.

164. *τινάς*, die Ioner, die, nachdem sie nach Verbrennung von Sardes in Ephesos eine Niederlage erlitten, von Athen vergeblich Hülfe begehrten, Herod. V. 103, worauf dann die Städte am Hellespont, in Ionien und Cypern den Persern in die Hände fielen, wie Bens. bemerkt.

165. *δέδεικται*, es ist durch Erfahrung dargethan, ausgemacht. 6 § 4 *εἰ μὲν ἦν δεδειγμένον*. Vgl. oben § 49. — *ἐπιστῶσιν*, nicht nur zu einer Masse vereinigt, welches *συστῶσιν* wäre, sondern in der Nähe zum Angriffe bereit. — *ἐκεῖνοι μὲν οὖν*. Zwar fehlt *οὖν* in den besten Hdss. aber thut hier gut als Zurückweisung auf das Vorhergehende in § 164.

ρασόμεθα φθῆναι περὶ τὴν Λυδίαν καὶ τὴν Ἰωνίαν στρα-
τόπεδον ἐγκαταστήσαντες, εἰδότες ὅτι καὶ βασιλεὺς οὐχ 166
ἑκόντων ἄρχει τῶν ἠπειρωτῶν, ἀλλὰ μείζω δύναμιν περὶ
αὑτὸν ἑκάστων αὐτῶν ποιησάμενος· ἧς ἡμεῖς ὅταν κρείττω
διαβιβάσωμεν, ὃ βουληθέντες ῥᾳδίως ἂν ποιήσαιμεν,
ἀσφαλῶς ἅπασαν τὴν Ἀσίαν καρπωσόμεθα. πολὺ δὲ κάλ-
λιον ἐκείνῳ περὶ τῆς βασιλείας πολεμεῖν, ἢ πρὸς ἡμᾶς
αὑτοὺς περὶ τῆς ἡγεμονίας ἀμφισβητεῖν.

Ἄξιον δ' ἐπὶ τῆς νῦν ἡλικίας ποιήσασθαι τὴν στρα- 167
τείαν, ἵν' οἱ τῶν συμφορῶν κοινωνήσαντες, οὗτοι καὶ τῶν
ἀγαθῶν ἀπολαύσωσι καὶ μὴ πάντα τὸν χρόνον δυστυ-
χοῦντες διαγάγωσιν. ἱκανὸς γὰρ ὁ παρεληλυθώς, ἐν ᾧ τί
τῶν δεινῶν οὐ γέγονεν; πολλῶν γὰρ κακῶν τῇ φύσει τῇ
τῶν ἀνθρώπων ὑπαρχόντων αὐτοὶ πλείω τῶν ἀναγκαίων
προσεξευρήκαμεν, πολέμους καὶ στάσεις ἡμῖν αὐτοῖς ἐμ-
ποιήσαντες, ὥστε τοὺς μὲν ἐν ταῖς αὑτῶν ἀνόμως ἀπόλ- 168
λυσθαι, τοὺς δ' ἐπὶ ξένης μετὰ παίδων καὶ γυναικῶν ἀλᾶ-
σθαι, πολλοὺς δὲ δι' ἔνδειαν τῶν καθ' ἡμέραν ἐπικουρεῖν
ἀναγκαζομένους ὑπὲρ τῶν ἐχθρῶν τοῖς φίλοις μαχομένους
ἀποθνήσκειν. ὑπὲρ ὧν οὐδεὶς πώποτ' ἠγανάκτησεν, ἀλλ'
ἐπὶ μὲν ταῖς συμφοραῖς ταῖς ὑπὸ τῶν ποιητῶν συγκει-

166. *περὶ αὑτόν.* Seine Maxime ist stets eine grössere Macht um sich zu versammeln, als jeder einzelne seiner Gegner hat. Mit dem gleichen Kunstgriff behielten nach 8 § 134 die Athener früher ihre Symmachie zusammen. — *κρείττω*, eine stärkere als jeweilen der Perser verwendet. *κρεῖττον* von der Zahl auch 5 § 92.

167. *τῶν συμφορῶν.* Die jetzt blühende Generation hatte am Ende des pelop. Kriegs und seitdem noch genug Elend und Verarmung erfahren.— *ἐν ᾧ τί τῶν.* 8 § 111 *αἷς τί τῶν δεινῶν ἢ χαλεπῶν οὐ πρόσεστιν;* 15 § 317 *ἐκ ταύτης τῆς μεταβολῆς τί τῶν δεινῶν οὐ συνέπεσε τῇ πόλει;* Lys. 13 § 34 *καὶ τί οὐ τῶν δεινῶν τῇ πόλει ἐγένετο.*

168. *ἐπὶ ξένης*, das gewöhnliche Loos der Familien unterliegender polit. Parteien, welche die Heimat meiden mussten. S. zu Lys. 12 § 98. Die Zahl dieser abenteuernden Heimatlosen schien bereits gefährlich. 5 § 119f. — *ἐπικουρεῖν* vom Söldnerdienst in der Fremde. „Reislaufen". Vgl. übrigens zu §§ 135, 146. Eine höchst bewegliche Schilderung des wüsten Treibens derselben liefert Brief 9. — *ποιητῶν*, vorz. der Tragiker. — *συγκειμέναις*, förml. Ausdr. von den Compositionen der Dichter. Entsprechend ist *συντιθέασιν* 9 § 36. Ueber den Gedanken vgl. Andok. g. Alkib. § 23 *ὑμεῖς ἐν μὲν ταῖς τραγῳδίαις τοιαῦτα θεωροῦντες δεινὰ νομίζετε, γιγνόμενα δ' ἐν τῇ πόλει ὁρῶντες οὐδὲν*

μέναις δακρύειν ἀξιοῦσιν, ἀληθινὰ δὲ πάθη πολλὰ καὶ
δεινὰ γιγνόμενα διὰ τὸν πόλεμον ἐφορῶντες τοσούτου
δέουσιν ἐλεεῖν, ὥστε καὶ μᾶλλον χαίρουσιν ἐπὶ τοῖς ἀλ-
169 λήλων κακοῖς ἢ τοῖς αὑτῶν ἰδίοις ἀγαθοῖς. ἴσως δ' ἂν
καὶ τῆς ἐμῆς εὐηθείας πολλοὶ καταγελάσειαν, εἰ δυστυ-
χίας ἀνδρῶν ὀδυροίμην ἐν τοῖς τοιούτοις καιροῖς, ἐν οἷς
Ἰταλία μὲν ἀνάστατος γέγονε, Σικελία δὲ καταδεδούλωται,
τοσαῦται δὲ πόλεις τοῖς βαρβάροις ἐκδέδονται, τὰ δὲ
λοιπὰ μέρη τῶν Ἑλλήνων ἐν τοῖς μεγίστοις κινδύνοις ἐστίν.
170 Θαυμάζω δὲ τῶν δυναστευόντων ἐν ταῖς πόλεσιν, εἰ
προσήκειν αὑτοῖς ἡγοῦνται μέγα φρονεῖν, μηδὲν πώποθ'
ὑπὲρ τηλικούτων πραγμάτων μήτ' εἰπεῖν μήτ' ἐνθυμηθῆ-
ναι δυνηθέντες. ἐχρῆν γὰρ αὐτούς, εἴπερ ἦσαν ἄξιοι τῆς
παρούσης δόξης, ἁπάντων ἀφεμένους τῶν ἄλλων περὶ τοῦ
πολέμου τοῦ πρὸς τοὺς βαρβάρους εἰσηγεῖσθαι καὶ συμ-
171 βουλεύειν. τυχὸν μὲν γὰρ ἄν τι συνεπέραναν· εἰ δὲ καὶ
προαπεῖπον, ἀλλ' οὖν τούς γε λόγους ὥσπερ χρησμοὺς εἰς
τὸν ἐπιόντα χρόνον ἂν κατέλιπον. νῦν δ' οἱ μὲν ἐν ταῖς με-
γίσταις δόξαις ὄντες ἐπὶ μικροῖς σπουδάζουσιν, ἡμῖν δὲ
τοῖς τῶν πολιτικῶν ἐξεστηκόσι περὶ τηλικούτων πραγμά-
των συμβουλεύειν παραλελοίπασιν.

φροντίζετε. καίτοι ἐκεῖνα μὲν οὐκ ἐπίστασθε πότερον οὕτω γεγένηται ἢ πέπλασται ὑπὸ τῶν ποιητῶν· ταῦτα δὲ σαφῶς εἰδότες οὕτω πεπραγμένα παρανόμως ῥαθύμως φέρετε.— *ἐφορῶντες*, vom behaglichen, oder auch gleichgültigen Zuschauen.— *τοῖς ἀλλήλων κακοῖς*, wo einer über des andern Schaden sich freut.

169. *ἀνδρῶν*, „Einzelner". Die Schilderung der Uebel, die er von § 167 an ausmalt, bricht er ab durch den Vorwurf, als ob er über den kleinen die grossen vergesse. Bens. führt an, dass nach Diod. XIV. 106 ff. Dionysios gerade damals Kaulon u. Hipponion erobert, die Einwohner des erstern nach Syrakus verpflanzt und 387 Rhegion zerstört habe; dann dass er nach Diod. XIV, 14 ff. u. 78 viele Städte in Sicilien unterjochte, andere durch schimpflichen Friedensschluss den Karthagern in die Hände fallen liess. Diod. XIII, 114. — *κινδύνοις*, s. § 126.

170. *εἰσηγεῖσθαι*, Verhandlung einleiten, als Anfang des *χρηματίζειν* § 157.

171. *προαπεῖπον*, wenn sie vor Ermüdung es aufgegeben hätten, so würden doch ihre Aeusserungen als geheiligte Orakel (*χρησμοί*) und überlieferte Maxime fortwirken.— *ἀλλ' οὖν—γε*, *at vero*, „nun so hätten sie doch gewiss".— *ἐξεστηκόσι* nicht „hinausgetretenen", sondern „ausserhalb stehenden", *ἰδιώταις*.

Οὐ μὴν ἀλλ' ὅσῳ μικροψυχότεροι τυγχάνουσιν ὄντες 172
οἱ προεστῶτες ἡμῶν, τοσούτῳ τοὺς ἄλλους ἐρρωμενεστέ-
ρως δεῖ σκοπεῖν ὅπως ἀπαλλαγησόμεθα τῆς παρούσης
ἔχθρας. νῦν μὲν γὰρ μάτην ποιούμεθα τὰς περὶ τῆς εἰρή-
νης συνθήκας· οὐ γὰρ διαλυόμεθα τοὺς πολέμους ἀλλ'
ἀναβαλλόμεθα, καὶ περιμένομεν τοὺς καιροὺς ἐν οἷς ἀνή-
κεστόν τι κακὸν ἀλλήλους ἐργάσασθαι δυνησόμεθα. δεῖ 173
δὲ ταύτας τὰς ἐπιβουλὰς ἐκποδὼν ποιησαμένους ἐκείνοις
τοῖς ἔργοις ἐπιχειρεῖν, ἐξ ὧν τάς τε πόλεις ἀσφαλέστερον
οἰκήσομεν καὶ πιστότερον διακεισόμεθα πρὸς ἡμᾶς αὐ-
τούς. Ἔστι δ' ἁπλοῦς καὶ ῥᾴδιος ὁ λόγος ὁ περὶ τούτων.
οὔτε γὰρ εἰρήνην οἷόν τε βεβαίαν ἀγαγεῖν, ἢν μὴ κοινῇ
τοῖς βαρβάροις πολεμήσωμεν, οὔθ' ὁμονοῆσαι τοὺς Ἕλ-
ληνας, πρὶν ἂν καὶ τὰς ὠφελείας ἐκ τῶν αὐτῶν καὶ τοὺς
κινδύνους πρὸς τοὺς αὐτοὺς ποιησώμεθα. τούτων δὲ γε- 174
νομένων, καὶ τῆς ἀπορίας τῆς περὶ τὸν βίον ἡμῶν ἀφαι-
ρεθείσης, ἣ καὶ τὰς ἑταιρίας διαλύει καὶ τὰς συγγενείας
εἰς ἔχθραν προάγει καὶ πάντας ἀνθρώπους εἰς πολέμους
καὶ στάσεις καθίστησιν, οὐκ ἔστιν ὅπως οὐχ ὁμονοήσομεν
καὶ τὰς εὐνοίας ἀληθινὰς πρὸς ἡμᾶς αὐτοὺς ἕξομεν. Ὧν
ἕνεκα περὶ παντὸς ποιητέον ὅπως ὡς τάχιστα τὸν ἐνθένδε
πόλεμον εἰς τὴν ἤπειρον διοριοῦμεν ὡς μόνον ἂν τοῦτ'
ἀγαθὸν ἀπολαύσαιμεν τῶν κινδύνων τῶν πρὸς ἡμᾶς αὐ-

172. *διαλυόμεθα*. Med. Wir Hellenen unter uns selbst.

173. *κοινῇ*. Denn der innere Friede wird durch das Vorhandensein eines gemeinsamen Gegners befördert. — *ἐκ τῶν αὐτῶν*, vielleicht Neutr. „aus den gleichen Quellen", näml. aus der Bekriegung des gemeinsamen Feindes; doch scheint für das Masc. „von den nämlichen her, nämlich von den Persern" der Gegensatz zu sprechen *πρὸς τοὺς αὐτούς*.

174. *ἑταιρίας* hier nicht Klubbs sondern Freundschaften. — *τὸν ἐνθένδε πόλεμ.* Attraction, da *ἐνθένδε* statt *ἐνθάδε* wegen des Begriffes der Bewegung in *διορίζω* steht, denn dieses ist hier nicht abgränzen, sondern wie Eur. Hel. 394 *στράτευμα κώπῃ διορίσαι Τροίαν ἔπι.* 828 *ἐκ γῆς διορίσαιμεν ἂν πόδα*, über die Gränze schaffen, vgl. *διά* in *διαβιβάζειν* u. *διαβάλλειν*. Herod. 5, 34 *ἐπεί τε διέβαλον ἐκ τῆς Χίου τὰς νέας ἐς τὴν Νάξον.* Zur Constr. vgl. § 187 *τὴν δ' εὐδαιμονίαν — διακομίσαιμεν*. Eurip. Bakch. 48 *εἰς δ' ἄλλην χθόνα τἀνθένδε θέμενος εὖ μεταστήσω πόδα.*

λέως πλεονεξίαν. τῆς γὰρ γῆς ἁπάσης τῆς ὑπὸ τῷ κόσμῳ κειμένης δίχα τετμημένης, καὶ τῆς μὲν Ἀσίας τῆς δ' Εὐρώπης καλουμένης, τὴν ἡμίσειαν ἐκ τῶν συνθηκῶν εἴληφεν, ὥσπερ πρὸς τὸν Δία τὴν χώραν νεμόμενος, ἀλλ' οὐ
180 πρὸς ἀνθρώπους τὰς συνθήκας ποιούμενος. Καὶ ταύτας ἡμᾶς ἠνάγκασεν ἐν στήλαις λιθίναις ἀναγράψαντας ἐν τοῖς κοινοῖς τῶν ἱερῶν καταθεῖναι, πολὺ κάλλιον τρόπαιον τῶν ἐν ταῖς μάχαις γιγνομένων· τὰ μὲν γὰρ ὑπὲρ μικρῶν ἔργων καὶ μιᾶς τύχης ἐστίν, αὗται δ' ὑπὲρ ἅπαντος τοῦ πολέμου καὶ καθ' ὅλης τῆς Ἑλλάδος ἑστήκασιν.

181 Ὑπὲρ ὧν ἄξιον ὀργίζεσθαι, καὶ σκοπεῖν ὅπως τῶν τε γεγενημένων δίκην ληψόμεθα καὶ τὰ μέλλοντα διορθωσόμεθα. καὶ γὰρ αἰσχρὸν ἰδίᾳ μὲν τοῖς βαρβάροις οἰκέταις ἀξιοῦν χρῆσθαι, δημοσίᾳ δὲ τοσούτους τῶν συμμά-

νεξίαν, „Bevorzugung". Bens. — ὑπὸ τῷ κόσμῳ, unter dem gestirnten Himmel. „*Mundus* wie κόσμος bezeichnet die Welt eigentlich nicht von der substantiellen, sondern von der formellen Seite. *Nam quem* κόσμον *Graeci, nomine ornamenti, appellaverunt, eum nos a perfecta absolutaque elegantia mundum.* Plin. H.N. II, 4. Πυθαγόρας πρῶτος ὠνόμασε τὴν τῶν ὅλων περιοχὴν κόσμον ἐκ τῆς ἐν αὐτῷ τάξεως. Plut. plac. phil. II, I." Schöm. zu Cic. Nat. D. II, 34, 88. — δίχα, § 35. — πρὸς τὸν Δία, zur Bezeichnung des Hochmuths. Bens. führt an Schol. zu Arist. Panath. 127 τῷ μὲν Διὶ παραχωρήσας τοῦ οὐρανοῦ, ἑαυτῷ δὲ τὴν γῆν und erinnert an Herod. VII, 8, 3 γῆν τὴν Περσίδα ἀποδέξομεν τῷ Διὸς αἰθέρι ὁμουρέουσαν. — νέμεσθαι πρός τινα von der Erbtheilung Lys. 16 § 16. διαιρεῖσθαι πρός τινα Is. 12 § 255.

180. ἐν τοῖς κοινοῖς τῶν ἱερῶν, in den allgemein besuchten Tempeln eines jeden am Friedensschlusse sich betheiligenden Staats. So ist in dem Friedensvertrag bei Thuk. V. 47 bestimmt, wo jeder Theilnehmer die auf steinerne Tafeln einzugrabende Urkunde aufstellen solle. Ἀθηναίους μὲν ἐν τῇ πόλει (= ἀκροπόλει), Ἀργείους δὲ ἐν ἀγορᾷ ἐν τοῦ Ἀπόλλωνος τῷ ἱερῷ, Μαντινέας δὲ ἐν τῷ Διὸς τῷ ἱερῷ ἐν τῇ ἀγορᾷ. So auch die Römer. Liv. 26, 24 *Olympiae ab Aetolis, in Capitolio a Romanis, ut testata sacratis monumentis essent, sunt posita.* — καταθεῖναι. And. Lesart ἀναθεῖναι. Allein die στῆλαι sind keine ἀναθήματα. — μιᾶς τύχης „für Eine glückliche Entscheidung". 15 § 128 εἴ τις μιᾷ τύχῃ τηλικοῦτόν τι κατώρθωσεν ὥσπερ Λύσανδρος.

181. συμμάχων. Er konnte auch sagen συγγενῶν wie 12 § 164, doch ist jenes für ein stolzes kriegerisches Volk empörender, sonst freie Bundesgenossen in der Dienstbarkeit des Erbfeindes zu wissen, bes. im Ggstz zu dem geraubten Weibe. Auch sind συγγενεῖς häufig Stammverwandte im engern Sinne 12 § 207 πολλὰ καὶ δεινὰ Λακεδαιμονίους περί τε τοὺς συγγενεῖς τοὺς αὐτῶν καὶ περὶ τοὺς ἄλλους Ἕλληνας διαπεπραγμένους.

χων περιορᾶν αὐτοῖς δουλεύοντας, καὶ τοὺς μὲν περὶ τὰ Τρωικὰ γενομένους μιᾶς γυναικὸς ἁρπασθείσης οὕτως ἅπαντας συνοργισθῆναι τοῖς ἀδικηθεῖσιν, ὥστε μὴ πρότερον παύσασθαι πολεμοῦντας πρὶν τὴν πόλιν ἀνάστατον ἐποίησαν τοῦ τολμήσαντος ἐξαμαρτεῖν, ἡμᾶς δ' ὅλης τῆς 182
Ἑλλάδος ὑβριζομένης μηδεμίαν ποιήσασθαι κοινὴν τιμωρίαν, ἐξὸν ἡμῖν εὐχῆς ἄξια διαπράξασθαι. μόνος γὰρ οὗτος ὁ πόλεμος εἰρήνης κρείττων ἐστί, θεωρίᾳ μὲν μᾶλλον ἢ στρατείᾳ προσεοικώς, ἀμφοτέροις δὲ συμφέρων, καὶ τοῖς ἡσυχίαν ἄγειν καὶ τοῖς πολεμεῖν ἐπιθυμοῦσιν. εἴη γὰρ ἂν τοῖς μὲν ἀδεῶς τὰ σφέτερ' αὐτῶν καρποῦσθαι, τοῖς δ' ἐκ τῶν ἀλλοτρίων μεγάλους πλούτους κατακτήσασθαι.

Πολλαχῇ δ' ἄν τις λογιζόμενος εὕροι ταύτας τὰς 183
πράξεις μάλιστα λυσιτελούσας ἡμῖν. φέρε γάρ, πρὸς τίνας χρὴ πολεμεῖν τοὺς μηδεμιᾶς πλεονεξίας ἐπιθυμοῦντας ἀλλ' αὐτὸ τὸ δίκαιον σκοποῦντας; οὐ πρὸς τοὺς καὶ πρότερον κακῶς τὴν Ἑλλάδα ποιήσαντας καὶ νῦν ἐπιβουλεύοντας καὶ πάντα τὸν χρόνον οὕτω πρὸς ἡμᾶς διακειμένους; τίσι δὲ φθονεῖν εἰκός ἐστι τοὺς μὴ παντάπασιν 184
ἀνάνδρως διακειμένους ἀλλὰ μετρίως τούτῳ τῷ πράγματι χρωμένους; οὐ τοῖς μείζους μὲν τὰς δυναστείας ἢ κατ'

182. *εὐχῆς ἄξια*, was wir nur von den Göttern wünschen konnten. 5 § 19 εὐχῆς ἄξια διαπέπρακται. — *θεωρίᾳ*, „mehr einem Festzug als Feldzug ähnlich", einer ‚feierlichen zahlreich begleiteten Gesandtschaft zu einem auswärtigen Feste oder πανήγυρις. Solche Theorien wurden von Staaten in stammverwandte Orte abgeordnet, um das Andenken gemeinschaftlichen Ursprunges durch Mitfeier alter Stammfeste zu erneuern. Da sich viele andere Bürger anschlossen unter Anführung eines Obergesandten, so ward daraus eine förmliche Wallfahrt. Herm. gottesd. Alt. § 31.

183. *πλεονεξίας*. Zuerst nennt er nun die, welche ohne Rücksicht auf Vortheile rein aus dem Gesichtspunkte des Rechtes und der Bestrafung des Uebermuths zu bewegen sein möchten.

184. *μετρίως τούτῳ τῷ πράγματι*. πρᾶγμα allgemein umschreibend wie *res*, hier die Eigenschaft der Tapferkeit, wie sich aus dem Ggstz ἀνάνδρως ergiebt. *μετρίως* nur mässig, nicht besonders. Man vergleicht κατὰ μικρόν. 6 § 7 τοῖς μὴ λίαν ἀνάνδρως διακειμένοις ἀλλὰ καὶ κατὰ μικρὸν ἀρετῆς ἀντιποιουμένοις. Is. bezeichnet näml. diejenigen, die zwar nicht besonders tapfer, doch aber dieser Tugend auch nicht baar waren, die es verdriessen müsse, so grosse Macht in den Händen von Barbaren zu sehen, die doch weniger werth seien, als diejenigen Helle-

ἀνθρώπους περιβεβλημένοις, ἐλάττονος δ' ἀξίοις τῶν παρ' ἡμῖν δυστυχούντων; ἐπὶ τίνας δὲ στρατεύειν προσήκει τοὺς ἅμα μὲν εὐσεβεῖν βουλομένους ἅμα δὲ τοῦ συμφέροντος ἐνθυμουμένους; οὐκ ἐπὶ τοὺς καὶ φύσει πολεμίους καὶ πατρικοὺς ἐχθρούς, καὶ πλεῖστα μὲν ἀγαθὰ κεκτημένους, ἥκιστα δ' ὑπὲρ αὐτῶν ἀμύνεσθαι δυναμένους; οὐκοῦν ἐκεῖ-
185 νοι πᾶσι τούτοις ἔνοχοι τυγχάνουσιν ὄντες; Καὶ μὴν οὐδὲ τὰς πόλεις λυπήσομεν στρατιώτας ἐξ αὐτῶν καταλέγοντες, ὃ νῦν ἐν τῷ πολέμῳ τῷ πρὸς ἀλλήλους ὀχληρότατόν ἐστιν αὐταῖς· πολὺ γὰρ οἶμαι σπανιωτέρους ἔσεσθαι τοὺς μένειν ἐθελήσοντας τῶν συνακολουθεῖν ἐπιθυμησόντων. τίς γὰρ οὕτως ἢ νέος ἢ παλαιὸς ῥᾴθυμός ἐστιν, ὅστις οὐ μετασχεῖν βουλήσεται ταύτης τῆς στρατιᾶς, τῆς ὑπ' Ἀθηναίων μὲν καὶ Λακεδαιμονίων στρατηγουμένης, ὑπὲρ δὲ τῆς τῶν συμμάχων ἐλευθερίας ἀθροιζομένης, ὑπὸ δὲ τῆς Ἑλλάδος ἁπάσης ἐκπεμπομένης, ἐπὶ δὲ τὴν τῶν βαρβάρων
186 τιμωρίαν πορευομένης; φήμην δὲ καὶ μνήμην καὶ δόξαν πόσην τινὰ χρὴ νομίζειν ἢ ζῶντας ἕξειν ἢ τελευτήσαντας καταλείψειν τοὺς ἐν τοῖς τοιούτοις ἔργοις ἀριστεύσαντας;

nen, die daheim nicht mehr existiren könnten. — *περιβεβλημένους* von Erobern § 36. *κατ' ἀνθρώπους* wie es Menschen zukommt. S. zu § 89. — *τῶν παρ' ἡμῖν δυστ.* die aus eigner oder fremder Schuld zu Hause nicht mehr leben konnten und darum Reisläufer wurden. Ob er dabei an die 10000 denkt (vgl. § 146 *οἱ διὰ φαυλότητας — ζῆν*), ist ungewiss. Jedenfalls sind es griech. Parteigänger und Söldner, die wie im damals dauernden Kriege mit Euagoras für und wider den Perser stritten. Denn durch die Söldner geschlagen oder siegreich, in beiden Fällen mussten die Perser die Ueberlegenheit derselben anerkennen. — *εὐσεβεῖν*, die *pietas* hier in Beziehung auf *πατρικοὺς ἐχθρούς*, gegen welche als Barbaren die Feindschaft fortzusetzen dem Hellenen eine fromme Pflicht schien.

185. *συνακολουθεῖν*. *ἀκολουθεῖν* von dem, der mit dem Heere zieht § 35. — *ἢ νέος ἢ παλαιός*. Letzteres, während sonst *γέρων* und *πρεσβύτερος* in diesem Sinne in der att. Prosa üblich, offenbar in Anwendung des Homerischen Il. XIV. 108 *ἢ νέος ἠὲ παλαιός*, welches sprüchwörtliche Geläufigkeit erhielt. Tyrt. Eleg. 9. v. 37 *ὁμῶς νέος ἠδὲ παλαιός*.

186. *φήμην δὲ καὶ μνήμην*. Ueber die Paronomasie Rutil. Lup. I § 3. *Hoc aut addenda aut demenda aut mutanda aut porrigenda aut contrahenda littera aut syllaba fieri consuevit. Id est huiusmodi: Non enim decet hominem genere nobilem mobilem videri*, und Aquila Rom. de fig. § 27 führt aus Cic. Verr. an *Praetor iste, vel potius praedo*

ὅπου γὰρ οἱ πρὸς Ἀλέξανδρον πολεμήσαντες καὶ μίαν πόλιν ἑλόντες τοιούτων ἐπαίνων ἠξιώθησαν, ποίων τινῶν χρὴ προσδοκᾶν ἐγκωμίων τεύξεσθαι τοὺς ὅλης τῆς Ἀσίας κρατήσαντας; τίς γὰρ ἢ τῶν ποιεῖν δυναμένων ἢ τῶν λέγειν ἐπισταμένων οὐ πονήσει καὶ φιλοσοφήσει βουλόμενος ἅμα τῆς θ᾽ αὑτοῦ διανοίας καὶ τῆς ἐκείνων ἀρετῆς μνημεῖον εἰς ἅπαντα τὸν χρόνον καταλιπεῖν;

Οὐ τὴν αὐτὴν δὲ τυγχάνω γνώμην ἔχων ἔν τε τῷ παρ- 187
όντι καὶ περὶ τὰς ἀρχὰς τοῦ λόγου. τότε μὲν γὰρ ᾤμην
ἀξίως δυνήσεσθαι τῶν πραγμάτων εἰπεῖν· νῦν δ᾽ οὐκ ἐφι-
κνοῦμαι τοῦ μεγέθους αὐτῶν, ἀλλὰ πολλά με διαπέφευ-
γεν ὧν διενοήθην. αὐτοὺς οὖν χρὴ συνδιορᾶν ὅσης ἂν εὐ-
δαιμονίας τύχοιμεν, εἰ τὸν μὲν πόλεμον τὸν νῦν ὄντα περὶ
ἡμᾶς πρὸς τοὺς ἠπειρώτας ποιησαίμεθα, τὴν δ᾽ εὐδαιμο-
νίαν τὴν ἐκ τῆς Ἀσίας εἰς τὴν Εὐρώπην διακομίσαιμεν,
καὶ μὴ μόνον ἀκροατὰς γενομένους ἀπελθεῖν, ἀλλὰ τοὺς 188
μὲν πράττειν δυναμένους παρακαλοῦντας ἀλλήλους πειρᾶ-
σθαι διαλλάττειν τήν τε πόλιν τὴν ἡμετέραν καὶ τὴν Λα-
κεδαιμονίων, τοὺς δὲ τῶν λόγων ἀμφισβητοῦντας πρὸς μὲν
τὴν παρακαταθήκην καὶ περὶ τῶν ἄλλων ὧν νῦν φλυα-

sociorum. — ὅπου, causal. § 162. ποιεῖν dichten. § 156 ὕμνους πεποιημένους. 9 § 36. ἀλλ᾽ οἱ μὲν πλεῖστοι πεποίηνται (sind von den Dichtern dargestellt worden) διὰ τύχην λαβόντες τὰς βασιλείας. — πονήσει, wie πόνον ἔχειν bei Dichtern bes. von poetischer und musikalischer Thätigkeit. Pind. Nem. III. 12 χαρίεντα δ᾽ ἔξει πόνον. Theokr. Id. 7, 139 τέττιγες λαλαγεῦντες ἔχον πόνον. Vgl. Is. 15 § 138 οἱ ῥήτορες ἔργον εἶχον αἰτίας περὶ αὐτοῦ πλάττειν.

187. ἐφικν. τοῦ μεγέθους. § 113. Die Einlenkung von dem im Eingang § 12 gezeigten θράσος, da er sich kein geringes Vermögen zugetraut hatte und jetzt nach allseitiger Durcharbeitung des Stoffes seine Unzulänglichkeit erkennt, thut hier gute Wirkung. Er zieht damit alle Theilnahme auf die Grösse der patriotischen Sache, vor der er selber mit seiner Kunst verschwinde. Treffliche Wirkung thut auch der Aufruf an die Sophisten, die Wettstreiter in Reden, τοὺς τῶν λόγων ἀμφισβητοῦντας § 188, an diesem Gegenstand, wo der Wetteifer würdig angebracht wäre, zum Besten des Vaterlandes sich zu betheiligen.

188. πρὸς — τὴν παρακαταθήκην. Der Art. nöthigt an einen bestimmten Fall zu denken, an welchen ist ungewiss. Jedoch handelt die Rede 21 des Is. πρὸς Εὐθύνουν von einem dem Euthynus anvertrauten Kapital und ist ein Meisterstück advokatischer Dialektik. Gegen diese Rede schrieb nach Diog. Laert. der σοφιστής Antisthenes, vielleicht

ροῦσι παύεσθαι γράφοντας, πρὸς δὲ τοῦτον τὸν λόγον ποιεῖσθαι τὴν ἅμιλλαν, καὶ σκοπεῖν ὅπως ἄμεινον ἐμοῦ
189 περὶ τῶν αὐτῶν πραγμάτων ἐροῦσιν, ἐνθυμουμένους ὅτι τοῖς μεγάλ' ὑπισχνουμένοις οὐ πρέπει περὶ μικρὰ διατρίβειν, οὐδὲ τοιαῦτα λέγειν, ἐξ ὧν ὁ βίος μηδὲν ἐπιδώσει τῶν πεισθέντων, ἀλλ' ὧν ἐπιτελεσθέντων αὐτοί τ' ἀπαλλαγήσονται τῆς παρούσης ἀπορίας καὶ τοῖς ἄλλοις μεγάλων ἀγαθῶν αἴτιοι δόξουσιν εἶναι.

der Sokratiker, eine Gegenrede. Diesen hiesse er nun in einem würdigern Stoffe mit ihm in die Schranken treten, um nicht als ein *magno promissor hiatu* sich zu geberden, wie die Sophisten nach der Schilderung 13 § 10 ff. thaten.

189. ἐξ ὧν — μηδέν, § 89. — ὁ βίος das äussere Leben, Wohlstand und Bequemlichkeit. § 32. — ἀπορίας. Die Sophisten waren arm. Einen ganz ähnlichen Schluss mit einer Aufforderung an die Jüngern hat auch die R. 8, sie sollen mit Wort und Schrift Hellas zur Tugend und Gerechtigkeit ermuntern, ὡς ἐν ταῖς τῆς Ἑλλάδος εὐπραγίαις συμβαίνει καὶ τὰ τῶν φιλοσόφων πράγματα πολλῷ βελτίω γίγνεσθαι.

ΑΡΕΟΠΑΓΙΤΙΚΟΣ.

(7.)

Wir haben in der vorigen Rede gesehen, wie Isokrates die Anfänge von Athens Grösse im Innern, dann die Ausbreitung seiner Macht und die wechselvollen Schicksale seiner äussern Politik geschildert hat. Das Gegenstück giebt diese 7. Rede, mit der uns der hochbetagte Verfasser in das innere Leben und Wesen seiner Vaterstadt einführt und mit dem sittlichen und politischen Geiste bekannt macht, der einst in bessern Zeiten seine Mitbürger beherrschte und die Quelle so vieles Grossen gewesen war, während umgekehrt jetzt bei seiner Erschlaffung und bei der Lockerung bürgerlicher Ordnung und ehrenfester Sitte inneres uud äusseres Unglück zunahm. Die Rede liefert Lehren für alle Zeiten und demjenigen, der ernst in ihren Inhalt eindringt, erscheint sie in vielen Dingen als ein getreuer und überraschender Spiegel der Gegenwart, die an ähnlichen gesellschaftlichen Gebrechen leidet, wie die damaligen Zustände Athens, die Isokrates aufdeckt und gegen welche auf Heilmittel bedacht zu sein er seinen Mitbürgern empfiehlt. Wesentlich aber trägt ungeachtet ihres allgemeinen Inhaltes zum Verständniss der Rede bei die Kenntniss der Zeit, in welcher und für welche sie geschrieben wurde. Unzweideutige Thatsachen, aus denen sich das Jahr der Abfassung mit völliger Sicherheit bestimmen liesse, enthält sie nicht. Aus dem Eingange aber ergiebt sich, dass wenigstens in der Umgebung von Attika Friede war und man sich für sicher hielt. Nun ist hier nur von zwei Friedenszuständen möglicher Weise die Rede, entweder von dem Frieden nach Beendigung des dreijährigen Bundesgenossenkriegs Ol. 106, 1 = 355 *), für welchen Zeitpunkt sich Clinton, Pauly in der Ausg. von Benseler p. 43 ff., Benseler und Pfund erklären, oder von dem verhängnissvollen philokratischen Frieden, den Athen nach dem Falle von Olynthos mit Philipp schloss Ol. 108, 3 = 346, wofür sich einst Hieron. Wolf und in neuerer Zeit der Holländer Bergmann in seiner Ausgabe entschied. Die Thatsachen aber, die unsre Wahl für das eine oder das andere bestimmen müssen, liegen in den §§ 9 und 10 und dann 81. Von diesen Thatsachen konnte zu Gunsten des philokratischen Friedens mit ziemlichem Scheine nur Eines geltend gemacht werden, der Verlust der thrakischen Städte, indem man dieses auf Philipps Eroberung von Olynth mit seinen 32 verbündeten Städten (Vömel prolegg. in Dem. Phil. I et Olynth. p. 24) bezog. Allein dieser Friedensschluss war durch die ihm sogleich folgende Verwüstung der Landschaft Phokis durch Philipp so niederschlagend und hatte mit dieser Folge nach Dem. v. Kr. § 169 in Athen einen so schreckhaften Eindruck gemacht, dass sich damit das blinde Selbstvertrauen der Athener, das Isokrates im Eingange tadelt, nicht reimen will. Wollte man nun die allerdings längere Zwischenzeit von der ersten Einleitung des philokratischen Friedens bis zum endlichen förmlichen Abschlusse desselben für die Abfassung der Rede in Anspruch nehmen und die Worte *τὰ περὶ τὴν χώραν* § 1 aufs allerengste interpretiren, dass Athen wenigstens auf dem attischen Boden keinen Krieg hatte, so waren doch die Zustände wegen des erfolglos mit Philipp geführten Krieges nichts weniger als tröstlich und beruhigend, und selbst dem verblendetsten Optimisten konnte nicht einfallen, dass vielmehr Athens Feinde in Furcht leben und auf ihre Rettung zu denken genöthigt sein könnten. Und wollte man etwa die Worte

*) So nach Böhnecke Forschungen, S. 729.

§ 2 τοῖς δ' ἐχθροῖς τοῖς ἡμετέροις προσήκειν δεδιέναι καὶ βουλεύεσθαι περὶ τῆς αὐτῶν σωτηρίας auf die täuschenden Versprechungen des Aeschines und Philipp beziehen, womit die Athener betrogen wurden, Philipps Zug nach Phokis solle nicht diesem Lande, sondern den Feinden Athens, den Thebanern gelten (Vömel a. a. O. p. 267 ff.), so sehen jene Worte nicht darnach aus, um so verstanden zu werden, sondern vielmehr zeigt das Vorausgegangene, dass nur an die Macht der Athener zu denken ist, vor welcher die Feinde zittern sollen. Endlich wäre höchst auffallend, dass §§ 6, 7, wo Beispiele des unglaublichen und raschen Glückswechsels mächtiger Staaten angeführt werden, Olynths Staatenbund, der das neueste und vermöge des frischen Eindrucks geeignetste Beispiel darbot, nicht benutzt wird, so wie überhaupt alle Andeutungen auf Makedonien fehlen, und Gefahr, wenn welche ist, ausser von dem Hasse der Hellenen nur von den Persern her erwartet wird §§ 8 u. 81. Und doch, dünkt es einen, sollte Isokrates Ol. 108, 3, wenn er auch von Philipp her keine Gefahr sah noch glaubte, seiner erwähnen, weil damals wenigstens eine starke Partei war, die von Philipp Gefahr fürchtete.

Setzen wir dagegen die Rede nach der Beendigung des Bundesgenossenkrieges, also etwa Ol. 106, 2 = 354, so ist nur Eines zweifelhaft, wie Isokrates sagen könne, Athen habe alle Städte τὰς ἐπὶ Θρᾴκης verloren? Nach gewöhnlichem Sprachgebrauch *) bezeichnet τὰ ἐπὶ Θρᾴκης nicht nur die chalkidische Halbinsel, sondern oft auch die griechischen Colonien längs der Südküste Thrakiens. Philipp hatte aber eben die in jener Gegend liegenden Städte Amphipolis, Potidäa und am thermäischen Meerbusen Pydna erobert, und Olynth mit seinen 32 Städten war damals für Athen in so fern verloren, als es den Athenern von Philipp entfremdet für einmal der makedonischen Politik zugethan war. Diod. XVI, 8. Von selbst ergeben sich nun für Ol. 106, 2 = 354 und bestätigen diese Zeitbestimmung aufs klarste die übrigen §§ 9, 10 erwähnten Thatsachen, die 1000 für den Bundesgenossenkrieg verbrauchten Talente, der Verlust der Bundesgenossen, die durch den Friedensschluss frei geworden, die Verhasstheit, in die Athen wegen dieses Kriegs bei den Hellenen gerathen, und die Auffrischung der Feindschaft mit dem Perserkönig §§ 8, 10, der ihnen deshalb bittere Depeschen

*) Vömel a. a. O. Böhnecke Forschungen, S. 96. K. F. Herrmann, Abhandl. und Beitr. 100.

schickte § 81. Athen führte nämlich damals seine Kriege mit Söldnerheeren; ein von den Athenern bestellter Stratege warb sie an, wie ehemals die italienischen Condottieri und die schweizerischen und süddeutschen (Frundsberg) Hauptleute die vagirenden Reisläufer. Athen unterstützte dann diese Feldherren mit Geld und Schiffen, aber nicht genug, so dass der Feldherr, um seine Truppen beisammen zu behalten, wenn den Feinden nichts abzuerobern war, bald die Freunde brandschatzte, bald sich eigenmächtig um guten Lohn zu abenteuerlichen Unternehmungen, wenn sie auch Athen nichts angingen, verdang, und inzwischen den Krieg, den er für Athen führen sollte, ruhen liess, oder nachlässig betrieb, *παρακύψας εἰς τὸν τῆς πόλεως πόλεμον*, wie Dem. Phil. I § 24 witzig sagt. Nun erzählt Diod. XVI. 22, Artabazos, ein Satrap des Artaxerxes III Ochos, sei vom König abgefallen und habe, als er durch die Satrapen des Königs mit einem überlegenen Heere angegriffen wurde, den Chares gewonnen und durch seine Hülfe die weit zahlreichern Truppen des Königs besiegt. Chares bekam zur Löhnung seiner Truppen von Artabazos viel Geld und in Athen war ob dem glücklichen Erfolge grosse Freude. Doch verwandelte sich diese Freude bald in Besorgniss, da von Artaxerxes bald eine drohende Gesandtschaft kam und das Gerücht sich verbreitete, der König habe den Chiern, Rhodiern und Byzantiern, gegen welche Athen bald drei Jahre den Bundesgenossenkrieg geführt hatte, eine Hülfe von 300 Schiffen versprochen, um die Athener mit gleicher Münze zu bezahlen. Dieses bewog Athen schleunig den Frieden mit seinen abgefallenen Bundesgenossen zu schliessen *).

Etwas dunkel sind die Worte § 10 *ἔτι δὲ τοὺς μὲν Θηβαίων φίλους σώζειν ἠναγκασμένοι*. Eine ähnliche Aeusserung findet sich in der Rede 8 *περὶ εἰρήνης*, welche während des Bundesgenossenkriegs, also nicht lange vor dem Areopagitikos geschrieben wurde. Dort wird § 59 mit beissender Satire bemerkt, die einander feindlichen Athener und Thebäer hätten gegenseitig eine so verkehrte Politik, dass sie einen Wettkampf eingegangen zu sein schienen, wie sie einer dem andern Bundesgenossen zuführen wollten. Nun könnten sie einander Geld mit grossem Vortheil zu Taggeldern für Volksversammlungen schen-

*) Böhnecke setzt die Hülfe, die Chares dem Artabazos leistete, Ol. 106, 1 = 355, die drohende Zuschrift des Artaxerxes Ochos Ol. 106, 2 = 354. Dass man in Athen an einen Krieg mit dem Perser glaubte, zeigt Demosth. R. 14 *περὶ συμμοριῶν*.

ken, denn je häufigere Versammlungen bei den einen oder andern vorkämen, desto mehr Vortheile beschlössen sie für den Gegner. Es bezieht sich dieses auf die Politik beider Staaten gegen einander im Allgemeinen seit längern Jahren, dagegen ist 7 § 10 ein neuestes Factum gemeint, das auf eine jüngst ganz veränderte Sachlage hindeutet, da wohl die Athener den Thebanern die Freunde aufrecht erhalten müssen, aber von einem ähnlichen unfreiwilligen Gegendienste der Thebaner ist da nicht mehr die Rede, vielmehr haben die Athener ihre Bundesgenossen verloren. Das wird nun ein und dasselbe Factum sein nur aus zwei Gesichtspunkten betrachtet, was Theben gewann, indem Athen gleichzeitig verlor. Theben war aber, wie schon Pauly anführt, nach Diodor XV. 79 seit Ol. 104, 1 mit Chios, Byzanz und Rhodos befreundet und schickte ihnen nach Is. 5 § 53 Trieren, und gerade diesen musste Athen im Friedensschlusse die Unabhängigkeit garantiren *) Diese Deutung wird auch unterstützt durch den Ausdruck, da Isokrates genau sagt φίλους, nicht συμμάχους.**)

Wenig Gewicht ist dann auf die Meinung zu legen, die Rede, wenn auch früher verfasst, scheine doch erst nach der Rede 15 περὶ ἀντιδόσεως, die nach Ol. 106, 4 = 353 geschrieben wurde, von Isokrates herausgegeben worden zu sein, weil er in der 15. Rede nicht auch der 7. wie doch mehrerer anderer erwähne. Sie konnte allerdings erwähnt werden, allein erstens hat dort Isokrates nicht aller erwähnt und zweitens können wir nicht wissen, was er für Gründe hatte, sie unerwähnt zu lassen, vielleicht gerade den, weil sie als auf eine Aenderung der Verfassung abzielend von Manchen ungünstig aufgenommen wurde, wie er es §§ 57, 70 selbst voraussieht, und darum mochte ihm ihre Erwähnung für die apologetischen Zwecke der 15. Rede minder passend scheinen.

Die Verhältnisse der Gegenwart mussten aber auf die Tendenz der Rede Einfluss haben. Isokrates konnte nicht zu jeder Zeit vom Zaune brechen und eine Verfassungsveränderung, denn das thut die Rede, anregen, gleichviel ob er hoffte dass sein Gedanke bei den Zeitgenossen durchdringe oder nicht. Jedenfalls wusste er, dass er bei Einigen Anklang finden würde und ihnen, ob der Gedanke denn praktisch oder unpraktisch sei, immerhin aus dem Herzen geschrieben hätte. Er wollte keine Declamation

---

*) Vgl. auch Arn. Schäfer im Philologus III, S. 604.

*) Rehdantz Vit. Iphicr. p. 217 bezieht den Ausdruck Θηβαίων φίλους, jedoch als blosse Vermuthung auf Euböa und auf die Megalopoliten.

liefern, ohne auf die Gesinnungen seiner Zeitgenossen Eindruck zu machen. Er selber war durch die Zeitumstände angeregt, und diese erklären die Rede.

Es war also nach Beendigung eines dreijährigen erschöpfenden Krieges, in welchem sich wenig Glückliches und Ermuthigendes, wohl aber Unfälle zugetragen hatten. Der Friede selbst war durch bedenkliche Umstände herbeigeführt und mit grosser Einbusse geschlossen worden. Erinnern wir uns, wie den Sinn des Volkes ein Paar Jahre später Demosthenes schildert, als wenig geneigt in die Zukunft zu blicken und nachhaltige Anstrengungen zu machen, sondern der Sorglosigkeit und Halbheit in allen Massregeln ergeben und gewohnt das Wenige, was man that, weit zu überschätzen, während doch des Demosthenes wachsamer und kräftiger Geist Alles that, die Mitbürger aufzurütteln. Gewiss nicht minder herrschte diese Stimmung schon nach Beendigung des Bundesgenossenkriegs. Man hatte ihn einmal überstanden und neue Gefahr sah man keine. Während sich nun die Oberflächlichkeit der Abspannung überlässt und sorglos dahin treibt, suchen denkende Männer den Frieden zu benutzen, um die Schäden durch Aufrichtung der innern Kraft zu verbessern. So war der Moment, wo Isokrates die Blicke auf das Innere lenken und dessen tiefe Gebrechen aufdecken wollte.

Die Herstellung einer haltbaren Ordnung im Staate und die Wiederbelebung der sittlichen Kraft im Volke schien ihm die Hauptsache. Wenn die athenische Demokratie an sich gern in Zügellosigkeit ausartete, so geschah dieses im Kriege noch mehr, da die Kriegsanführer sich mit den Demagogen verstehen mussten, so wie diese dann wieder dem Volke schmeichelten und mit Festlichkeiten und Mahlzeiten seiner Genusssucht fröhnten. Bei der Verarmung Vieler durch Opfer für den Krieg und durch Verlust der Kleruchien lastete der Druck der öffentlichen Leistungen auf den wenig zahlreichen Vermöglichen und Reichen noch schwerer. Vor Gericht hatte der Reiche einen gefährlichen Stand, wenn der Staat Geld bedurfte. Die Gerichtstaggelder waren für die Aermern ein Erwerb, und dass dieser durch die Menge von Anklagen gesteigert wurde, dafür sorgten die Sykophanten. Im Privatprocess waren die armen Richter auch nicht geneigt gegen die arme Partei zu entscheiden. Dieses vernichtete den Credit und schadete kaufmännischen und gewerblichen Unternehmungen. Hier war eine Ursache der Arbeitlosigkeit, und die andere im Hange zum Müssiggang, der eben durch Taggelder und ähnliche Spenden und ärmliche Gewinnste (λήμματα) aus dem Staatsvermögen genährt wurde. Von der alten und sorgsamen Erziehung der Jugend war man längst abgewichen, denn wie hätte diese bei der allgemeinen Lockerheit behauptet werden können?

Diese Zustände seines Vaterlandes gingen dem Greisen zu Gemüthe und so sucht er sie seinen Mitbürgern in ihrem Zusammenhang und in ihren Ursachen zum Bewusstsein zu bringen. Er hält ihnen aber keineswegs nach Art einer Strafrede eine directe Schilderung der Gebrechen und Fehler vor, sondern als ein Künstler entwirft er ihnen ein erhebendes Bild von der sittlichen Grösse, den Einrichtungen und dem bürgerlichen Gemeingeiste der Vergangenheit. Mitunter dann lässt er den Blick aus jener auf die Gegenwart schweifen, und wo er es nicht thut, versteht er es den Leser zu reizen, die Vergleichung beider Zustände bei sich anzustellen, indem man durch die Schilderung jener Vergangenheit hindurch überall den Grund der Gegenwart ansichtig wird. Mit dieser Beseitigung des Abstossenden wird die Wirkung des Herben, welches der Leser durch den Contrast selbst findet, nur sicherer. Für seine Darstellung wählt er die symbuleutische Form, indem er fingirt, er spreche die Rede zur Empfehlung eines von ihm eingebrachten Gesetzvorschlags (§ 1), von welchem die Rede den Namen hat, nämlich den Areopag in seiner ehemaligen Bedeutung zu erneuern. Dieses verschafft ihm den Vortheil zur Unterstützung seiner Meinung die Vorzüge der alten Zeit auszuführen.

Freilich ist nun so nicht zu erwarten, dass er den alten Areopag mit der schärfsten historischen Kritik schildere. Einerseits beruht seine Darstellung der Wahlart dieser Behörde in so fern auf einem Irrthum, als er die ältern Zeiten nicht unterscheidet, anderseits malt er wohl ein wenig ins Ideale, obwohl wir seine Zeichnung etwas ermässigt im Allgemeinen als richtig ansehen dürfen.

Der Areopag war in Athen uralt, wie die Sagen von Halirrhothios und Orestes (zu 4 § 40) andeuten, und bestand zufolge der ursprünglichen patriarchalischen Verfassung, in welcher Alles auf Geschlechtern beruhte, wahrscheinlich in einer Versammlung der Häupter, sei es der 12 Phratrien oder der 360 in die Phratrien eingetheilten *γένη*, und die Versammlung war wohl Gericht und Rath zugleich. Mit der Solonischen Verfassung wurde aber die Substanz und Wahlart des Areopags verändert, da von nun an diejenigen, welche das jährige Archontat mit Ehren verwaltet, in der Regel also jährlich Neun, in den Areopag eintraten und Mitglieder lebenslänglich (Lys. 26 § 11) blieben, eine Ergänzungsform, welche sich während aller spätern Veränderungen erhalten zu haben scheint. Ueber die Wahlart der Archonten, also mittelbar auch der Areopagiten, und die allmäligen Veränderungen sagt Böckh. Staatsh. I, 659: „Nach Solonischer Verfassung geschah die Ernennung durch Wahl (αἵρεσις, χειροτονία), unstreitig jedoch die der neun Archonten nur aus den Pentakosiomedimnen. Wahrscheinlich hat Kleisthenes die Bestimmung der Ernennungsfähigkeit unverändert gelassen, aber die Wahl in das demokratische Loos verändert. So wurden denn die neun Archonten damals, als Aristides diese Würde bekleidete (Ol. 72, 4), aus den Pentakosiomedimnen erloost. Aristides endlich gab nach der Platäischen Schlacht allen Athenern ohne Unterschied des Vermögens das Recht zu obrigkeitlichen Würden, welches sie in den Schlachten mit ihrem Blute erkauft hatten; die Ernennung aber geschah fortwährend durch's Loos." *)

Die Sphäre der Befugnisse des Areopags findet man am bündigsten bezeichnet bei C. F. Hermann Staatsalt. § 109 und bei Schömann Antiquitates jur. publ. gr. p. 176, 298 ff. Er hatte während der ganzen Zeit seiner Existenz in gewissen Fällen das Blutgericht und die Aufsicht in Sachen der Religion und des Cultus, speciell über den Cultus der Eumeniden am Areshügel. Bis zu seiner Schwächung durch Ephialtes hatte er auch die Hut der Gesetze und Einfluss gegen Neuerungen in der Gesetzgebung, hatte die Aufsicht über Magistrate und Gerichte, über die Erziehung, über Lebenswandel und Sitten der Privaten und führte eine Art von Oberpolizei. Man kann staunen über diesen Umfang der Befugnisse, da eine so nach allen Richtungen und bis ins Innerste sich erstreckende Macht mit der Demokratie, wie sie seit Kleisthenes und noch mehr seit Aristides bestand, unverträglich scheint. Die

*) Vgl. Herm. Staatsalt. § 112. Niebuhr freilich meint Vorträge über alte Gesch. II, 28. „Gewiss ist es nicht richtig, dass damals schon (bis kurz vor dem pelop. Kriege) das Loos diese hohen Aemter (ἀρχάς) bestimmte, dass sie bereits κληρωταί gewesen, ein Irrthum, in dem schon Plutarch befangen ist; woher wären Themistokles und Aristides dazu ernannt worden"? Allein Böckh's Ansicht stützt sich nicht nur auf Plutarch, sondern auch auf die Notiz bei Herod. VI, 109, dass Kallimachos der Polemarch in der Marathonischen Schlacht κυάμῳ λαχών heisst. Wenn dann freilich Tausende oder auch nur Hunderte um die Archontenwürden ins Loos gegangen wären (ἐκληροῦντο), so wäre es freilich unerklärlich, dass gerade die genannten Männer die Würde erloost hätten. Allein es lassen sich Gründe denken, dass die Zahl der zum Loos sich Meldenden sehr gering war und sich auf wenige hervorragende Männer beschränkte. Aehnlich urtheilt gegenüber Grote Schömann Vfssgsgesch. Athens S. 76.

Sache dürfte aber deutlich und das merkwürdige Institut als nothwendiges Element gerade zur Erhaltung der Demokratie begreiflich werden, wenn man auf die Art, wie der Areopag seine Befugnisse auszuüben hatte, Bedacht nimmt.

Also in Sachen der Criminaljustiz und des Cultus hatte er eine auf gewisse Fälle beschränkte Competenz. Was Sitten der Bürger, Vernachlässigung der Erziehung, anstössiges Leben anbetraf, so ging er nach Art eines Sittengerichtes zu Werke, indem er die Fehlbaren vor seine Schranken forderte, was an und für sich schon als eine Nota galt, sie zurechtwies und ermahnte, oder, falls er zur Strafe nicht mit eigener Competenz ausgerüstet war, die Sache an die zuständigen Gerichte wies. In ähnlicher Weise mochte er seine Aufsicht über Magistrate ausüben und sie vor den Gerichten belangen lassen; sogar wird erzählt, dass der Areopag Wahlen des Volks, gegen welche sich nachträglich Einsprache erhob, da ihm das Volk die Entscheidung überliess, annullirte und eine andere Wahl traf (Demosth. v. Kr. § 134). In Betreff endlich der Gesetzgebung stand ihm zwar kein Veto zu, aber, wo er schädliche Neuerungen zu sehen glaubte, konnte er wahrscheinlich in Form eines Gutachtens Bedenken erheben, oder vielleicht eine zeitweilige Suspension der Verhandlung zur nochmaligen Erörterung beim Rath oder beim Volke bewirken. *) Als diese Befugniss des Areopags antiquirt war, half man sich in spätern Zeiten nicht mit bestem Erfolge durch andere Mittel gegen den Ueberdrang einer leichtsinnigen Gesetzgebung, z. B. durch die chikanöse *γραφή παρανόμων*, nach schon erfolgter Annahme des neuen Gesetzes, während das Verfahren des Areopags ein präventives war. Endlich mochte es auch vorkommen, dass Behörden und Tribunale ungewohnte und in den Gesetzen nicht vorgesehene Fälle dem Areopag als einer unabhängigen Stelle von höchstem Ansehen und genauester Einsicht zur Entscheidung vorlegten. **) Und diese Eigenschaften besass er schon vermöge

---

*) In so fern übte er allerdings factisch ein Veto, wenigstens ein suspensives, aus. Vgl. Schömann Vfssgsgesch. Athens S. 77, der S. 79 gewiss richtig bemerkt, dass die Macht des Areopag wohl nur bei getheilter Stimmung in der Volksversammlung wirksam sein konnte.

**) Niebuhr a. a. O. S. 29. „Mir scheint es unstreitig, dass seine eigentliche Gewalt in etwas Indefinirtem bestand, dass er in dringender Zeit eine Vollmacht vom Rath erhielt den Staat zu verwalten und ausserordentliche Massregeln zu ergreifen, wie in Rom die Consuln: videant ne quid cett. und dass in dringenden Fällen er sich diese Gewalt auch wohl genommen hat. Gewiss ist, dass im Perserkriege dieser Rath eine Art dictatorische Ge-

seiner Zusammensetzung, da er aus denjenigen Männern bestand, die das jährige höchste Amt der Archonten bekleidet hatten, also vorgerücktern Alters waren, Geschäftskenntniss besassen und nun als Areopagiten das otium cum dignitate genossen, wo sie gegen die Lasten und Hoffnungslosigkeiten des Alters in der bürgerlichen Ehre und in der Aufmerksamkeit der Jüngeren einen Trost fanden (7 § 55). Ihre Zahl war natürlich nicht bestimmt, mochte sich aber, da jährlich neun gewesene Archonten eintraten, leicht über hundert belaufen. Diese Zahl war zur Führung ihrer Aufsicht nützlich, da wohl viele in ihren Demen oder Gemeinden wohnten, also durch das ganze Gebiet zerstreut lebten.

Die Macht des Areopags wurde geschwächt durch Ephialtes unter des Perikles Verwaltung in der 80sten Olympiade, indem ihm das Aufsichtsrecht über Gesetzgebung und Magistrate, so wie die Censur über das Privatleben entzogen worden zu sein scheint. Ottfr. Müller sagt zu Aesch. Eum. S. 115: „Der Areopag erschien einer Zeit, in welcher die Demokratie aufs Höchste gestiegen war, wegen der lebenslänglichen Dauer des Amts, der (für Athen in Vergleich mit den Gerichten und dem Rathe) geringen Zahl der Mitglieder, des grossen Einflusses, welchen dieser Rath noch immer ausübte, der strengen Gesinnung, welche ohne Zweifel von den ältern Areopagiten aus den Geschlechtern auf die von ihnen erst nach freier Prüfung zugelassenen Mitglieder der neuen Wahlart übergegangen war, und besonders wegen des sittlichen Respects, den das demokratische Volk im Streite mit seinen eigenen Neigungen und Gelüsten, dieser Behörde zu erweisen von Jugend auf gewohnt war, als ein sehr bedeutendes Gewicht für die Aristokratie und als eine Hemmung in den Plänen einer Politik, welche die Athener überall aus den Bahnen der ererbten, von den Vätern überlieferten Sitte heraus in ein ungewohntes Streben nach Macht, Ruhm und Glanz hereinziehen wollte, und welche den durch die Gewalt seiner Ideen die Volksversammlung erschütternden und beherrschenden Redner zur einzigen wahren Macht, neben der alle Auctorität von Obrigkeit und Behörden verschwinden sollte, zu machen bestrebt war. Diess war der Geist der Politik des Perikles und seiner Freunde." Eine andere Ursache, dass es möglich war das Volk gegen den Areopag zu gewinnen, liegt wohl auch in der Veränderung der Denkungsart durch das Seewesen. So lange der Landbau das

---

walt für die schwierige Zeit gehabt hat". Zur Zeit der Belagerung Athens behandelte er nach Lys. 12 § 69 Rettungsmassregeln.

Vorherrschende war, welcher dem Besitz eine gewisse Stätigkeit erhält, blieben sich die Sitten des Volks eher gleich und die Wirksamkeit des Areopags harmonirte damit. Mit dem mächtig wachsenden Seewesen aber und Handel ergaben sich rasche Umschwünge des Vermögens und wechselnde Lagen, welche auch die Gesinnungen aus dem Gleichgewicht bringen. Das allgemein werdende rastlose und kühne Streben, das Jagen nach grossem Gewinn, neue Genüsse und ungebundenere Sitten, die mit dem Welthandel kommen, mochten die patriarchalische und moralisch censirende Auctorität des Areopags nicht ertragen. Mit der Abnahme *) aber der wohlthätigen und mild warnenden Aufsicht wuchs die Sykophantie, das Gewerbe der Anklägerei und Denunciation aus Eigennutz, die Schergendienerei der Ochlokratie, das schadenfrohe Lauern aus dem Unglücke der Mitbürger Gewinn zu ziehen, welches alles die Demokratie demoralisirte und verhasst machte.

Nach dem Sturze der Dreissig bei der Wiederherstellung der Demokratie war auch dem Areopag ein Theil seiner frühern Rechte (besonders die *δίκαι φονικαί* Lys. 1, § 30) wiedergegeben worden, aber bei Weitem nicht in dem ehemaligen Machtumfang. Die Sinnesart der Bürger war nicht mehr so, um jenes geistig Regelnde und Mässigende der alterthümlichen Demokratie, die *πολιτεία* als *ψυχή* § 14, in sich herrschen zu lassen; und an der gleichen Schwierigkeit musste auch der Vorschlag des Isokrates, wenn er im Ernste gemacht, und selbst wenn er angenommen worden wäre, scheitern. Der mehr als achtzigjährige Greis konnte das nicht unternehmen wollen, wohl aber konnte er den Mitbürgern als Vermächtniss seinen Glauben hinterlassen, in welchem Geiste, wenn auch schon nicht in den alten Formen, Besseres herbeigeführt werden müsse. Es ist übrigens nicht zu zweifeln, dass er den Sinn der Institution des Areopags und seine Wirksamkeit im Allgemeinen richtig gezeichnet hat. Dieses geht deutlich hervor aus der Vergleichung mit den Eumeniden des Aeschylos, einem Stücke, das der Dichter zum Schutze des Areopags gegen den Angriff des Ephialtes schrieb (s. meine

*) Niebuhr a. a. O. S. 30 urtheilt: „Perikles und Ephialtes arbeiteten beide auf Erweiterung der Macht der Volksgemeinde. Von beiden kann man sagen, dass sie nicht wussten was sie thaten, denn ohne Frage haben sie dadurch der Republik geschadet. Wo der Umlauf des Blutes so lebhaft ist, wie bei dem athenischen Volk, da musste man sich hüten den Puls zu beschleunigen, da musste man dahin streben, Langsamkeit in die Verhandlungen zu bringen".

Schrift: Zu den Eumeniden des Aeschylus, Aarau 1846, S. 17 ff.). Eine merkwürdige Parallele aber für die Aeusserung des Isokrates, wie auch noch in seiner Zeit ein ererbter Geist des Collegiums unwillkührlich die neu Eintretenden ergriff und sie selbst besserte (§ 38), giebt die Aeusserung des geistvollen Berners Karl von Bonstetten, der sonst kein Lobredner des Berner Patriciats vom 18. Jahrhundert war, in H. Zschokkes Prometheus Thl. II. S. 138 in einem Briefe vom 19. August 1827: „In Bern war der Geist der Regierung besser, wie der der Regierenden. Bei schlechten Gesetzen sind die Menschen besser, wie die Gesetze; bei guten Gesetzen sind bisweilen die Gesetze besser, als die Menschen. In Bern wurden übel erzogene Patricier zu gerechten Menschen gebildet, und unwiderstehlich früh oder spät mit seltener Ausnahme zum Guten hingerissen“ *).

Der Gang der Rede, in welcher ebenfalls das enkomiastische und das symbuleutische Genus verflochten sind, so jedoch, dass das erstere, obschon es den längern Raum einnimmt, logisch im Dienste des Zweiten steht, ist folgender.

Er rechtfertigt sein Auftreten mit einem Blick auf die äussern und innern Verhältnisse Athens, die er keineswegs so tröstlich findet als Viele vorgeben, weswegen auch in Privatkreisen Stimmen der Unbehaglichkeit sich vernehmen lassen. Dann stellt er § 16 den Satz auf, der die Rede als deliberative bezeichnet, man solle statt der gegenwärtigen Demokratie die ehemalige solonische und kleisthenische einführen, in welcher Athen glücklich und gross geworden sei. Das führt von § 19 an auf eine Vergleichung der jetzigen Zustände mit denen der alten Zeit, sowohl im Oeffent-

---

*) Aehnlich Niebuhr S. 31. „Der Areopag ist ein merkwürdiges Beispiel von dem was man esprit de corps nennt in seiner schönsten Bedeutung, wie vor der französischen Revolution das pariser Parlament eine Gravität und Unabhängigkeit hatte, die sich allen Mitgliedern mittheilten und auf das ganze Leben und Weise über gingen. Ein Parlamentsmitglied durfte nicht frivol sein, der war verachtet auch von einem solchen, der lieber die ganze Welt frivol gesehen hätte. Ein esprit de corps der Art war auch der ererbte Geist einer Familie in freien Staaten; er ist das eigentliche Band, wodurch die Dauer einer freien Verfassung erhalten wird, von dem ein grosser Zwang von Innen ausgeht, wenn der Zwang von Aussen aufgehört hat. Wo in freien Staaten eine Gesinnung in einer Familie ist, da bleibt diese ihr treu, sie muss dieselbe darstellen, und es setzt sich ein Grundton in ihr fest, der sich Jahrhunderte durch erhält. — Dies ist eine wahre und wohlthätige Aristokratie". Aristokratie in dem Sinne nämlich, wie es Niebuhr S. 35 bezeichnet: „Nichts anderes als was in Nordamerika der Demokratie entgegen steht und keinen Gedanken an exclusive Privilegien hatte".

lichen und in der Verehrung der Götter als im Privatverkehr, woraus die Vorzüge jener Zeit vor der Gegenwart erhellen. Jetzt wird § 36 nach dem Grunde jener Vorzüge gefragt und derselbe gefunden in der vormaligen Bedeutung des Aereopags, dessen für alle Zweige und Kreise des Lebens wohlthätige Wirkung er §§ 37—49 lobend schildert, worauf er nachweist, wie sehr gegen dieses Glück die herabgekommene und bei allem Flitter armselige Gegenwart absteche §§ 50—55. Dann begegnet er (*προκατάληψις*, *anteoccupatio*) zu erwartenden Einwendungen und zwar wesentlich der persönlich gefährlichen Verdächtigung, als strebe er die Oligarchie zu begünstigen. Diese widerlegt er — und ergreift diese Gelegenheit, seine eigene politische Ueberzeugung auszusprechen — durch die Natur seines Vorschlages, welcher auch die Autorität der grössten Männer Athens, der eigentlichsten Volksmänner aus der schönsten Zeit für sich habe. Insbesondere beruft er sich auf seinen oft ausgesprochenen Hass gegen die Oligarchie, wie man sie in Athen unter den Dreissigen erfahren habe, welcher gegenüber die jetzige Demokratie eine goldene Verfassung sei trotz ihrer grossen Schwächen §§ 56—70. Bei dieser Demokratie aber müsse man nicht, indem man sie mit der schlechten Oligarchie vergleiche, sich beruhigen, sondern wetteifern mit den Vorfahren um so mehr, als es immer Attika's Ruhm sei, in jeder Art ausgezeichnete Männer hervorzubringen, und müsse man aus dem Verfalle sich emporarbeiten §§ 71—77. Kurz recapitulirt er endlich (*ἀνακεφαλαίωσις*) die Vorzüge der alten innern und äussern Politik gegenüber dem geringen Ansehen, das jetzt Athen bei den Hellenen und bei dem Perserkönige geniesse und gegenüber dem innern Verfall und der Verarmung bis zum Bettel aus Mangel an Zucht, welche die Sitten aufrichte und aufrecht erhalte §§ 78—83, und schliesst mit einer kurzen Aufforderung, es den Vorfahren nachzuthun zum Wohle des Vaterlandes und aller Hellenen.

7.

ΑΡΕΟΠΑΓΙΤΙΚΟΣ.

Πολλοὺς ὑμῶν οἶμαι θαυμάζειν ἥντινά ποτε γνώμην
ἔχων περὶ σωτηρίας τὴν πρόσοδον ἐποιησάμην, ὥσπερ
τῆς πόλεως ἐν κινδύνοις οὔσης ἢ σφαλερῶς αὐτῇ τῶν πρα-
γμάτων καθεστηκότων, ἀλλ' οὐ πλείους μὲν τριήρεις ἢ δι-
ακοσίας κεκτημένης, εἰρήνην δὲ καὶ τὰ περὶ τὴν χώραν 2
ἀγούσης, καὶ τῶν κατὰ θάλατταν ἀρχούσης, ἔτι δὲ συμ-
μάχους ἐχούσης πολλοὺς μὲν τοὺς ἑτοίμως ἡμῖν, ἤν τι δέῃ,
βοηθήσοντας, πολὺ δὲ πλείους τοὺς τὰς συντάξεις ὑποτε-
λοῦντας καὶ τὸ προσταττόμενον ποιοῦντας· ὧν ὑπαρχόν-
των ἡμᾶς μὲν ἄν τις φήσειεν εἰκὸς εἶναι θαρρεῖν ὡς πόρρω
τῶν κινδύνων ὄντας, τοῖς δ' ἐχθροῖς τοῖς ἡμετέροις προσ-
ήκειν δεδιέναι καὶ βουλεύεσθαι περὶ τῆς αὐτῶν σωτηρίας.

1. *ἥντινά ποτε γνώμην* *ποτέ* in directer und indirecter Frage zur Bezeichnung einer ungeduldigen Verwunderung, darum gerne nach *θαυμάζω*. Antiph. 1 § 5 *θαυμάζω δ' ἔγωγε καὶ τοῦ ἀδελφοῦ ἥντινά ποτε γνώμην ἔχων ἀντίδικος καθέστηκε πρὸς ἐμέ*. — *τὴν πρόσοδον ποιεῖσθαι*=*προσιέναι*, auch *παριέναι*, auftreten vor der Behörde, hier vor der Volksgemeinde, um zu reden. Daher die, welche dort Vorträge hielten, oft nur *οἱ παριόντες*. — *ὥσπερ — ἀλλ' οὐ*. 4 § 53. — *διακοσίας*. Demosthenes zählte 300. Böckh Staatsh. I. 375 (290). — *τὰ περὶ τὴν χώραν*, in Attika und der Umgebung.

2. *πολλοὺς τοὺς βοηθήσοντας*. Der Artikel darum, weil sich der Grieche die Personen durch den mit dem Futur. Part. ausgedrückten Zweck bestimmt denkt. 4 § 112. Krüg. 50, 4, 3. — *συντάξεις*. Die Steuern der neuen unter dem Archon Nausinikos Ol. 100,3=378 gestifteten athenischen Bundesgenossenschaft wurden statt mit dem alten verhassten Namen *φόροι* mit diesem mildern *συντάξεις*, gleichsam als gemeinsam verabredete Ansätze genannt. Herm. Staatsalt. § 172. Auch war wirklich diese neuere Symmachie für die Bundesgenossen Anfangs viel milder als die alte (Böckh Staatsh. I. 549 (450), artete aber bald wieder in Härte aus. Der Erfinder des Namens *συντάξεις* war Kallistratos, der mit Chabrias, Iphikrates und Timotheos den Athenern diese Symmachie zu Stande gebracht hatte. A. Schäfer im Philol. III, 584.

3 ὑμεῖς μὲν οὖν οἶδ᾽ ὅτι τούτῳ χρώμενοι τῷ λογισμῷ καὶ
τῆς ἐμῆς προσόδου καταφρονεῖτε, καὶ πᾶσαν ἐλπίζετε τὴν
Ἑλλάδα ταύτῃ τῇ δυνάμει κατασχήσειν· ἐγὼ δὲ δι᾽ αὐτὰ
ταῦτα τυγχάνω δεδιώς. ὁρῶ γὰρ τῶν πόλεων τὰς ἄριστα
πράττειν οἰομένας κάκιστα βουλευομένας καὶ τὰς μάλιστα
4 θαρρούσας εἰς πλείστους κινδύνους καθισταμένας. αἴτιον
δὲ τούτων ἐστίν, ὅτι τῶν ἀγαθῶν καὶ τῶν κακῶν οὐδὲν
αὐτὸ καθ᾽ αὑτὸ παραγίγνεται τοῖς ἀνθρώποις, ἀλλὰ συν-
τέτακται καὶ συνακολουθεῖ τοῖς μὲν πλούτοις καὶ ταῖς
δυναστείαις ἄνοια καὶ μετὰ ταύτης ἀκολασία, ταῖς δ᾽ ἐν-
δείαις καὶ ταῖς ταπεινότησι σωφροσύνη καὶ πολλὴ με-
5 τριότης. ὥστε χαλεπὸν εἶναι διαγνῶναι ποτέραν ἄν τις
δέξαιτο τῶν μερίδων τούτων τοῖς παισὶ τοῖς αὑτοῦ κατα-
λιπεῖν. ἴδοιμεν γὰρ ἂν ἐκ μὲν τῆς φαυλοτέρας εἶναι δο-
κούσης ἐπὶ τὸ βέλτιον ὡς ἐπὶ τὸ πολὺ τὰς πράξεις ἐπι-
διδούσας, ἐκ δὲ τῆς κρείττονος φαινομένης ἐπὶ τὸ χεῖρον
6 εἰθισμένας μεταπίπτειν. καὶ τούτων ἐνεγκεῖν ἔχω παρα-
δείγματα πλεῖστα μὲν ἐκ τῶν ἰδίων πραγμάτων (πυκνο-
τάτας γὰρ ταῦτα λαμβάνει τὰς μεταβολάς), οὐ μὴν ἀλλὰ
μείζω γε καὶ φανερώτερα τοῖς ἀκούουσιν ἐκ τῶν ἡμῖν καὶ

3. *τυγχάνω δεδιώς.* Die bisher geschilderten glücklichen Zustände, die aber, wie §§ 9 u. 10 zeigen, blosse Träume thörichter Optimisten sind, werden einstweilen als wirklich angenommen. Aber auch unter dieser Voraussetzung warnt Is. vor solchem Selbstvertrauen durch Berufung auf Erfahrungen.

4. *τούτων*, von solchen Wechseln, welche die Erfahrung zeigt. — *αὐτὸ καθ᾽ αὑτό* hier nicht „aus dem im eigenen Wesen liegenden Grunde“, sondern „rein für sich und unvermischt“. — *ἄνοια.* Der Unverstand erklärt sich aus seinem Ggstze (*σωφροσύνη*) als Mangel an Selbstbeherrschung und bildet so die Vorstufe zur *ἀκολασία*, gleichwie die *σωφροσύνη*, die klare Besonnenheit die Vorstufe zur *μετριότης*, die dem eigenen Thun und Trachten die gemessenen Schranken anweist. Ueber die Plurale der Abstracta 4 § 11.

5. *δέξαιτο* s. v. a. *ἕλοιτο*, mit Vorzug gerne haben. S. zu Lys. 25 § 24. — *ὡς ἐπὶ τὸ πολύ.* 4 § 154. — *ἐπιδιδούσας.* *ἐπιδοῦναι*, *ἐπίδοσιν λαμβάνειν* dem Is. für *αὐξανέσθαι* sehr beliebt. 4 § 103. 189.

6. *ἐνεγκεῖν*, üblicher ist *παρασχέσθαι*, hier wegen *ἔχω* und *παραδείγματα* vermieden. — *λαμβάνει*, nimmt an sich, erfährt. 1 § 1 *μεγίστην διαφορὰν εἰλήφασιν.* 6 § 40 *τὰ νῦν καθεστῶτα λήψεταί τινα μετάστασιν.* — *οὐ μὴν ἀλλά.* 4 § 85. Vgl. 12 § 218 *ἀπεδεξάμην μὲν — οὐ μὴν ἀλλ᾽ ἐκεῖν᾽ ἐάσας ἔφασκον κατηγορίαν ἔχειν*

Λακεδαιμονίοις συμβάντων. ἡμεῖς τε γὰρ ἀναστάτου μὲν τῆς πόλεως ὑπὸ τῶν βαρβάρων γεγενημένης διὰ τὸ δεδιέναι καὶ προσέχειν τὸν νοῦν τοῖς πράγμασιν ἐπρωτεύσαμεν τῶν Ἑλλήνων, ἐπειδὴ δ' ἀνυπέρβλητον ᾠήθημεν τὴν δύναμιν ἔχειν, παρὰ μικρὸν ἤλθομεν ἐξανδραποδισθῆναι·
Λακεδαιμόνιοί τε τὸ μὲν παλαιὸν ἐκ φαύλων καὶ ταπει- 7
νῶν πόλεων ὁρμηθέντες διὰ τὸ σωφρόνως ζῆν καὶ στρατιωτικῶς κατέσχον Πελοπόννησον, μετὰ δὲ ταῦτα μεῖζον φρονήσαντες τοῦ δέοντος, καὶ λαβόντες καὶ τὴν κατὰ γῆν καὶ τὴν κατὰ θάλατταν ἀρχήν, εἰς τοὺς αὐτοὺς κινδύνους
κατέστησαν ἡμῖν. ὅστις οὖν εἰδὼς τοσαύτας μεταβολὰς 8
γεγενημένας καὶ τηλικαύτας δυνάμεις οὕτω ταχέως ἀναιρεθείσας πιστεύει τοῖς παροῦσι, λίαν ἀνόητός ἐστιν, ἄλλως τε καὶ τῆς μὲν πόλεως ἡμῶν πολὺ καταδεέστερον νῦν πραττούσης ἢ κατ' ἐκεῖνον τὸν χρόνον, τοῦ δὲ μίσους τοῦ τῶν Ἑλλήνων καὶ τῆς ἔχθρας τῆς πρὸς βασιλέα πάλιν ἀνακεκαινισμένης, ἃ τότε κατεπολέμησεν ἡμᾶς.

Ἀπορῶ δὲ πότερον ὑπολάβω μηδὲν μέλειν ὑμῖν τῶν 9
κοινῶν πραγμάτων ἢ φροντίζειν μὲν αὐτῶν, εἰς τοῦτο δ' ἀναισθησίας ἥκειν ὥστε λανθάνειν ὑμᾶς εἰς ὅσην ταραχὴν ἡ πόλις καθέστηκεν. ἐοίκατε γὰρ οὕτω διακειμένοις ἀνθρώποις, οἵτινες ἁπάσας μὲν τὰς πόλεις τὰς ἐπὶ Θρᾴ-

πολὺ δεινοτέραν. — *ἀναστάτου*, im Perserkriege. — *παρὰ μικρὸν ἤλθομεν* mit folg. Inf. beinahe. 8 § 78 *εἰς τοσοῦτον μῖσος κατέστησεν, ὥστε παρὰ μικρὸν ἐλθεῖν ἐξανδραποδισθῆναι τὴν πόλιν.* Er meint den Ausgang des peloponnes. Kriegs.

7. *πόλεων*, aus der Dor. Tetrapolis. O. Müller, Dor. I. 39. Aber selbst bevor sie in diesen unbedeutenden Ortschaften sich niederlassen konnten, mussten sie von andern vertrieben ihre Wohnsitze oft wechseln, was ihre ursprüngliche Schwäche zeigt. Herm. Staatsalt. § 16. — *κατέσχον*. 4 § 61. — *εἰς τοὺς αὐτοὺς κ.* im Kampfe mit Theben.

8. *οὕτω* bezieht sich auf die Mitwissenschaft der Zuhörer von den schnellen Katastrophen. — *τοῦ δὲ μίσους κτέ.* in Folge des Bundeskriegs. — *τότε* weist auf den Schluss des § 6.

9. Von hier eröffnet er ihnen eine ganz andere Einsicht in ihre Lage, als sie in ihrer Einbildung war. — *οἵτινες — τεθύκαμεν.* Man erwartet, dass hiermit von Dritten die Rede sein werde, mit denen er die Athener vergleiche. Da aber alle durch die Participien ausgedrückten Merkmale die Athener betreffen, so verlässt er die begonnene Vergleichung und setzt unmittelbar die Athener schildernd anakoluthisch

κης ἀπολωλεκότες, πλείω δ' ἢ χίλια τάλαντα μάτην εἰς
10 τοὺς ξένους ἀνηλωκότες, πρὸς δὲ τοὺς Ἕλληνας διαβεβλημένοι καὶ τῷ βαρβάρῳ πολέμιοι γεγονότες, ἔτι δὲ τοὺς μὲν Θηβαίων φίλους σώζειν ἠναγκασμένοι, τοὺς δ' ἡμετέρους αὐτῶν συμμάχους ἀπολωλεκότες, ἐπὶ τοιαύταις πράξεσιν εὐαγγέλια μὲν δὶς ἤδη τεθύκαμεν, ῥαθυμότερον δὲ περὶ αὐτῶν ἐκκλησιάζομεν τῶν πάντα τὰ δέοντα πραττόντων.
11 Καὶ ταῦτ' εἰκότως καὶ ποιοῦμεν καὶ πάσχομεν· οὐδὲν γὰρ οἷόν τε γίγνεσθαι κατὰ τρόπον τοῖς μὴ καλῶς περὶ ὅλης τῆς διοικήσεως βεβουλευμένοις, ἀλλ' ἐὰν καὶ κατορθώσωσι περί τινας τῶν πράξεων ἢ διὰ τύχην ἢ δι' ἀνδρὸς ἀρετήν, μικρὸν διαλιπόντες πάλιν εἰς τὰς αὐτὰς ἀπορίας κατέστησαν. καὶ ταῦτα γνοίη τις ἂν ἐκ τῶν περὶ ἡμᾶς
12 γεγενημένων· ἁπάσης γὰρ τῆς Ἑλλάδος ὑπὸ τὴν πόλιν ἡμῶν ὑποπεσούσης καὶ μετὰ τὴν Κόνωνος ναυμαχίαν καὶ μετὰ τὴν Τιμοθέου στρατηγίαν, οὐδένα χρόνον τὰς εὐτυχίας κατασχεῖν ἠδυνήθημεν, ἀλλὰ ταχέως διεσκαριφησά-

die erste Person. — *χίλια.* Dem. Ol. III § 28. Aesch. g. Ktes. § 70 rechnen 1500 Talente, weil von ihnen der Krieg mit Philipp mit angeschlagen wird.

10. *τοὺς δ' ἡμετ.* — *ἀπολωλεκότες.* Aesch. a. a. O. *συνέβαινε δὲ — ἑβδομήκοντα μὲν καὶ πέντε πόλεις συμμαχίδας ἀποβεβληκέναι, ἃς ἐκτήσατο Τιμόθεος ὁ Κόνωνος καὶ κατέστησεν εἰς τὸ συνέδριον* (d. h. für die Bundesversammlung unter Athens Hegemonie gewonnen hatte). Vgl. auch Dem. 3 § 28. — *πραττόντων.* Die neutrale Bedeutung hat *πράττειν* nicht nur mit Adverbien, sondern auch mit den Neutr. d. Adject. So *ἄριστα πράττειν* 4 § 103, oben § 3. §§ 8 u. 32 *καταδεέστερον πράττειν.* Vgl. 3 § 61 *τοιαῦτα προσδοκᾶτε πράξειν, οἷ' ἂν περὶ ἡμῶν διανοῆσθε.* Man wollte hier die transitive Bdtg. geltend machen. Dazu würde aber eher erfordert *πραξάντων.* Aber auch so passt der Begriff des Handelns nicht, denn *ῥαθύμως ἐκκλησιάζειν* pflegt nur, wer seine Angelegenheiten ganz gehörig bestellt glaubt. — *εὐαγγέλια τεθ.* das eine Mal wahrschl. wegen des Sieges des Chares, Diod. XVI. 22. S. Einl. zu dieser Rede.

11. *κατὰ τρόπον,* der Weise Jemandes bequem, nach Wunsch. § 79. Bei Is. häufig. 2 § 6 *κατὰ τρόπον διοικεῖν.* 8 § 45 *οἶμαι πάντα γενήσεσθαι κ. τρ.* 12 § 51 *τὴν ναυμαχίαν γενέσθαι κ. τρ.* — *ἀνδρός,* wobei er Konon, den Sieger bei Knidos, und seinen Sohn Timotheos im Auge hat, welchen letztern, seinen Schüler, er 15 § 107 ff. mit Lob schildert. Vgl. zu § 2. — *μικρὸν διαλιπόντες.* 12 § 93 *οὐ πολὺν χρόνον διαλιπόντες.*

12. *οὐδένα χρόνον,* nicht *οὐδέποτε,* denn es geschah wohl, aber auf kurze Zeit. In diesem Sinn *οὐδένα χρόνον* 6 § 87. 15 § 262. — *κατασχ. ἠδυν.* 4 § 103. — *διεσκαριφησάμεθα* erklärt sich

μεθα καὶ διελύσαμεν αὐτάς. πολιτείαν γὰρ τὴν ὀρθῶς ἂν τοῖς πράγμασι χρησαμένην οὔτ' ἔχομεν οὔτε καλῶς ζητοῦμεν.
13 καίτοι τὰς εὐπραγίας ἅπαντες ἴσμεν καὶ παραγιγνομένας καὶ παραμενούσας οὐ τοῖς τὰ τείχη κάλλιστα καὶ μέγιστα περιβεβλημένοις, οὐδὲ τοῖς μετὰ πλείστων ἀνθρώπων εἰς τὸν αὐτὸν τόπον συνηθροισμένοις, ἀλλὰ τοῖς ἄριστα καὶ σωφρονέστατα τὴν αὐτῶν πόλιν διοικοῦσιν.
14 ἔστι γὰρ ψυχὴ πόλεως οὐδὲν ἕτερον ἢ πολιτεία, τοσαύτην ἔχουσα δύναμιν ὅσην περ ἐν σώματι φρόνησις. αὕτη γάρ ἐστιν ἡ βουλευομένη περὶ ἁπάντων, καὶ τὰ μὲν ἀγαθὰ διαφυλάττουσα, τὰς δὲ συμφορὰς διαφεύγουσα. ταύτῃ καὶ τοὺς νόμους καὶ τοὺς ῥήτορας καὶ τοὺς ἰδιώτας ἀναγκαῖόν ἐστιν ὁμοιοῦσθαι, καὶ πράττειν οὕτως ἑκάστους οἵαν περ ἂν ταύτην ἔχωσιν.
15 ἧς ἡμεῖς διεφθαρμένης οὐδὲν φροντίζομεν, οὐδὲ σκοποῦμεν ὅπως ἐπανορθώσομεν αὐτήν· ἀλλ' ἐπὶ μὲν τῶν ἐργαστηρίων καθίζοντες κατηγοροῦμεν τῶν καθεστώτων, καὶ λέγομεν ὡς οὐδέποτ' ἐν δημοκρατίᾳ κάκιον ἐπολιτεύθημεν, ἐν δὲ τοῖς πράγμασι καὶ ταῖς διανοίαις αἷς ἔχομεν μᾶλλον αὐτὴν ἀγαπῶμεν τῆς ὑπὸ τῶν προγόνων καταλειφθείσης. ὑπὲρ ἧς ἐγὼ

aus dem beigefügten Synonymum; ein seltenes Wort. Harpokr. σκάριφον γάρ ἐστι τὸ κάρφος καὶ φρύγανον. ἔστι δὲ τὰ τοιαῦτα εὐδιάλυτα καὶ εὐφύσητα. — τὴν ὀρθῶς ἂν — χρησαμένην, d. i. ἥτις ὀρθῶς ἂν χρήσαιτο, mit Beziehung auf die Zukunft, wie § 16 ἂν γενομένην.

13. περιβεβλημένοις, Metapher von der Bekleidung. — εἰς τὸν αὐτὸν τόπον, wie in Athen, wo die massenhaft zusammengedrängte Bevölkerung in manchen Kriegsfällen ein Uebergewicht gab.

14. πολιτεία, nicht bloss Verfassung, das wäre σύνταγμα τῆς πολ. (§ 28), sondern die das Innere des Staats belebenden und die Gesinnung regelndenGrundsätze. Wegen dieser lebendigen und intelligenten Kraft (ἡ γὰρ πολιτεία βίος τίς ἐστι πόλεως sagt Aristot. Pol. IV. 11, 3) wird dann die πολιτεία personificirt: αὕτη γὰρ u. s. w. und ταύτῃ. Dann wird ganz im Sinne des antiken Staats verlangt, dass sich diesen herrschenden Staatsgrundsätzen alle Individualitäten assimiliren, ὁμοιοῦσθαι. Das Bild der πολιτεία als ψυχή auch 12 § 138.

15. ἐργαστηρίων, die Buden der Handwerker am Markte, wo die Bürger zur Unterhaltung zusammenkamen, kritisirten und politisirten. 18 § 9 ἐφιστάμενος εἰς τοὺς ὄχλους καὶ καθίζων ἐπὶ τοῖς ἐργαστηρίοις λόγους ἐποιεῖτο ὡς δεινὰ πεπονθὼς ὑπ' ἐμοῦ. Vgl. Einl. zur R. 23

καὶ τοὺς λόγους μέλλω ποιεῖσθαι καὶ τὴν πρόσοδον ἀ-
πεγραψάμην. εὑρίσκω γὰρ ταύτην μόνην ἂν γενομένην
καὶ τῶν μελλόντων κινδύνων ἀποτροπὴν καὶ τῶν παρόν-
των κακῶν ἀπαλλαγήν, ἢν ἐθελήσωμεν ἐκείνην τὴν δημο-
κρατίαν ἀναλαβεῖν, ἣν Σόλων μὲν ὁ δημοτικώτατος γενό-
16 μενος ἐνομοθέτησε, Κλεισθένης δ' ὁ τοὺς τυράννους ἐκβα-
λὼν καὶ τὸν δῆμον καταγαγὼν πάλιν ἐξ ἀρχῆς κατέστη-
17 σεν. ἧς οὐκ ἂν εὕροιμεν οὔτε δημοτικωτέραν οὔτε τῇ
πόλει μᾶλλον συμφέρουσαν. τεκμήριον δὲ μέγιστον· οἱ
μὲν γὰρ ἐκείνῃ χρώμενοι, πολλὰ καὶ καλὰ διαπραξάμενοι
καὶ παρὰ πᾶσιν ἀνθρώποις εὐδοκιμήσαντες, παρ' ἑκόν-
των τῶν Ἑλλήνων τὴν ἡγεμονίαν ἔλαβον, οἱ δὲ τῆς νῦν
παρούσης ἐπιθυμήσαντες, ὑπὸ πάντων μισηθέντες καὶ
πολλὰ καὶ δεινὰ παθόντες, μικρὸν ἀπέλιπον τοῦ μὴ ταῖς
18 ἐσχάταις συμφοραῖς περιπεσεῖν. καίτοι πῶς χρὴ ταύτην
τὴν πολιτείαν ἐπαινεῖν ἢ στέργειν τὴν τοσούτων μὲν κα-
κῶν αἰτίαν πρότερον γενομένην, νῦν δὲ καθ' ἕκαστον τὸν

des Lysias. — *τὴν πρόσοδον ἀπεγρ.* Wer mit einem Antrag auftreten oder einen Vortrag halten wollte, musste sich schriftlich dazu melden oder sich dafür einschreiben lassen.

16. *ἀποτροπήν* und *ἀπαλλαγήν* sind Prädicate, Subj. ist *ταύτην*, welches erklärt wird durch *ἢν ἐθελ. κτέ.* Vgl. 4 § 38. — Solon bahnte zwar die Demokratie durch den Census u. s. w. auf entscheidende Weise an, aber weiter ausgebildet wurde sie durch Kleisthenes, so dass zwischen den Verfassungen beider ein bedeutender Unterschied ist. Aber die Redner pflegen in Bausch und Bogen das Lob politischer Institutionen auf Solon zurückzuführen, der ihnen darum ὁ *δημοτικώτατος* ist. Is. selbst 15 § 232 unterscheidet die Einrichtungen beider Männer genauer und schreibt dem Solon wesentlich die Gesetzgebung, dem Kleisthenes diejenige Demokratie zu, unter der Athen das grösste Ansehen genoss. — *τὸν δῆμον καταγαγών*, ein hyperbolisch ungenauer Ausdruck, da dem Kleisth. eine ähnliche Handlung beigelegt wird, wie die in Is. Zeit noch in frischem Andenken stehende des Thrasybul. Kleisthenes nämlich musste nach Vertreibung der Pisistratiden vor der aristokratischen Partei des Isagoras samt seinen Anhängern die Stadt verlassen, wurde aber später mit seinem Anhange heimberufen und befestigte die Demokratie (Herod. V. 72. 73); in so ferne *κατήγαγε τὸν δῆμον*, welcher Ausdruck von Kleisth. auch 16 § 26 gebraucht wird.

17. *τὴν ἡγεμονίαν ἔλαβον.* 4 § 72. — *τοῦ μή*, weil in *μικρὸν ἀπέλιπον* eigentlich eine Negation liegt.

18. *ἕκαστον.* Benseler fügt *μέν* aus *Urb.* hinzu und findet den Ggstz in dem Gedanken: *tandem autem in acerbiores etiam clades quam olim*, also ungefähr wie wenn es statt *πῶς*

ἐνιαυτὸν ἐπὶ τὸ χεῖρον φερομένην; πῶς δ' οὐ χρὴ δεδιέναι μὴ τοιαύτης ἐπιδόσεως γιγνομένης τελευτῶντες εἰς τραχύτερα πράγματα τῶν τότε γενομένων ἐξοκείλωμεν;

19 Ἵνα δὲ μὴ συλλήβδην μόνον ἀκηκοότες, ἀλλ' ἀκριβῶς εἰδότες ποιῆσθε καὶ τὴν αἵρεσιν καὶ τὴν κρίσιν αὐτῶν, ὑμέτερον μὲν ἔργον ἐστὶ παρασχεῖν ὑμᾶς αὐτοὺς προσέχοντας τὸν νοῦν τοῖς ὑπ' ἐμοῦ λεγομένοις, ἐγὼ δ' ὡς ἂν δύνωμαι συντομώτατα περὶ ἀμφοτέρων τούτων πειράσομαι διελθεῖν πρὸς ὑμᾶς.

20 Οἱ γὰρ κατ' ἐκεῖνον τὸν χρόνον τὴν πόλιν διοικοῦντες κατεστήσαντο πολιτείαν οὐκ ὀνόματι μὲν τῷ κοινοτάτῳ καὶ πραοτάτῳ προσαγορευομένην, ἐπὶ δὲ τῶν πράξεων οὐ τοιαύτην τοῖς ἐντυγχάνουσι φαινομένην, οὐδ' ἣ τοῦτον τὸν τρόπον ἐπαίδευε τοὺς πολίτας ὥσθ' ἡγεῖσθαι τὴν μὲν ἀκολασίαν δημοκρατίαν, τὴν δὲ παρανομίαν ἐλευθερίαν, τὴν δὲ παρρησίαν ἰσονομίαν, τὴν δ' ἐξουσίαν τοῦ

δ' οὐ χρὴ — ἐξοκείλωμεν hiesse χρόνῳ δὲ εἰς πολλῷ τραχύτερα πράγματα ἐμπεσεῖν μέλλουσαν. Dadurch entstände ein blosses Coordinationsverhältniss zu καθ' ἕκ. μὲν — φερομένην. Vielmehr aber enthalten die Worte πῶς δ' οὐ χρὴ κτλ. einen so gewichtigen Inhalt in der Aussicht auf die äusserste Gefahr, dass sie aus dem Coordinationsverhältniss heraustreten und als Epiphonem in der Form eines selbständigen Satzes figuriren müssen, parallel dem πῶς χρὴ ταύτην — φερομένην. — *ἐξοκείλωμεν*, Tropus vom Schiffe, das aus der Bahn ans Riff treibt, weswegen auch τραχύτερα u. φερομένην im Bilde ist. Homer Od. V. 425 μέγα κῦμα φέρε τραχεῖαν ἐπ' ἀκτήν. Brief 2 § 13 οὐκ εἰς ἐπιστολῆς συμμετρίαν ἀλλ' εἰς λόγου μῆκος ἐξοκείλας.

19. *τὴν αἵρεσιν καὶ τὴν κρίσιν*, unter den von mir und vielleicht auch von Andern vorgetragenen Ansichten wählen und dann entscheiden. — *παρασχεῖν — προσέχοντας*. Is. vermeidet sonst die Nähe so ähnlicher Wörter, dagegen ist hier die breitere Phrase für προσέχειν in einer solchen gemächlichen Verständigung mit den Zuhörern am Platze.

20. *κοινοτάτῳ*, dem populärsten. § 70. — Andok. 4 § 13 δημοκρατίας, τοιαύτης πολιτείας ἣ μάλιστα διὰ κοινότητα δοκεῖ εὑρῆσθαι. — *οὐ τοιαύτην — φαινομένην*. Constr. s. zu 4 § 76. — *ἐπαίδευε*. Nach der § 11 gegebenen Auseinandersetzung ist die πολιτεία ein lebendiges Erziehungsprinzip für die Bürger. — *παρρησίαν*. Der δημοκρατία ist als Carricatur an die Seite gestellt die ἀκολασία, der ἐλευθερία die παρανομία, also ist der ἰσονομία gegenüber die παρρησία nicht Redefreiheit, sondern Redefrechheit, wie 11 § 40, etwa wie die ὕβρις θρασύμυθος Pindars Ol. XIII. 10. Durch den Ggstz ist der sonst allgemeinere Begriff der ἰσονομία hier specieller bestimmt und s. v. a. die rechtmäs-

ταῦτα ποιεῖν εὐδαιμονίαν, ἀλλὰ μισοῦσα καὶ κολάζουσα
τοὺς τοιούτους βελτίους καὶ σωφρονεστέρους ἅπαντας τοὺς
21 πολίτας ἐποίησεν. μέγιστον δ' αὐτοῖς συνεβάλετο πρὸς τὸ
καλῶς οἰκεῖν τὴν πόλιν, ὅτι δυοῖν ἰσοτήτοιν νομιζομέναιν
εἶναι, καὶ τῆς μὲν ταὐτὸν ἅπασιν ἀπονεμούσης τῆς δὲ τὸ
προσῆκον ἑκάστοις, οὐκ ἠγνόουν τὴν χρησιμωτέραν, ἀλλὰ
τὴν μὲν τῶν αὐτῶν ἀξιοῦσαν τοὺς χρηστοὺς καὶ τοὺς πο-
22 νηροὺς ἀπεδοκίμαζον ὡς οὐ δικαίαν οὖσαν, τὴν δὲ κατὰ
τὴν ἀξίαν ἕκαστον τιμῶσαν καὶ κολάζουσαν προῃροῦντο,
καὶ διὰ ταύτης ᾤκουν τὴν πόλιν, οὐκ ἐξ ἁπάντων τὰς
ἀρχὰς κληροῦντες, ἀλλὰ τοὺς βελτίστους καὶ τοὺς ἱκανω-
τάτους ἐφ' ἕκαστον τῶν ἔργων προκρίνοντες. τοιούτους
γὰρ ἤλπιζον ἔσεσθαι καὶ τοὺς ἄλλους, οἷοί περ ἂν ὦσιν

sig gebrauchte *ἰσηγορία* in der Gemeinde, im Gericht und in Behörden. — *ταῦτα ποιεῖν*, näml. *ἀκολασταίνειν, παρανομεῖν, κακῶς παρρησιάζεσθαι*. Die gleichen Begriffe in der Form von *ἀκολάστους, παρανομοῦντας* u. s. w. sind bei *τοὺς τοιούτους* zu verstehen.

21. *δυοῖν ἰσοτήτοιν*, von denen die eine nachher im Sinne des politischen Communismus definirt wird: *τὴν μὲν τῶν αὐτῶν ἀξιοῦσαν — πονηρούς* (Hom. Il. 9, 319 *ἐν δὲ ἰῇ τιμῇ ἠμὲν κακὸς ἠδὲ καὶ ἐσθλός*), die andere aber vom *suum cuique* ausgeht. Lys. 31 § 25 *κίνδυνος, καὶ τοὺς χρηστούς, ἐὰν αἰσθάνωνται ὁμοίως τοὺς πονηροὺς τιμωμένους, παύσεσθαι τῶν χρηστῶν ἐπιτηδευμάτων, τῶν αὐτῶν ἡγουμένους εἶναι τούς τε κακοὺς τιμᾶν καὶ τῶν ἀγαθῶν ἀμνημονεῖν.*

22. *ᾤκουν* = *διῴκουν*. — *οὐκ ἐξ ἁπάντων*. Die allgemeine Verloosung der Aemter unter die sich Meldenden galt in Athen seit Kleisthenes, und dann seit Aristides auch diejenige der Archontenwürde. Hermann Staatsalt. § 112. Dagegen durch Wahl der Ekklesia wurden Staatsschatzmeister (*ταμίας*) und die obersten Militairbeamten ernannt. Ebend. §§ 151, 152. Ob nun die Strategie in Is. Zeit bisweilen durchs Loos vergeben wurde, oder ob er annimmt, während der Blüthe der att. Demokratie seien wenigere Beamtungen durch Loos, sondern mehr durch Wahl bestellt worden, als in seiner Zeit, ist ungewiss, das letztere jedoch wahrscheinlicher. Kayser führt Anaximenes Rhet. p. 13, 15 Spengel an, der sich darüber grundsätzlich also ausspricht: In den Demokratien muss die Gesetzgebung *τὰς μικρὰς ἀρχὰς καὶ τὰς πολλὰς κληρωτὰς ποιεῖν· ἀστασίαστον γὰρ τοῦτο· τὰς δὲ μεγίστας* (wie den *ταμίας* und die Strategen u. s. w.) *χειροτονητὰς ἀπὸ τοῦ πλήθους· οὕτω γὰρ ὁ μὲν δῆμος κύριος ὢν διδόναι τὰς τιμὰς οἷς ἂν ἐθέλῃ, τοῖς λαμβάνουσιν αὐτὰς οὐ φθονήσει, οἱ δ' ἐπιφανέστεροι μᾶλλον καλοκαγαθίαν ἀσκήσουσιν, εἰδότες ὅτι τὸ παρὰ τοῖς πολίταις εὐδοκιμεῖν οὐκ ἀλυσιτελὲς αὐτοῖς ἔσται.* — *οἷοί περ ἂν ὦσιν*. Die Wirksamkeit der Vorsteher auf das Thun der Uebrigen gehört auch zur erziehenden *πολιτεία*. Aehnl. Lys. 30 § 28 „Die Vorfahren wählten zu Gesetzgebern einen Solon, Themistokles, Perikles,

οἱ τῶν πραγμάτων ἐπιστατοῦντες. ἔπειτα καὶ δημοτι- 23
κωτέραν ἐνόμιζον εἶναι ταύτην τὴν κατάστασιν ἢ τὴν διὰ
τοῦ λαγχάνειν γιγνομένην· ἐν μὲν γὰρ τῇ κληρώσει τὴν
τύχην βραβεύσειν, καὶ πολλάκις λήψεσθαι τὰς ἀρχὰς τοὺς
ὀλιγαρχίας ἐπιθυμοῦντας, ἐν δὲ τῷ προκρίνειν τοὺς ἐπι-
εικεστάτους τὸν δῆμον ἔσεσθαι κύριον ἑλέσθαι τοὺς ἀγα-
πῶντας μάλιστα τὴν καθεστῶσαν πολιτείαν. Αἴτιον δ' 24
ἦν τοῦ ταῦτα τοῖς πολλοῖς ἀρέσκειν καὶ μὴ περιμαχή-
τους εἶναι τὰς ἀρχάς, ὅτι μεμαθηκότες ἦσαν ἐργάζεσθαι
καὶ φείδεσθαι, καὶ μὴ τῶν μὲν οἰκείων ἀμελεῖν τοῖς δ'
ἀλλοτρίοις ἐπιβουλεύειν, μηδ' ἐκ τῶν δημοσίων τὰ σφέ-
τερ' αὐτῶν διοικεῖν, ἀλλ' ἐκ τῶν ἑκάστοις ὑπαρχόντων, εἴ
ποτε δεήσειε, τοῖς κοινοῖς ἐπαρκεῖν, μηδ' ἀκριβέστερον
εἰδέναι τὰς ἐκ τῶν ἀρχείων προσόδους ἢ τὰς ἐκ τῶν ἰδί-
ων γιγνομένας αὐτοῖς. οὕτω δ' ἀπείχοντο σφόδρα τῶν τῆς 25
πόλεως, ὥστε χαλεπώτερον ἦν ἐν ἐκείνοις τοῖς χρόνοις εὑ-
ρεῖν τοὺς βουλομένους ἄρχειν ἢ νῦν τοὺς μηδὲν δεομένους·
οὐ γὰρ ἐμπορίαν ἀλλὰ λειτουργίαν ἐνόμιζον εἶναι τὴν τῶν
κοινῶν ἐπιμέλειαν, οὐδ' ἀπὸ τῆς πρώτης ἡμέρας ἐσκόπουν
ἐλθόντες εἴ τι λῆμμα παραλελοίπασιν οἱ πρότερον ἄρ-

ἡγούμενοι τοιούτους ἔσεσθαι τοὺς νόμους οἷοί περ ἂν ὦσιν οἱ τιθέντες.

23. *κατάστασιν*, förml. Ausdruck von der Aemterbesetzung. 12 § 132 *καθιστάναι εἰς ἀρχάς.* — *λαγχάνειν=κληροῦσθαι.* Herm. a. a. O. § 149. Darum könnte man bald darauf statt *λήψεσθαι* vermuthen *λήξεσθαι*, wenn nicht die Wiederholung des Is. Gewohnheit widerstritte.

24. Dass man später das Arcanum alles bürgerlichen Wohlstandes, das *ἐργάζεσθαι* und *φείδεσθαι* verlernte, geschah zum Theil auch in Folge langer Kriege. — *ἐπιβουλεύειν*, wie die Sykophanten auf fremdes Gut erpicht waren, mitunter das Volk selbst auf die *δημεύσεις*. S. Einl. zur 19. R. des Lysias. — *ἐπαρκεῖν* durch *εἰσφοραί.* Das Gegentheil thun 12 § 140 *οἱ ἐκ τῶν κοινῶν ταῖς ἰδίαις ἀπορίαις βοηθεῖν ζητοῦντες.* Plaut. Trin. II. 2, 10 *publicum privatum habent.* — *ἀρχείων*, den Sitzungslocalen der Behörden (5 § 48), der Gerichte und des Raths. Er meint die Taggelder, nämlich das *τριώβολον* für die Richter, eben so viel für die Ekklesiasten und die Drachme für Buleuten. — *αὐτοῖς* Bens. mit den Hdss., weil es des Darstellers Vorstellung ist, *αὑτοῖς* wäre es im Sinne des Subjects, der Bürger. Vgl. 4 § 61. Krüg. 51, 2, 5.

25. *τοὺς μηδὲν δεομ.*, näml. *ἄρχειν.* — *λειτουργίαν*, hier im eigentl. Sinne: Leistung für das Volk. — *λῆμμα*, was etwa am Oeffentlichen zu erbeuten die frü-

χοντες, ἀλλὰ πολὺ μᾶλλον εἴ τινος πράγματος κατημελή-
26 κασι τῶν τέλος ἔχειν κατεπειγόντων. ὡς δὲ συντόμως
εἰπεῖν, ἐκεῖνοι διεγνωκότες ἦσαν ὅτι δεῖ τὸν μὲν δῆμον
ὥσπερ τύραννον καθιστάναι τὰς ἀρχὰς καὶ κολάζειν τοὺς
ἐξαμαρτάνοντας καὶ κρίνειν περὶ τῶν ἀμφισβητουμένων,
τοὺς δὲ σχολὴν ἄγειν δυναμένους καὶ βίον ἱκανὸν κεκτη-
27 μένους ἐπιμελεῖσθαι τῶν κοινῶν ὥσπερ οἰκέτας, καὶ δι-
καίους μὲν γενομένους ἐπαινεῖσθαι καὶ στέργειν ταύτῃ τῇ
τιμῇ, κακῶς δὲ διοικήσαντας μηδεμιᾶς συγγνώμης τυγχά-
νειν ἀλλὰ ταῖς μεγίσταις ζημίαις περιπίπτειν. καίτοι
πῶς ἄν τις εὕροι ταύτης βεβαιοτέραν ἢ δικαιοτέραν δη-
μοκρατίαν, τῆς τοὺς μὲν δυνατωτάτους ἐπὶ τὰς πράξεις
καθιστάσης, αὐτῶν δὲ τούτων τὸν δῆμον κύριον ποιούσης;
28 Τὸ μὲν οὖν σύνταγμα τῆς πολιτείας τοιοῦτον ἦν αὐ-
τοῖς· ῥᾴδιον δ' ἐκ τούτων καταμαθεῖν ὡς καὶ τὰ καθ'
ἡμέραν ἑκάστην ὀρθῶς καὶ νομίμως πράττοντες διετέλε-
σαν. ἀνάγκη γὰρ τοῖς περὶ ὅλων τῶν πραγμάτων καλὰς

here Verwaltung übrig gelassen. Die gleichen Klagen 12 § 145. — *τῶν — κατεπειγ.* Von Geschäften, die dringend abgethan sein wollen. Constr. vgl. 5 § 25 *περὶ σπουδαίων πραγμάτων καὶ ἐπειγόντων ῥητορεύεσθαι.* 8 § 132 *τὰ μάλιστα ἐπείγοντα.*

26. *τύραννον.* Den *οἰκέταις* gegenüber entspräche als Herr im Hause *δεσπότην.* Da dieser Name aber im Oeffentlichen gehässig ist (obwohl Dem. 23 § 209 auch sagt *τότε μὲν γὰρ ὁ δῆμος ἦν δεσπότης τῶν πολιτευομένων, νῦν δ' ὑπηρέτης* u. ähnlich 3 § 30), so bezeichnet er, wie § 24 mit *κύριος,* hier die Souveränität des *δῆμος* mit *τύραννος,* der Beamtete ernennt und sie zur Rechenschaft zieht, wie der Hausherr das Gesinde wegen des Tagewerks. Bemerkenswerth ist, dass die Gerichtsbarkeit über Beamte dem Volke zustehen soll, wie auch Aristot. will, Pol. II. 9, 4 *ἐπεὶ Σόλων γε ἔοικε τὴν ἀναγκαιοτάτην ἀποδιδόναι τῷ δήμῳ δύναμιν, τὸ τὰς ἀρχὰς αἱρεῖσθαι καὶ εὐθύνειν. μηδὲ γὰρ τούτου κύριος ὢν ὁ δῆμος δοῦλος ἂν εἴη καὶ πολέμιος. τὰς δ' ἀρχὰς ἐκ τῶν γνωρίμων καὶ τῶν εὐπόρων κατέστησε πάσας.*

27. *ταύτης — τῆς.* 4 § 21. — Der Abschnitt wird von *καίτοι* an mit einer Recapitulation abgeschlossen, wie §§ 30, 35, 55. Diese *παλιλλογία* ist nach Anaximenes p. 45, 24 Spengel, *σύντομος ἀνάμνησις, δεῖ δ' αὐτῇ χρῆσθαι καὶ περὶ τῶν μερῶν καὶ περὶ τῶν ὅλων λόγων τὰς τελευτάς.*

28. *ὑποθέσεις.* Solche wären eben jene *πολιτεία,* von welcher das tägliche Leben und einzelne Zweige (*τὰ μέρη*) die Richtung bekommen. Die moderne Ansicht pflegt eher das Häusliche und Tägliche als bestimmend für den öffentlichen

τὰς ὑποθέσεις πεποιημένοις καί τὰ μέρη τὸν αὐτὸν τρόπον ἔχειν ἐκείνοις.

Καὶ πρῶτον μὲν τὰ περὶ τοὺς θεούς (ἐντεῦθεν γὰρ 29
ἄρχεσθαι δίκαιον) οὐκ ἀνωμάλως οὐδ' ἀτάκτως οὔτ' ἐθε-
ράπευον οὔτ' ὠργίαζον· οὐδ' ὁπότε μὲν δόξειεν αὐτοῖς,
τριακοσίους βοῦς ἔπεμπον, ὁπότε δὲ τύχοιεν, τὰς πατρί-
ους θυσίας ἐξέλειπον· οὐδὲ τὰς μὲν ἐπιθέτους ἑορτάς,
αἷς ἑστίασίς τις προσείη, μεγαλοπρεπῶς ἦγον, ἐν δὲ τοῖς
ἁγιωτάτοις τῶν ἱερῶν ἀπὸ μισθωμάτων ἔθυον· ἀλλ' ἐκεῖνο 30
μόνον ἐτήρουν, ὅπως μηδὲν μήτε τῶν πατρίων καταλύ-
σουσι μήτ' ἔξω τῶν νομιζομένων προσθήσουσιν· οὐ γὰρ
ἐν ταῖς πολυτελείαις ἐνόμιζον εἶναι τὴν εὐσέβειαν, ἀλλ'
ἐν τῷ μηδὲν κινεῖν ὧν αὐτοῖς οἱ πρόγονοι παρέδοσαν. καὶ
γάρ τοι καὶ τὰ παρὰ τῶν θεῶν οὐκ ἐμπλήκτως οὐδὲ τα-

Geist anzusehn, — *ἐκείνοις*, d. h. *ὥσπερ ἐκεῖνα*, näml. *τὰ ὅλα*.

29. *ἐντεῦθεν*, wie Aratos von Soloi seine *φαινόμενα* anfing *Ἐκ Διὸς ἀρχώμεσθα*, worauf Cic. legg. II. 4 anspielt und Rep. I. 36. — *ὠργίαζον* bezieht sich nicht etwa nur auf Orgien oder Mysterien, sondern auch auf Opfer und andere gottesdienstl. Feiern. — *οὐδ' ὁπότε μέν*. Constr. 4 § 76. — *ἔπεμπον*, in öffentlichem Aufzug (*πομπῇ*) die Opferthiere führen. Dem. Ol. III § 31 *Βοηδρόμια πέμπειν*, am Feste der Boedromien (die im dritten att. Monat gefeiert wurden Herm. gott. Alt. § 55) in Prozession führen. — *ἐπίθετοι ἑορταί* sind zu den ursprünglichen Solonischen später durch Volksbeschluss angenommene u. wegen der angehängten öffentlichen *ἑστιάσεις* volksbeliebte Feste. Wegen des Aufwandes für diese neuen kamen die alten, *τὰ ἁγιώτατα* und *τὰ πάτρια* in Verfall und wurden (*ἀπὸ μισθωμάτων*) an die Wenigstnehmenden verdungen. Herm. gottesd. Alt. § 12, 3. Freilich erklärte Didymos bei Harpokr. *ἀπὸ μισθ.* mit *ἐκ τῶν τεμενικῶν προσόδων*, weil die Ausgaben aus dem Ertrag der ausgemietheten Ländereien der Gottheiten bestritten worden seien. Damit kamen die alten Feste in Abgang und die neumodischen forderten unmässigen Aufwand, was Nikomachos entschuldigte *λέγων ὡς εὐσέβειαν ἀλλ' οὐκ εὐτέλειαν ἀνέγραψεν*, bei Lys. 30 § 17 ff., welche Stelle Is. zu berücksichtigen scheint.

30. *ὅπως — καταλύσουσι*. Das fut. ind. nach dem Imperf. auch § 42. — *τῶν πατρίων*. Auch 2 § 20 empfiehlt er die hergebrachten zu feiern, lieber als die kostbaren. — *ἐμπλήκτως* und *ταραχωδῶς* (entsprechend dem *ἀνωμάλως* und *ἀτάκτως* des Gottesdienstes § 29) von der unregelmässigen Witterung, die in den Jahreszeiten gleichsam wider alle Erwartung verkehrt und unordentlich eintrat. — Uebrigens giebt Anaximenes p. 11 ff. offenbar mit Berücksichtigung des Is. und der R. 30 des Lysias den ganzen Apparat von Gründen an, mit denen die symbuleutische Rede bei der Frage von Einführung neuer kostbarer Opfer und Ceremonien für und wider zu streiten habe.

ῥαχωδῶς αὐτοῖς συνέβαινεν, ἀλλ' εὐκαίρως καὶ πρὸς τὴν ἐργασίαν τῆς χώρας καὶ πρὸς τὴν συγκομιδὴν τῶν καρπῶν.

31 Παραπλησίως δὲ τοῖς εἰρημένοις καὶ τὰ πρὸς σφᾶς αὐτοὺς διῴκουν. οὐ γὰρ μόνον περὶ τῶν κοινῶν ὡμονόουν, ἀλλὰ καὶ περὶ τὸν ἴδιον βίον τοσαύτην ἐποιοῦντο πρόνοιαν ἀλλήλων, ὅσην περ χρὴ τοὺς εὖ φρονοῦντας καὶ πατρίδος κοινωνοῦντας. οἵ τε γὰρ πενέστεροι τῶν πολιτῶν τοσοῦτον ἀπεῖχον τοῦ φθονεῖν τοῖς πλείω κεκτημένοις,
32 ὥσθ' ὁμοίως ἐκήδοντο τῶν οἴκων τῶν μεγάλων ὥσπερ τῶν σφετέρων αὐτῶν, ἡγούμενοι τὴν ἐκείνων εὐδαιμονίαν αὑτοῖς εὐπορίαν ὑπάρχειν· οἵ τε τὰς οὐσίας ἔχοντες οὐχ ὅπως ὑπερεώρων τοὺς καταδεέστερον πράττοντας, ἀλλ' ὑπολαμβάνοντες αἰσχύνην αὑτοῖς εἶναι τὴν τῶν πολιτῶν ἀπορίαν ἐπήμυνον ταῖς ἐνδείαις, τοῖς μὲν γεωργίας ἐπὶ μετρίαις μισθώσεσι παραδιδόντες, τοὺς δὲ κατ' ἐμπορίαν ἐκπέμποντες, τοῖς δ' εἰς τὰς ἄλλας ἐργασίας ἀφορμὴν παρέ-
33 χοντες. οὐ γὰρ ἐδεδίεσαν μὴ δυοῖν θάτερον πάθοιεν, ἢ πάντων στερηθεῖεν, ἢ πολλὰ πράγματα σχόντες μέρος τι κομίσαιντο τῶν προεθέντων· ἀλλ' ὁμοίως ἐθάρρουν περὶ τῶν ἔξω δεδομένων ὥσπερ περὶ τῶν ἔνδον κειμένων. ἑώρων

31. *καὶ περὶ τὸν ἴδιον βίον*. Einsichtig sucht er die Bedingung des Gedeihens eines Gemeinwesens nicht nur in der Eintracht im Oeffentlichen, sondern auch im Gemeinsinn, der sich des Looses der Aermern annimmt, und durch welchen der Neid, die Verschlechterung der Armen und grosse gesellschaftliche Uebel am ehesten verschwinden.

32. *οἴκων* mit Inbegriff der Familie und des Vermögens. — *οὐχ ὅπως — ἀλλά*, nicht etwa wie man meinen sollte — sondern. Bald mit, bald ohne angefügtes *καί*. 11 § 5 *ἀπολογήσασθαι φάσκων οὐχ ὅπως τῆς ὑπαρχούσης αὐτὸν διαβολῆς ἀπήλλαξας, ἀλλὰ καὶ τηλικαύτην αὐτῷ τὸ μέγεθος παρανομίαν προσῆψας, ὥστε κτέ.* Also = *οὐ μόνον οὐ — ἀλλά*. — *αἰσχύνην*, zumal wenn, wie damals in Athen § 83, Bettel daraus erfolgt. — *μισθώσεσι*. Häufig wurden Grundstücke verpachtet. Lys, 7 § 9f. — *ἀφορμήν*, Kapitalvorschuss. 4 § 61 war es Mittel und Gelegenheit zum Unternehmen.

33. *κομίσαιντο τῶν προεθέντων*. *προϊέναι* statt *ἔξω διδόναι* und *ἐκδιδόναι* (Lys. 32 § 5 *ναυτικὰ ἐπέδειξεν ἐκδεδομένα ἑπτὰ τάλαντα* „auf Seehandel ausgeliehen") ist vom Geldausleihen selten, bezeichnet aber passend die Stimmung derer, die bei der Unsolidität des Credits äussern: was wollen wir Geld hinauswerfen, um nach vielen Umtrieben von dem Ausgeliehenen nur einen Theil wieder einzubringen? — *ἔνδον*, daheim in

γὰρ τοὺς περὶ τῶν συμβολαίων κρίνοντας οὐ ταῖς ἐπιει-
κείαις χρωμένους, ἀλλὰ τοῖς νόμοις πειθομένους, οὐδ' ἐν 34
τοῖς τῶν ἄλλων ἀγῶσιν αὑτοῖς ἀδικεῖν ἐξουσίαν παρα-
σκευάζοντας, ἀλλὰ μᾶλλον ὀργιζομένους τοῖς ἀποστεροῦσιν
αὐτῶν τῶν ἀδικουμένων, καὶ νομίζοντας διὰ τοὺς ἄπιστα
τὰ συμβόλαια ποιοῦντας μείζω βλάπτεσθαι τοὺς πένητας
τῶν πολλὰ κεκτημένων· τοὺς μὲν γάρ, ἢν παύσωνται προϊ-
έμενοι, μικρῶν προσόδων ἀποστερήσεσθαι, τοὺς δ', ἢν
ἀπορήσωσι τῶν ἐπαρκούντων, εἰς τὴν ἐσχάτην ἔνδειαν κα-
ταστήσεσθαι. καὶ γάρ τοι διὰ τὴν γνώμην ταύτην οὐδεὶς 35
οὔτ' ἀπεκρύπτετο τὴν οὐσίαν οὔτ' ὤκνει συμβάλλειν, ἀλλ'
ἥδιον ἑώρων τοὺς δανειζομένους ἢ τοὺς ἀποδιδόντας. ἀμ-
φότερα γὰρ αὐτοῖς συνέβαινεν, ἅπερ ἂν βουληθεῖεν ἄν-
θρωποι νοῦν ἔχοντες· ἅμα γὰρ τούς τε πολίτας ὠφέλουν
καὶ τὰ σφέτερ' αὐτῶν ἐνεργὰ καθίστασαν· κεφάλαιον δὲ
τοῦ καλῶς ἀλλήλοις ὁμιλεῖν· αἱ μὲν γὰρ κτήσεις ἀσφαλεῖς

der Casse. Lys. 19 § 22. — *συμβολαίων*. 4 § 11. — *ἐπιεικείαις*, Rücksichten des Richters zu Gunsten des Schuldners auf Kosten des strengen Rechts sind dem Credit verderblich. Das Gegentheil sind *κρίσεις ἀκριβεῖς*, welche die Rechtssicherheit aufrecht halten.

34. *αὑτοῖς*. Willkührliche Urtheile sind immer schlimme Präcedentien für künftige Fälle, mussten es aber in Athen besonders sein, wo die 6000 Heliasten, die für das Jahr in die Gerichte gewählt wurden, durch solche Urtheile sich für eigene Processe die *ἐξουσίαν ἀδικεῖν* leicht anbahnen und *χεὶρ χεῖρα νίζει* spielen konnten. — *τοῖς ἀποστεροῦσιν*. Den Betrügern zürnten die Richter mehr als selbst die Betrogenen. — *τῶν ἐπαρκούντων*, Masc. wenn sie nicht Darleiher fänden, welche ihnen unter die Arme griffen.

35. *ἀπεκρύπτετο*, wegen der Sykophanten (s. Einl. zur R. 19 des Lysias) und um nicht für Darlehen und Leiturgien angesprochen zu werden. 15 § 159 sagt er, zu seiner Knabenzeit sei Reichthum ungefährdet gewesen, *νῦν δ' ὑπὲρ τοῦ μὴ πλουτεῖν ὥσπερ τῶν μεγίστων ἀδικημάτων ἀπολογίαν δεῖ παρασκευάζεσθαι καὶ σκοπεῖν, εἰ μέλλει τις σωθήσεσθαι. πολὺ γὰρ δεινότερον καθέστηκε τὸ δοκεῖν εὐπορεῖν ἢ τὸ φανερῶς ἀδικεῖν*. — *συμβάλλειν*, eigentl. *συμβόλαια συμβάλλειν*, Contracte über auszuleihendes Geld abschliessen. Bei dem lebhaften Seehandel machten häufig Mehrere zu einem Unternehmen Vorschüsse. Böckh Staatsh. I. 184 (145) ff. — *ἐνεργά* unser: sie liessen ihr Geld arbeiten. Denn *ἔργον* ist Zins, Isä. 11 § 42 *χρέα ἐπὶ τόκοις ὀφειλόμενα, ὧν τὸ ἔργον ἑπτακόσιαι καὶ εἴκοσι δραχμαὶ γίνονται τοῦ ἐνιαυτοῦ*. — *κεφάλαιον*. Die Summe der ganzen Erörterung, 5 § 154. 8 § 142. Mit diesem Ausdruck bezeichnet Is. die Recapitulation, s. zu § 27. — *κτήσεις — χρήσεις*. S. zu 4 § 89 u. 186.

ἦσαν, οἷσπερ κατὰ τὸ δίκαιον ὑπῆρχον, αἱ δὲ χρήσεις κοιναὶ πᾶσι τοῖς δεομένοις τῶν πολιτῶν.

36 Ἴσως ἂν οὖν τις ἐπιτιμήσειε τοῖς εἰρημένοις, ὅτι τὰς μὲν πράξεις ἐπαινῶ τὰς ἐν ἐκείνοις τοῖς χρόνοις γιγνομένας, τὰς δ᾽ αἰτίας οὐ φράζω, δι᾽ ἃς οὕτω καλῶς καὶ τὰ πρὸς σφᾶς αὐτοὺς εἶχον καὶ τὴν πόλιν διῴκουν. ἐγὼ δ᾽ οἶμαι μὲν εἰρηκέναι τι καὶ τοιοῦτον, οὐ μὴν ἀλλ᾽ ἔτι πλείω καὶ σαφέστερον πειράσομαι διαλεχθῆναι περὶ αὐτῶν.

37 Ἐκεῖνοι γὰρ οὐκ ἐν μὲν ταῖς παιδείαις πολλοὺς τοὺς ἐπιστατοῦντας εἶχον, ἐπειδὴ δ᾽ εἰς ἄνδρας δοκιμασθεῖεν, ἐξῆν αὐτοῖς ποιεῖν ὅ τι βουληθεῖεν, ἀλλ᾽ ἐν ταύταις ταῖς ἀκμαῖς πλείονος ἐπιμελείας ἐτύγχανον ἢ παῖδες ὄντες. οὕτω γὰρ ἡμῶν οἱ πρόγονοι σφόδρα περὶ τὴν σωφροσύνην ἐσπούδαζον, ὥστε τὴν ἐξ Ἀρείου πάγου βουλὴν ἐπέστησαν ἐπιμελεῖσθαι τῆς εὐκοσμίας, ἧς οὐχ οἷόν τ᾽ ἦν μετασχεῖν πλὴν τοῖς καλῶς γεγονόσι καὶ πολλὴν ἀρετὴν ἐν τῷ βίῳ καὶ σωφροσύνην ἐνδεδειγμένοις, ὥστ᾽ εἰκότως αὐτὴν διε-
38 νεγκεῖν τῶν ἐν τοῖς Ἕλλησι συνεδρίων. Σημείοις δ᾽ ἄν τις χρήσαιτο περὶ τῶν τότε καθεστώτων καὶ τοῖς ἐν τῷ παρόντι γιγνομένοις· ἔτι γὰρ καὶ νῦν ἁπάντων τῶν περὶ τὴν

Unter Rechtssicherheit ist der Credit für den Darleiher und Anleiher nützlich und erzeugt das *καλῶς ἀλλήλοις ὁμιλεῖν*.

36. *γιγνομένας* aus *Urb.* mit Bens. *γεγενημένας vulg.* Allein jenes ist für *αἳ ἐγίγνοντο*, vgl. *εἶχον* u. *διῴκουν*. — *τὰ πρὸς σφᾶς αὐτούς*, ihre gegenseitigen Verhältnisse. — *εἰρηκέναι*. §§ 20—27.

37. *οὐκ ἐν μὲν — εἶχον, ἐπειδὴ δ᾽ — ἐξῆν*. *οὐκ* hervorgehoben wirkt auch auf *ἐξῆν*. Vgl. § 20 u. 29. — *πολλούς*. Ausser dem *παιδαγωγός* und dem *παιδοτρίβης*, dem Lehrer der Gymnastik, und dem *γραμματοδιδάσκαλος*, d. L. im Lesen, Schreiben, Rechnen gab es noch eine Menge anderer Lehrer einzelner Fächer, *ἁρμονικός, ζωγράφος, γεωμέτρης* u. s. f. und Aufseher, *κοσμηταί, σωφρονισταί*. Vgl. Becker Charikl. I. 38 ff. Herm. Priv. Alt. § 35, 18. Is. tadelt nicht so sehr die Zahl der Lehrer im Knabenalter als die Aufsichtslosigkeit im Jünglingsalter nach der *δοκιμασία*, welche im 18. Lebensjahre erfolgte und mit welcher der junge Mann, nachdem er 2 Jahre Ephebe gewesen (*ἐπὶ δίετες ἥβησεν*), alle Rechte der Mündigkeit erlangte. Herm. Staatsalt. § 123. — *καλῶς γεγονόσι*, von edler Abkunft, denn ein ächt attischer, wenigstens in der dritten Generation vollbürtiger Athener ist *καθαρῶς γεγονώς*. Zu Lys. 13 § 59. Obwohl in Betracht der Verleihung der Aemter seit Aristeides der Ausdruck *καλῶς γ.* von Is. ungenau gebraucht ist.

αἵρεσιν καὶ τὴν δοκιμασίαν κατημελημένων ἴδοιμεν ἂν τοὺς ἐν τοῖς ἄλλοις πράγμασιν οὐκ ἀνεκτοὺς ὄντας, ἐπειδὰν εἰς Ἄρειον πάγον ἀναβῶσιν, ὀκνοῦντας τῇ φύσει χρῆσθαι καὶ μᾶλλον τοῖς ἐκεῖ νομίμοις ἢ ταῖς αὑτῶν κακίαις ἐμμένοντας. τοσοῦτον φόβον ἐκεῖνοι τοῖς πονηροῖς ἐνειργάσαντο, καὶ τοιοῦτο μνημεῖον ἐν τῷ τόπῳ τῆς αὑτῶν ἀρετῆς καὶ σωφροσύνης ἐγκατέλιπον.

Τὴν δὴ τοιαύτην, ὥσπερ εἶπον, κυρίαν ἐποίησαν ἐπι- 39
μελεῖσθαι τῆς εὐταξίας, ἣ τοὺς μὲν οἰομένους ἐνταῦθα βελτίστους ἄνδρας γίγνεσθαι, παρ' οἷς οἱ νόμοι μετὰ πλείστης ἀκριβείας κείμενοι τυγχάνουσιν, ἀγνοεῖν ἐνόμιζεν· οὐδὲν γὰρ ἂν κωλύειν ὁμοίους ἅπαντας εἶναι τοὺς Ἕλληνας ἕνεκά γε τοῦ ῥᾴδιον εἶναι τὰ γράμματα λαβεῖν παρ' ἀλλήλων. ἀλλὰ γὰρ οὐκ ἐκ τούτων τὴν ἐπίδοσιν εἶναι τῆς 40
ἀρετῆς, ἀλλ' ἐκ τῶν καθ' ἑκάστην τὴν ἡμέραν ἐπιτηδευμάτων· τοὺς γὰρ πολλοὺς ὁμοίους τοῖς ἤθεσιν ἀποβαίνειν, ἐν οἷς ἂν ἕκαστοι παιδευθῶσιν. ἐπεί τά γε πλήθη

38. *αἵρεσιν — δοκιμασίαν.* Obgleich seit Kleisthenes die Archontenwürde durchs Loos zwar nur den Pentakosiomedimnen, seit Aristides aber allen *καθαρῶς γεγονόσιν* offen stand, war immer noch die doppelte *δοκιμασία* geblieben, die eine nach Erloosung der Archontenwürde vor dem Rathe (Dem. Lept. § 90), die andere, wie es scheint, vor Gericht wenn Jemand sich mit der ersten nicht zufrieden gab. Herm. § 148. Nach abgelegter Rechenschaft (*εὔθυναι*) über die Führung des Archontenamts traten sie in den Areopag. Aus Is. Ausdr. *αἵρεσιν* ist nicht zu schliessen, dass die Areopagiten noch nach Kleisthenes einer Wahl unterworfen waren. „Ueberhaupt ist, bemerkt W. Vischer, *αἵρεσις* Beamtenwahl sowohl durchs Loos als durch Handmehr, häufiger allerdings durch Letzteres. Daher *Lucian. vit. auct.* 6 *Ἀθηναίοισι νόμος κυάμοισι τὰς ἀρχὰς αἱρέεσθαι* von Jacobitz u. Seiler im Lex. irrig erklärt ist: die Athener bedienten sich der Bohnen, um ihre Wahlstimmen abzugeben. Vielmehr bedienten sie sich ihrer zum Loosen, denn bei Wahlen wurde in Athen immer durch *χειροτονία* gestimmt." Eben so Schömann die Vfssgsgesch. Athens S. 75. — *ἀναβῶσιν.* Da der Areopag den Sitz auf dem Areshügel hatte, so hiess das Collegium *ἡ ἄνω βουλή*, wer Mitglied wurde *ἀνέβη*, und *ἀνάγειν* vor sein Tribunal führen. § 46.

39. *ἐνταῦθα* d. i. *ἐν ἐκείνῃ τῇ πόλει, παρ' ἐκείνοις.* Vgl. 4 § 110. — *ἀγνοεῖν* ohne Obj. im Irrthum sein. — *ἕνεκά γε*, in so weit es auf — ankommt. Dem. Phil. III § 14 *πάλαι γὰρ ἂν ἕνεκά γε ψηφισμάτων ἐδεδώκει δίκην.* — *τὰ γράμματα*, die geschriebenen Gesetze.

40. *ἐπίδοσιν*, § 5. — *τοῖς ἤθεσιν.* Horat. Epist. I. 2, 69 *Quo semel est imbuta recens servabit odorem*

καὶ τὰς ἀκριβείας τῶν νόμων σημεῖον εἶναι τοῦ κακῶς οἰκεῖσθαι τὴν πόλιν ταύτην· ἐμφράγματα γὰρ αὐτοὺς ποιουμένους τῶν ἁμαρτημάτων πολλοὺς τίθεσθαι τοὺς νό-
41 μους ἀναγκάζεσθαι. δεῖν δὲ τοὺς ὀρθῶς πολιτευομένους οὐ τὰς στοὰς ἐμπιπλάναι γραμμάτων, ἀλλ' ἐν ταῖς ψυχαῖς ἔχειν τὸ δίκαιον· οὐ γὰρ τοῖς ψηφίσμασιν ἀλλὰ τοῖς ἤθεσι καλῶς οἰκεῖσθαι τὰς πόλεις, καὶ τοὺς μὲν κακῶς τεθραμμένους καὶ τοὺς ἀκριβῶς τῶν νόμων ἀναγεγραμμένους τολμήσειν παραβαίνειν, τοὺς δὲ καλῶς πεπαιδευμέ-
42 νους καὶ τοῖς ἁπλῶς κειμένοις ἐθελήσειν ἐμμένειν. Ταῦτα διανοηθέντες οὐ τοῦτο πρῶτον ἐσκόπουν, δι' ὧν κολάσουσι τοὺς ἀκοσμοῦντας, ἀλλ' ἐξ ὧν παρασκευάσουσι μηδὲν αὐτοὺς ἄξιον ζημίας ἐξαμαρτάνειν· ἡγοῦντο γὰρ τοῦτο μὲν αὑτῶν ἔργον εἶναι, τὸ δὲ περὶ τὰς τιμωρίας σπουδάζειν τοῖς ἐχθροῖς προσήκειν.

43 Ἁπάντων μὲν οὖν ἐφρόντιζον τῶν πολιτῶν, μάλιστα δὲ τῶν νεωτέρων. ἑώρων γὰρ τοὺς τηλικούτους ταραχωδέστατα διακειμένους καὶ πλείστων γέμοντας ἐπιθυμιῶν, καὶ τὰς ψυχὰς αὐτῶν μάλιστα δαμασθῆναι δεομένας ἐπιμελείαις καλῶν ἐπιτηδευμάτων καὶ πόνοις ἡδονὰς ἔχουσιν· ἐν μόνοις γὰρ ἂν τούτοις ἐμμεῖναι τοὺς ἐλευθέρως τε-
44 θραμμένους καὶ μεγαλοφρονεῖν εἰθισμένους. ἅπαντας μὲν οὖν ἐπὶ τὰς αὐτὰς ἄγειν διατριβὰς οὐχ οἷόν τ' ἦν, ἀνωμάλως τὰ περὶ τὸν βίον ἔχοντας· ὡς δὲ πρὸς τὴν οὐσίαν

Testa diu. — *αὐτούς*, näml. *τοὺς ἐν τῇ πόλει.*

41. *στοάς*, wie zu Athen man die Gesetze in der *στοὰ βασίλειος* (nicht *βασιλική*) aufstellte. Andok. Myst. § 85 *τοὺς δὲ κυρωθέντας* (*νόμους*) *ἀνέγραψαν εἰς τὴν στοάν.* — *τοῖς ἁπλῶς κειμένοις.* *ὁ δῆμος τοὺς νόμους τίθεται*, aber *οἱ νόμοι κείμενοι*, selten *ὁ νόμος τέθειται.*

42. *μηδέν* steht des Nachdrucks wegen vor *αὐτούς*. — *τοῖς ἐχθροῖς*, weil in Criminalsachen jeder Activbürger zur Klage berechtigt war und man das Recht oft genug aus blosser Privatfeindschaft brauchte.

43. *δαμασθῆναι*, Metapher. Pind. Pyth. II. 8 *ἐδάμασσε πώλους*. So sagt auch Aias bei Soph. 553 von seinem jungen Eurysakes: *ὠμοῖς αὐτὸν ἐν νόμοις πατρὸς δεῖ πωλοδαμνεῖν.* — *ἡδονὰς ἔχουσιν*, mit schlichten Worten ein richtiges Erziehungsprincip: Nicht nur Anstrengung, sondern solche die Lust erzeugt zu neuer Anstrengung.

44. *διατριβάς*, Beschäftigungen. — *τὰ περὶ τὸν βίον*, Le-

ἥρμοττεν, οὕτως ἑκάστοις προσέταττον. τοὺς μὲν γὰρ ὑπο-
δεέστερον πράττοντας ἐπὶ τὰς γεωργίας καὶ τὰς ἐμπορίας
ἔτρεπον, εἰδότες τὰς ἀπορίας μὲν διὰ τὰς ἀργίας γιγνο-
μένας, τὰς δὲ κακουργίας διὰ τὰς ἀπορίας· ἀναιροῦντες 45
οὖν τὴν ἀρχὴν τῶν κακῶν ἀπαλλάξειν ᾤοντο καὶ τῶν ἄλ-
λων ἁμαρτημάτων τῶν μετ' ἐκείνην γιγνομένων. τοὺς δὲ
βίον ἱκανὸν κεκτημένους περὶ τὴν ἱππικὴν καὶ τὰ γυ-
μνάσια καὶ τὰ κυνηγέσια καὶ τὴν φιλοσοφίαν ἠνάγκασαν
διατρίβειν, ὁρῶντες ἐκ τούτων τοὺς μὲν διαφέροντας γι-
γνομένους, τοὺς δὲ τῶν πλείστων κακῶν ἀπεχομένους. Καὶ 46
ταῦτα νομοθετήσαντες οὐδὲ τὸν λοιπὸν χρόνον ὠλιγώρουν,
ἀλλὰ διελόμενοι τὴν μὲν πόλιν κατὰ κώμας τὴν δὲ χώραν
κατὰ δήμους ἐθεώρουν τὸν βίον τὸν ἑκάστου, καὶ τοὺς
ἀκοσμοῦντας ἀνῆγον εἰς τὴν βουλήν. ἡ δὲ τοὺς μὲν ἐνου-
θέτει, τοῖς δ' ἠπείλει, τοὺς δ' ὡς προσῆκεν ἐκόλαζεν. ἠπί-
σταντο γὰρ ὅτι δύο τρόποι τυγχάνουσιν ὄντες οἱ καὶ προ-
τρέποντες ἐπὶ τὰς ἀδικίας καὶ παύοντες τῶν πονηριῶν·

bensumstände, Glücksgüter. — *εἰδότες κτέ.* durch die rhetor. Figur der *ἐπιπλοκή* oder *catena*, wo ein Gedanke aus dem andern hervorgeht, wie ein Glied in der Kette am andern hängt, prägt sich der Gedanke, welcher Segen in der festen Gewöhnung zur Arbeit liegt, besser ein.

45. *ἀπαλλάξειν ᾤοντο*, nämlich *τοὺς νεωτέρους*. — *ἱππικήν*, nicht nur zum Dienst in der Reiterei, sondern auch um in den Agonen zum Ruhme der Stadt zu erscheinen, wie Söhne wohlhabender Familien immer noch thaten. Lys. 19 § 63 u. Is. 16 § 32. 33. — *γυμνάσια.* Solcher gab es drei in Athen, das Lykeion, die Akademia und Kynosarges. — *τὰ κυνηγέσια*, was freilich, wenn man Gemsjagd u. s. w. ausnimmt, anstrengender war als meist heutige Jagden. Auch bei Aristoph. Ritt. 1382 sagt der zu Verstand gekommene Demos: *ἀναγκάσω κυνηγετεῖν ἐγὼ τούτους ἅπαντας* (die faulen und bartlosen politischen Schönschwätzer) *παυσαμένους ψηφισμάτων*. — *φιλοσοφίαν* im Ggstz zu den genannten Leibesübungen, Beschäftigung mit dem was den Geist bildet. 4 § 47. — *ἐκ τούτων*, nicht: aus der Zahl dieser, sondern *τῶν ἐπιτηδευμάτων*. Obschon es in Folge der genannten Beschäftigungen nicht Alle zur Auszeichnung bringen, so bleiben sie doch vielem Schlimmen fern.

46. *κατὰ κώμας*, behufs polizeilicher Inspection war die Stadt wegen ihrer dichten Bevölkerung in Quartiere (*κατὰ κώμας*) eingetheilt, während auf dem Lande die Eintheilung in *δῆμοι* genügte. Herm. Sauppe *de demis urbanis Athenarum.* Weim. 1846. — Das *νουθετεῖν* und *ἀπειλεῖν* und *ἐπιμελεῖσθαι* neben dem *τιμωρεῖσθαι* macht eben den Charakter des Areop. zu einem patriarchalischen.

47 παρ' οἷς μὲν γὰρ μήτε φυλακὴ μηδεμία τῶν τοιούτων κα-
θέστηκε μήθ' αἱ κρίσεις ἀκριβεῖς εἰσι, παρὰ τούτοις μὲν
διαφθείρεσθαι καὶ τὰς ἐπιεικεῖς τῶν φύσεων, ὅπου δὲ
μήτε λαθεῖν τοῖς ἀδικοῦσι ῥᾴδιόν ἐστι μήτε φανεροῖς γε-
νομένοις συγγνώμης τυχεῖν, ἐνταῦθα δ' ἐξιτήλους γίγνεσθαι
τὰς κακοηθείας. ἅπερ ἐκεῖνοι γιγνώσκοντες ἀμφοτέροις
κατεῖχον τοὺς πολίτας, καὶ ταῖς τιμωρίαις καὶ ταῖς ἐπι-
μελείαις· τοσούτου γὰρ ἔδεον αὐτοὺς λανθάνειν οἱ κακόν
τι δεδρακότες, ὥστε καὶ τοὺς ἐπιδόξους ἁμαρτήσεσθαί
48 τι προῃσθάνοντο. Τοιγαροῦν οὐκ ἐν τοῖς σκιραφείοις οἱ
νεώτεροι διέτριβον, οὐδ' ἐν ταῖς αὐλητρίσιν, οὐδ' ἐν τοῖς
τοιούτοις συλλόγοις ἐν οἷς νῦν διημερεύουσιν· ἀλλ' ἐν τοῖς
ἐπιτηδεύμασιν ἔμενον ἐν οἷς ἐτάχθησαν, θαυμάζοντες καὶ

47. *παρ' οἷς μὲν — παρὰ τούτοις μὲν — ὅπου δὲ — ἐνταῦθα δ'*. Wenn eine Protasis mit einer Apodosis einer andern Protasis mit ihrer Apodosis entgegengesetzt wird, so bekommt nicht allein die erste Protasis, sondern auch häufig die erste Apodosis *μέν*, und die entgegengesetzte Protasis sowohl als Apodosis *δέ*. 8 § 55 *οἷς μὲν γὰρ περὶ τῶν μεγίστων συμβούλοις χρώμεθα, τούτους μὲν οὐκ ἀξιοῦμεν στρατηγοὺς χειροτονεῖν ὡς νοῦν οὐκ ἔχοντας, οἷς δ' οὐδεὶς ἂν οὔτε περὶ τῶν ἰδίων οὔτε περὶ τῶν κοινῶν συμβουλεύσαιτο, τούτους δ' αὐτοκράτορας ἐκπέμπομεν*, durch welche Hervorhebung der Theile eben sowohl die Deutlichkeit als der Nachdruck gewinnt. Vgl. zu 4 § 1. — *ἀκριβεῖς*. S. zu § 33. — *ἐξίτηλος*, was ausbleicht und allmählig aus der Wirklichkeit oder aus dem Gedächtnisse (5 § 60 *ὥστε μηδέπω νῦν ἐξιτήλους εἶναι τὰς συμφοράς*. Herod. I. 1) verschwindet. — *ἀμφοτέροις*, mit Repressiv- und Präventivsystem, wie er es im Folg. bezeichnet. — *ἐπιδόξους* mit folg. Inf. 6 § 8 *αὐτὸς ἐπίδοξος ὢν τυχεῖν τῆς τιμῆς ταύτης*. 20 § 12 *εἰκὸς ὑμᾶς τιμωρεῖσθαι — τοὺς ἐπιδόξους γενήσεσθαι πονηρούς*.

48. Ueber die bei der athen. Jugend eingerissene Liederlichkeit sagt des Is. Schüler, der Historiker Theopompos bei Athen. XII, p. 532 *καὶ γὰρ αὐτοὶ τοῦτον τὸν τρόπον ἔζων ὥστε τοὺς μὲν νέους ἐν τοῖς αὐλητριδίοις καὶ παρὰ ταῖς ἑταίραις διατρίβειν, τοὺς δὲ μικρὸν ἐκείνων πρεσβυτέρους ἔν τε τοῖς κύβοις καὶ ταῖς τοιαύταις ἀσωτίαις, τὸν δὲ δῆμον ἅπαντα πλείω καταναλίσκειν εἰς τὰς κοινὰς ἑστιάσεις καὶ κρεονομίας ἤπερ εἰς τὴν τῆς πόλεως διοίκησιν.* — *σκιραφείοις*. *σκιράφεια* oder *κυβεῖα* Spielhöllen, wo man mit Würfeln spielte. Becker Charikl. I, 488. Vgl. zu Lys. 16 § 11. — *ἐν αὐλητρίσιν*. Priscian sagt: *Isocrates in Areopagitico, ἐν ταῖς αὐλητρίσιν pro in loco in quo habitant tibicines* (eigentl. *tibicinae*). *Huic simile in I invectivarum* (Catil. I. 1): *dico te venisse priore nocte inter falcarios, i. e. in locum ubi sunt falcarii.* Mit dergleichen und noch einigen andern Zügen zeichnet Is. die grosse Verderbenheit eines Theiles der dama-

ζηλοῦντες τοὺς ἐν τούτοις πρωτεύοντας. οὕτω δ' ἔφευγον
τὴν ἀγοράν, ὥστ' εἰ καί ποτε διελθεῖν ἀναγκασθεῖεν, μετὰ
πολλῆς αἰδοῦς καὶ σωφροσύνης ἐφαίνοντο τοῦτο ποιοῦντες. 49
ἀντειπεῖν δὲ τοῖς πρεσβυτέροις ἢ λοιδορήσασθαι δεινότερον
ἐνόμιζον ἢ νῦν περὶ τοὺς γονέας ἐξαμαρτεῖν. ἐν καπηλείῳ δὲ
φαγεῖν ἢ πιεῖν οὐδεὶς οὐδ' ἂν οἰκέτης ἐπιεικὴς ἐτόλμη-
σεν· σεμνύνεσθαι γὰρ ἐμελέτων, ἀλλ' οὐ βωμολοχεύεσθαι.
καὶ τοὺς εὐτραπέλους δὲ καὶ τοὺς σκώπτειν δυναμένους, οὓς
νῦν εὐφυεῖς προσαγορεύουσιν, ἐκεῖνοι δυστυχεῖς ἐνόμιζον.
Καὶ μηδεὶς οἰέσθω με δυσκόλως διακεῖσθαι πρὸς 50
τοὺς ταύτην ἔχοντας τὴν ἡλικίαν. οὔτε γὰρ ἡγοῦμαι τού-
τους αἰτίους εἶναι τῶν γιγνομένων, σύνοιδά τε τοῖς πλεί-
στοις αὐτῶν ἥκιστα χαίρουσι ταύτῃ τῇ καταστάσει, δι'

ligen athen. Jugend auch 15 § 287. — *τὴν ἀγοράν*, theils weil viel müssiges Volk da zusammenkam, woher manches Beispiel der Gemeinheit und Frechheit, theils galt es für unschicklich, dass junge Leute sich um öffentliche Angelegenheiten und besonders um Gerichtshändel kümmerten. Darum wird Aristoph. Wolk. 987 von dem Jüngling verlangt *κἀπιστήσει μισεῖν ἀγορὰν καὶ βαλανείων ἀπέχεσθαι*, denn auch bei den Bädern versammelte sich müssiges Volk, und Andok. g. Alkib. § 22 klagt *τοιγάρτοι τῶν νέων αἱ διατριβαὶ οὐκ ἐν τοῖς γυμνασίοις ἀλλ' ἐν τοῖς δικαστηρίοις εἰσί, καὶ στρατεύονται μὲν οἱ πρεσβύτεροι, δημηγοροῦσι δὲ οἱ νεώτεροι.* Vgl. Becker Charikl. I, 60 f.

49. *ἀντειπεῖν.* Dieses tadelt ebenfalls als Frechheit Aristoph. Wolk. 994 *μηδ' ἀντειπεῖν τῷ πατρὶ μηδέν.* — *ἐν καπηλείῳ.* Solche Schenken zu besuchen und darin etwas zu geniessen war für Freie in ältern Zeiten so verpönt, dass Hyperides (Fragment 164 Zürch. Ausg.) sagte *τοὺς Ἀρεοπαγίτας ἀριστήσαντά τινα ἐν καπηλείῳ κωλῦσαι ἀνιέναι εἰς Ἄρειον πάγον*, ihn also von dieser Würde ausschlossen. Vgl. Beck. Charikl. I, 258 f. — *βωμολοχεύεσθαι.* Harpocr. *κυρίως ἐλέγοντο βωμολόχοι οἱ ἐπὶ τῶν θυσιῶν ὑπὸ τοὺς βωμοὺς καθίζοντες καὶ μετὰ κολακείας προσαιτοῦντες. Φερεκράτης τυραννίδι· — ἵνα μὴ πρὸς τοῖς βωμοῖς πανταχοῦ ἀεὶ λοχῶντες βωμολόχοι καλώμεθα· — ἐκ μεταφορᾶς δὲ τούτων ἐλέγοντο βωμολόχοι εὔκολοί τινες ἄνθρωποι καὶ ταπεινοὶ καὶ πᾶν ὁτιοῦν ὑπομένοντες ἐπὶ κέρδει διά τοῦ παίζειν τε καὶ σκώπτειν.* 15 § 284 *τοὺς βωμολοχευομένους καὶ σκώπτειν καὶ μιμεῖσθαι δυναμένους εὐφυεῖς καλοῦσι. εὐφυεῖς* und *δυστυχεῖς* etwa: feine Köpfe und missrathene Tröpfe. Den *εὐτράπελος* unserer Stelle kann man in dem *μιμεῖσθαι δυνάμενος* der angeführten wieder finden. Ueber die Beschönigung des Schlechten durch missbrauchte Namen Thuk. III, 82 *τὴν εἰωθυῖαν ἀξίωσιν τῶν ὀνομάτων ἐς τὰ ἔργα ἀντήλλαξαν τῇ δικαιώσει.* — *καὶ — δέ* und auch bei den Rednern mit Ausnahme des Demosth. minder häufig. S. zu Lys. 19 § 5.

50. *καὶ μηδείς*, vgl. über diese

ἣν ἔξεστιν αὐτοῖς ἐν ταῖς ἀκολασίαις ταύταις διατρίβειν· ὥστ᾽ οὐκ ἂν εἰκότως τούτοις ἐπιτιμῴην, ἀλλὰ πολὺ δικαιότερον τοῖς ὀλίγῳ πρὸ ἡμῶν τὴν πόλιν διοικήσασιν.
51 ἐκεῖνοι γὰρ ἦσαν οἱ προτρέψαντες ἐπὶ ταύτας τὰς ὀλιγωρίας καὶ καταλύσαντες τὴν τῆς βουλῆς δύναμιν. ἧς ἐπιστατούσης οὐ δικῶν οὐδ᾽ ἐγκλημάτων οὐδ᾽ εἰσφορῶν οὐδὲ πενίας οὐδὲ πολέμων ἡ πόλις ἔγεμεν, ἀλλὰ καὶ πρὸς ἀλλήλους ἡσυχίαν εἶχον καὶ πρὸς τοὺς ἄλλους ἅπαντας εἰρήνην ἦγον. παρεῖχον γὰρ σφᾶς αὐτοὺς τοῖς μὲν Ἕλλησι
52 πιστούς, τοῖς δὲ βαρβάροις φοβερούς· τοὺς μὲν γὰρ σεσωκότες ἦσαν, παρὰ δὲ τῶν δίκην τηλικαύτην εἰληφότες, ὥστ᾽ ἀγαπᾶν ἐκείνους εἰ μηδὲν ἔτι κακὸν πάσχοιεν. τοιγάρτοι διὰ ταῦτα μετὰ τοσαύτης ἀσφαλείας διῆγον, ὥστε καλλίους εἶναι καὶ πολυτελεστέρας τὰς οἰκήσεις καὶ τὰς κατασκευὰς τὰς ἐπὶ τῶν ἀγρῶν ἢ τὰς ἐντὸς τείχους, καὶ πολλοὺς τῶν πολιτῶν μηδ᾽ εἰς τὰς ἑορτὰς εἰς ἄστυ καταβαίνειν, ἀλλ᾽ αἱρεῖσθαι μένειν ἐπὶ τοῖς ἰδίοις ἀγαθοῖς

Wendung 4 § 129. — *ὀλίγῳ πρὸ ἡμῶν*. Die Schwächung des Areopag durch Ephialtes geschah Ol. 80, 2=459, also etwa 23 Jahre vor Is. Geburt.

51. *δικῶν*. Wenn er auch jene ältere Zeit etwas zu golden schildert, so ist doch richtig, dass die Processe ungeheuer zugenommen hatten. Schuld daran waren einerseits die nach Perikles zunehmenden Sykophanten, anderseits wohl auch der durch Perikles eingeführte Richtersold. S. zu § 54. Energisch sagt Lys. 27 § 11 *νῦν οὕτως ἡ πόλις διάκειται, ὥστε οὐκέτι ὧν οὗτοι* (die sykophantischen Demagogen) *κλέπτουσιν ὀργίζεσθε, ἀλλ᾽ ὧν αὐτοὶ λαμβάνετε χάριν ἴστε, ὥσπερ ὑμεῖς τὰ τούτων μισθοφοροῦντες, ἀλλ᾽ οὐ τούτων τὰ ὑμέτερα κλεπτόντων.*

52. *παρὰ δὲ τῶν*. S. 4 § 82. — *κατασκευάς*, Bauten u. Einrichtungen. In der Stadt zwar waren die ältern Privathäuser unansehnlich. Der zu 4 § 46 citirte Geograph sagt: *αἱ μὲν πολλαὶ τῶν οἰκιῶν εὐτελεῖς, ὀλίγαι δὲ χρήσιμαι.* Dem. 4 § 26 *τὴν Ἀριστείδου καὶ τὴν Μιλτιάδου καὶ τῶν τότε λαμπρῶν οἰκίαν, εἴ τις ἄρα οἶδεν ὑμῶν ὁποία ποτ᾽ ἐστίν, ὁρᾷ τῆς τοῦ γείτονος οὐδὲν σεμνοτέραν οὖσαν.* Dass aber die Bauten und Einrichtungen auf dem mit Landhäusern und Pflanzungen besäeten Boden Attikas vor dem Kriege schön und reich waren, folgt auch aus Thukyd. II, 65. Es zürnten dem Perikles die Reichen *καλὰ κτήματα κατὰ τὴν χώραν οἰκοδομίαις τε καὶ πολυτελέσι κατασκευαῖς ἀπολωλεκότες.* Man zog auch in ältern Zeiten überhaupt den Aufenthalt auf dem Lande vor. Herm. Privatalt. § 18. — *καταβαίνειν*, weil das *ἄστυ* näher am Meere, also für viele Bewohner Attikas tiefer lag.

μᾶλλον ἢ τῶν κοινῶν ἀπολαύειν. οὐδὲ γὰρ τὰ περὶ τὰς 53
θεωρίας, ὧν ἕνεκ' ἄν τις ἦλθεν, ἀσελγῶς οὐδ' ὑπερηφά-
νως ἀλλὰ νοῦν ἐχόντως ἐποίουν. οὐ γὰρ ἐκ τῶν πομπῶν
οὐδ' ἐκ τῶν περὶ τὰς χορηγίας φιλονικιῶν οὐδ' ἐκ τῶν
τοιούτων ἀλαζονειῶν τὴν εὐδαιμονίαν ἐδοκίμαζον, ἀλλ' ἐκ
τοῦ σωφρόνως οἰκεῖν καὶ τοῦ βίου τοῦ καθ' ἡμέραν καὶ
τοῦ μηδένα τῶν πολιτῶν ἀπορεῖν τῶν ἐπιτηδείων. ἐξ ὧν-
περ χρὴ κρίνειν τοὺς ὡς ἀληθῶς εὖ πράττοντας καὶ μὴ
φορτικῶς πολιτευομένους· ἐπεὶ νῦν γε τίς οὐκ ἂν ἐπὶ τοῖς 54
γιγνομένοις τῶν εὖ φρονούντων ἀλγήσειεν, ὅταν ἴδῃ πολ-
λοὺς τῶν πολιτῶν αὐτοὺς μὲν περὶ τῶν ἀναγκαίων, εἴθ'
ἕξουσιν εἴτε μή, πρὸ τῶν δικαστηρίων κληρουμένους, τῶν
δ' Ἑλλήνων τοὺς ἐλαύνειν τὰς ναῦς βουλομένους τρέφειν

53. *θεωρίας*, die Feste mit Processionen, Chören, Schaugepränge, was mit den *ἑστιάσεις* unsinniges Geld kostete. — *φιλονικιῶν* mit Baiter und Bens., vulg. *φιλονεικιῶν*. Sie wetteiferten, aber sie zankten sich nicht. S. zu 4 § 19. Die Ausgaben konnten für einen ehrgeizig wetteifernden Choregen bis auf 3000, ja 5000 Drachmen kommen. Böckh Staatsh. I, 604 (491). — *φορτικῶς* bezeichnet hier den widrigen Contrast (*ἐναντίωσις* § 54) des Grossthuns neben der Bettelarmuth.

54. *τῶν εὖ φρονούντων* ist aus seiner natürl. Stellung bei *τις* hieher versetzt, um mehr hervorzutreten. — *πρὸ τῶν δικαστηρίων*. Wie erpicht die Masse der Bürger auf die Taggelder war und sich dafür den Demagogen in die Arme warf, klagt Is. 8 § 130: Die Demagogen sahen *τοὺς ἀπὸ τῶν δικαστηρίων ζῶντας καὶ τῶν ἐκκλησιῶν καὶ τῶν ἐντεῦθεν λημμάτων ὑφ' αὐτοῖς διὰ τὴν ἔνδειαν ἠναγκασμένους εἶναι, καὶ πολλὴν χάριν ἔχοντας ταῖς εἰσαγγελίαις καὶ ταῖς γραφαῖς καὶ ταῖς ἄλλαις συκοφαντίαις ταῖς δι' αὐτῶν γιγνομέναις*. Die Richter aber werden durchweg als Arme angenommen 20 § 15, weil die Vermöglichen den Armen dieses Bischen Erwerb nicht vorwegnehmen wollten und darum nicht zum Loosen für Richterstellen gingen, wie Is. 15 § 152 von sich selbst erklärt: *δεινὸν ἡγησάμενος, εἰ δυνάμενος ἐκ τῶν ἰδίων τρέφειν ἐμαυτὸν ἐμποδών τῳ γενήσομαι τῶν ἐντεῦθεν ζῆν ἠναγκασμένων λαβεῖν τὸ διδόμενον ὑπὸ τῆς πόλεως*. Von den 6000 jährlich ausgeloosten Heliasten waren 5000 für 10 Gerichtshöfe in 10 Abtheilungen von 500 Mann eingetheilt, und die letzten 1000 waren wohl Ersatzmänner. Da aber in manchen Fällen nur 200 bis 400, in manchen aber wieder bis 1500 Richter erfordert wurden, und da jedenfalls am Morgen eines jeden Gerichtstags für die Zuweisung der Processe an die Gerichtshöfe, die dafür in Anspruch genommen werden sollten, eine neue Verloosung Statt fand; so erklärt sich, was für ein Drängen und was für Scenen der Interessirtheit das Loosen vor den Gerichtshöfen hervorrief, da ja daran der Bezug von drei Obolen Sitzungsgeld für selbigen Tag hing. Herm. Staatsalt. § 134. — *τῶν δ' Ἑλλήνων*. Sonst ruderten häufig Fremde, und zwar zu-

ἀξιοῦντας, καὶ χορεύοντας μὲν ἐν χρυσοῖς ἱματίοις, χει-
μάζοντας δ' ἐν τοιούτοις ἐν οἷς οὐ βούλομαι λέγειν, καὶ
τοιαύτας ἄλλας ἐναντιώσεις περὶ τὴν διοίκησιν γιγνομέ-
55 νας, αἳ μεγάλην αἰσχύνην τῇ πόλει ποιοῦσιν. Ὧν οὐδὲν
ἦν ἐπ' ἐκείνης τῆς βουλῆς· ἀπήλλαξε γὰρ τοὺς μὲν πένη-
τας τῶν ἀποριῶν ταῖς ἐργασίαις καὶ ταῖς παρὰ τῶν ἐχόν-
των ὠφελείαις, τοὺς δὲ νεωτέρους τῶν ἀκολασιῶν τοῖς
ἐπιτηδεύμασι καὶ ταῖς αὐτῶν ἐπιμελείαις, τοὺς δὲ πολι-
τευομένους τῶν πλεονεξιῶν ταῖς τιμωρίαις καὶ τῷ μὴ λαν-
θάνειν τοὺς ἀδικοῦντας, τοὺς δὲ πρεσβυτέρους τῶν ἀθυ-
μιῶν ταῖς τιμαῖς ταῖς πολιτικαῖς καὶ ταῖς παρὰ τῶν νεω-
τέρων θεραπείαις. καίτοι πῶς ἂν γένοιτο ταύτης πλείονος
ἀξία πολιτεία, τῆς οὕτω καλῶς ἁπάντων τῶν πραγμάτων
ἐπιμεληθείσης;

sammengelaufenes Volk aus ganz Hellas (8 § 79) die athen. Kriegsflotte, die Befehlshaber der Schiffe aber und die Soldaten waren Bürger. Später wurde diess anders, man nahm fremde Soldaten in Löhnung und Bürger ruderten (Xen. resp. Ath. 1, 2 ὁ δῆμός ἐστι ὁ ἐλαύνων τὰς ναῦς), und Is. 8 § 48 führt zu Gemüthe, welchen Eindruck es machte, wenn die, welche die Herrschaft über die Hellenen aussprachen, mit dem Sitzkissen des Ruderers aus dem Schiffe stiegen, die fremden Miethlinge dagegen die Waffen führten. Mitunter aber änderte auch dieses, und dann kam heraus, was hier theils als Bettelstolz, theils vorzüglich als staatswirthschaftlich verkehrt gerügt wird, dass sie selbst zwar um den Richtersold als ums tägliche Brod loosten, dagegen für Recht hielten, dass man diejenigen von den Hellenen besolde, welche die attischen Schiffe rudern wollten. Die Richtigkeit von Ἑλλήνων, wofür man ἄλλων wollte, ergiebt sich schon aus dem Ggstz αὐτούς, und den Athenern gegenüber heissen die übrigen Hellenen auch ohne ἄλλοι oft Ἕλληνες. §§ 80, 81. 4 § 80. Dem. 18 § 24. — χρυσοῖς, da der Wetteifer sich in prachtvoller Ausrüstung und Kleidung des Chors zeigte. Der Komiker Antiphanes (um 350 vor Chr.) schildert bei Athen. III, 62 das glänzende Elend in Athen: Ein Vermöglicher verliere seine Habe mit Steuern und Processen, ἢ στρατηγήσας προσώφλεν ἢ χορηγὸς αἱρεθεὶς ἱμάτια χρυσᾶ παρασχὼν τῷ χορῷ ῥάκος φορεῖ. Uebrigens sagt Xen. resp. Ath. 1, 10 von dem Aussehn des gemeinen Mannes zu Athen ἐσθῆτα οὐδὲν βελτίω ἔχει ὁ δῆμος αὐτόθι ἢ οἱ δοῦλοι καὶ οἱ μέτοικοι καὶ τὰ εἴδη οὐδὲν βελτίους εἰσίν.

55. In dieser Zusammenfassung jener belobten frühern Zustände bringt er ein neues Moment vor τοὺς δὲ πρεσβυτέρους τῶν ἀθυμιῶν ταῖς τιμαῖς, ohne es im Einzelnen verhandelt und begründet zu haben. Die Erhebung zu politischen Ehrenstellen (denn solche, und besonders die Würde der Areopagiten will er unter den τιμαῖς verstanden wissen) als Tröstung für die ἀθυμίαι des Alters sind zwar für sich ein Grund, aber

Περὶ μὲν οὖν τῶν ποτε καθεστώτων τὰ μὲν πλεῖστα 56
διεληλύθαμεν· ὅσα δὲ παραλελοίπαμεν, ἐκ τῶν εἰρημένων,
ὅτι κἀκεῖνα τὸν αὐτὸν τρόπον εἶχε τούτοις, ῥᾴδιόν ἐστι
καταμαθεῖν. ἤδη δέ τινες ἀκούσαντές μου ταῦτα διεξι-
όντος ἐπῄνεσαν μὲν ὡς οἷόν τε μάλιστα, καὶ τοὺς προγό-
νους ἐμακάρισαν ὅτι τὸν τρόπον τοῦτον τὴν πόλιν διῴ-
κουν, οὐ μὴν ὑμᾶς γ' ᾤοντο πεισθήσεσθαι χρῆσθαι τού- 57
τοις, ἀλλ' αἱρήσεσθαι διὰ τὴν συνήθειαν ἐν τοῖς καθε-
στηκόσι πράγμασι κακοπαθεῖν μᾶλλον ἢ μετὰ πολιτείας
ἀκριβεστέρας ἄμεινον τὸν βίον διάγειν. εἶναι δ' ἔφασαν
ἐμοὶ καὶ κίνδυνον, μὴ τὰ βέλτιστα συμβουλεύων μισόδη-
μος εἶναι δόξω καὶ τὴν πόλιν ζητεῖν εἰς ὀλιγαρχίαν ἐμ-
βαλεῖν. Ἐγὼ δ' εἰ μὲν περὶ πραγμάτων ἀγνοουμένων καὶ 58
μὴ κοινῶν τοὺς λόγους ἐποιούμην, καὶ περὶ τούτων ἐκέ-
λευον ὑμᾶς ἑλέσθαι συνέδρους ἢ συγγραφέας, δι' ὧν ὁ δῆ-
μος κατελύθη τὸ πρότερον, εἰκότως ἂν εἶχον ταύτην τὴν
αἰτίαν· νῦν δ' οὐδὲν εἴρηκα τοιοῦτον, ἀλλὰ διείλεγμαι πε-
ρὶ διοικήσεως οὐκ ἀποκεκρυμμένης ἀλλὰ πᾶσι φανερᾶς,

in einem Staate, wo durchs Loos ohne Unterschied Alle zu Allem gelangten, war es odios (§ 57) den wahren Grund zu sagen, der darin besteht, dass es unklug ist in gewöhnlichen Zeiten die höchsten Staatsehren der Jugend nicht als fernes, dem Verdienst und erprobter Tüchtigkeit aufbewahrtes, Ziel hinzustellen, sondern sie als mühelos erreichbar sogleich herabzugeben, wodurch die Ehre an Werth und die Ehrliebe an Energie einbüsst. Eine leise Andeutung dieses zweiten Grundes jedoch kann man finden in den Achtungsbezeugungen (*ταῖς θεραπείαις*) von Seiten der Jüngern.

56. *ποτέ*. Von jener alten Zeit konnte er auch *τότε* sagen, wie Bens. auch schreibt. — *κἀκεῖνα* d. i. *τὰ παραλελειμμένα*; *τούτοις* d. i. *τοῖς εἰρημένοις*.

57. *εἰς ὀλιγαρχίαν*, das übliche Schlagwort, mit welchem Demagogen und Sykophanten diejenigen verdächtigten, welche die Ochlokratie unter der Herrschaft jener nicht dulden wollten. Bei Aristoph. Plut. 948 droht der Sykophant mit der Klage: *ὅτι καταλύει περιφανῶς, εἰς ὢν μόνος, τὴν δημοκρατίαν*.

58. *κοινῶν*, offene und allbekannte, wie der Ggstz *ἀποκεκρυμμένης* zeigt. — *συγγραφέας*, wie bei Einführung der ersten Oligarchie (411) eine Commission von 10 Männern unter diesem Titel mit unbedingter Vollmacht eingesetzt wurde, gleichsam als Constituante, Anträge zur Aenderung der Demokratie zu bringen. Thuk. VIII, 69. Ein Collegium, *σύνεδροι*, um die Oligarchie einzuleiten, wird zwar nicht genannt, aber es ist einleuchtend, dass Collegien für solche Zwecke gerne durch Cooptation bestellt (Thuk. a. a. O.) und mit solchem Namen bezeichnet wurden.

59 ἣν πάντες ἴστε καὶ πατρίαν ἡμῖν οὖσαν καὶ πλείστων ἀγαθῶν καὶ τῇ πόλει καὶ τοῖς ἄλλοις Ἕλλησιν αἰτίαν γεγενημένην, πρὸς δὲ τούτοις ὑπὸ τοιούτων ἀνδρῶν νομοθετηθεῖσαν καὶ κατασταθεῖσαν, οὓς οὐδεὶς ὅστις οὐκ ἂν ὁμολογήσειε δημοτικωτάτους γεγενῆσθαι τῶν πολιτῶν. ὥστε πάντων ἄν μοι συμβαίη δεινότατον, εἰ τοιαύτην πολιτείαν εἰσηγούμενος νεωτέρων δόξαιμι πραγμάτων ἐπι-
60 θυμεῖν. ἔπειτα κἀκεῖθεν ῥᾴδιον γνῶναι τὴν ἐμὴν διάνοιαν· ἐν γὰρ τοῖς πλείστοις τῶν λόγων τῶν εἰρημένων ὑπ᾿ ἐμοῦ φανήσομαι ταῖς μὲν ὀλιγαρχίαις καὶ ταῖς πλεονεξίαις ἐπιτιμῶν, τὰς δ᾿ ἰσότητας καὶ τὰς δημοκρατίας ἐπαινῶν, οὐ πάσας, ἀλλὰ τὰς καλῶς καθεστηκυίας, οὐδ᾿
61 ὡς ἔτυχον, ἀλλὰ δικαίως καὶ λόγον ἐχόντως. οἶδα γὰρ τούς τε προγόνους τοὺς ἡμετέρους ἐν ταύτῃ τῇ καταστάσει πολὺ τῶν ἄλλων διενεγκόντας, καὶ Λακεδαιμονίους διὰ τοῦτο κάλλιστα πολιτευομένους, ὅτι μάλιστα δημοκρατούμενοι τυγχάνουσιν. ἐν γὰρ τῇ τῶν ἀρχῶν αἱρέσει καὶ τῷ βίῳ τῷ καθ᾿ ἡμέραν καὶ τοῖς ἄλλοις ἐπιτηδεύμασιν ἴδοιμεν ἂν παρ᾿ αὐτοῖς τὰς ἰσότητας καὶ τὰς ὁμοι-

59. δημοτικωτάτους. S. § 16. — εἰσηγούμενος, vom Einbringen oder Vorschlagen von Gesetzen und Beschlüssen. 4 § 170.

60. πλείστοις, z.B. 8 § 51. — πλεονεξίαις, den Vorrechten, § 70. Ggstz per chiasmum ἰσότητας. Is. zeigt sich überall als Gegner der Oligarchien und als Anhänger einer durch aristokratische Elemente (im antiken Sinne, Aristot. Pol. 4, 6, 3 ἡ ἀριστοκρατία βούλεται τὴν ὑπεροχὴν ἀπονέμειν τοῖς ἀρίστοις τῶν πολιτῶν. 4 δοκεῖ δὲ ἀριστοκρατία μὲν εἶναι μάλιστα τὸ τὰς τιμὰς νενεμῆσθαι κατ᾿ ἀρετήν.) gemässigten Demokratie, die er als ursprüngl. Verfassung Athens ansieht, 12 § 153. Is. scheint freilich so schon dem Theseus zuzuschreiben, was erst durch Solon geschah, ein bei den Griechen häufiger Anachronismus, s. Herm. Staatsalt. § 97. — ὡς ἔτυχον, in zufälliger Laune. § 71 ὅταν τύχω, wenn mich die Laune anwandelt.

61. δημοκρατούμενοι. Die Demokratie der Lakedämonier (natürl. nur die spartiatischen Vollbürger, die ὅμοιοι sind gemeint 12 § 178, nicht Periöken) bezieht sich auf die ursprüngl. gleichen Landloose, dann wie Aristot. Pol. IV. 7, 5 anführt, auf die gleiche Erziehung, gleiche Lebensweise von Reich und Arm, ferner auf die gleichen Rechte der ὅμοιοι bei Versammlungen u. Wahlen (ἰσονομίαν), wo Ungleichheiten nur durch Altersverschiedenheit bedingt waren. Herm. Staatsalt. § 25. Aus dieser ursprünglichen Gleichheit der Glieder einer Kaste erklärt sich das Paradoxon, dass die spart. Verfassung demokratisch heisst, während bei den Vorrechten der spar-

ότητας μᾶλλον ἢ παρὰ τοῖς ἄλλοις ἰσχυούσας· οἷς αἱ μὲν
ὀλιγαρχίαι πολεμοῦσιν, οἱ δὲ καλῶς δημοκρατούμενοι χρώ-
μενοι διατελοῦσιν. τῶν τοίνυν ἄλλων πόλεων ταῖς ἐπιφα- 62
νεστάταις καὶ μεγίσταις, ἣν ἐξετάζειν βουληθῶμεν, εὑρή-
σομεν τὰς δημοκρατίας μᾶλλον ἢ τὰς ὀλιγαρχίας συμφε-
ρούσας· ἐπεὶ καὶ τὴν ἡμετέραν πολιτείαν, ᾗ πάντες ἐπι-
τιμῶσιν, ἢν παραβάλωμεν αὐτὴν μὴ πρὸς τὴν ὑπ' ἐμοῦ
ῥηθεῖσαν ἀλλὰ πρὸς τὴν ὑπὸ τῶν τριάκοντα καταστᾶσαν,
οὐδεὶς ὅστις οὐκ ἂν θεοποίητον εἶναι νομίσειεν.

Βούλομαι δ', εἰ καί τινές με φήσουσιν ἔξω τῆς ὑπο- 63
θέσεως λέγειν, δηλῶσαι καὶ διελθεῖν ὅσον αὕτη τῆς τό-
τε διήνεγκεν, ἵνα μηδεὶς οἴηταί με τὰ μὲν ἁμαρτήματα
τοῦ δήμου λίαν ἀκριβῶς ἐξετάζειν, εἰ δέ τι καλὸν ἢ σε-
μνὸν διαπέπρακται, ταῦτα δὲ παραλείπειν. ἔσται δ' ὁ
λόγος οὔτε μακρὸς οὔτ' ἀνωφελὴς τοῖς ἀκούουσιν.

Ἐπειδὴ γὰρ τὰς ναῦς τὰς περὶ Ἑλλήσποντον ἀπω- 64
λέσαμεν καὶ ταῖς συμφοραῖς ἐκείναις ἡ πόλις περιέπεσε,
τίς οὐκ οἶδε τῶν πρεσβυτέρων τοὺς μὲν δημοτικοὺς κα-
λουμένους ἑτοίμους ὄντας ὁτιοῦν πάσχειν ὑπὲρ τοῦ μὴ

tiatischen Vollbürger gegen Periöken oder gar gegen Heloten Sparta gerade das Bild der grössten *ἀνισότητες* und *ἀνομοιότητες* gewährte. Allein mit der Zeit trat Ungleichheit der Rechte und des Vermögens auch in der herrschenden Kaste ein. Herm. a. a. O. § 48. — *οἷς* bezieht sich auf die eben beschriebenen Einrichtungen der Spartaner.

62. *τῶν τοίνυν ἄλλων.* Da er den Blick nun auf die andern Staaten richtet, so ist *τοίνυν* nicht folgernd (*συλλογιστικόν*), sondern fortschreitend (*μεταβατικόν*) Krüg. 69, 62. — *πάντες ἐπιτιμῶσιν.* § 15. — *θεοποίητον*, wie Pind. Pyth. I, 61 die dorische Verfassung *θεόδματος ἐλευθερία* heisst. Is. meint, eine schlechte Demokratie sei noch golden und göttlich gegen eine Oligarchie wie die der 30 war. Vgl. § 70.

63. *ἔξω τῆς ὑποθέσεως* = *ἔξω τοῦ πράγματος*, Cic. pro Mil. § 92 extra causam. — *δέ — δέ.* S. zu 4 § 1. *εἰ δέ τι* collectiv, darum *ταῦτα.* — *οὔτε μακρὸς οὔτ' ἀνωφελής.* Solches zur Erfrischung der Aufmerksamkeit bei den Rednern häufig. Dem. 18 § 144 *καὶ γὰρ εὖ πρᾶγμα συντεθὲν ὄψεσθε, καὶ μεγάλα ὠφελήσεσθε πρὸς ἱστορίαν τῶν κοινῶν.*

64. *ἀπωλέσαμεν*, bei Aegospot. 405 v. Chr. Mitte Novembers nach Vömels Berechnung im Frankf. Programm 1848, als Is. 32 Jahre alt war, weswegen *τῶν πρεσβυτέρων.* — *τοὺς μὲν δημ.* — *πάσχειν*, während der Belagerung Athens und vor des Theramenes Gesandtschaft nach Sparta. Lys. 13 § 5 ff. Scheibe

μάτων, καὶ λεγόντων πολλῶν ὡς δίκαιόν ἐστι διαλύειν τὰ
πρὸς Λακεδαιμονίους μὴ τοὺς πολιορκουμένους ἀλλὰ τοὺς
δανεισαμένους, ἔδοξε τῷ δήμῳ κοινὴν ποιήσασθαι τὴν
69 ἀπόδοσιν. καὶ γάρ τοι διὰ ταύτην τὴν γνώμην εἰς τοι-
αύτην ἡμᾶς ὁμόνοιαν κατέστησαν καὶ τοσοῦτον ἐπιδοῦναι
τὴν πόλιν ἐποίησαν, ὥστε Λακεδαιμονίους, τοὺς ἐπὶ τῆς
ὀλιγαρχίας ὀλίγου δεῖν καθ' ἑκάστην τὴν ἡμέραν προστάτ-
τοντας ἡμῖν, ἐλθεῖν ἐπὶ τῆς δημοκρατίας ἱκετεύσοντας καὶ
δεησομένους μὴ περιιδεῖν αὑτοὺς ἀναστάτους γενομένους.
τὸ δ' οὖν κεφάλαιον τῆς ἑκατέρων διανοίας τοιοῦτον ἦν·
οἱ μὲν γὰρ ἠξίουν τῶν μὲν πολιτῶν ἄρχειν, τοῖς δὲ πο-
λεμίοις δουλεύειν, οἱ δὲ τῶν μὲν ἄλλων ἄρχειν, τοῖς δὲ
πολίταις ἴσον ἔχειν.

70 Ταῦτα δὲ διῆλθον δυοῖν ἕνεκα, πρῶτον μὲν ἐμαυτὸν
ἐπιδεῖξαι βουλόμενος οὐκ ὀλιγαρχιῶν οὐδὲ πλεονεξιῶν ἀλ-
λὰ δικαίας καὶ κοσμίας ἐπιθυμοῦντα πολιτείας, ἔπειτα
τὰς δημοκρατίας τάς τε κακῶς καθεστηκυίας ἐλαττόνων
συμφορῶν αἰτίας γιγνομένας, τάς τε καλῶς πολιτευομένας
προεχούσας τῷ δικαιοτέρας εἶναι καὶ κοινοτέρας καὶ τοῖς
χρωμένοις ἡδίους.

71 Τάχ' οὖν ἄν τις θαυμάσειεν, τί βουλόμενος ἀντὶ τῆς
πολιτείας τῆς οὕτω πολλὰ καὶ καλὰ διαπεπραγμένης ἑτέ-
ραν ὑμᾶς πείθω μεταλαβεῖν, καὶ τίνος ἕνεκα νῦν μὲν
οὕτω καλῶς ἐγκεκωμίακα τὴν δημοκρατίαν, ὅταν δὲ τύχω,
πάλιν μεταβαλὼν ἐπιτιμῶ καὶ κατηγορῶ τῶν καθεστώ-
72 των; Ἐγὼ δὲ καὶ τῶν ἰδιωτῶν τοὺς ὀλίγα μὲν κατορθοῦν-
τας πολλὰ δ' ἐξαμαρτάνοντας μέμφομαι καὶ νομίζω φαυ-

69. *δεησομένους.* Nach der Schlacht bei Leuktra suchten die Spartaner in bedrängter Lage bei Athen Hülfe, das ihnen den Iphikrates schickte. Xen. Hell. VI. 5, 53 ff. — *ἀναστάτους γενομένους*, nicht *γιγνομένους*, weil sie den Athenern die Empfindung vorstellen, die diese haben würden, wenn ein solches Ereigniss schon erfolgt wäre. Lys. 19 § 64 *μὴ περιιδεῖν (ἡμᾶς) ὑπὸ τῶν ἐχθρῶν ἀναιρεθέντας.* — *ἑκατέρων*, der beiden Parteien zu Athen.

70. *ἐλαττόνων συμφορῶν* als die Oligarchien.

71. *τί βουλόμενος* zeigt Ungeduld des Fragenden. Lys. 31 § 24 *τί οὖν βουληθέντες τοῦτον δοκιμάσαιτε;* Ähnlich *τί παθών*, welches aber einen ironischen Anstrich gäbe.

72. *τοὺς γεγονότας ἐκ κ. κ.* Das Gleichniss um so passender, als

λοτέρους εἶναι τοῦ δέοντος, καὶ πρός γε τούτοις τοὺς γε-
γονότας ἐκ καλῶν κἀγαθῶν ἀνδρῶν, καὶ μικρῷ μὲν ὄντας
ἐπιεικεστέρους τῶν ὑπερβαλλόντων ταῖς πονηρίαις, πολὺ
δὲ χείρους τῶν πατέρων, λοιδορῶ, καὶ συμβουλεύσαιμ'
ἂν αὐτοῖς παύσασθαι τοιούτοις οὖσιν. τὴν αὐτὴν οὖν 73
γνώμην ἔχω καὶ περὶ τῶν κοινῶν· ἡγοῦμαι γὰρ δεῖν ἡμᾶς
οὐ μέγα φρονεῖν οὐδ' ἀγαπᾶν, εἰ κακοδαιμονησάντων καὶ
μανέντων ἀνθρώπων νομιμώτεροι γεγόναμεν, ἀλλὰ πολὺ
μᾶλλον ἀγανακτεῖν καὶ βαρέως φέρειν, εἰ χείρους τῶν
προγόνων τυγχάνοιμεν ὄντες· πρὸς γὰρ τὴν ἐκείνων ἀρε-
τὴν ἀλλ' οὐ πρὸς τὴν τῶν τριάκοντα πονηρίαν ἁμιλλη-
τέον ἡμῖν ἐστιν, ἄλλως τε καὶ προσῆκον ἡμῖν βελτίστοις
ἁπάντων ἀνθρώπων εἶναι.

Καὶ τοῦτον εἴρηκα τὸν λόγον οὐ νῦν πρῶτον, ἀλλὰ 74
πολλάκις ἤδη καὶ πρὸς πολλούς. ἐπίσταμαι γὰρ ἐν μὲν
τοῖς ἄλλοις τόποις φύσεις ἐγγιγνομένας καρπῶν καὶ δέν-
δρων καὶ ζώων ἰδίας ἐν ἑκάστοις καὶ πολὺ τῶν ἄλλων
διαφερούσας, τὴν δ' ἡμετέραν χώραν ἄνδρας φέρειν καὶ
τρέφειν δυναμένην οὐ μόνον πρὸς τὰς τέχνας καὶ τὰς
πράξεις καὶ τοὺς λόγους εὐφυεστάτους, ἀλλὰ καὶ πρὸς
ἀνδρίαν καὶ πρὸς ἀρετὴν πολὺ διαφέροντας. τεκμαίρεσθαι 75
δὲ δίκαιόν ἐστι τοῖς τε παλαιοῖς ἀγῶσιν, οὓς ἐποιήσαντο
πρὸς Ἀμαζόνας καὶ Θρᾷκας καὶ Πελοποννησίους ἅπαντας,
καὶ τοῖς κινδύνοις τοῖς περὶ τὰ Περσικὰ γενομένοις, ἐν
οἷς καὶ μόνοι καὶ μετὰ Πελοποννησίων, καὶ πεζομαχοῦν-

auch die Athener auf ihre *εὐγένεια* so stolz waren. § 76. 4 § 24. — *μέμφομαι* mit dem Accus. aber auch Dat. 4 § 122. — *λοιδορῶ*, wie die folg. Worte zeigen, in der Absicht zu bessern. 4 § 130.

73. *κακοδαιμονησάντων*, synonym mit *μανέντων*. Vgl. Demosth. 8 § 16 *νὴ Δία, κακοδαιμονοῦσι γὰρ ἄνθρωποι καὶ ὑπερβάλλουσιν ἀνοίᾳ*, welche Stelle ohne Variante zeigt, dass weder die neuere Unterscheidung *κακοδαιμονᾶν a malo genio agitari, furere*, *κακοδαιμονεῖν adversa fortuna uti*, noch die Behauptung alter Grammatiker (Lobeck Phryn. p. 81), *κακοδαιμονεῖν* sei nicht echt attisch, zuverlässig ist.

74. *τὴν δ' ἡμετέραν*. Den Vorzug talentvolle und bedeutende Männer hervorzubringen nimmt er für Attika auch 8 § 94 in Anspruch.

75. *Ἀμαζόνας*. 4 § 68 ff. —

*τες καὶ ναυμαχοῦντες, νικήσαντες τοὺς βαρβάρους ἀρι-
στείων ἠξιώθησαν· ὧν οὐδὲν ἂν ἔπραξαν, εἰ μὴ πολὺ τὴν
φύσιν διήνεγκαν.*

76 *Καὶ μηδεὶς οἰέσθω ταύτην τὴν εὐλογίαν ἡμῖν προσή-
κειν τοῖς νῦν πολιτευομένοις, ἀλλὰ πολὺ τοὐναντίον. εἰσὶ
γὰρ οἱ τοιοῦτοι τῶν λόγων ἔπαινος μὲν τῶν ἀξίους σφᾶς
αὐτοὺς τῆς τῶν προγόνων ἀρετῆς παρεχόντων, κατηγορία
δὲ τῶν τὰς εὐγενείας ταῖς αὐτῶν ῥαθυμίαις καὶ κακίαις
καταισχυνόντων. ὅπερ ἡμεῖς ποιοῦμεν· εἰρήσεται γὰρ τἀ-
ληθές. τοιαύτης γὰρ ἡμῖν τῆς φύσεως ὑπαρχούσης, οὐ
διεφυλάξαμεν αὐτήν, ἀλλ᾽ ἐμπεπτώκαμεν εἰς ἄνοιαν καὶ*
77 *ταραχὴν καὶ πονηρῶν πραγμάτων ἐπιθυμίαν. Ἀλλὰ γὰρ
ἢν ἐπακολουθῶ τοῖς ἐνοῦσιν ἐπιτιμῆσαι καὶ κατηγορῆσαι
τῶν ἐνεστώτων πραγμάτων, δέδοικα μὴ πόρρω λίαν τῆς
ὑποθέσεως ἀποπλανηθῶ. περὶ μὲν οὖν τούτων καὶ πρό-
τερον εἰρήκαμεν, καὶ πάλιν ἐροῦμεν, ἢν μὴ πείσωμεν ὑμᾶς
παύσασθαι τοιαῦτ᾽ ἐξαμαρτάνοντας· περὶ δ᾽ ὧν ἐξ ἀρχῆς
τὸν λόγον κατεστησάμην, βραχέα διαλεχθεὶς παραχωρῶ
τοῖς βουλομένοις ἔτι συμβουλεύειν περὶ τούτων.*

ἀριστείων. 4 § 72, auch sonst oft wiederholt, aber nicht bewiesen. 8 § 76.

76. *πολιτευομένοις.* Er will nicht etwa nur sagen, *τοῖς νῦν οὖσιν*, sondern er hebt das Leben unter der gegenw. *πολιτεία* hervor, in so fern er Glück und Unglück aus ihr herleitet. — *ὅπερ — ἀληθές.* Die Kürze der Sätze mitten in der ruhigen Rede giebt der Behauptung besondere Energie. — *ὑπαρχούσης*, als Grundlage, wie von einem Bau. 4 § 26. Man erwartet statt des Partic. abs. den Objectscasus *τοιαύτην τὴν φύσιν ὑπάρχουσαν* mit Weglassung des *αὐτήν.* „Wenn aber das Verhältniss der Zeit oder der Causalität oder des Gegensatzes (wie hier mit „obschon") hervortreten und selbständiger erscheinen soll, so findet sich dieses Partic. absol. statt des constructum". Funkhänel. Herod. I, 41 *ὀφείλεις ἐμεῦ προποιήσαντος χρηστὰ ἐς σὲ χρηστοῖσί με ἀμείβεσθαι.* Is. 9 § 29 *μέλλοντος πλεῖν μετὰ τοσ*[illegible] *ἐπὶ τηλικαύτην πρᾶξιν καὶ πάντων τῶν δεινῶν πλησίον ὄντων οὔτ᾽ ἐκεῖνος ἠθύμησεν οὔτε κ. τ. λ.* 12 § 84 *ἐφεξῆς ἀναγιγνωσκομένων ἅπαντες ἂν ἐπιτιμήσειαν ὡς πολὺ πλείοσιν εἰρημένοις τοῦ δέοντος.* So auch die Lateiner. *Caes. B. G. Vercingetorix convocatis suis clientibus facile incendit.*

77. *ἐπακολουθῶ*, vom Eintreten ins Einzelne, *persequi.* — *τοῖς ἐνοῦσιν ἐπιτ.*, zu tadeln was sich darin (zu tadeln) findet. — *τῶν ἐνεστώτων = τῶν νῦν ὄντων.* — *παραχωρῶ*, den für den Redner bestimmten Platz räumen. Eben so vor Gericht, und zwar bedient sich

Ἡμεῖς γὰρ ἢν μὲν οὕτως οἰκῶμεν τὴν πόλιν ὥσπερ 78
νῦν, οὐκ ἔστιν ὅπως οὐ καὶ βουλευσόμεθα καὶ πολεμήσο-
μεν καὶ βιωσόμεθα καὶ σχεδὸν ἅπαντα καὶ πεισόμεθα
καὶ πράξομεν, ἅπερ ἐν τῷ παρόντι καιρῷ καὶ τοῖς παρελ-
θοῦσι χρόνοις· ἢν δὲ μεταβάλωμεν τὴν πολιτείαν, δῆλον
ὅτι κατὰ τὸν αὐτὸν λόγον, οἷά περ ἦν τοῖς προγόνοις τὰ
πράγματα, τοιαῦτ' ἔσται καὶ περὶ ἡμᾶς· ἀνάγκη γὰρ ἐκ
τῶν αὐτῶν πολιτευμάτων καὶ τὰς πράξεις ὁμοίας ἀεὶ καὶ
παραπλησίας ἀποβαίνειν. δεῖ δὲ τὰς μεγίστας αὐτῶν παρ' 79
ἀλλήλας θέντας βουλεύσασθαι, ποτέρας ἡμῖν αἱρετέον
ἐστίν. καὶ πρῶτον μὲν σκεψώμεθα τοὺς Ἕλληνας καὶ τοὺς
βαρβάρους, πῶς πρὸς ἐκείνην τὴν πολιτείαν διέκειντο καὶ
πῶς νῦν ἔχουσι πρὸς ἡμᾶς. οὐ γὰρ ἐλάχιστον μέρος τὰ
γένη ταῦτα συμβάλλεται πρὸς εὐδαιμονίαν, ὅταν ἔχῃ κατὰ
τρόπον ἡμῖν.

Οἱ μὲν τοίνυν Ἕλληνες οὕτως ἐπίστευον τοῖς κατ' 80
ἐκεῖνον τὸν χρόνον πολιτευομένοις, ὥστε τοὺς πλείστους
αὐτῶν ἑκόντας ἐγχειρίσαι τῇ πόλει σφᾶς αὐτούς· οἱ δὲ
βάρβαροι τοσοῦτον ἀπεῖχον τοῦ πολυπραγμονεῖν περὶ τῶν
Ἑλληνικῶν πραγμάτων, ὥστ' οὔτε μακροῖς πλοίοις ἐπὶ
τάδε Φασήλιδος ἔπλεον οὔτε στρατοπέδοις ἐντὸς Ἅλυος
ποταμοῦ κατέβαινον, ἀλλὰ πολλὴν ἡσυχίαν ἦγον. νῦν δ' 81

der Redner dieser und ähnlicher Formeln nicht im Fut., sondern im Präs. Plat. Apol. c. 22. *εἰ δὲ τότε ἐπελάθετο (Μέλητος), νῦν παρασχέσθω, ἐγὼ παραχωρῶ* (d. h. ich mache ihm auf der Stelle Platz). So auch *καταβαίνω* öfter. Dem. 19 § 32 *εἰ δέ φησιν οὗτος, δειξάτω καὶ παρασχέσθω, κἀγὼ καταβαίνω.* Andok. Myst. § 26 *καὶ σιωπῶ καὶ παραχωρῶ, εἴ τις ἀναβαίνειν βούλεται.* Dem. 4 § 28 *τοῦτο δὴ καὶ περαίνω.*

78. Bei *βιωσόμεθα* ist kein Zeugma, denn *ἅπερ* kann ebenfalls davon abhängen. Is. 15 § 7 *τῶν ἐμοὶ βεβιωμένων.* S. zu Lys. 16 § 1. — *πράξομεν* neben *πεισόμεθα* wegen *καί—καί*, wie Funkhänel bemerkt, wohl eher in activer als neutral. Bedeut. — *τὴν πολιτείαν*, allerdings nicht die Form, sondern das innere Leben nach § 14, sonst dürfte freilich das Resultat eine grosse Täuschung sein. — *περὶ ἡμᾶς*, um die Form zu wechseln für *ἡμῖν*.

79. *ποτέρας ἡμῖν αἱρετέον.* Constr. 4 § 8. — *τὰ γένη ταῦτα*, Hellenen und Barbaren. — *κατὰ τρ.* § 11.

80. *ἐγχειρίσαι*, nach dem Perserkriege unter Aristeides, ein oft gerühmtes Factum. 8 § 76. — *Φασήλιδος.* S. zu 4 § 118.

*εἰς τοῦτο τὰ πράγματα περιέστηκεν, ὥσθ' οἱ μὲν μι-
σοῦσι τὴν πόλιν, οἱ δὲ καταφρονοῦσιν ἡμῶν. καὶ περὶ
μὲν τοῦ μίσους τῶν Ἑλλήνων αὐτῶν ἀκηκόατε τῶν στρα-
τηγῶν· ὡς δὲ βασιλεὺς ἔχει πρὸς ἡμᾶς, ἐκ τῶν ἐπιστο-
λῶν ὧν ἔπεμψεν ἐδήλωσεν.*

82 *Ἔτι δὲ πρὸς τούτοις ὑπὸ μὲν ἐκείνης τῆς εὐταξίας
οὕτως ἐπαιδεύθησαν οἱ πολῖται πρὸς ἀρετήν, ὥστε σφᾶς
μὲν αὐτοὺς μὴ λυπεῖν, τοὺς δ' εἰς τὴν χώραν εἰσβάλλον-
τας ἅπαντας μαχόμενοι νικᾶν. ἡμεῖς δὲ τοὐναντίον· ἀλ-
λήλοις μὲν γὰρ κακὰ παρέχοντες οὐδεμίαν ἡμέραν διαλεί-
πομεν, τῶν δὲ περὶ τὸν πόλεμον οὕτω κατημελήκαμεν, ὥστ'
οὐδ' εἰς ἐξετάσεις ἰέναι τολμῶμεν, ἢν μὴ λαμβάνωμεν ἀρ-*
83 *γύριον. τὸ δὲ μέγιστον· τότε μὲν οὐδεὶς ἦν τῶν πολιτῶν
ἐνδεὴς τῶν ἀναγκαίων, οὐδὲ προσαιτῶν τοὺς ἐντυγχάνοντας
τὴν πόλιν κατῄσχυνε, νῦν δὲ πλείους εἰσὶν οἱ σπανίζοντες
τῶν ἐχόντων· οἷς ἄξιόν ἐστι πολλὴν συγγνώμην ἔχειν, εἰ
μηδὲν τῶν κοινῶν φροντίζουσιν, ἀλλὰ τοῦτο σκοποῦσιν
ὁπόθεν τὴν ἀεὶ παροῦσαν ἡμέραν διάξουσιν.*

84 *Ἐγὼ μὲν οὖν ἡγούμενος, ἢν μιμησώμεθα τοὺς προ-
γόνους, καὶ τῶν κακῶν ἡμᾶς τούτων ἀπαλλαγήσεσθαι καὶ
σωτῆρας οὐ μόνον τῆς πόλεως ἀλλὰ καὶ τῶν Ἑλλήνων*

81. *τῶν στρατηγῶν.* Hier wohl nicht die 10 Strategen der Verwaltung, die zwar auch zur Sicherung des Landes die äussern Verhältnisse ins Auge zu fassen hatten und wegen solcher Gegenstände das Volk versammeln konnten (Herm. Staatsalt. § 153), sondern die Heerführer im Bundesgenossenkriege. — *ἐκ τῶν ἐπιστολῶν*, in denen sich Artaxerxes III Ochos über die von Chares dem Artabazos geleistete Hülfe beschwerte und drohte. S. Einl. zu dieser R. — *ἐδήλωσεν.* Constr. nach dem *σχῆμα κατὰ τὸ σημαινόμενον*, denn nach *ἐκ τῶν ἐπ.* war *δῆλον* zu erwarten, welches aber in der clausula nicht numeros wäre.

82. *Ἔτι δέ. δέ* ist von Bens. gegen den Urb., aber nach stehendem Gebrauche des Is. beigefügt. — *ἅπαντας*, näml. vor dem pelop. Kriege. Ebenso 8 § 76. — *οὐδ' εἰς ἐξετάσεις.* Da das Volk für Ausübung souveräner Rechte u. Pflichten, Theilnahme an der *ἐκκλησία*, an den Gerichten, Taggelder zu bekommen verwöhnt war, mochte es solche bereits auch für Musterungen verlangen.

83. *προσαιτῶν τοὺς ἐντ.* In ältern Zeiten war das Vermögen gleichmässiger, bemerkt Böckh Staatsh. II, 19; aber eine Ursache der Verarmung war auch der Krieg (8 § 19), und Bettler sind gleichgültig gegen das Oeffentliche.

84. *τῶν Ἑλλήνων* bezieht sich

ἁπάντων γενήσεσθαι, τήν τε πρόσοδον ἐποιησάμην καὶ τοὺς λόγους εἴρηκα τούτους· ὑμεῖς δὲ πάντα λογισάμενοι ταῦτα χειροτονεῖθ᾽ ὅ τι ἂν ὑμῖν δοκῇ μάλιστα συμφέρειν τῇ πόλει.

auf die oft erwähnte Gefahr vor den Persern. — ὅ τι — συμφέρειν, häufige Schlussformel deliberativer Reden. Demosth. Phil. I νικῴη δ᾽ ὅ πᾶσιν ὑμῖν μέλλει συνοίσειν. Aehnlich Ol. III.

ANGABE

DER

IN DEN ANMERKUNGEN NICHT ERWÆHNTEN ABWEICHUNGEN THEILS VON DER ZUERCHER AUSGABE (Z) THEILS VON DEN TEXTEN BENSELER'S (B) IN DER IV. REDE VON DEM BEI ENGELMANN 1854, IN DER VII VON DEM BEI TEUBNER 1851 ERSCHIENENEN.

(In folgenden Fällen sind die Abweichungen nicht angezeigt:

1. Wo Benseler den Hiatus einfach durch den Apostroph beseitigt hat auch ohne Zustimmung der Hdss. wie 4 § 2 δ' ἀνδρός für vulg. δὲ ἀνδρός.

2. In der von ihm überall auch gegen die Hdss. durchgeführten Schreibart ἀυτῶν für ἑαυτῶν, wie 4 § 2. 56 u. s. w.

3. In der Durchführung einer gleichmässigen Orthographie, wie ἔφθασαν 4 § 86 für vulg. ἔφθησαν, ὠφελείας 4 § 173 für vulg. ὠφελίας, πλείονος 7 § 37 für vulg. πλέονος, ferner in Formen wie τελευτήσειαν 4 § 84 für vulg. τελευτήσαιεν; keineswegs aber, wenn er gegen die Hdss. 7 § 1 καθεστώτων für καθεστηκότων oder 7 § 23 καθεστηκυῖαν für καθεστῶσαν schreibt, oder wenn er ἐάν nirgends duldet, sondern ἄν setzt wie 4 § 163.

4. In der Setzung des ν ἐφελκ. vor Interpunktionen, wenn schon ein Consonant darauf folgt, wie 4 § 60 ἔσχεν, τούτῳ.)

IV.

§ 1. ἀπένειμαν· ὧν mit Z. ἀπένειμαν, ὧν B.

§ 14. μηδὲν τῶν ἄλλων mit vulg. τῶν ἄλλων μηδέν B. μηδέν mit pr. Urb. Z. Wegen der Stellung in den einen Hss. vor in den andern nach μηδέν könnte τῶν ἄλλων verdächtig scheinen. Allein aus einer Zusammenstellung von Sauppe, Neue Jahrb. für Phil. und Päd. Bd. VI, Hft. 9 ergiebt sich die constante Gewohnheit des Is. τῶν ἄλλων beizufügen. Vgl. 5 § 142. 9 § 71. 11 § 5. 15 § 116. 293.

§ 17. αὑταῖς mit Z. αὐταῖς B. Letzteres wäre richtig, wenn zu ἐπιθυμοῦσιν die Redner (etwa aus τὸν—βουλόμενον zu verstehen) Subject wären. Allein natürlicher sind es die πόλεε (wofür Z πόλη).

§ 23. τοὺς ἀμφισβητοῦντας mit Z. Bens. setzt wegen der Gleichmässigkeit der Glieder περὶ αὑτῶν hinzu. Aber cod. Urb. lässt den überflüssigen Zusatz weg.

§ 38. τῶν ἄλλων καλῶν καλῶς mit B. τῶν ἄλλων καλῶς Z.

§ 51. ὑποθέμενος ἐρεῖν mit B. ὑποθέμενος Z.

§ 65. τοὺς ἄλλους Πελοποννησίους mit Z nach Urb. τ. ἄ. Πελοποννησίων B. Von ersterm abzugehen liefert die Parallele τοὺς ἡγεμόνας τοὺς Λακεδαιμονίων keinen Grund.

§ 66. ἐπὶ δὲ τῶν μεγίστων mit Z. ἐπὶ δὲ τῶν μεγίστων στάς B.
§ 70. τοσοῦτον mit Z. Bens. fügt bei διὰ τὴν τότε στρατείαν wegen der Symmetrie mit διὰ τὴν ἐνθάδε συμφοράν. Doch fehlt der Zusatz im Urb. und wird durch die Var. διὰ τὴν τότε γεγενημένην στρ. verdächtig.
§ 73. τοῖν πολέοιν mit Z. τούτοιν, was B beifügt, lässt Urb. weg und ist auch, da durch den Dual mit dem Art. die erforderliche Bestimmtheit erreicht ist, unnöthig.
§ 74. μικρὰ δέ τινα mit Z. μικρὰ δέ τι B. Zwar nach dem Urb. Aber τι wie in der Formel τὰ μέν τι, τὰ δέ τι, findet hier schwerlich Anwendung.
§ 76. τοιαῦτα τυγχάνοι mit Z. τυγχάνοι τοιαῦτα B.
§ 78. τοὺς νόμους mit Z. τοὺς μὲν νόμους B, weil ihm οὕτω δέ § 89 entspreche.
§ 83. Ἑλλάδα σύμπασαν mit B zur Vermeidung des Hiatus. σύμπασαν Ἑλλάδα Z.
§ 92. καταπλεύσαντες mit Z. Aus der Antid. fügt B in Klammern ein [καὶ κατασκευάσαντες τὰ περὶ τὴν πόλιν] was jedoch in unsrer St. die Hdss. nicht haben.
§ 97. καὶ οὐδέ mit Z. καὶ μηδέ B.
§ 98. οἱ συνναυμαχήσαντες mit B. οἱ ναυμαχήσαντες Z.
§ 105. οἰόμενοι mit B nach Urb. ἡγούμενοι Z.
§ 108. ὅσοι wie Urb. zu haben scheint und B 1851 schrieb, 1854 aber wieder wie vulg. οἵ.
§ 110. δεκαρχιῶν mit B. δεκαδαρχιῶν Z.
§ 111. ἐνί mit Sauppe und B nach Urb. ἐνίοις Z.
§ 120. ἀναγεγραμμένας mit Z. γεγραμμένας B als Ggstz zum Simplex γενομένας und mit Vergl. von 8 § 16, während die meisten Hdss. auch Urb. den hiefür förmlichen Ausdruck (vgl. 7 § 41) ἀναγεγραμμένας haben.
§ 122. ὧν ἄξιον mit Z. ὧν ἂν ἄξιον B.
§ 125. τοὺς μὲν τυράννους mit B nach Baiters vielseitig gebilligter Conjectur. τοὺς τυράννους vulg.
§ 144. ἐπῆρχε mit Z. ἐπῆρξε B.
§ 146. φαυλότητας nach B's Conjectur. φαυλότητα vulg.
§ 149. ἀπώλονθ', οἱ δ' mit B. ἀπώλοντο οἱ δ' vulg. Eben so § 156 ἐπηράσαντ' εἰ mit B. ἐπηράσαντο εἰ vulg. Beides wegen des Hiatus bei schwacher Interp.
§ 153. ὑπὲρ αὑτῶν mit B. ὑπὲρ αὐτῶν Z.
§ 158. τοὺς δ' mit B nach dem Urb. τῶν δ' Z.
§ 160. Nach καιρός nimmt B aus Ambr. und der neuern Hand des Urb. auf οὐ σαφέστερον οὐδέν.
§ 165. οὖν mit Z. [οὖν] B.

VII.

§ 6. ἰδίων mit B nach den besten Hdss. ἰδιωτικῶν Z.
§ 24. αὑτοῖς mit B. αὐτοῖς Z.
§ 28. καθ' ἡμέραν mit Z. κατὰ τὴν ἡμέραν B.
§ 34. ἀποστερήσεσθαι mit B. ἀποστερηθήσεσθαι Z.
§ 37. ταύταις mit B nach Urb. αὐταῖς Z.
§ 38. τοιοῦτο mit Z. τοιοῦτον B. Aber Urb. hat nicht nur hier sondern auch an andern Stellen vor Conson. τοιοῦτο.

§ 39. ἐπιμελεῖσθαι τῆς εὐταξίας mit B wegen des Hiatus wie 4 § 83. τῆς εὐταξίας ἐπιμελεῖσθαι Z.

§ 41. τοὺς δὲ καλῶς πεπαιδευμένους mit Z. τοὺς δ' ἀσφαλῶς παιδευομένους B. Dass zwei Zeilen früher καλῶς — κακῶς entggstzt waren, kann nicht wider den Ggstz ἀκριβῶς — καλῶς, wie Urb. hat, sprechen. παιδευομένους hat zwar der Urb. Aber das Perf. wird ebenso vom Ggstz κακῶς τεθραμμένους empfohlen als vom Sinn gefordert.

§ 54. αἰσχύνην τῇ πόλει ποιοῦσιν mit Z. αἰσχύνην τῇ πόλει περιποιοῦσιν B. Aber die von ihm beigebrachten Beispiele 6 § 10 αἰσχύναις τὴν πόλιν περιβαλεῖν, § 38 αἰσχύνῃ μηδεμιᾷ τὴν πόλιν περιβαλεῖν, § 109 αἰσχύναις ἡμᾶς αὐτοὺς περιβαλεῖν, 12 § 146 μεγίσταις ζημίαις περιπίπτειν sind in der Constr. verschieden und vermögen nicht das von ihm Aufgenommene in dem Sinne, den er ihm beilegt: *faciem rubore esse circumfusam* zu erweisen.

§ 58. πᾶσι φανερᾶς mit Z nach Urb. Dagegen B tilgt mit *vulg.* πᾶσι, weil ἣν πάντες ἴστε καὶ πατρίαν ἡμῖν οὖσαν κ. τ. λ. darauf folge. Allein darum, weil die διοίκησις Allen bekannt ist, folgt noch nicht, dass sie nicht noch einmal als eine in ihrem Ursprung und in ihren Wirkungen und überhaupt in ihren einzelnen Merkmalen Allen bekannte vorgeführt werden konnte, da wo er darauf dringt, dass er nicht etwas Neues, sondern das allbekannte Alte vorschlage.

§ 67. τοῦ δήμου mit Z. τῆς δημοκρατίας B.

§ 69. αὐτούς mit B. αὑτοὺς Z.

§ 73. μανέντων ἀνθρώπων mit Z. Bens. lässt ἀνθρώπων weg, weil es von erster Hand im Urb. fehlt. Es scheint aber der Sprachgebrauch die Beibehaltung zu empfehlen. Plato Alk. I, c. 14 τί δ' ἂν αὖ Κλεινίαν λέγοις, μαινόμενον ἄνθρωπον; Soph. Aj. 81 μεμηνότ' ἄνδρα περιφανῶς ὀκνεῖς ἰδεῖν; Wo dagegen wie Plato Rep. IX, 573 C die Symptome des Rasens beschrieben waren, folgt natürlich nur ὁ μαινόμενος ohne ἄνθρωπος, auch fehlt es wo ein Subst. folgt Soph. Aj, 727 τοῦ μανέντος κἀπιβουλευτοῦ στρατῷ.

§ 78. ἐν τῷ παρόντι mit Z nach Urb. ἔν τε τῷ παρόντι B, weil folge καὶ τοῖς παροῦσι χρόνοις. Jedoch zur Hervorhebung des Gegensatzes scheint hier kein Grund.

§ 82. ἔτι δὲ πρὸς τούτοις mit B. ἔτι πρὸς τούτοις Z.